大鱼文化传媒 大鱼文学

为你打开时间的门

完结篇

Weinidakai ShijianDemen

皎皎 作品

河北出版传媒集团
花山文艺出版社

图书在版编目（CIP）数据

为你打开时间的门：完结篇 / 皎皎著. —石家庄：花山文艺出版社，2016.8
ISBN 978-7-5511-2874-2
Ⅰ. ①为… Ⅱ. ①皎… Ⅲ. ①长篇小说－中国－当代 Ⅳ. ①I247.5
中国版本图书馆CIP数据核字（2016）第135461号

书　　名：为你打开时间的门·完结篇
著　　者：皎　皎

策划统筹：张采鑫
责任编辑：董　舸
特约编辑：胡晨艳　代琳琳
责任校对：齐　欣
封面设计：刘　艳
内文设计：李雅静
美术编辑：许宝坤
出版发行：花山文艺出版社（邮政编码：050061）
（河北省石家庄市友谊北大街330号）
销售热线：0311-88643221/29/35/26
传　　真：0311-88643225
印　　刷：长沙超峰印刷有限公司
经　　销：新华书店
开　　本：710×1000　1/16
印　　张：20
字　　数：440千字
版　　次：2016年9月第1版
2016年9月第1次印刷
书　　号：ISBN 978-7-5511-2874-2
定　　价：32.80元

目录
contents

— 目录 —
contents

为 你 打 开 时 间 的 门 · 完 结 篇
WEI NI DA KAI SHI JIAN DE MEN

| 第一章 |
和你没关系

大二下学期一开始，大学生活进入了更加紧张的节奏。双学位的压力与日俱增，唐宓又是那种恨不得每门学科都拿到满分的人，基本上过着“两眼一睁忙到熄灯”的生活。唯一谈得上“休息”的，也就是欧几里得俱乐部的活动了。

是的，她把参加数学研讨会的活动看作休息。协会众人思维火花的碰撞，如同一场盛宴，让她的大脑不至于淹没在无数的经济学名词当中。

四月开始，欧几里得俱乐部的成员几乎都参加了世界数学建模比赛，研讨会的气氛简直如火如荼。数学建模比赛是应用数学领域，和纯数学领域相去较远，叶一超虽然有参赛，但对此兴趣不算很大，以罗志维的说法，他的热心程度大概只是“姑且配合”这种档次。

然而，就算是姑且配合，他的能力也可以轻松驾驭这类比赛。人家只能提出一个办法，他可以提出三个四个，模型的建立和计算对他来说轻而易举。难度太低，导致叶一超和每一个智商足够用于纯数学的天才一样，对应用数学的兴趣始终不大。

他真正想做的，是别的事情。

休息时间他跟唐宓说：“我有个想法。”

“什么想法？”

“程老师正在准备一篇论文，也邀请我帮忙做一些工作……但这工作量不小，我想两个人做更有效率一些，你要不要帮帮我？”

程京的这篇论文是关于泛函分析的，本来他选定了两个人帮忙，其中一人是他手下的博士生，另一人就是叶一超，虽然他是本科生，但负责一些计算不成问题。

“啊？”唐宓一愣，“可以吗？”

“当然可以，只要你有时间。”

“我可以挤出时间……只是我怕能力不够。”

叶一超笑起来：“唐宓，说真的，你应该对自己有信心。你不比我差。”

唐宓从善如流：“那好。我会努力的。”

她拿到了论文的资料，忙忙碌碌地准备起来。唐宓数学功底相当不错，但到底还是大二的学生，基础无法和研究生相比，只能辅助配合，做一些较为次要的分析计算工作，但即便是这类工作也相当不容易。唐宓对许多内容都不太清楚，只能去图书馆借出厚厚的图书来参考。论文中需要用到matlab① 验证，她又抓紧时间学习 matlab 软件。有不明白的地方她就和叶一超并肩讨论参详，所有的休闲时间都耗在这篇论文上，她连骑车都在思考函数中的计算问题。

她忙忙碌碌无暇顾虑任何其他事情，却没想到，并不是每个人都希望她来帮忙的。

接下论文任务一周后，那天晚上她上完了数学系双学位的课程，和之前一样匆匆赶往数学系大楼的欧几里得活动室，门虚掩着，听到里面有说话声传来，是吕子怡和叶一超在交谈。

她一愣，现在都九点多了，通常这个时候活动室只有叶一超了。

"我今天听程老师说，你也让唐宓参加了论文？"

叶一超声音坦然："是啊。怎么了？"

"你为什么不跟程老师说选我呢？"吕子怡的声音有些委屈，"你觉得我无法参与论文？"

叶一超说："有建模大赛，你要专心参加比赛。"

吕子怡的声音有点尖锐："我的忙碌不算什么，唐宓才是更忙碌的那个。他们系的课程本来就很重，再说还有双学位，她可一点都不轻松。你现在让她帮忙做论文，不是让她更忙了？"

叶一超迟疑了一会儿："我已经告诉她了。"

"这才几天呢，你可以改口告诉她不用她帮忙了。"

叶一超没回答，倒是另外的男声开了口，唐宓听出来那是罗志维。

"子怡，这样不太好吧。"罗志维说，"你没看到她天天在看相关的书和论文？"

"罗志维。"吕子怡声音有些不悦，"你怎么帮着她说话？她又不是咱们系的。"

"我不是帮着她说话。"罗志维说，"给人家一块糖然后又夺走？不太厚道。"

吕子怡锐利地反驳了罗志维："你难道就不想在论文上署名？"

唐宓呆在门外。她以为这篇论文的工作纯粹是帮忙，没想到居然能在论文上署名。

"如果有机会的话，我是很想能在某篇论文里署名。"罗志维说，"我们理科专业又不像工科专业，大学时代就可以写出几篇论文，有一篇论文就已经是非常了不起的成就了……"

吕子怡声音轻了下来："她是经管学院的，在数学论文上署名作用不大，但对我们就不一样了。"

"不能这么说，名下有论文，对谁来说都是好事。"罗志维说，"只要她有能力，未尝不可。"

吕子怡不说话了。

"认识她也这么久了，你应该很清楚，唐宓的数学水平不逊色于咱们中的任何人。"罗志维说，"更重要的是，经管学院的课程那么多，但她的数学居然还是这么好，论聪明的话，

①美国 MathWorks 公司出品的商业数学软件，用于算法开发、数据可视化、数据分析以及数值计算的高级技术计算语言和交互式环境，主要包括 matlab 和 Simulink 两大部分。

我都自叹弗如。”

“这点我知道……”吕子怡说，“她是很聪明，但是我也可以努力……”

罗志维打断她的话：“食言而肥，你让叶一超还怎么做人？”

“我只是觉得，叶一超有什么好事都想着唐宓，不想着我们系的……”

罗志维笑起来：“这又有什么办法？谁让他们认识得早？”

“吕子怡。”叶一超的声音忽然响起，“不是还有建模比赛？争取拿到特等奖吧。”

下一瞬，吕子怡的声音由怒转喜：“真的？”

叶一超说：“是啊。”

“你说话要算话啊！”

“当然。”

剩下的话也不必再听了，唐宓轻手轻脚地从门边退开，在走廊拐角处等了一等，再次走到活动室门口，此时只能听到关于数学的讨论声传出——她抬手推开门，屋内的三人正围在桌前讨论题目。

她冲着三人点头。

罗志维冲她一笑：“来了？”

“是啊。”

叶一超指了指桌子：“你先坐，我把这道建模题目算完，就和你说论文的事情。”

“好的。”唐宓放下书包，抽出纸笔，开始自己的工作。

罗志维用笔敲了敲桌面：“说起来，唐宓，你五一有什么计划？”

“我没有计划，怎么了？”她抬头看罗志维。

“我们打算去苍山玩一玩，三天两夜，住在苍山的小旅馆，可以去钓鱼野炊摘草莓。”罗志维笑着说，“我想想，人均费用是多少？”

吕子怡说：“人均费用四百左右。”

所谓的苍山，是首都城郊几十公里外的一座名山，草木繁盛，大一的时候，学院组织过大家去春游——那次春游总共耗时一天，在山中的时间不到四个小时，很多同学都没爬到山顶就不得不返程了。

“怎么样？跟我们一起去吧？”

叶一超停住了和吕子怡的交谈，抬起眼来，两人的说话声传入他的耳中，他也不能不在意。

“唐宓，不想去的话不用勉强。”

“没事，我去。”

不出意外，她看到了叶一超略微吃惊的眼神，于是她重复了一遍：“我去。”

罗志维忍不住笑开颜：“好啊！我真没想到你会答应。那就太好了。”

她知道罗志维为什么这么高兴——认识一两年来，这还是她第一次参加俱乐部的集体活动，此前他邀请她参加各种活动，她都婉拒了，她一是没兴趣二也是太忙，当然经济问题也是个门槛。

叶一超认真地看她一眼，唐宓从他的眼睛里看到了一丝怀疑。碍于在教室里，他没问她缘故，待晚上回去后她收到了他的短信——“你有钱吗？没钱的话我借给你。”

唐宓揉了揉脸，开始回复。

“我有数的，没钱的话就不会去了。”

“那就太好了，我很期待。”

唐宓回复了他一个笑脸。她想问问那篇论文的署名问题，但想了想，到底没能问出口。

唐宓直到出发那天才知道这次活动完全是吕子怡安排的，总计十人，分别在两辆车上，程老师提供了一辆车，是赵刚开，还有一辆是曹威家的车。

她有些惊讶，她不知道曹威会开车。

叶一超看懂了她的怀疑，笑着说：“他的驾龄很长的。”

考虑到他们才二十岁，因此驾龄再长也不过两年——唐宓机智地没把这句话说出来。

曹威把自己的背包扔进车子的后备厢后，开始大呼小叫：“上车上车，唐宓，你坐副驾驶吧？”

“哦，好。”

罗志维“啧啧”两声：“喂，干吗不让我坐前面？”

“我可不要在开高速的时候一侧头就看到胡子拉碴的男生脸啊！”

“你这见色忘义的家伙！”罗志维笑骂。

天地良心，罗志维可完全不是胡子脸，他的相貌完全当得起一句“清秀端正”。

吕子怡提着个小包坐进后排座位：“好了好了，少听他俩胡侃，上车吧。他们几个坐程老师的车先走了，我们得赶上他们。”

一群人笑了起来，唐宓勉为其难地勾了勾嘴角，上了副驾驶座位。

去苍山的这一路都是高速，众人在车子里聊天，兴致高涨。大约是正值五一，堵车也堵得厉害。进入五月，天气渐渐热起来，本来四五十公里的路不过一个小时，但学生们还是大大低估了堵车情况，车子光是开出市区就花了一个小时，在收费站又等了半个小时——巨大的出城车流使得高速路上也不算畅快。

行程过半时，道路才终于畅通起来。曹威的确算得上是好司机，怎么堵车也不恼，道路畅通后也不着急。

他说：“没什么，反正早晚能到。”

唐宓“嗯”了一声。她不是很着急，膝盖上放着沓打印的论文，一手拿着铅笔在论文上批注计算。

曹威忍不住乐了乐，他知道唐宓这人多认真，没对这事儿加以吐槽：“你精神还不错啊，看看他们都睡着了。”

唐宓回头看了看，脸色微微一变。长久的行驶让后座的几人都睡着了，叶一超的座位靠窗，吕子怡枕着叶一超的肩膀。吕子怡的头发很长，垂至半腰，软软地搭在了叶一超的手背上。

唐宓觉得这一幕如此刺眼，于是默默转过身来。

曹威通过后视镜瞥了两人一眼，“啧啧”两声。

“真是温馨甜蜜啊，恨不得烧烧烧。”

唐宓眼神一闪，没有回答。

曹威侧头看她：“你要困的话，也可以打个盹儿。”

“不要紧，我不困。”

“哎呀，我去，总算上小路了。胜利就在前方了。”

曹威猛然精神抖擞起来，踩了一脚油门，右拐下了道，沿着马路上了苍山。

作为长于山村的人，唐宓没觉得苍山漂亮，但公允地说，以大部分北方人的视角看，的确还算不错了。越上山去，越能察觉苍山的巍峨，道旁的树木整齐高大，立在宽阔的街道旁，宛如列兵迎接。

上山的路修得很是宽敞，车辆不多，比起高速上的堵车状况好了太多——车子在山路上时不时一个大拐弯，终于惊醒了在后排呼呼大睡的三人。山中清凉，比城市里的温度起码降了 3℃，曹威摇下车窗，凉爽的风灌进车内，众人马上清醒了。

“啊，到了啊？”吕子怡很吃惊。

“快了。”

罗志维看了看表：“都快中午了啊？这堵了一上午？”

“可不是，你们倒是睡得开心，就唐宓陪我说话。”

大约是曹威心情实在太愉快，注意力也有些分散，前方又是一个急转弯，他猛然甩了一下方向盘，拐弯之后才发现道路的前方赫然有一辆奔驰不紧不慢地行驶着。

曹威脸色一变，猛然踩了一脚刹车，然而“砰”一声之后，车子还是抵上了前车的车尾。

这下子，所有人都彻底清醒了。

“应该还好。”唐宓说，“刚刚那一下不算重。”

“完了，这可是大奔啊……”曹威抓了抓自己的头发，摁了应急灯，“哎哎，先下车看看吧。”

因为曹威刚刚刹车踩得死，追尾造成的擦伤的确不算很重，曹威的车保险杠凹了一小块，掉了漆；前方的大奔差不多也一样，只是凹痕浅点。

曹威苦着脸看着凹痕：“还好，不算特别严重，但这个修车费……”

他用一副视死如归的表情看着刚刚走下来的前车司机。前车的司机是个中年男子，西装革履，表情冷峻，看上去不好打交道。

“抱歉啊。”曹威说，“我马上打电话给保险公司。”

前车司机看了下撞处，没有发表什么意见，走到车窗旁，和车里的人交谈了几句。

“他大概是司机，也做不了主。”吕子怡小声说。

众人纷纷觉得她说得有道理。

片刻后那司机打开了车门，纯白色的小牛皮高跟鞋轻轻落地，一位雍容华贵的女士单手拿着个白色小包从后座走了下来，于是众人把她看得更清楚了些。她相貌端庄气质从容，头发在脑后绾成了发髻，用一根簪子别着，穿着驼色的真丝套裙，显得雅致而凝重。这名女士实在算不上年轻，毫无瑕疵的妆容让这群没见过世面的学生判断不出她到底年岁几何，只能得出结论，来人身份不低。

唐宓看到来人的脸，心头“咯噔”一下。

这个世界上有那么多人，有那么多辆汽车，怎么我们的车就偏偏追了她的尾呢？唐宓苦笑着想，早知如此，自己压根不应该答应参加这个聚会的。

曹威迎上去正想解释缘由，但刚刚下车的那名女士的视线压根越过了他，直直落到唐宓身上，并且对她和善微笑：“阿宓？”

奇特的剧情发展让所有学生都愣愣地看着唐宓。虽然来人并不年轻，但浑身的装束和气派显示出她的身份和地位一定低不了——众人面面相觑，都在思考一个深刻的问题：平时校门都不出的唐宓是怎么认识这种人的？

来人看见他们几名年轻男女站在一起，也猜到了缘故，继续问她：“你们几位同学出来玩的？”

对方是事主，唐宓也不能太过于无礼，勉为其难地点了头。

“嗯。”

“那你们住在哪里？”

“……”

虽然答应着，思维却有些卡壳，唐宓之前没问过这趟五一玩耍的细节，也不知道住在哪里。

“我们住在半山腰的嘉禾居。”

说话的人是叶一超，他走到唐宓身边，帮她接了话。

“我知道了。”她冲着叶一超和众人温和地笑笑，“你们都是阿宓的同学？”

奇怪的是，对方明明已经不年轻了，但笑起来容光焕发，仿佛年轻了好几岁。

叶一超解释：“不是一个系的，但都是同一个协会。”

对方微笑：“是这样的，你们是什么协会的？”

吕子怡接话：“我们是欧几里得俱乐部的！”

“数学学会的啊，大家都很优秀啊。”她朝着唐宓走近一步，笑容十分真诚。

这名女士实在是太会聊天了！众人被赞美得浑身舒坦。

好奇的人实在很多，叶一超代表大家问出了心声：“您认识唐宓吗？”

这名女士看了唐宓一眼，微笑着说：“当然认识的。”

叶一超侧目看了身边的唐宓一眼，得出了初步的结论——从她那明显不悦的表情上判断，她可不愿意认识对方。

“这位同学，你叫什么名字？”

“我叫叶一超。”

“哦。”女士笑着看他，“你是叶一超啊。”

对方攀谈的兴致有些浓，曹威再次上前一步，跟她说：“我刚刚撞了您的车，真不好意思。”

“没事，撞了就撞了。”她像是才想起“撞车”这回事，和颜悦色地摇了摇头，“你也不是存心的，自己修自己的车吧。”

这名女士是如此温和亲切大方典雅，众学生对她的好感度顿时再上一个台阶。

宛如得到了赦免令一样，曹威大喜：“多谢您理解，今天真的不好意思。”

“不用客气。”

对方笑了笑，从白色的手袋里取出一张名片，递给唐宓。

“我的私人名片没有带出来。”她说，“阿宓，我这几天都在苍山宾馆，有事找我。”

唐宓沉默了一会儿，还是伸手接过了名片。

白色名片上文字不多，只有寥寥几行字——达信进出口贸易集团董事，傅笙女士。

再次抬起头，奔驰已经扬长而去，而其他人的视线纷纷落在唐宓身上，连撞车后如何处理都忘记了。

“傅笙？”吕子怡把名片上的内容念出来，“唐宓，你怎么认识她？”

唐宓表情寡淡地开口：“我也只见过她一次。”

罗志维在手机上敲了一阵子，此刻抬起头来：“达信进出口贸易集团，我刚刚搜了下，规模很大的公司。”

他把手机上查到的资料展示给众人看，众人“啧啧”了几声，对唐宓如何认识这等人物太好奇了。

“好了。”叶一超很平静，“走吧，否则我们又要在山上耽误一阵子了。”

“她是谁完全没关系，但是确实帮我减少了明年的保费。”曹威完全站在叶一超这一边，感慨万千道，“总之，唐宓，今天可太感谢你了。”

唐宓摇头不语——对方大约是看在她的面子上不追究这次追尾事故，但是曹威感谢错了人。

叶一超也不欲久留：“走吧。”

再次坐回车里，唐宓扶着头，想到了去年暑假时的初次见面，再想到外婆犹如沟壑的手和花白的头发，不由得低头苦笑。这个世界上人和人的差距真是大啊，明明外婆和她是同龄人，但看上去，简直差了二十岁。

随即，她的手机短信音响了。

那是一条来自叶一超的信息。

“傅笙到底是谁？”

她回过头看了后座的叶一超一眼。

他看着她，眼神里明明白白透露出询问的意思。叶一超明白她的顾虑，也知道她不想在众人面前解释，因此选择了这种迂回的方式。她垂下头，回复他的信息。

“我生父的母亲。”

嘉禾居地处苍山的半山腰，是一家环境良好价格适中的家庭旅馆，宾馆附近的花园鲜花盛开，旁边还有空地，划出了羽毛球场地。作为社团的两名女生，唐宓和吕子怡分到了一间房间。众人是轻装简从，进屋后把背包往桌子上一放，就兴致勃勃开始了预定的活动——摘草莓。

唐宓对这种类似农家乐的活动兴趣不大，她没有参与其中，只坐在草莓园子外的石凳上翻着书，等他们出来。数学系的众人都是城市里长大的孩子，很少接触这等活动，因此觉得趣味盎然。即便是爱因斯坦，休闲的时候也会拉拉小提琴来活动大脑，更何况是他们呢？

这种喜悦的气氛感染了每个人，延续到了晚饭时分。

每个人都抱着一捧草莓，吕子怡根本等不到回房间，就在旅馆外的池子里洗净了草莓之后，在开饭前和众人分享，众人你一颗我一颗地吃起来。

唐宓对草莓没太大兴趣，礼貌地吃了一颗后就放弃了。

另外一个对草莓没兴趣的是叶一超，他吃了一颗之后就敬谢不敏：“太酸了。”

“哪有，明明很甜的好吧，都这个季节了怎么可能不甜？”吕子怡不服气，从篮子里拿出一颗草莓直接送到叶一超嘴旁，一副“你一定要吃”的态度，“你再尝尝看。”

叶一超微微皱了皱眉，从她手里拿过草莓尝了尝，勉为其难道：“好吧，这颗甜一些。”

吕子怡容光焕发地拍了拍手：“我就说了很甜，叫你不信我！”

唐宓瞥了两人一眼，又转开了目光，服务员开始上菜了。

吃过晚饭众人纷纷回了房间休息，下午摘草莓的时候众人都大汗淋漓，约好晚上夜探苍山。

吕子怡回到房间就开始洗澡，唐宓则把笔记本翻开，查收邮件，伏案看书做备忘，程老师的论文她还有很多工作要做。

半小时后吕子怡擦着头发从浴室走出来，瞧见唐宓在查阅资料和验算，倒是笑了：“你太认真了。”

唐宓随便“嗯”了一声。

吕子怡做事素来效率很高，此时连头发都已经吹干了。她梳着头发，在床边坐下：“唐宓，我问你一件事。”

唐宓正伏案看书，不紧不慢地回答：“什么？”

“你喜不喜欢叶一超？”

唐宓心口猛跳不止，她猛然从书本中抬起视线，从镜子里看着长发披散的吕子怡，半晌后吐出一句：“这是我的事情，和你没关系。”

“当然和我有关系，我喜欢叶一超。”

那一瞬，房间里几乎只能用“死寂”形容。吕子怡喜欢叶一超，这事儿唐宓早就看出来了，但是此刻她这样明明白白地说出来，陡然有一种大音希声的效果。

“说实话，我觉得和你说话挺费劲的，你不喜欢透露自己的想法，也不在意别人的想法，简直是个绝缘体，我心里猜测了你和叶一超两年时间，依然不知道你们是什么关系。我不知道你在想什么，也不清楚你喜不喜欢他，所以只能问你了。”吕子怡说，“我知道问这话挺讨厌的，但我希望你告诉我答案。”

房间里非常安静，厚厚的地毯吸走了所有的声音。

唐宓大脑里一片空白，那一瞬间她什么话都说不出来。

“我没那个义务告诉你。”

吕子怡脸上的笑容荡然无存，取而代之的是郑重其事的表情。

“我是理科生，也不喜欢拖拖拉拉，干脆直说好了。我从小到大应该和你差不多，只知道读书，在认识叶一超之前我也不知道自己会这么喜欢某位男生。”吕子怡坐在床沿，正色道，“大一开始我就一直在观察你和叶一超，你们渊源很深，而且你太漂亮了，你如果追他，我完全不是你的对手。不过整整两年时间，我也没发现你和叶一超有什么进展，因此我得出了结论——你不喜欢他，或者说喜欢了也不敢表白。”

唐宓看着吕子怡，一点都不觉得奇怪。她知道吕子怡喜欢叶一超，并且表现得越来越明显。

“我的话也明白地告诉你了。”吕子怡耸了耸肩，做了个很西式的动作，“我以后会开始追他，如果有可能，希望你不要妨碍我。”

唐宓心口猛跳，正襟危坐，面无表情地看着面前的女生。

半晌后她开了口：“你真觉得自己可以追到叶一超？”

“我就这个性格，我喜欢数学，所以努力地学习；我喜欢叶一超，一样会拼命地去追求他。世界上可没有从天而降的好事。追叶一超难度是很大，一两年没什么指望，三四年估计也不会有大成果，但我不着急。现在到毕业还有两年，然后我会跟他一起考托考G（考托福、考GRE②）最后出国。”吕子怡冷静地分析，“你或许没注意到，我的学习并不差，我肯定可以和他申请到一所大学。”

在唐宓说出任何话之前，她的手机铃声先响了起来。

唐宓如蒙大赦，她没有哪个时候像今天这样这么感谢电话铃声的存在。她拿过手机一看，是叶一超的来电。他在电话那头说，如果她有空的话，就到楼下宾馆的大厅去。

叶一超的电话是个再好不过的借口，唐宓长长舒了一口气，离开房间走到一楼的大厅。虽然已经入夜，但大厅里依然灯火通明，照得一切无所遁形，清清楚楚。唐宓站在楼梯口，看见大厅沙发上的两人，脸色微微一沉。

叶一超的电话果然是别有用心。大厅水晶灯下的布艺沙发上，叶一超和一位女士在沙发上对坐闲聊，聊天进展似乎不错，对方脸上露出了格外欣慰的笑容。那一瞬间，唐宓产生了转身就走的冲动，但仿佛心有灵犀般，叶一超若有所思地回过头来，冲她颔首。

唐宓没辙，只得朝两人走了过去。

“我刚刚到楼下的时候恰巧看见傅女士……”叶一超没有让唐宓的疑心超过三十秒，爽快地解释了原因，“你祖母，她来这里找你。”

“嗯。”唐宓干瘪瘪地应了一声，语气缺乏足够的热情。

傅女士露出了亲切的笑容，冲着自己这位表情冷淡的孙女开了口：“阿宓，坐下说？”

碍于叶一超在场，唐宓也只能在叶一超右侧的长沙发坐下来。

傅女士说：“我想跟你谈一谈，所以麻烦叶一超同学叫你下来。”

唐宓面无表情，摆出一副拒绝的态度：“我不知道我们有什么可谈的。”

② GRE，中文名称为美国研究生入学考试，适用于除法律与商业外的各专业，由美国教育考试服务处主办。

叶一超看了看祖孙两人：“既然这样，唐宓你和傅女士先聊聊，我走了。”

“不必。”傅笙女士冲叶一超微笑，“叶一超，你愿意的话可以留下来。”

唐宓脸色顿时沉下来，一个“不必”还没出口，叶一超却已经答应了下来：“好啊。”

要说的话胎死腹中，就算是唐宓也觉得恼火：“叶一超，你可以去做你的事情，没必要在这里耗时间。”

她是真心觉得，叶一超的时间应该花在更有意义的事情上，比如奋斗在数学研究的前沿，实在没必要在这里搅和她家的破事，岂料叶一超却摇了摇头：“不，关于你的事情，我都挺想知道的。”

他的话坦诚又直白，唐宓生生憋了一口气，不得不咽了下去。对叶一超，她实在是做不出来赶人的姿态。

傅女士瞧着叶一超，微微笑了，像是觉得叶一超的话很有趣。

“我和你爷爷去年去唐家村找过你。”傅女士说，“当时你的态度很生硬，这近一年里，我都在想要不要再次来找你。”

“我的态度没有改变，你不用找我谈话。”顾及叶一超在场，唐宓不敢把话说得太死，“我想你也很忙。”

傅女士感慨得很：“阿宓，我没想到今天会在路上巧遇到你。我以为，这是上天给我的机会。”

“这不是机会，只是个平常的巧合。”

傅女士知道和唐宓的谈话会进行得很困难，但没想到这么难，唐宓在她面前，已经到了连语气词都不屑使用的程度。傅女士早就查过唐宓的信息，唐宓所有的师长对她的评价都是“自重自强，冷清孤傲”，她明白自己的这个孙女是“富贵不能淫，贫贱不能移，威武不能屈”的那类人，她人生中最困难的时候已经过去了，自己的任何讨好也很难收到效果。

“你爸妈的事情，是我们做得不对。”傅女士沉默了很久，才缓慢地开口，“我们当时是不同意他们在一起，结果酿成大错。”

唐宓如同木偶般坐在沙发上，脊背笔直，脸上毫无表情。

她想起之前听严晓冬开玩笑时说过的一句话“如果道歉有用的话，还要警察干吗”，她想这句话还真是对极了。世界上不是每件错事都可以用道歉来解决。死亡是存在的，自己父母的死亡和他们没有直接关系，但间接关系少不了。

“你不需要解释，道歉也没必要。”唐宓有些不耐，“你可以当我不存在。”

“不知道的时候，是可以当作不存在。”傅女士态度雍容，不为所动，“但知道了就不行，你毕竟是我的孙女，我不想跟你这么相处，无论你的态度如何。”

唐宓习惯用利索的言语和果断的态度来解决问题，并盼望着对方可以读出自己的态度并且知难而退——但面前的傅女士不是此类。

“那是你的事情，和我没有关系。”唐宓站起来，“我的话已经说完了。”

“请坐下，我诚心和你谈话。”傅女士脸色微微沉下去，“即便你不在意我是你的祖母，我想对老人起码的尊重还是要有的，你外婆应该教过你这个。”

傅女士太懂得戳人心窝。唐宓咬了咬牙，坐了下来。

叶一超也拉了拉她："别急，坐下再说。"

"阿宓。"傅女士说，"来找你之前，我调查过你。你以前的同学、老师，对你赞不绝口。叶一超刚刚也在跟我说，你非常非常优秀。"

唐宓压抑着心中的不快，微微看了叶一超一眼。她不知道，叶一超和她的谈话居然进行到如此深入的地步了。

"有你这样的孙女，我很骄傲。你已经成年，有自己的想法和见识，经济也基本独立，我清楚，提出和你缓和关系绝非易事。"

唐宓没作声——既然她都知道了，何必跟自己废话?

"你不用想得太多，我对你没什么要求，也不是要你认祖归宗。"

傅女士打开精致的手提包，取出一张照片，顺着茶几推过来。

"这是你爸爸的照片。"傅女士说，"你爸爸他非常爱你们母女，如果他知道你这么优秀，一定非常高兴。"

这确实是唐宓无法拒绝的礼物。

她没见过父亲的照片，也无从知道父亲的模样。傅女士推过来的是一张年久的照片，但保存得很好。照片里的少年有着英俊的相貌，正靠在书架旁专心看书。

"阿宓，你可以留着这张照片。"傅女士看了看表，从容起身，"那么，我先告辞了。"

唐宓自然不会去送她，看着她的背影消失在大厅的玻璃门外，收回了目光。

傅女士离开后，叶一超也凑过来观摩照片："你和你爸爸有点像呢，嗯，不是有点像……是非常像，眼睛和鼻子……"

唐宓没作声，最后看了一眼照片，收好。

叶一超又说："去山里逛逛?"

"嗯。"

入夜后的山中清凉舒爽，月亮爬上树梢，十分圆满的模样。月影下树影婆娑，灌木丛中的小花朵娇滴滴的。绑在树上的小灯照亮了一段石板路，这是散步的好去处。

"你奶奶脾气还挺好的。早上我们追尾的事情，她没跟我们计较。"叶一超说，"大概是看在你的面子上吧。"

唐宓侧目，月色下叶一超的五官非常柔和。

"说起来，你奶奶家应该很有钱吧。"

唐宓道："跟我没关系。"

叶一超不奇怪："你奶奶果然没说错，你挺恨他们。"

"我不恨她，这是我见她的第二次。我为什么要恨一个陌生人。"

"你的态度不是这样说的。"叶一超不赞许，"如果对方是陌生的老人，你的态度会更和善。"

没办法和叶一超解释了，唐宓抿了抿唇，只能说："叶一超，当年的事情，你不知道。"

"我知道的。"叶一超说，"傅女士跟我说了当年的事情。你下来之前，她跟我聊了半小时。"

唐宓心脏一跳，她仰起头很慢地说：“我应该感谢你没说那种让我理性对待，辩证地看待问题的话。”

“有人跟你说过这些话？”李知行说，“叶一超？”

“嗯。”

她没再说什么，只侧了侧身站在李知行身边。前面是个 180 度大弯道，有汽车沿着盘山道上来，老远就把雪亮的光芒照在两人身上。弯道旁有几栋民居，种了一院子兰花，隐秘的香气飘到两人鼻尖之下。

“叶一超说的话也不算错。”李知行说，“但这对你不适合。”

夜色茫茫，即便知道夜色中不可能看清楚他的表情，但唐宓还是侧目看了看走在自己左手边的李知行，恰好迎上了对方的目光，他漆黑的眸子宛如宝石一般。

“我的观点很简单，如果你讨厌他们，就继续讨厌；如果你无视他们，也就继续无视；如果你不能释怀，就不要释怀好了。你的爷爷奶奶既不会影响你的成绩，又不会改变你的生活，不需要理睬他们。”

唐宓心里若是有一面鼓，李知行的评价就如同一把槌子，猛然击打了鼓面，泛起了涟漪。

“你有一个很大的优点，就是不会被自己的情绪影响判断。周围发生的变化都不会影响你前进的道路，保持下去就好了。”李知行说，“我想起高一的时候你对我的态度，挺有趣的。虽然你不爱搭理我，但我跟你请教问题的时候，你还是会细致地回答。”

她想起来，高一有一段时间，李知行会拿着奇奇怪怪的数学、物理题来问她。

她恍然：“你当时是故意的？”

“是的。”李知行说，“我就想看看你什么时候忍不了我，结果你有问必答，从没不耐烦。”

“我当时虽然不太喜欢你，但你问我的题都很有趣。”

“所以我说这是你的优点，不因为个人的好恶影响判断，有这种态度就足够你为人处世了。”李知行莞尔。

两人边走边说话，三四公里的道路很快也就走到了。

公交车站台很小，盘山路中凸了一块出去，下面有张木头长椅，可以供行人坐下等车。两人在木头长椅上坐下，就没再剩下地方了。北方的五月初，还没有真正热起来，因此可以称之为暮春。山中的夜晚比市区凉爽得多，一旦停下行走，就很明显地感觉到凉风从林子里吹出来，有点难得的湿润感。

唐宓问他：“你冷不冷？”

李知行啼笑皆非，他觉得他俩拿错了剧本。明明应该是男生对女生嘘寒问暖，现在倒是换了角色。他可是穿着西装三件套的，怎么可能会冷？

“不冷，倒是你——”

话没说完李知行的声音卡了壳，他看到唐宓正从书包里翻出件连帽的白蓝色卫衣。

“我这里有一件衣服你可以穿……”她说。

“我不冷。”李知行坚定地说。

让身着西装的李知行穿自己的运动服，就算是唐宓都觉得有些于心不忍，于是她默默把衣服塞回书包。

公交车久候不至，李知行说：“你爸爸的照片，给我看看。”

“嗯……”

李知行用手机的手电筒功能看了看这明显有些年头的老照片，清雅俊秀的年轻人，不大笑，即便拍照都没太多表情，和他之前在李泽文的电脑上看到的照片一般的表情。他轻叹一声，归还了照片。

“你爸爸和你很像。”

“嗯？”

“你爸爸当时一定非常受女生欢迎。”

唐宓轻声说：“是吗？”

“我是男生，很清楚女生最喜欢的类型是哪一种。”李知行试图把话题引向轻松的方向。

“女生喜欢的，应该是你这样的。”唐宓说。

李知行吃惊得很，亏得现在天色较黑，很好地隐藏了自己的失态。他无论如何都没想到唐宓忽然会说他“是否受欢迎”这种事情。

“我这样的，你是什么意思？”

唐宓说：“高中的时候，学校喜欢你的女生很多。”

“没有的事情。”李知行说。

“不是的。”唐宓费力地解释，“比如关薇就很喜欢你。”

李知行沉默了一会儿。唐宓几乎就是完全和八卦绝缘的人，忽然提起这事儿，他要仔细斟酌一下她的意思。高一的时候，唐宓和关薇关系不错，却因为他形同陌路。

“你和她，现在还有联系吗？”

“几乎没有。”

“那就是偶尔有？”

“也不是，只是严晓冬跟我提过她。”

实际上，高中时代的同学还跟唐宓有联系的简直少之又少，除了在京大华大的偶尔联系，剩下的也就是严晓冬了。

“因为我，让你和关薇形同陌路，抱歉。”

“你为什么道歉？这不是你的责任。”

李知行说：“我不想伤害她，但我确实不喜欢她。”

“嗯……”唐宓说，“喜欢不喜欢，这种事情不能强迫的。只不过——”

“只不过什么？”

“对暗恋的人来说，求而不得，大约会很痛苦。”

她话语中饱含感慨，李知行听得心口一震。唐宓不是多愁善感的人，也不特别善于换位思考，被她毫不容情果断拒绝的男生，不知道有多少，抛开那些动机不纯的，真正在心里爱慕她的男生也不少，可她从来没为此感到歉意，总是一副“离我远点别烦我”的表情。而此时，她却在为“暗恋者”的心绪发表感想。

这可不是好兆头啊。李知行观察她的神色，奈何在灰蒙蒙的夜色之中，一切都看不真切。

他顿了顿才说："感觉有点奇怪，从来没跟你聊过这种'喜欢不喜欢'的事情。"

唐宓隔一会儿才说："是啊。是这样。"

"你和女生聊这个话题吗？"

"在宿舍的时候，偶尔她们会跟我开玩笑。"唐宓说。

女生宿舍和男生宿舍一样，夜谈的时候能聊的也就那些男女八卦了。

"你们宿舍的两个人都有男朋友了吧？"

韩羽露和男友的感情一直很稳定，冯娅这学期开始也有了男友，这些情况总是瞒不了朝夕相处的舍友的。

"那你有没有考虑过也找男友？"李知行虽然语气平静，但内心有点紧张。

"我——"

她话音未落，一道雪亮的灯光由远处扫近，两人朝着灯光来处看去——可惜，不是公交车，是辆白色 SUV。下一瞬，车子在两人身边来了个急刹。半合的车窗完全摇了下来，露出了一张白净的脸。

俞希白坐在副驾驶位置，看着长椅上的两人，微微诧异："知行，你怎么在这里？"

也不等李知行回答，俞希白的目光马上落在他身边的女生身上。这名女生皮肤白皙晶莹，一双美丽的杏眼在夜色中依然闪闪发亮，着实晃眼，想忽略都不能，于是她问出来："知行，这位是谁？"

她觉得这名女生有些眼熟，这般长相，实在很难不留下印象。

"是我同学，叫唐宓。"

李知行回答，看到开车的人是俞希白的母亲刘女士。

"哎呀，是你啊。"俞希白展颜，"我想起来了，之前在京大见过你一次。你们在这里干什么？"

李知行露出个笑："准备回市内，在等车。"

俞希白的母亲刘女士插了话："知行，难得今天遇到，你和你同学就上车一起走吧。"

刘女士面带微笑，眼神却落在唐宓身上，没有什么恶意，带了些李知行熟悉的那种看货架上的商品般评估的意味。

李知行微笑拒绝："刘阿姨，不麻烦您，公交车很快就到了。"

俞希白也说："那可未必。这公交车还不知道什么时候来呢。"

刘女士也说："不用太介意，只是顺路。"

对方盛情邀请，搭个顺风车这种小事果断拒绝的话，恐怕俞家母女面子上不太好看。李知行心思一转，侧脸用目光询问唐宓："我们等了二十分钟，还不知道什么时候才能等到公交车。"

若是唐宓本人，她是宁可再等十分钟公交车也不搭这种没关系的便车，但有李知行在，如果自己不走，他多半也不肯走——何必让他陪着自己枯耗时间？

她抱着书包站起来，冲着俞家母女低头道谢："那……谢谢你们。"

李知行拉开后门，让她上车，自己也跟着坐了进去。

唐宓上车后就一直沉默着。她本来就不是喜欢和陌生人打交道的性格，更不喜欢欠人情，和这母女俩毫无瓜葛，跟着李知行搭人家的便车，心里总是不太自在。

刘女士随口问："知行，你去哪里？"

既然上了车就不用客气，李知行说："顺路的话，送我们到京大附近就可以。"

俞希白笑着回头看李知行："说起来，你怎么想起来坐公交车？宾馆里车那么多。"

"我提前离开，不想再叫车了。"

"告诉你妈妈了吗？"

"当然。"

刘女士通过后视镜看了唐宓一眼——李知行的这位女同学一直表情寡淡相当沉默，她对她很有兴趣，笑问："唐同学也打算回学校？"

"是的。"

"听你口音，不是北方人？"

"是的。"

这毫无营养的交谈委实不能叫刘女士满意，好在此时李知行接过话题："刘阿姨，她是我高中和大学的同学，南方人。"

"是这样。那小唐，你也是京大的啊，哪个学院？"

刘女士对唐宓确实很好奇，问清楚来历后又开始打听她的学校专业情况，唐宓都以客气的态度简要作答，偶尔回答太干瘪以至于车内气氛不好的时候，李知行就会淡定地帮着补充几句。

比如唐宓说"经管学院"，李知行会补充"最难考的金融系"；唐宓说"选了双学位"，李知行会貌似不在意地提一句"是数学双学位"……凡此种种，唐宓都囧着脸看了他好几眼。

李知行很清楚刘女士问题何来关注点何在。他是和俞希白有过"相亲"之缘的男生，据说刘女士对他十分满意，大有视他为"准女婿"的架势——此刻她们母女二人看见他大半夜和一个女孩子在星月满天的山中独处，不想歪都不可能——重点是，歪也歪不到哪里去。

唐宓是何等人，智商努力兼备，其霸道的履历足以傲视世上绝大多数学子，对尚算优秀的俞希白也有碾压之感。各种信息资料一报上，再看看她那张在夜色中也美得不容忽视的脸庞，这种冲击力让刘女士唯有心中长叹，收回了之前评估商品的目光。

再问下去估计也只能让自己心塞，刘女士最后只得感慨一句："好优秀的孩子啊！你爸妈一定很为你骄傲。"

"没有的。"唐宓说。

"不用谦虚的。"刘女士唏嘘不已。

李知行没有补充解释她父母双亡，能让刘女士误会下去没有坏处。

车子到了市区，俞家母女很客气，直到把两人送去京大附近才让两人下了车。

瞧着一男一女两名年轻人朝京大方向走去，刘女士拐上了另外的大道，两道身影消失在后视镜中。

刘女士若有所思地瞧女儿一眼："你之前见过那个叫唐宓的女生？"

“是的。”俞希白说，“之前来京大找知行，碰见过她一次。”

“她和李知行什么关系？”

“同学吧。”

显然，刘女士并不满意这个答案，她说：“开什么玩笑？”

“李知行是没有女朋友的。”俞希白茫然看着前路，“他们是同学朋友关系吧。”

刘女士笑了一声：“怎么可能啊。这一路，李知行帮她答了多少话？不跟着张静瑜参加拍卖会提前和这个唐宓离开，还走路下山？在黑漆漆的山路上等公交车？他们是普通同学关系？骗三岁小孩呢。”

“我们信不信也不影响他们的关系啊。”俞希白轻声说。

“不但是高中同学还是大学同学……”刘女士摇头感慨，“李知行身边有这么个女生，你也真是够呛啊……”

俞希白无奈道：“妈……”

她何尝不知道母亲说的道理，大有不是自己不努力，而是对手太强大的感慨。

“李知行这个男孩子各方面都很优秀，我就没见过哪个男生比得上他的。”刘女士若有所思，“不过，不知道他爸妈对唐宓是什么态度，我待会儿打听一下。”

“有用吗？”

“不试试怎么知道。”刘女士最后下了个结论。

前方京大校门遥遥在望，李知行却停了下来，若有所思状。

唐宓看着他：“怎么？”

“你看我的衣服，现在怎么能回学校去？”

这一提醒，唐宓也马上意识到，他这一身笔挺的西装的确不适合回宿舍去。

李知行指了指道路另一侧和京大距离不到一公里，隔街遥遥相望的名叫怡园的小区：“我要回家去换衣服洗澡，再说，我的书包也还在家里……”说到最后他语速越来越慢，“你陪我回去？”

李家在这附近有房子不奇怪，奇怪的是他的邀请——唐宓诧异：“我和你去你家？”

“没有别人，就我一个人偶尔住住。”李知行放缓语气，一眨不眨地看着她，“陪我一起回去，好不好？”

若是平时的情况唐宓也许会一口拒绝，现在却不一样——不知道是因为他的眼神实在殷勤还是她想起了李知行陪着她从苍山回来这一路……

唐宓说：“不给你添麻烦的话……”

李知行展颜一笑：“那真是太好了，走吧。”

怡园小区都是六层小楼，人均面积肯定高于本市的平均水准。小区看上去有些年头，但正因为有些年头环境相当不错，树木成荫，花园茂盛。两人没多耽搁，进了小区上楼开门进屋。一时间屋内光芒大盛，唐宓一瞬间觉得有些刺眼，几秒后她适应了光线，开始打量四周。

“这就是你家？”

“算吧，我妈妈的房子。我外公留给我妈的，我外公以前是华大的教授。”

“以前？”

“嗯，我外公去世好几年了。”李知行说，“我小时候在这里住过一段时间，后来搬走了。我上大学后，重新打扫了这套屋子，偶尔需要熬夜的时候，我就会来这儿住。”

学校宿舍有熄灯时间，限制得很严格。每到考试周的时候，大部分同学会觉得“书到用时方恨少”，都盼望有个去处可以熬夜啃书，但绝大多数同学只能去附近的 24 小时店或者临时租房子。像李知行这种，在大学旁边有一套屋子的，那真是十分罕见了。

李知行顺手把钥匙放在篮子里：“要是什么时候需要熬夜，你就跟我说。”

“好的……”

实际上，唐宓学习压力虽然不小，但因为良好的习惯和优良的学习方法，总能在早上六点起床和晚上十一点睡觉这十七个小时里解决好课业上的一切问题，从来也没有被逼到“不得不熬夜”的境地。

唐宓跟在他身后进屋，谨慎地环顾房间。这套三居室的屋子，客厅较大，装修大气，不算特别精细，客厅一角放了一架漆黑铮亮的大三角钢琴。这屋子一定有人定期打扫，钢琴上一点灰尘都没有。

李知行单手扯开领带。直到现在，唐宓才真正看清李知行这一身装束——他扯开深色格子领带，又脱掉西装外套后，下面还有同色的背心，背心下则是贴身的白色衬衣，衬衣笔挺，衬得他腰背线条非常清晰。

唐宓别开视线。

李知行最后解开腕上的手表放在茶几上。

“我去洗个澡换身衣服，你随便坐。书房里有书，喝水的话，自己拿矿泉水。”

“好的。”

李知行去衣柜里拿了套衣服进了浴室，只剩下唐宓一个人在客厅里。很快，浴室里传来水声，左右无事，她走到钢琴面前坐下，又顺手打开琴盖。

这还是唐宓如此近距离地看到这等高档的乐器，琴身线条优美，漆面莹然光滑。唐宓看入迷了，手指流水一样轻轻从富有质感的黑白琴键上缓缓划过，她没用力气，钢琴自然也没传出任何声音。

手机响了。

她从衣兜里拿出手机，翻开，是叶一超的短信，很短，只有几个字。

“你到学校了吗？”

离开的时候她如此不快，而叶一超还是发短信来问候。

“到了。”

“那就好。”

唐宓低下头，死死看着手机，就这样呆呆坐在钢琴面前。然后，对方再也没有消息过来。

李知行洗完澡换了衣服出来，恰好见到她低垂着头发呆。他把擦头发的干毛巾放在茶几上，朝着唐宓走了过去。

“怎么了？”

“啊……”唐宓这才回神，慌忙把手机合上，“我只是看看钢琴。”

虽然只有几秒钟，但也足以让李知行看清叶一超的那条信息——毫无疑问，唐宓本来已经稳定下来的情绪就是被这条信息打乱了。假如仅仅是因为叶一超说的话不是她想听的，唐宓也不至于露出这番表情。

唐宓匆忙站起来，要去关琴盖：“不好意思。”

他浑身带着浴室里出来的水汽，头发都还没完全干，就这样站在钢琴一侧，伸手一挡她关琴盖的手，食指中指交替弹了几个音符，很是流畅。

“小时候我就坐在这里练琴。”

“嗯……”唐宓仰头看着他。

“我其实不喜欢学钢琴，挺枯燥的。不过我妈这个人的内心总脱不了那个年代的文艺青年气质，特希望我多才多艺，于是请了老师教我。”

李知行在钢琴前坐下，不徐不疾的叙述让唐宓慢慢回神。

“虽然起初不愿意，但是学了一段时间，才知道，音乐真的是好东西。”

唐宓顺着他的语气说下去：“音乐陶冶心灵？”

“音乐陶冶心灵之类的是大命题，我没什么实在的感受，但有时候，确实对改善思维有好处。”李知行笑着走到客厅墙壁一侧，修长的手指“啪啪”在开关上拍了两下，客厅瞬间暗下来。

夜色中无法视物，唐宓大吃一惊，站起来四下打量：“李知行？”

“别怕。”

李知行的声音穿过月色传来，下一瞬，客厅的窗帘被彻底打开，月色和小区路灯的银色辉光透过窗户洒落在客厅里，唐宓的视力慢慢恢复，她看到李知行端坐在钢琴前，回过头，在夜色下对她比了个少安毋躁的手势，指了指沙发，微微扬起了笑容。

“你坐好，我弹琴给你听。”

今晚的月色非常充足，这一点唐宓在苍山上就已经发现了。这份月色辉光到了市区威力也不小，居然没被城市的灯光盖住。下一瞬优美的旋律在客厅响起。

李知行弹琴动作幅度不大，身形笔直，只有十指在琴键上跳跃。

他的侧脸沐浴在月光下，穿着白色衬衫的少年在月下弹奏钢琴。月光模糊了他脸上的细节，唐宓只看到他挺拔的鼻梁，和嘴唇下颌的完美弧度。那一瞬间，唐宓觉得，那优美的音乐与其说是从李知行手指间流淌出的，不如说是这月色弹奏出的。

她全神贯注地倾听着，一曲结束，满室安静下来，连一根针掉在地上都听得到。

她轻声说：“这首歌很耳熟。”

“你应该听过的。”李知行的声音含着笑意，“我说过，要再弹给你听。”

“嗯？”唐宓茫然地看着他。

月色中李知行的身影有点模糊，但她能看清楚，李知行从钢琴前起身，朝她走了过来。

“*Love Story*，高中的时候，学校的新年晚会，我弹过。”

数年的学霸也不是白当的，唐宓的记忆力超过了绝大部分人。在记忆里搜寻一圈之后，她终于想起来了，是有这样一回事的。她曾经说这首曲子很好听，李知行表示要再弹给她听。

“很好听。”她干瘪瘪地说，更美好的评论她是想不出来的，只能加倍称赞，“真的，很好听，谢谢你。”

谢谢你还记得当年的无心之言。

“你喜欢就好，不枉费我有时间就练习。”李知行莞尔，“真要弹其他曲子我也不会了。”

唐宓动了动唇，好半天没说出一句话——她和李知行定下这个约定是两三年前，她忘得干干净净，可他居然一直记到现在？

她看到李知行的身影在月色中移动，他走到沙发旁，重新开了灯。

再次明亮起来的客厅让一切无所遁形，有一瞬间她恨不得还是这样黑下去更好一些。

李知行朝她走来，屈膝半蹲在她面前，从她手心里抽出手机，慢慢握上她的手，仰起脸看着她：“唐宓，你明白我的意思吗？”

“……”唐宓嗓子有些哑，“什么？”

因为李知行比她高，绝大多数时间，她只能抬起头看着他，只有坐的时候可以和他平视——可现在，他半跪的模样让他矮了很多，让她平生第一次俯视这个认识了近五年的高大男生。他刚刚洗了澡，衬衣上带着新鲜的浆洗味道，头发上有着些微水汽，他头发那么黑，如墨一样。

“唐宓，我喜欢你。”李知行凝视她的眼睛，“跟我在一起，好不好？”

在之前的大量铺垫之后，唐宓不能说太意外，但事情真正发生的一瞬，震撼依然半分不减少。

他低下头，以一种很慢的速度吻了吻她的指尖，然后抬起头来，眼神清澈而执着。

她不是没有接受表白的经历，但从来都是冷静以对，只有这一刻，她仓皇失措。

“李知行，你怎么会喜欢我，你弄错了……”

他目光中的浓烈感情就像潮水汹涌而来，几乎要淹没她，她平生第一次感觉到了何为“窒息”。

“我自己的心意，我很明白。”李知行直视她的眼睛，“我没有弄错。”

“你是同情我，又或者愧疚……”她喃喃说，“这不可能。”

“唐宓，我也想过很多次，但不是的。”李知行的话不容置疑，“如果仅仅是这样，我早就可以抽身而退。可还是不行，我最喜欢的，是你。”

“但，不行。”

“为什么不行？你喜欢别人吗？”

“不是的……”

虽然知道和她谈论这个话题很难，但当她真的说出口的时候，李知行还是觉得如遭重击。

“你喜欢叶一超，我知道，但叶一超不是那个陪你走到最后的人。”

她以为她喜欢叶一超的事情是个秘密，她藏得非常好，不会被任何人发现，然而此时被李知行这样毫不留情地指出来，宛如被人揭开遮羞布后再被人打了一耳光。

她耳朵里轰轰作响，脸上毫无血色："你知道……"

怎么会不知道。李知行苦笑，他在她身后看着她那么久，对她的想法怎么可能不了解。

苦涩的心情让李知行嗓音有些沙哑："我之前并不十分确定，但是看到你现在的态度，也就确定了。但这不重要。唐宓，考虑一下我，好不好？"

李知行叫过很多次她的名字，但从未有哪一回如此郑重，那两个字就像鼓点一样猛然落在唐宓心口，突如其来，无法言喻。做了这么多年同学，她知道李知行认真的时候是什么样子，起初的惊愕之后，她想自己不能逃避，必须要给李知行一个答复。

"不，这和叶一超没有关系……"唐宓平静了呼吸，"只是跟你在一起，这不可能。"

她说不好自己的心情，但在她人生的选项中，从来没有"和李知行在一起"这个概念。作为唐雪和江凌柏的悲剧结局的下文，舅舅失败婚姻的案例还摆在眼前，她实在做不到忽视或者无视这一切。

"我知道很难，但并非不可能。"李知行说，"世界上的任何事情都不可能一蹴而就，困难总会有的，我会一点点地克服。我会说服我的父母、长辈，我会说服给我们带来任何阻力的人。"

"不是的，没那么简单。"唐宓还是摇头。

李知行几乎是半跪在她面前："对我有一点信心好不好？"

"不，我给不起信心的。"她垂下眼睛，避开李知行的眼神，"你之前也说过，我何必去想那些纠结的事情，但如果和你在一起，那一切就会变得很复杂。我需要做的事情很多，无力应付那么多的麻烦。"

"我不会让你遇到麻烦。你朝我走一步，剩下的九十九步，全由我来走，可以吗？"

她凝视李知行很久，想起了许许多多的往事。她想起自己为英语所苦的时候，他主动提出"补习"的建议；想起外婆卧病在床的时候，他站在医院廊下的身影……林林总总，无法言喻。

她说："一直以来，你这么帮助我，都是因为喜欢我吗？"

李知行温柔地摇头："不完全是。世界上的事情很复杂，不能一概而论。而且……我也不觉得帮了什么忙，以你的能力，总能解决。"

挣脱开李知行握住她的手，她站起来顺手又捞过了书包。

"抱歉，李知行。你这么优秀，可以找到比我更好的对象。"

只看她的眼神，就知道她心意已定，再说无效。她素来坚强勇敢，连做决定都不可转圜。

"我要回学校。"

李知行一把拉住她的手："等我一下，我收拾书包，就跟你一起回学校。"

今日变故太多，她压根没反应过来，就看到李知行从某个房间里拿出个书包，对她颔首。

"好了，走吧。"

他站在玄关处换好鞋，打开门，牵过她的手往外走。

"你当之前这个房间内什么都没有发生过，出了这个房门，我们回到朋友关系。"

从玄关到门有几步距离？

唐宓之前从没想过，现在是彻底清楚了，两步，双脚一前一后，两人就站到了门外。

李知行放开她的手："回宿舍吧。都过十点了。"

两人站在电梯门口，看着数字一格一格跳跃，走廊寂静无人，只能听到电梯运行的轻微"嘶嘶"声响。最后停在六楼，电梯打开，里面空无一人。两人一前一后走进电梯。狭窄的电梯间，电梯顶端散列的多盏节能灯如同星辰闪烁，电梯四壁由金属镜面构成，清晰映出身边人挺拔的身影，一个、两个、三个……数不清。在电梯中，身边都是李知行的身影。

随后她才想起反射原理，哦，虽然是狭窄的电梯间，却有无数个李知行。

这一刻唐宓忽然有种奇怪的感觉——仿佛命运忽然实质化，幻化成一只巨大的手，拎着她的后颈衣领，把她扔到了人生的转折点上，没给她留下任何思考的余地。

电梯门打开，李知行率先迈出步伐，然后再一次回头看了看落后一步的她——像这些年来重复了无数次的动作一样。

"唐宓，走吧。"

她跟了上去。

| 第三章 |
不能在一起

唐宓并不是一个喜欢生活中频频出现意外状况的人，可能的话，她希望生活中的一切按部就班，照着既定的路线行走。可生活的变化从来不以个人意志为转移。

五月三号下午，数学系一行人结束了这难得的休假回了学校，唐宓估摸着他们回来的时间，准备约叶一超见面，没想到还是被叶一超抢先——他直接一个电话打给她，约她出来见一见。

唐宓简直求之不得。她临阵脱逃回了学校，这事儿做得很不地道。在起初的恼火生气之后，尤其认识到自己当时的愚蠢，正渴望找个机会跟叶一超道歉。

两人在宿舍区外见面，两三天的时间也难说有什么大变化，但看叶一超依旧清爽的外表，这两三天他应当还是玩得不错的，至少情绪上没受她离开的影响。

“走吧，去餐厅谈。”叶一超双手插在裤兜里，跟她说，“我请客。”

“嗯，好的。”

叶一超选的餐厅就在大学旁边，整间店非常雅致，特别适合追求情调的文艺青年。五一期间，学校人不多，加上时间偏早，餐厅里相对安静。

唐宓素来是语言的矮子，还在斟酌语言时，叶一超就先开了口。

“那天你说的话，我回去后仔细想了一想，觉得你说得对，是我太冒失。我不应该随意评论你的家事。是我自以为是，以后不会这样了。”

说话时，他表情有些严肃，透露出一股深思熟虑的模样。

“不是，当时是我太激动……”她又内疚又感动，轻声道，“叶一超，你说的话都是对的。”

唐宓也很清楚，叶一超从来也不是那种事事为别人考虑的人，只有面对她的时候，会贴心地为她考虑。

“正确的不等于‘合适’。”叶一超说，“我的想法并不适用你。这点我明白。”

唐宓轻轻皱眉，她不是很善于言辞的人，为自己辩解不太容易。但叶一超已经揭过了这一页，往下走。

"唐宓，有件事，我想问问你。"

"什么？"

"你……"叶一超严肃地问她，"是不是不喜欢看到我和吕子怡在一起？"

这问题听得唐宓极端吃惊——"啊……你怎么说这个？"

其实这事儿说来话长，唐宓临时从苍山走掉之后，男生们好奇缘故，纷纷玩笑说"因为吃醋，所以跑走了吧"。以往的话，男生们用唐宓和吕子怡来开玩笑也有不少次，叶一超从未在意，但这次他多想了想，直到猛然想起唐宓愤怒离开时扔下的那句"你去找吕子怡好了"，语气中大有怨怼，才有此一问。

"我想从你这里得到答案。"

叶一超脸上的轻松笑意完全不见了，取而代之的是极端专注的表情，那是唐宓很少见到的，只有在他遇到什么极其困难的题目时才会露出的表情。

他重复了一遍："你不希望我和吕子怡来往，你有这个想法吗？"

"我……"她镇定了一下，才说，"如果我是这么想的……你会怎么办？"

她现在明白，一个人紧张的时候，真的会心跳如擂鼓。她听到自己的心脏剧烈搏动，几乎要从胸口跳出去。

"你要知道我的答案，请先回答我的问题。"叶一超是个特别善于提问的人，此刻他也如同研究数学那样，用提问代替了回答。

唐宓气息急促，她镇定了一下，抬头和叶一超对视。

"高中的时候，你几次三番地帮丁霄霄跟我表白，是为什么？"

猛然被问及几年前的事情，唐宓呆了一呆。在她的印象中，叶一超从来不是算旧账的人，或者说，"算旧账"这个概念从来不会在他大脑里生根开花，除了数学外，从来没有什么事情真正让他记在心里。此刻他却不罢休地问起老账来。

她艰难地开口："因为……她很喜欢你，一直求我帮忙。"

叶一超冷静地继续说："你可以拒绝的。尤其是在我已经叫你不要这么做的情况下。"

"我没办法拒绝她的要求……"

不是每个人都可以肆意选择自己的人生，在唐宓无奈的人生经历中，有太多不自由的地方，她被逼无奈欠了丁霄霄的人情，因此不得不以这种方式还债。

"高中的事情，我真的非常抱歉。叶一超，我肆意地利用了你的好意。"

叶一超摇头，对她的抱歉不以为然。

"上学期，和你一起在食堂吃饭的那个男人，李泽文，和你是什么关系？"

也许今天他是准备解决所有老账，所以问题很多。唐宓老实交代。

"李先生是李知行的堂兄，他那次来学校，是来帮我的忙。"

"李知行的堂兄？"叶一超微微眯了眯眼，对这个答案不太意外，"他帮你什么忙？"

在叶一超清晰冷峻的目光下，唐宓没有办法撒谎。

"上学期我遇到了跟踪狂，他和李知行帮我把跟踪狂找出来……"

下一秒叶一超的脸色微变，身体前倾，目光灼灼地盯着她。

"跟踪狂？"

“你别担心，没事。我们已经解决掉了麻烦，现在一点问题都没有了。”唐宓连忙摆手，“叶一超，真的，相信我。”

叶一超深呼吸了一口气，放心下来。就算他不相信唐宓，也会相信李知行的能力。

“我——”叶一超定定看着她，“唐宓，这么大的事情，你不告诉我，是因为你觉得我很不可靠，是吗？和我相比，你是不是更愿意相信李知行？”

“不是……”唐宓艰难地开口，“叶一超，跟踪狂的事情只会让人心烦，要解决并不容易。而且，我不想给你添麻烦。”

她发自真心地袒露心迹，却只换来叶一超的轻声一叹：“所以，你还是不相信我。”

唐宓可以发誓，这是她平生第一次听到叶一超的叹息。

好一会儿后，他才重新开口：“唐宓，我偶尔也想过，你是不是喜欢我。有些女孩子喜欢我，她们希望和我在一起，会给我打电话、写情书、发短信或者直接约我出来告诉我。从你的举动，我完全看不出来。我想来想去，也没有结论。”

唐宓心跳快得难以承受。叶一超这个人，一直没什么多余的小动作，举止端正，此时他笔直笔直地坐在她面前，双手放在桌上，就这样认真地看着她。

“从小到大，我从来没仔细想过喜欢啊恋爱啊，这些别人都在说的名词到底是怎么一回事，我对这种感情并不敏感也不在意。”叶一超继续说，“我喜欢数学，觉得一个人研究数学很不错。但你的出现，改变了我的想法。有时候，别人跟我开玩笑说起你的时候，我也会想，如果你喜欢我，我会和你在一起。”

唐宓震惊到了极点，呆滞地看着面前的叶一超，连语言都忘记了。

“你知道我没有开玩笑。”叶一超重复说，“唐宓，如果你喜欢我，我会和你在一起。”

“叶一超……你能和我说这番话，我会记住一辈子……”唐宓深吸一口气，竭力压制声音里的颤抖，“可是……叶一超，我，我不能……”

叶一超微微抬起下颌看着她，直视她的眼神，清晰的瞳孔映出了她的身影，没有任何逃避。

“唐宓，如果我让你不要和李知行来往，你会答应吗？”叶一超忽然问。

唐宓一怔，想起两天前的那个晚上，半跪在她膝前，轻声恳求她的那个李知行。

“你要我不跟李知行来往？”

“是的，你可以做到吗？”

“你知道。”唐宓艰难地开口，“他和我有一点姻亲关系……而且，他也帮过我很多，这不可能……”

“我明白了。”叶一超微微侧过脸去，仿佛在倾听什么神秘的声音一样。

片刻后，他再次开口：“李知行对于你，就像是吕子怡对于我。吕子怡作为同学无可挑剔，平时帮了我很多，我也不可能不和她来往。”

哦，所以说，就是这样一回事了。

“是啊。”唐宓说，“是的……吕子怡很优秀……我原以为自己是女生中数学最好的，可是直到看到她，才知道……自己也有很多不足。”

“不，你始终是我见过的最聪明的女孩。”叶一超停了停，语气平静，态度平和，仿佛刚刚的一切都没有发生过，他甚至还对她笑了笑，“我们去办公室吧，还有论文要写。”

两个人骑车前往数学系大楼，天气渐渐热了起来，继续为论文努力。

两人照样讨论论文里的难点，努力简化和排除，一切毫无异样。

唐宓性格之坚韧，绝非等闲小事可以轻易动摇。

叶一超也是非常纯粹的人，在他的生活里，数学永远排在第一，两人之间那些情感的纠葛恐怕连个像样的涟漪都掀不起，他很快将其置之脑后，开始了计算工作。

所谓尘埃落定大概就是说这种状态了。

就像一个早早听到结局的故事，她早就知道了剧情，而今不过是迎来结局罢了。

叶一超明白清晰地把自己的疑难问题丢出来，没有含糊，没有质疑，没有追问，只等着听她的答案。叶一超已经向她伸出了手，可是她亲自推开了他伸出的手，如同乌龟一样缩了回去。

她想跟叶一超说的，其实有很多很多话，比如她的“不得已”，比如她肩上的责任和负担，比如她的经济压力，再比如她内心的不确信和不自信。

可是话说得再漂亮又怎么样？事已至此，再说其他都是矫情了。

她想起李知行握着她的手，在那盏温暖灯光下平静地跟她说，我们退回朋友状态。

她从来没想过，那时候李知行是什么心情，到了现在这种情况，自己总算可以了解一二。

自己当时怎么就能说出这种话，让他伤心呢？

按部就班地生活了没几天，发生了另外一件事。

唐宓意料之外地接到了俞希白的电话——电话那头她说“有要紧事要咨询她的意见”，请她出来吃个饭。

她确实不知道有什么好谈的，但考虑到前不久才搭了人家的便车，对方还有“要紧事”，她也只得出来见面。俞希白是隔壁民大的学生，和京大距离非常近——因此约见的地方是两校中间的一家咖啡厅。

唐宓到的时候，俞希白已经在店内，正和对座的李知行交谈，两人之间隔着小小一张棕色木桌。大约李知行说了什么事情，俞希白不禁抿嘴微笑，不转眼珠地看着对面的李知行。天气已经入夏，俞希白穿着素雅的蓝裙子和平跟的小凉鞋，看上去甜美大方。

唐宓走进屋内，和两人打了个招呼。

表白事件发生后，起初唐宓面对李知行的时候始终觉得有些尴尬，她没有和拒绝对象继续交往下去的经验。可李知行对她的态度毫无变化，不忙社团的时候继续和她一起上自习，就他自己双学位中遇到的问题请教她，态度毫无异样，非常坦然。

李知行无论从哪个角度上，对唐宓来说，都是很重要的存在。自己欠他很多恩情都还没能还掉，对他的要求怎么可能拒绝。

唐宓也不会太执着地想“李知行是装的还是认真的”——她是个特别能分清楚主次的人，知道对于现阶段的她而言，想明白这事儿不可能，在李知行的带动下，她也恢复了常态。

李知行错了错身，招呼她在自己身边的沙发里坐下；俞希白则无视她的意见，做主给她点了冰水。

随后她拿出了笔记本电脑翻开："准备开始啦！"

唐宓很诧异地看着她："你找我什么事情？"

"知行没告诉你吗？我在民大学社会学，今年暑假，我们要对越江的宣州周边的乡镇进行一下社会学调查，之前在车上，你说过你是宣州周边乡镇的人，我想找你先打探一下，做个备忘。"

原来她学社会学，真是人不可貌相。

唐宓抬头看着身侧的李知行："社会学？我完全不懂。你也可以问李知行。"

李知行说："我不是宣州人，对民俗风情一窍不通。而且她想问的，是经济的发展对农村社会习俗的影响。"

"虽然大部分的社会问题是经济问题，类似的研究也很多，但是没有调查总是不行的，所以我们还是想实地走走看，调查第一手数据。"

很有道理，是认真做学问才有的态度。

虽然她并不确定社会学中的农村是什么模样，但接下来的时间她开始回答俞希白的问题，宛如记者问答一样，从善如流。俞希白有着谨慎的学习态度，对此进行了深入的思考，准备了大量的问题，比如丧葬习俗的变迁、婚姻关系的发展，很多问题唐宓闻所未闻——她以为顺理成章的事情，在俞希白看来都很新鲜。

足足大半个小时过去，俞希白终于结束了问话，合上了电脑。

"今天太感谢你了，解决了我的大麻烦。"

这一番对话下来，唐宓对俞希白的印象也有所改观。想来也是，俞希白可是李家长辈看中作为李知行的女朋友对象的，其综合素质一定也非常高。

"不客气。"唐宓确实觉得没什么大不了。

"说起来，暑假的时候，如果你有空的话，我们想找你当导游。"

唐宓摇了摇头："不，我暑假暂时不回去。"

李知行从头到尾几乎没插嘴，只现在看她一眼："你有别的安排？"

"是的。"

"做什么？"

唐宓说："还有数学论文要做。"

"和叶一超一起忙的那个？"

"是的。"

"那估计是要花不少时间了。"

然后俞希白又盛情相邀唐宓和他们一起吃午饭，被唐宓态度坚定地拒绝。唐宓没什么和不熟悉的人一起吃饭的兴趣，婉拒后起身离开。

道路的前方是十字路口，红绿灯闪烁着，她停了下来，头顶的太阳辉煌得耀眼，面前的长街上车水马龙人群熙熙攘攘，她若有所思地扶着车回头看了一眼，却看到李知行顶着烈日从后面骑车而至，在她身边准确地停下来。

李知行冲她颔首：“一起回学校吧。”

她吃惊地看着他：“你不是要跟俞希白一起吃饭？”

“我什么时候说过要和她一起吃饭？”李知行笑着瞧她，“倒是你，趁着我去卫生间的时候跑走了，闪得倒是很快。”

唐宓想，他确实没说过自己会留下来，只是自己理所应当地这么认为。

“今天是俞希白找到我要你的电话，说是要做论文，所以给了。”李知行说。

“没关系的，她挺认真的。”

“是啊，她在学术上的态度还是很端正的。”

李知行一蹬脚踏，链条“呖呖”轻响后，他骑车穿过了人行道。

日光蒸腾灼目，李知行的背影在光影中恍惚隐约。

放假后，唐宓没有马上回家，为了解决论文问题，每天都在数学系，一心一意全神贯注地配合叶一超做好论文的辅助性工作。一个人的潜能真的远超想象。拜金融系的高强度英文训练所赐，她现在的英文水平足以藐视数学系的大部分人，在短短一个多月的时间内，她啃完了五本相关图书和数十篇论文，还翻译了好多篇——看得多，能力自然增加迅速——连程京都震惊于她的学习能力。

她不光是快速地吸收知识，并且也可以很快地将各种知识转化为实践，虽然才学会没多久，但她承担了大量的计算和验证工作，工作量不少于叶一超。

程京挺感慨：“难怪叶一超一直对你赞不绝口，天赋和努力都到达了顶点。重点是，不被之前的观点限制。你这种学生，不学数学真的太可惜了。”

“我现在还记得我们高中上竞赛班的一件事。我们当时把全班的手机号收集起来，写在黑板上，寻找其中的质数。结果我还在思索的时候，是唐宓最先圈出一个手机号，说很有可能是质数，后来我们找了同学编程验证，还真是没错。”叶一超顿了顿，补充说，“那时高一开学没多久。”

房间里少说也有十多人，一时间满屋皆静。其他人也好奇她是如何搞定的，于是凑过来倾听。

罗志维最先说话：“就算以现在的知识量来说，没有计算机的情况下，准确找到十一位数中的质数也不轻松，何况是五年前，她怎么做到的？”

叶一超摇头：“我不知道，当时问过她她没说。你们可以问问她。”

唐宓一愣，她自己都忘记这事儿了，没想到叶一超还记得。她随后依稀想起来，这件事情发生之前，叶一超和自己的交集完全是零；在这事儿之后，他就会主动找她说话，讨论题目了。

“也没什么，排除法。”

曹威说：“排除法我知道，但最后怎么才能定某一个数？”

唐宓迟疑了一会儿：“我小的时候，因为学校和家比较远，走路要一个多小时，这段时间，我试图分析总结过质数的规律，后来确实找到了一个近似规律——我现在才知道是素数定律。”

罗志维用匪夷所思的眼神看她：“自己总结出素数规律？你那时才几岁？”

“初三。”

在场诸人纷纷变色。

叶一超看着众人点头：“所以我说，她的天赋真的无人可及。”

在座的都是数学系最优秀的学生，纷纷想起，如果她在数学系就读会有何等景象——大概，会让他们很挫败吧。

数学就是这样一种学科，努力只能达到某一种程度，而越过了高等数学到达更具体的领域，则完全考验天赋了。

经过一个多月的忙碌，数学论文的工作终于宣告暂停。

八月中旬的时候，唐宓带着资料和许多未完的工作，经过一天奔波之后，回到了唐家村的小家。她已经很久没看到外婆了。和大城市的日新月异不同，唐家村几乎没有变化，还保留着原来的小乡村模样。回来的时间太晚，秋收只剩下收尾工作，外婆的头发白了好多根，唐小刚同学让人惊诧地蹿了半个头，长成了大高个。

唐宓就算是暑假也绝不会松懈半点，忙完农活照样抓住一切时间读书。

她回来没几天，从村民那里听到了一个新鲜话题——原来，这附近五乡八村最近来了群做调查的大学生，天天在村子里串门，打听各种奇奇怪怪的消息。这些乡村这些年也出了些大学生，村民们也早就过了听到“大学生”就稀奇的程度，没怎么多打听，加上还隔着村子，因此传到唐宓耳中的消息也不多。

唐宓听着倒是有点犯嘀咕——她想起了俞希白，但俞希白的社会调查应该是在七月，唐宓便没太在意。

不过几天后，她从二婶那里听到了新的消息。

“做调查的那群学生，今天来咱们村了，住在村长家。对了，有个女孩子，说认识你呢，阿宓。”

饶是唐宓也有点惊讶，她去了村长家，真的看见了俞希白那一行人。他们这个社会调查队伍共计六人，二男四女，队长是一名叫崔佳的男生。

这次考察看来任务不轻，俞希白晒黑了一点，但气色还不错。唐宓跟她打了个招呼。在自己家乡遇到她，可不是件概率很大的事情。

俞希白说：“我之前给你打了电话，不过没打通。”

“我关机了。”

唐宓回了家就关了手机，真要找她的人，也可以打座机。

“这几天，就麻烦你啦。”

“没事。”

她和俞希白完全不熟，但看在李知行的面子上，这点地主之谊还是要奉献的。

俞希白所在的社会调查团队预计在唐家村待五天。唐宓作为导游，带着俞希白等人在村子里走走逛逛，访问村里的老人。村中的老人很多不会说普通话，本地口音很重，她兼任了翻译一职。唐宓觉得他们的工作作风还挺严谨，跟记者采访一样，相机、录音笔、摄影机和笔记本都有好几台，各种设备非常齐全。

几天相处之后，唐宓和他们也慢慢熟了起来。学社会学的这几位性格都非常外向，善于言谈，一路也颇不寂寞。本以为这次社会调查会平静结束，没想到到底还是出了事儿。

调查进行到第三天的时候，他们打听到唐家村后山有一块大石头，上面雕刻着几尊本土神像，不由得产生了好奇，提议要去看看。

唐宓作为带路人，带着他们前去查看。

前一天晚上村子里下了雨，道路很是湿滑，唐宓一路提醒他们小心脚下。俞希白等人之前调查的那几个村子，论条件比唐家村略好一筹，且几乎不在山中。这支队伍女孩子多，且都是城市里长大的，看吃穿用度就知大约家境不错，应该是没有遭受过如此考验的。

但计划不如变化快，预案做得再好，到后来还是出了事儿。

去后山的路要经过一段有名的烂泥湾，只要一下雨，这烂泥湾就会变成噩梦般的存在，若是一脚踩进去，再提起来时鞋上可以挂上三斤泥，通过的方式是跳跃踩过泥泞土路中的石块。若是仅仅这样也就罢了，但烂泥湾位于山路的梯田之中，若是一不小心踩漏，就会摔到下方两米高的田里去。

唐宓在这山中生活了二十年，兼之运动细胞不错，过这种路非常轻松，但是俞希白等人显然没这么能干——唐宓站在前方的石头上回头看着他们互相搀扶着行走在宽度不足三十厘米的泥泞的山间小路上，煞是艰难。

唐宓于是建议："我看先回去，天气好一点再来。"

"不要啦。"走在道路最前方的俞希白笑着说，"别小看我们啊！"

"那把你的包给我。"

俞希白没在这种场合逞强，顺从地把书包递了过来。包里是她的相机、笔记本等东西，还挺沉。

大约是唐宓负担了她的重量的缘故，俞希白反而有些重心不稳，走路比刚刚更摇晃，在唐宓以为她能站稳时，她忽然再也站不稳，后面的崔佳试图拉住她，但是人的重心一旦倾斜，力道之大根本不是一只手可以抓住的——唐宓眼睁睁看着俞希白从路上掉了下去。下一瞬，她听到下方传来了一声惨叫。

"啊！"

下方的田地和这条路高度差两米！这一摔下去，伤势可大可小。

唐宓脸色顿时变了，忙看下去，却看到俞希白硬生生地摔在那块田地中央——因为秋收已过，田地里一片荒凉景象，只剩下几个捆在一起的麦垛，俞希白一身白 T 恤的装扮在田里分外扎眼。

唐宓把书包放在路边，几步跳过了烂泥湾，旁边有一条小路，她抓住路边的灌木丛，跃到了下面的田中，跑到俞希白身边，跪坐着，扶起她的上半身枕在自己膝上。

"俞希白，我是唐宓，摔倒哪里了？"

几十秒的工夫，俞希白脸全白了。她好阵子没有说话，片刻后眼里都是泪水，她挣扎着颤抖着唇道："我……我腿疼。"

还能说话，说明是腿先着地，没伤到头。

"哪边疼？"

"左，左腿。"她大概是疼得狠了，声音又小又细。

"左腿哪里？"

"脚踝……"

俞希白穿短裤，唐宓仔细看了看她的腿和手臂——双腿上有不少擦伤，手臂上表皮也破裂了不少，但都没出血。看她疼得眼泪齐飞，唐宓判断，她多半骨折了——她可不敢再搬动她。

她仰起头看着上方道路旁，崔佳等人几乎还困在烂泥湾上，几人趴在路边紧张地问："怎么样怎么样？"

"她可能小腿骨折了。"唐宓语速很快地说，"你们回村子叫村长。我在这里陪她。"

"要不要打 120？"

唐宓表情冷峻："那也要送她去公路旁边才可以。"

崔佳没再纠结，唐宓比他们熟悉唐家村一百倍，目前还是按照她说的做比较好。唐宓紧紧握住俞希白的手，大脑急速运转，思考着接下来的对策。

有外婆出事的经验在，她知道 120 根本到不了唐家村，就算能到，效率如何也是两说。骨折并不是急症，只要不乱动，迟一会儿应该问题不大。

"你的手机在身上吗？"

"嗯。"

俞希白痛苦得不想说话，唐宓直接从她身上拿出了手机，顺便整理了她的 T 恤和短裤。

点亮屏幕后，唐宓眼光落在手机屏幕上，却怔住了。屏保的桌面是照片，是俞希白和李知行两人的合影。照片很有意思，背景是道石头垒成的巨大灰色石墙，墙壁中间则是条正在维修的道路，挂了两块醒目的"非请勿入"的蓝底白字牌。而李知行和俞希白两人正靠在墙边，李知行没有完全站直，背靠在墙上，长腿往前，旁边的俞希白站得直，恰好可以和他肩并肩靠在一起，显得很亲密。

唐宓定了定神。俞希白没设密码，她很快翻开了通讯录，果不其然找到了李知行。

她拨出了号码，李知行很快就接通了。

"你好。"李知行说。

"不是俞希白，是我，唐宓。"唐宓说道。

李知行"啊"了一声，似乎挺惊讶，但很快镇定过来："那么，她是在你们村做社会调查？"

所以说和聪明人谈话就是好，完全不用费心解释，对方就能马上了解情况。唐宓简要介绍了情况，说清楚了俞希白受伤一事。

"她应该是小腿骨折，需要急救。"唐宓说，"需要车把她送到医院去……你能不能想想办法？"

"我正在宣州，我来想办法，你不要着急。"

“嗯……好。”

“保持联系，有事找我。”

这通电话不过两三分钟，挂上电话后，唐宓发现俞希白的脚踝处肿了起来。她蹙着眉心，想起自己初遇俞希白的时候，她就拄着拐杖艰难行走在京大校园里——她记得那时候她受伤的地方也是左脚，这样看，这次摔倒会不会影响左脚的问题已经成了隐患。

“你给李知行打电话了？”

俞希白不知道什么时候睁开了眼睛，正定定地看着唐宓。

“他正在宣州，说他来想办法。”

俞希白苍白的脸上浮现一丝苦笑：“嗯……大概要被他看不起了……”

“不会的。李知行怎么可能是这种人。”

“和你相比，我觉得自己很傻的……”

“没有的事。”

“刚刚吓坏我了……我以为自己要死了……”

唐宓握住她的手，轻声抚慰：“没事，过去了，不要怕。”

俞希白枕在唐宓的膝盖上，盛夏的阳光如此刺眼，直射眼睛。她想翻个身，但身上疼得受不了，根本无法动弹。唐宓伸出手轻轻覆在她的眼睑上，挡住了直晒的阳光。

“你和李知行是什么关系？”俞希白声音低了好几分。

“同学关系。”

“李知行很喜欢你啊……”

“……”

唐宓匪夷所思，她从两米高的山路上摔到田里，受伤到了这个地步，居然还想着“喜欢不喜欢”的问题。她只见过自己几次，就有了这样的结论？

久久没有听到唐宓的回答，俞希白也有数了。她浑身的疼痛正在消散，取而代之的是大脑神经的麻痹。

“他跟你表白过吧？”

唐宓都不知道，俞希白纠结于这个问题有什么意思。如果她能够回答，必然会否认说“没有”，可她不是善于说谎的人，只能努力岔开话题。

“你的脚还疼吗？”

“我刚刚以为自己要死了……如果我死了，我会后悔死的……”俞希白的声音带上了哭腔，不知道是不是疼的缘故，“这世界真不公平……我那么喜欢他，他却不喜欢我……对你来说弃如敝屣的东西，却是我心心念念的……从小到大我要什么东西都有，只有他……”

眼睛和半张脸被唐宓的手心盖住，俞希白的表情看不分明。唐宓觉得手心有点湿润，大概是俞希白的眼泪。

“不是的。”唐宓轻声说。

“不是什么？”

“我没有弃如敝屣，我很在意的，只是……”唐宓紧紧握住她的手，声音越来越轻。

到底要说什么呢？说自己的不得已和无可奈何吗？说自己的无能为力和同情吗？唐宓苦笑一声，没有勇气再说下去——俞希白也彻底沉默下来，她浑身还是太疼了。

远处脚步声由远及近，村长带着人前来救援。来本村做社会调查的大学生摔了腿，这事儿不算很大但也不能说小，村长自然也要在意。

这些年在山里摔伤的人也有不少，村长和诸位村民经验丰富，知道骨折了可不能乱动，于是组织人带来了一块门板，可以把俞希白抬出去。

在村里大叔们的齐心协力之下，他们穿过唐家村，终于把俞希白送到了公路旁边。

这之前李知行已经打过电话，说他会带人过来，让俞希白安心等待一会儿。

唐宓把电话拿给俞希白听，她和电话那边的李知行小声聊了几句，脸上顿时浮起了笑容。

李知行的行动不可谓不迅速，那通电话后的两个小时，他就到达了唐家村。他想得非常周到，找来了一辆黑色的 SUV，还带了一名医生，车上有急救箱，可以对俞希白身上那些简单擦伤进行处理——在医生的帮助下，众人把俞希白送上了车的后座。

“谢谢你了。”李知行跟唐宓道。

“没事，我也有错，我应该换一条路。”

唐宓是彻底松了口气，把俞希白的书包递给李知行。

李知行瞟了眼车内的俞希白，摇头。

“绝对是她自己逞能，和你有什么关系。”

李知行坐在车内问崔佳等人：“你们谁要回城内的？要不要走？”

“不呢，过两天我们再走。”

俞希白的社会调查之旅彻底结束了，但不意味着其他人也结束了调查。这也是刚刚俞希白和崔佳商量的结论。俞希白还是很希望把社会调查做好，再说她也不缺人照顾。

“好的。”李知行跳上副驾驶的位置，“那我走了，唐宓。”

有急事在身，李知行也不可能在唐家村耽搁太久，俞希白回去后还有大堆的检查要做，万一伤到脊椎那可就麻烦大了。

一个叫高樱的女生感慨：“有这么好的男朋友真是幸福啊……”

崔佳瞧着车子绝尘而去，很是感慨：“那是李知行吧？以前在学校里见过他来找俞希白。”

“是啊，感情真不错……”

其他女生也笑起来，种种议论声不一而足。

唐宓习惯性地沉默下来。她眺望着李知行离开的方向，心情复杂得自己都难以形容。她想，李知行明明对她表白过，可转头就照顾另外的女生了。以李知行和俞希白的交情，势必不能送她去医院就算了，护送回京也是可能的。李知行这人事事考虑周全，照顾俞希白一定也很周到。

有一瞬间，她居然希望摔了腿的是自己——她想，自己是怎么回事？出了什么毛病？难道她会嫉妒俞希白？又或者是对李知行生气？

她想，自己一定是疯了，疯到失去理智了。

当天晚上，李知行给唐宓打了个电话，通知她俞希白的检查结果，X 光拍片结果显示她左脚脚踝骨折，需要长时间静养，因此明天她就回京了。

唐宓说：“你送她回去吗？”

李知行很诧异：“我为什么要送她回去？她有父母呢。再说，我才回宣州好不好，都没陪我爸吃上一顿饭呢。”

“啊。”唐宓说。

电话两头有着长久的沉默。

“你很在意我和俞希白的关系？”李知行忽然问。

唐宓很想否认，话出口却完全变了。

“她很在意你。”

“我不知道她跟你说了什么。”李知行说，“但对我而言，我只是尽本分，俞家和我家有些交情。而且重点是，你打电话给我。”

唐宓沉默下来。她听到李知行轻微的呼吸声从电话那头传来，如一阵风。但是她始终没有挂电话。

“我始终在这里。”李知行最后说，“你放心。”

挂了电话，李知行盯着屏幕上的“唐宓”二字看了几秒钟后，才返回单人病房。

俞希白躺在病床上，百无聊赖地玩着手机。她手臂和腿上的擦伤上了药，左脚脚踝处缠着绷带，打了石膏。她这次摔得厉害，浑身是伤。

瞧见李知行进屋，她放下手机目光灼灼地盯着他，问：“你是和唐宓打电话去了？”

“是的。”李知行说，“告诉她你的伤势。”

俞希白看着他。李知行前不久剪了个板寸，侧脸干净清爽。她记得小时候的李知行也很好看，虎头虎脑，大眼睛的小男孩，但和现在完全不一样。他是那种年龄越大，气质越发突出，甚至会盖过外表的存在感的人。

“我才知道，你们的关系不仅仅是同学，唐宓还是你姑姑前夫的外甥女。”

李知行不意外，五一假期在苍山碰见他们母女二人后，她们要是回去不打听唐宓是谁，简直不可能。而她们打听的人选无论是自己妈妈还是姑姑，那都是“问对人”了。

为了显得对这个话题很配合，李知行问：“跟我妈打听的？”

“嗯，是的。”

李知行坐在病床旁边，拿着只苹果开始削皮。

“那我妈说了什么，有什么结论？”

俞希白心里有点打鼓，她看不出李知行到底想什么，只觉得他面带微笑，看着很轻松。

“你妈妈的态度，你不清楚？”俞希白避重就轻。

李知行微笑，没追问下去。这话题换了其他两个人来说，其实是非常尴尬的。但他们两人都是落落大方的人，成功掩盖了话题之间的微妙不和谐。

能和俞希白“感情不成朋友在”，李知行的内心也有欣赏她的成分。

“你真的……很喜欢她吗？有多喜欢？”俞希白又说。

完整的苹果皮轻轻落在垃圾筐里，李知行熟练地用小刀把苹果切成小块放在盘子里，插上小竹签，递给俞希白。在喜欢自己的女生面前回答这个问题，不算厚道。李知行不喜欢牵绊太多，但也没有伤害俞希白的想法，她今天已经受伤太多了。

“可是她对你的感情不是你期待的那种。”俞希白低头小口小口吃着苹果，“我虽然才认识她，可也能看出她不是可以轻易动摇的那种人。”

“是的。我知道。”

没有人比李知行更清楚这一点。

俞希白又说：“我去了她家，她家那房子都快塌了。她和外婆两个人生活，她外婆看上去也不年轻了……屋子里连个电视都没有，难以想象她是怎么长大的。”

“你也说出了原因。”

“嗯？”

李知行说：“没有电视，只能读书了。”

俞希白笑起来，笑得前仰后合。装着苹果的果盘颤颤巍巍地几乎要从她膝盖上滑下去。

李知行看她笑了，也放下心来，顺手拉过了盖在她膝上的毯子。

“那你好好休息，我回家了。”

| 第四章 |
不知道的事

大三开学后，宿舍里剩下了两个人。经管学院无论是本科还是研究生的交换生机会特别多，只要学习不错家境殷实，再跟学院申请，几乎都可以拿到去国外的交换生名额。冯娅去了国外的某校当交换生，在国外进行为期半年的学习。韩羽露也有意出国，宿舍里只剩下唐宓和赵幸丹两人。

开学后不久，唐宓去参加了一次老乡会。每年九月开学的时候，宣州中学又有新一批学生考入京大，作为宣中毕业的唐宓等人，要去跟学弟学妹们开个会。这种聚会每次都有二三十人，充分说明了宣中不愧是省级的超级重点中学。

人数太多，李知行联系了一间教室，方便前后辈一起讨论。唐宓作为宣中曾经的状元，现在京大的优等生，也是学弟学妹们在学业上的咨询对象。

她虽然脸上依然没太多笑容，但绝对有问必答，还特详细，让大一的后辈们有点受宠若惊。

“我听说以前唐师姐不爱理人的，现在挺亲切啊。”

“你怎么知道？”

“咱们宣中曾经的校花，冰雪美人的名头你没听过？”

“嘁，你们知道什么。她现在名气也大，我校经管学院的第一女神啊。”

“……”

凡此种种不一而足。

窸窸窣窣的谈话声传入李知行的耳朵，他微微笑了，跟唐宓说：“听到了没？不过，你的性格还是在慢慢改变吧。”

唐宓想了想，觉得他的话一点错都没有。高中时代自己根本不会参与这种活动。大学之大，“大”意味着更广阔的世界和更宽广的心胸，在这样自由和广阔的空间里生活，确实可以潜移默化地改变人的性格。

当然，老乡会中也有很不和谐的声音。不需要很锐利的眼神，唐宓就能发现一个大一新生，在整个老乡会期间都对她怒目相向。唐宓经过她身边两次，都准确无误地听到她蔑视地“哼”了一声。

那女生长了一张苹果脸，好像是医学院那边的，瞧着倒是有点眼熟。

唐宓对她的怒火不在意，讨厌她的人从来不少，她才懒得在意。

没想到的是，老乡会结束之后，那名女生忽然连名带姓叫住她，语气非常生硬。

唐宓让其他人先走，两人站在走廊一角，她问道：“有什么事情吗？”

“我叫曾丽冰。”女生神色不豫地报了姓名。

“……”

唐宓无语。好像她报出自己的名字，自己就应该认识她一样。

曾丽冰又说：“叶一超师兄怎么没来？”

“他们在准备比赛。”

叶一超忙着国际大学生数学竞赛，正到了紧要阶段，实在没办法来帮忙“公益活动”。

而此时，唐宓也终于想起了这个妹子是谁——几年前，就是她在网络上贴出了自己和叶一超在游乐场的合照。她去找她删照片，结果反而被这个学妹的一番犀利言辞击败退走。

“你为什么……”曾丽冰深呼吸，宛如一把上好膛的枪蓄势待发，“为什么把叶一超学长让给那个吕子怡？”

唐宓目瞪口呆地看着她。

“你……怎么知道？”

“谁不知道？没有人不知道好吧！”

“哦。”

唐宓没了声音。曾丽冰作为叶一超的死忠粉丝，对他的情况大约是很了解。叶一超从高中阶段出名到大学阶段，在宣中的这帮后辈中，有启明灯一样的作用。现在社交网站发达，关于他的八卦，很快就能传遍。

“你‘哦’什么啊！”曾丽冰一副恨铁不成钢的模样，气势汹汹的，“哪有你这样的，你要是和叶师兄在一起我也没什么话可以说，问题是你为什么要把他让给别人啊？”

试图把自己的意愿强加于人，这事儿也只有少年人才做得出来。那瞬间唐宓产生了错觉——似乎曾丽冰才是师姐，自己则成了后辈。不过，即便对方的态度趾高气扬，她也半点不生气，反而让她有一种错觉，很多无法对人诉说的话也可以说出口了。

“不是让不让的问题……”她说。

曾丽冰说：“叶师兄是喜欢你的啊。你外婆住院的时候，叶师兄不是来看你还给你送过巧克力？”

“你怎么知道的？”唐宓匪夷所思。

曾丽冰不情不愿地说：“你外婆的主治医生，陈医生，是我妈妈。”

陈医生仁心仁术，唐宓对她一直感激，此时听到曾丽冰说出陈医生是她妈妈，唐宓对她顿时提升了不少好感度，她说出的那些话就更顺耳了。

“我要谢谢你妈妈。你妈妈是好医生。”

“那当然了。”曾丽冰挺了挺胸，“所以我也要当医生。”

“那真好。”唐宓语气有些缓和。

曾丽冰为了加强自己的说服力，拿出手机迅速点了几下，把手机递给唐宓。

“你看！”

照片瞧着很是熟悉，正是以前她和叶一超去游乐场的照片，并且，是没有PS她的脸的完整版。

“你找我删照片后，叶师兄加了我的微博，叫我把你们的合照发给他。”曾丽冰说，“我问他为什么，他说，想看看你在照片里是什么样子。你说，如果他不喜欢你，干吗跟我拿走你的照片？”

唐宓垂着头，睫毛微微颤动。居然还有这段插曲，她从来不知道。

曾丽冰家境优渥，出身很好，她欣赏的爱情和大部分小女生一样，就是荡气回肠的那一种，最好能够达到“虽千万人，吾往矣”的境界。这些年，唐宓和叶一超的事情一点点传进她耳中，她自己脑补了无数回，觉得这两人之间那种“心领神会”“比翼双飞”的境界着实让人羡慕。但升入大学后发现这对她以为的恋人没在一起，直觉得三观都要坏了。

曾丽冰双手叉腰，一副大人模样：“现在社会好男人那么难找，你不要以为自己漂亮就一定会胜利，不去争夺的话，你最后什么都得不到。”

就连曾丽冰这样还在长青春痘的小女孩都在教育她这样浅显的道理，唐宓只能说：“世界上的事情，不是努力就可以得到结果的啊。”

“但是总比不努力好。”

“努力需要付出时间成本和金钱成本……”唐宓看着面前的小学妹，“我没有那么多的成本可以付出。”

“光想着什么成本成本，什么事情都算钱钱钱，你还真是学金融的啊！”曾丽冰愤怒得很，“送到你面前了都不抓牢，还真以为你冷着一张脸别人也要贴上来吗？你这人已经无药可救了！”

无药可救，的确是这样的。

但时过境迁，再说这事儿已经毫无意义。

唐宓唯有苦笑一声，学妹已经把观点表达清楚，这谈话再进行下去已毫无必要。

“抱歉，我走了。”

曾丽冰瞪着眼，发现自己的话对这位学姐完全无法造成任何影响，心塞到了极点，直到唐宓的背影完全消失后，她才缓过神，狠狠跺脚，踩了一下地板。

大三一年，是大学四年中的转折点，无论是找工作或者要出国深造再或者直接留在国内读研，都要早做准备了。学院配合同学们的发展，办了不少讲座，邀请了许多毕业于本学院、现在事业有成的前辈给他们讲课，让大三学生们做好人生规划。

从大三开始，金融系的课程就忽然实际起来，唐宓惊讶地发现，当课程从理论升级到实践之后，她的学习反而轻松了一些——实践类型的课程需要相当踏实的数学功底，而这方面恰好是她最大的长处。

韩羽露准备出国，因此每天都在啃GRE词典；赵幸丹和唐宓的计划是毕业就工作，毕竟经管学院在就业上优势很大。在这时候，就能很容易看出经管学院和数学系的不同。

当唐宓觉得自己每天都浸泡在铜臭味里的时候，数学系的众人呈现出截然不同的气象。他们参加各种数学比赛，讨论国外哪所大学数学实力强，哪个导师的研究方向如何，每天的节奏和大一大二真心区别不大。学数学专业，本科想找到工作的难度不小，如果不出国那真是白学了。

欧几里得俱乐部的各位在大学生数学竞赛中成绩相当可观，接到了不少大学主动发来的“offer”。

不止一个人建议唐宓也留学，比如罗志维。他认为唐宓这种超强数学功底的经济学类人才，进一步深造才不会浪费自己的才能。

唐宓说：“不行的。”

“也是，你们不好申请奖学金。”

商科的留学比纯理科难得多，叶一超等人申请全奖没问题，但她是绝对不行的。

“就算能申请到，我也不会去的。”

她家中还有外婆，外婆今年六十六岁，日渐苍老——真的是应了俗话说的“活一天就少一天”——唐宓希望自己能尽快就业，有能力把外婆接到身边照顾，至于去国外读书，完全离开外婆，那绝对不可能。

罗志维跟叶一超说：“你不劝劝？”

叶一超摇头。

“她有打算，不是我能说动的。”

唐宓和他们的共同话题越来越少，尤其是在欧几里得协会听到叶一超和吕子怡讨论去MIT还是哈佛留学的时候，这种感觉无论如何都不愉快。加上偶尔接收到吕子怡抛来的具有侵略性的眼风，那感觉就更糟心了。

对方不是很欢迎她，她也不会自讨没趣，自动回避了留学话题。

这就是渐行渐远的感觉，从高考填志愿那一刻就清楚，到了现在，更是分明。

不过，让人欣慰的是，也不是每个人都找到了自己的方向，比如李知行。大三的时候，她时不时地还是和李知行一起上自习，互助学习的气氛很是良好。李知行对自己的人生道路保持着谨慎的态度，一不啃红宝书——当然也许他没必要啃，二是对找工作也兴趣不大。他按部就班地攻克着自己的双学位。

“你有什么打算吗？”

“没打算。”李知行说，“我完全不知道应该做什么。”

这事儿对于唐宓来说真是大新闻。李知行应该是她见过的对自己的人生有着清晰规划的人。所以说成长是个麻烦事，连李知行都不知道要做什么了。

她反问：“你不知道要做什么？”

“是啊。”李知行皱着眉头，看起来确实对自己的未来没有明确方向，“如果有想做的事情，现在休学了去做都不要紧，问题是，我找不到什么工作能够让我打起精神去做。”

唐宓一想，倒也是。对李知行这种人来说，找份工作多简单的事，但按部就班的工作绝非他情愿的。进一步深造如读研出国也都不难，但他希望做什么，这事儿则要打个问号。

“明朗有什么打算吗？”

唐宓也很关心明朗的情况。算起来，明朗现在高三了，也应该选好出路了。

“姑姑打算送他出国，大哥给他选了几所学校，就看他自己去哪儿。”

唐宓放下心来。李泽文的建议自然是很妥当且适合唐明朗的。

“专业呢？”

“大概是工商管理一类，文科总归是比理科好学。”

唐宓轻轻“啊”了一声。

李知行明白她“啊”的什么，也笑了。

“不，他基本就是混文凭镀金去的。和你绝对不一样。”

能像李知行这样公然“鄙视”自己的表弟，也是一种坦荡了。

“唐明朗对自己的人生没有要求，一步步都是按着母亲的意思走。”李知行说，“我并不是说这样不好，其实世界上大多数人是这样生活的。因此，才会衬托出有梦想有目标的人的可爱。”

李知行没有说出来的是，他对唐明朗“出国读本科”这事儿不是很乐观。明朗在国内，只看成绩的话上不了什么特别好的重点大学，出于“镀金”的目的，把他送去国外好一点的学校读书，凭借人脉关系还是可以做到的。但问题是，美国是个大染缸，唐明朗一个人在国外求学，没人约束，学习效果真得打个问号。

不过姑姑也考虑到了这一点，给明朗选择的学校几乎都在李泽文附近，且有人可以照应，方便李泽文随时监督。但李泽文把话跟姑姑说得清楚透彻：指点一下表弟没问题，但学习效果如何，全在自身。

李知行又说：“你最近方便的话，可以去看看他。”

唐宓问：“怎么了？”

李知行不是无的放矢的人，既然有此建议，恐怕有什么来头。

“我不太清楚。”李知行说，“也许你舅舅要再婚。”

“真的？”

“我不确定，估计九分真吧。因为最近我姑姑的脾气不太好。”李知行说。

“这样啊……我知道了。”

唐宓是有阵子没和舅舅联系了，当然就算联系，舅舅也不会告诉她自己是否再婚的问题。舅舅这种成功人士，离婚了，又没孩子带在身边，应该还是讨女人喜欢的，再婚肯定不难，只看他自己有没有那个心。舅舅是否再婚，这事儿对她和外婆都毫无影响，反正最坏不过回到以往老死不相往来的状态，但对唐明朗来说，大约不是小事。

天气冷起来的时候，唐宓于百忙之际抽了点时间，去了趟明朗就读的师大附中找他。

唐明朗正在念高三，时间紧张，平时在学校上课，周末则忙着各种各样的补习，忙碌程度也不轻，简直可以跟表哥表姐 PK 一场。虽然唐明朗不缺人关怀，但对唐宓来说，明朗也是她唯一的有血缘关系的弟弟了。她也想尽自己的能力表达一下关怀。

唐宓在京读书两年半时间，几乎没怎么出过校门，费了好一番工夫才找到学校，却被拦在了保安亭外——附中管理严格，学生进出都看校服和校徽的，好在保安亭大叔看她并不是坏人，听说她是来找弟弟的，大手一挥，放行。

她到达后没两分钟，师大下午的课程结束，疲惫的高中生们从教室里拥出来。

唐宓给明朗挂电话，结果对方关机，于是她站在教学楼面前等着。她的外形产生了很高的回头率，因此唐明朗没怎么费劲，就看到了自家表姐，猛然想起今早和表姐的约定，懊恼地拍自己的头，冲着人群中的唐宓挥了挥手，奔了过去。

唐明朗几步跑过来开口："表姐，你可真准时。"

"当然了。"

她是姐姐，要有姐姐的样子。

两名男生跟在唐明朗身后过来，好奇地对唐宓左看右看上看下看，还冲她眨眼睛："明朗，这是你表姐啊？怎么以前没见过？"

"我表姐很忙的，怎么能随意让你们看。"唐明朗鄙视地看了眼自己的兄弟。

"表姐好！"男生们整齐地说。

唐宓想起几年前也有类似一幕，小女生们冲着李知行整齐地喊"表哥好"的情形，深感时间流逝——她冲着两名男生点头，又跟明朗说："有时间吗？我们一起吃个饭。"

"当然啦，表姐，我请你吃饭好了！"

"我请客，你选个地方。"

"明朗，带上我！"损友说。

"嘁，想得美！"唐明朗才懒得理这群人，抓住唐宓的手就往校外走去。

师大附中的作息和宣中差不多，下午放学到晚自习阶段，有一个半小时的晚饭时间。晚饭可以在食堂吃，也可以去校外，师大附中北门外那一条街堪称美食街，各种小吃琳琅满目。

唐明朗最后选了家韩式烧烤店，说是"很久没吃了"。

姐弟二人在店内坐下点单后，唐明朗问她："表姐，你有什么事情吗？"

自家的这个表姐，绝对是无事不登三宝殿的类型。

"没什么啊，就是看看你。"唐宓拿出手机，作势要拍照片，"那个……我想拍拍你的照片。就要寒假了，我把你的照片带回去给外婆看。"

"这样啊……奶奶现在身体还好？"

"还可以的。"

"哎呀，表姐你太笨啦！哪有你这么拍照的啊。"唐明朗是个手机达人，看着表姐笨笨地拿着手机拍照，简直不能忍。一把拿过她的手机，走到她身边，弯下腰和她头碰头，脸挨着脸，然后伸长手臂，"咔嚓"就是一张。

"哎呀，表姐，你拍照怎么不笑呢。"唐明朗给唐宓看照片。唐宓还是平时面无表情的模样，像没搞清楚自己应该做什么。

"来，笑一笑哦。"

唐宓挤出笑容，只听"咔嚓"了好几声。

“这次还不错！”唐明朗把手机还给表姐，“表姐你笑起来可好看啦，要多笑笑。”

唐宓笑着轻轻敲了敲他的头，收好手机，问他：“最近学习顺利吗？”

唐明朗笑：“表姐你真不愧学霸啊，第一个话题就是学习。”

她挫败地说：“高三毕业后你有什么打算吗？”

“我没打算啊，我妈妈怎么安排就怎么活吧。”

“好吧……”

唐明朗藏不住话，唐宓都还没开始问，就已经主动招供。

“说起来，我听我妈说，我爸可能打算再婚。”唐明朗说，“唉，郁闷啊。”

“这事儿，你问过舅舅没有？”

“没有……”

“你和舅舅不联系吗？”

“也不是，我和我爸基本上每周一个电话。”唐明朗犹豫了一下，“爸爸不怎么跟我谈自己的事情。”

父母已经离婚了，又在一南一北两座城市，差不多也就只能维持这个信息交换水平了。

“我认为你还是问问舅舅比较好，首先这事儿未必是真的，其次舅舅就算再婚了也不影响你们的父子关系。”唐宓最后说。

“道理是知道啦……但谁说得准呢。再婚了就不要孩子的事情多得很呢，我好多同学家里都是这样的。”

这事儿也真不好下定论。舅舅此人很是复杂，到底人品如何，唐宓也无法确定。

好在唐明朗的沮丧时间很短，他很快振作起来，吃烤肉吃得不亦乐乎。

姐弟二人结账出来，沿着学校外的小路慢行。

前方有个熟悉的身影，从师大北门外的小咖啡店里慢吞吞走出来。

“咦，那不是小郭老师吗……”唐明朗上前，大声招呼对方。

这学期开始，郭家颖的家教也基本告一段落，李如沁请了更专业的人士教明朗英语，轮不到郭嘉颖出场了，此刻能在校门外遇到郭嘉颖，对唐明朗来说，绝对是意外之喜。

郭嘉颖将视线从校门处收回，看到姐弟两人，愣在当场，没打招呼。

“小郭老师，好久没见啦。你怎么在这里？”唐明朗挺欢快地问。

“嗯。”郭嘉颖镇定下来，回答道，“过来有点事情，找高中同学。”

唐宓的心思却转了几转——郭嘉颖的同学？（2）班是理科班，没有在师大读书的吧？

“这样。”唐明朗不疑有他，“那找到没有？”

“找到了。”

“只可惜你没早点过来，”唐明朗说，“就差一点你就可以跟我们一起吃饭啦。”

“你来找明朗？”郭嘉颖的目光落在唐宓身上。

“是的，不过我准备回学校了。”

“那一起走吧。”

于是两名女生和唐明朗告别，一起离开了师大附中。这是唐宓第一次来师大附中，只知道地铁路线，她看着各种路牌，准备绕一条街去地铁站时，被郭嘉颖拉住："你往那方向走干什么？"

"坐地铁啊。"

"坐什么地铁，最方便的是公交车好吧，附中外直接有车到大学门口。"

"哦……"

只一个问题就完全暴露了唐宓的"不出校门"本质。

郭嘉颖用无奈的眼神看她："跟我走吧。"

郭嘉颖果然很熟道路，几步就带着她去了公交站，然后上了公交车。人不多，两人找了位子坐下。

"你还挺熟路的。"唐宓把书包抱在怀里。

"我真不想跟你比较。"郭嘉颖面无表情。

和唐宓比对道路的熟悉，赢了也没什么意思。

"……"

两名曾经的校友，现在也是校友的女生，照说关系应该比一般人好，但可惜她俩这些年的交谈加起来，不超过十分钟，两人有了很长时间的共处阶段，也没什么可说的。

可唐宓是那种一句话不说也不会觉得尴尬的人，最后还是郭嘉颖先说了话。

"你很少来学校找明朗。"

岂止"很少"，简直是"唯一"。她平时连校门都不出，自然也是很少来找自己这位表弟的。

"嗯……"唐宓说，"他快高三了，所以问问他的出路……"

"他要出国读书的。"郭嘉颖说，语气平平，听得出对此十拿九稳。

"李知行也是这么说的。"唐宓说。

"他妈妈很早就安排好了他的出路。"

前舅妈是个控制狂，这点唐宓是有所领教的。郭嘉颖问她："你打算工作吧？"

"是的。"

"挺好。可能的话，我也想工作……"郭嘉颖转脸看着车外，过了一会儿才说，"工作了才有钱，老跟爸妈要钱的感觉真是……没出息。"

这话听得话里有话，唐宓问："你有什么打算吗？工作还是读研？"

"计算机专业的本科毕业就业也就那么回事，方方面面都在学，但理论多专业性不足，找工作不如学软件的。虽然工作是可以找到……但除了码农，好像能做的工作也不算多，收入也很一般。"郭嘉颖难得地露出了困惑表情，看起来很是头痛。

"你的想法和李知行的差不多。"唐宓评论。

"他做决定肯定比我难多了……"郭嘉颖感喟得很，"我都想象不到李知行会去什么IT行业当码农。"

唐宓想了一下，那一幕的确无法想象，于是她也被打败了。

"李知行这人目标很明确的，他大学这几年一路走来，章法很清晰。他应该早就可以去国外读书，却选择在国内读大学。"郭嘉颖说，"我看他虽然还没完全找到目标，但大方向是有的。”

她和李知行同班同社团，平时接触非常多，哪怕李知行不说，他的想法她大致也能揣摩一二。

“是吗？”唐宓说。

郭嘉颖说：“你不会以为他没事干才去当社团会长吧？积累人脉不知道多有效率。我估计接下来，他会出国，进行更专业一点的研究后，再决定具体做什么。”

唐宓想了想，李知行确实很早就开始了人生规划，她确实不应该觉得奇怪的。

“不过，对前路迷茫的时候，再读读书总是没错的。”

郭嘉颖最后说。

唐宓也深以为然。这是学校里流传的一句老生常谈的话。

值得老生常谈的都是有着普适真理的特性，否则也不会流传多年。

虽然众多大三学生都饱含困惑，唐宓的步伐却一步步走得坚定无比。寒假的时候，她照样带着优秀的成绩回了家。

这一年的冬天有些冷，宣州也难得下了雪，唐宓到家时，窸窸窣窣的细雪完全笼罩了唐家村，将其衬托得宛如人间仙境。

外面虽然冷，厨房却暖暖的，外婆的灶火烧得旺盛，映得土墙上一片金黄，预示着下一年的好年景。舅舅今年没回来，据说忙着工作，初三后才能回来。唐宓给外婆看明朗的照片，外婆在围裙上擦了擦手，笨拙地点着手机屏幕，看着孙子的照片点头。

除夕，祖孙两人去隔壁二婶家过，看春晚。二叔拿着打工挣到的几万块钱回家，二婶做了很大一桌饭菜，桌上非常好看。

唐宓心情不错，想到自己的人生目标一步步地实现，距离最后达到目标就差那么一两年时间了。

“外婆，我今年暑假就可以实习了，明年就可以工作了。”她说，“到时候你跟我一起去燕京好不好嘛。”

外婆却很没有兴趣：“我老婆子去燕京干什么。我要留在村子里呢。”

唐宓拉住外婆的胳膊撒娇：“那怎么可以？外婆你要跟我一起走的！”

“留在唐家村更好啦，青山绿水的。”外婆说，“我听说，北方的气候不好，灰尘很大，还有那个……雾什么……”

大约是外婆看电视看来的，还真是学以致用了。唐宓想。

“虽然空气是不太好，但是城市很大，而且也不是每天都空气不好！”

外婆拍拍她的手：“但这里是我的家，外面再好又有什么用呢？”

唐宓决定迂回说服。

“那偶尔去玩玩也可以的，”唐宓说，“外婆，我带你去看长城！看大会堂！”

“那玩意有什么好看呢？”外婆不以为意。

“瞧您说的。”二婶帮唐宓说话，“您去看看热闹也好啊，我都想去看长城呢。”

唐宓说：“二叔二婶，等我找到了工作后，你们都可以来玩，包吃包住！”

电视上的小品放到了高潮，二婶也哈哈大笑："我们可记住了啊！"

唐宓觉得心酸而感慨。

同在一个村子里的老人，都说过想去看大城市。隔壁院子里的三爷爷，就很想去长城看看，每年寒暑假唐宓回来，他都会问"去长城看了吗"，听到唐宓没去过，他都很遗憾。

然而外婆不是这种人。外婆会收藏唐宓的每一张成绩单和奖状，但从来不在别人面前夸耀自己有个好孙女——她是一个被坎坷崎岖的生活磨平了所有心性的老太太，丈夫早逝，最亲的人包括儿子和女儿都曾经让她非常失望，儿子各种忤逆，女儿未婚先孕早逝。那么多的挫折让外婆对人对己都没有太多期望，唯一牢记在心头的，就是肩头的责任。

养大孙女，让她接受教育，走出这个村子。而今目标已经完成，外婆心情坦荡，别无所求，只觉得自己马上死掉也毫无遗憾。

有时村子里有些老人指望儿女养老，被外婆嗤之以鼻，说他们"没出息"。在外婆看来，唐宓就是唐宓，就算她不够优秀，考不上好大学，甚至不上大学，但只要健康成长，她就已经满足。外婆抚养自己长大，从不指望自己有任何回报，孙女的优秀会让她非常欣慰，但也仅此而已。

外婆就像脚下的三尺土地，从来只知付出，不要任何回报。

二十多天寒假一晃而过，准备返校的前几天，唐宓接到了一个陌生的电话。

"是唐宓吗？我是叶一超的妈妈。"

唐宓浑身打了个激灵。她和吴阿姨的唯一交集，就是叶一超的关系。而叶一超的妈妈没事给她打电话干吗?

"是这样的，小唐。"吴阿姨语气很亲切，"你们学校要开学了吧，你哪天的火车返校呢？"

"二月十号的火车。"

"那天你到宣州之后，能不能跟我见个面？"

唐宓问："阿姨，是叶一超出什么事情了吗？"

她虽这么问，心里却排除了这个可能。如果真是叶一超出了什么了不得的大事儿，吴阿姨的语气也不会这么轻松。

"小超没事。"吴阿姨的笑声非常悦耳，"是我有点事情想和你谈一谈。"

她想起外婆那年住院时，吴阿姨曾经来探过病。仅仅是这一份探病之情，唐宓就不能生硬地拒绝对方——何况对方表示，只是谈个话而已。

她很快和吴阿姨约定好时间。她是那天下午两点的高铁，如果早早从唐家村出发到宣州，中间还有两三个小时的时间差，和吴阿姨谈个话的时间是足够的。

吴阿姨雷厉风行，也很准时。二月十号那天，唐宓和以往的任何一次离开一样，告别了外婆，乘大巴车到达宣州，刚出汽车站就被吴阿姨的宝马接走了。吴阿姨这些年已成为成功的职业女性，待人接物上非常妥当。她把唐宓带到一家茶餐厅，给自己和唐宓点了壶菊花茶，笑着说可以清热解毒。

对方如此热情，唐宓心里也有点打鼓：她这是要做什么呢?

不是吃饭的时间，茶餐厅里客人稀少，非常安静。

“叶一超回学校了吗？”唐宓随便找了个话题起了个头。

“他几天前就回去了，说是有事。”

唐宓点头。她从来都是直到假期最后一天才回学校的那一种，因为一年到头能和外婆见面的天数就那么多，而外婆一天天老了。

“说起来……你和小超的联系不多了啊。”吴阿姨说。

“我们不是一个系，联系就少了一些，但我们还在一个数学俱乐部。”

“那你知不知道。”吴阿姨说，“小超准备去美国读研？”

“是的，我知道。”

唐宓怎么可能不知道，好歹她也是和叶一超在一个数学俱乐部，每周至少要见一两次。

“我知道有些唐突，但还是想问问你。”吴阿姨转了转茶杯，“你愿意和小超一起出国读研吗？”

唐宓睁大眼睛看着对方。她觉得自己每个字都听得懂，但连起来就不知道吴阿姨是什么意思了。

“阿姨知道你很优秀，每年都拿国家奖学金，其他奖励也非常多。”吴阿姨用期盼的眼神看着唐宓，笑着说，“哎呀，别这么看着我，我可是时常关注你们学校的网站的。”

唐宓恍然大悟。吴阿姨是一个好妈妈，关心儿子的一切，包括儿子的同学。

“我也问过小超，我想以你的成绩，申请和小超同一所大学的商学院，也不是很难的。”

“阿姨，我没有出国留学的打算。”

“你是担心你外婆？我知道你是很孝顺的孩子。但你舅舅还在国内，可以照顾你外婆。”

连交谈方的背景都考虑过了，看来对方已经深思熟虑过。

“也不光是这样的……”唐宓慢慢说。

“我知道，出国留学很花钱。”吴阿姨诚挚地说，“如果你需要钱的话，我们家可以出钱。我家虽然不是大富大贵，但是还有点基础，你的留学费用不是问题。”

好像天边忽然飞来了一只铁锤直接打向她的额头。这句话带给唐宓的震惊完全不是言语可以形容的。吴阿姨说，可以出钱让自己出国?

看着面前的女孩子目瞪口呆的样子，作为成年人的吴阿姨心平气和地解释：“小唐，我很喜欢你，也希望你可以和小超在一起。你明白我的意思吗？”

“阿姨，您可能误会了什么……”唐宓艰难地说，“我和叶一超，不是男女朋友。”

“这我知道。”吴阿姨露出浅浅的笑容，“但是……小超很喜欢你，我希望你不要嫌弃他。”

“……”

唐宓心中卷过惊涛骇浪，她完全不知道，自己应该说什么话。

“我知道……”吴阿姨叹了口气，“我这个当妈的出来帮儿子说情，做得不太漂亮。但我不这么做，我怕小超会后悔。”

“阿姨……”

“小超是我儿子，我养他到二十岁，我还不知道他是什么德行？”吴阿姨苦笑，“我同事邻居都羡慕我有个聪明的儿子，但他实际上没那么聪明。他的天赋和短板一样明显。生活上基本是个半残疾，在感情上，也和傻瓜没太大区别。他很傻啊，连放下身段追求女孩子都不会。”

“小唐，你在他心里非常重要，大概你都想象不到。”吴阿姨最后说，“小唐，你愿意和他一起出国吗？”

唐宓终于找回正常的思绪，她知道自己情商不高，也不会说话，但此时她敢肯定，吴阿姨的情商一定比她低得多。

“阿姨，您知不知道，叶一超有个同学，是女生，叫吕子怡的？”

吴阿姨沉吟了几秒钟道：“寒假的时候，是有叫这个名字的女孩子给小超打过电话。”

唐宓说：“吕子怡性格开朗，学习相当出色，各方面都很优秀，和叶一超关系很好。”

吴阿姨盯着她，慢慢说：“我没听他说过。”

唐宓拿出手机，输入地址，打开某个空间的地址，输入了验证码之后，把手机递给了吴阿姨。

“这个女孩子是吕子怡，后面有她和叶一超的合照。去年五一，他们去苍山玩的照片。”

这事儿对吴阿姨来说很新鲜，她拿过手机翻了翻，陷入了沉思。

“阿姨……”唐宓轻轻说，“吕子怡也会和叶一超申请同一所大学，她应该不会失败。叶一超不会独自一个人去国外留学的。”

可怜天下父母心，这应该就是吴阿姨最担心的事情。叶一超不是生活能力为零的那种人，但是对衣食住行不算上心，如果去了美国，谁知道他会把生活过成什么模样，有个女孩子在他身边，父母应该能更放心。

吴阿姨把手机还给唐宓。作为母亲，她之前从来没有听儿子说过这个叫吕子怡的女孩的事——吴阿姨理了理思路，觉得这事儿有些复杂，而自己贸然找唐宓谈论这个话题，的确是有些想当然了。

“让你见笑了。”

唐宓摇头：“阿姨，您对我的厚爱，我真的非常感激。”

“不，是我冒昧了。”

唐宓拿起书包和行李：“阿姨，我去火车站了。”

“我送你。”

“不用了，阿姨。”唐宓微微欠身，“时间很充裕，我自己去就好，不再麻烦您了。”

她不需要别人送她。这些年去读书，绝大多数时间是她独自一人来往于火车站的。

吴阿姨坚持把唐宓送去了火车站，在火车站外和她道别。

成年人，尤其是吴阿姨这种出差专业户，常年往来于各大机场车站，看着火车站人来人往，对此并无太多离愁别绪，但看着唐宓离开的背影，却想起了自己几年前第一次见到唐宓的时候。那时也是在火车站，儿子和她一起去外省参加数学培训。

直到现在，她也只在儿子的口中听到过一个女孩子的名字，那就是唐宓。得知儿子有个在意的女孩子，她很高兴，见到真人时也仔细观察对方——漂亮得惊人的女孩子，还那么聪明，为人低调又不张扬，和自己儿子站在一起，那真是俊男美女金童玉女，让人格外满意。

后来她更是进一步知道这女孩父母双亡，只有一个外婆和一个事业极其成功的舅舅，更是满意极了。这样挺好，再好没有了，她可以不用和亲家打交道。

当母亲的人，联想能力总会特别丰富，比如孩子两岁的时候就已经开始幻想上小学如何，孩子上小学的时候已经思考高考如何，如果孩子交了女友，则立刻往婚姻上去考虑——对方适不适合自己的孩子，性格上有何缺陷，家庭身世如何……她想既然她没父母，那以后过年过节的肯定是来自家啦，自己可以多一个女儿了等。她甚至已经开始幻想，如果两个孩子结了婚，那他俩的孩子一定又漂亮又聪明。

殊不知，父母的想法不等于孩子的，哪怕什么都给孩子安排好了，他们也有长大并且违背自己意愿的一天。

吴阿姨轻轻叹了口气，掉转车头，驶入了滚滚车流之中。

| 第五章 |

相聚后离开

大三下学期开学后不久，唐宓得知，自己帮着程老师做的那篇论文终于发表在了国外一本数学期刊上，而她成了第四作者。

她从叶一超那里拿过英文期刊，反复看着印刷在期刊上的自己的英文名字，素来毫无表情的脸上也浮现了激动之色。叶一超邀请她帮忙时，她只抱着试试看的态度——没想到自己真的做到了！

学到了这个阶段，论文的重要性她有所领悟，因此更明白当时叶一超力排众议，让她有机会参与论文是多么难得。只不过她一个金融系学生在数学杂志上发论文，颇有墙外开花的感觉。同样是发论文，叶一超对此很淡定。他身上荣誉太多，各种竞赛奖励拿到手软别号“叶神”的人，发一篇论文不算太大的事情。

相对而言，吕子怡对这事儿似乎还是有点耿耿于怀，祝贺她的笑容也有些勉强。

唐宓很感激叶一超，笨拙地想请他吃饭表示谢意。在自己的能力范围内，想尽可能表达自己最大的谢意。大学旁边，各种餐厅很多，不超过她承受范围的物美价廉的馆子也还是有不少的。

叶一超想了想，居然答应了，于是两人找了时间去吃饭。饭店秉承大学生最喜欢的小资路线，沙发松软，装修精美，环境十分幽静。

对于唐宓的谢意，他并不居功，说：“是因为你有实力。”

唐宓摇头，如果不是他给自己的机会，就算自己有实力，只怕也永远没机会。

“你以后还有时间吗？”叶一超问她，“今年的大学生数学竞赛要不要一起参与？”

唐宓有点黯然。大三下学期非常关键，她要为实习做准备，参加数学竞赛对她来说太浪费时间了。

叶一超遗憾地叹气：“那也没办法，毕竟你不是数学专业的啊。”

道不同不与之谋，唐宓这回感受得真真切切。

“话说回来，我来吃这顿饭，不是因为这事儿，”叶一超说，“寒假的时候，你碰巧遇到了我妈妈？”

“是的。”

寒假里见过吴阿姨的事情，唐宓肯定不会多事告诉叶一超，但是吴阿姨会不会就此询问自己的儿子，那是十拿九稳的事情。但“刻意约定”和“巧遇”中间的差别，唐宓选择不去想象。

“你跟她说起了吕子怡？”

“嗯……”

“你说了什么？”叶一超严肃地质问。

“我说你们关系不错，”被叶一超追根问底，唐宓不得不慎重对待，“对不起，我不应该多嘴。”

“也不是你的责任，”叶一超也发现自己问话有点重了，追着解释了一句，“就是我妈打电话的时候，老问她的事情，挺烦人的。”

以吴阿姨对儿子的在意程度，不问一下未来的准儿媳才是奇怪。唐宓觉得自己花钱请的这顿饭，真是这辈子最难吃的。

叶一超也没什么吃饭的兴致，他放下筷子，看着对面的唐宓。从高中到现在，他们认识了六年时间，这张脸早看了无数次，照理说都该看腻了，可他怎么就没看腻呢。

好一会儿后他才说：“唐宓，你还是不会出国，是吧？”

“是的。”

叶一超忽然说起往事来：“去年五一的时候，遇到你祖母那次，她跟我说，你需要什么她都可以提供，包括去国外读书。所以，我当时才希望你和她搞好关系。”

唐宓抬眸和他对视，说得很慢：“叶一超，我不可能随心所欲。如果我是别人，比如我是吕子怡……我可以走跟你相同的道路。你是高飞的鹰，而我只能脚踏实地一步步地往前走。我和你，道路是不同的。”

关于自己的未来问题，这些年她想过不下百次，早就思考得透彻清晰，说出口的话宛如金声玉振，掷地有声。

“我在想啊，那就是说，一年四个月后，就要跟你分开了啊。”叶一超轻声叹息。

唐宓唯有沉默。小学生都可以算出来的数学，确实不需要两位数学高才生来算。

“我想到时候，在国外看不到你，一定很不习惯。”

“不会的，你会在自己的道路上认识新的人。”

一个人的一生也是新陈代谢的过程。这个世界，没有谁会离不开谁的。有些“存在的”终究会变得“不存在”。学习的时间是短暂的，社会才是所有人最终的归途，每个人都会分开。高中宿舍的五名女生，都走向了各自的道路。就连严晓冬，和她同在一座城市，因为忙于各自的学业，联系的次数也越来越少了。

她和叶一超势必也会这样，相聚然后离开。

大三下学期开始，经管学院的各位都磨刀霍霍寻找暑假实习职位。对经管类专业，实习单位的层次决定了今后找工作单位的层次，至关重要。但好的暑期实习职位难找，说句“僧多粥少”毫不夸张。

唐宓因为成绩优秀，选择的起点也较高——说实话，如果不是为了更高的收入，她那么辛苦读书也没意义了。

她大学三年的努力完全没白费，但凡她投了简历的公司，对方都给了她面试的机会——但连续两次机会，她都在电话面试环节铩羽而归，她的不善言辞在这种环节显得极其致命。

这两次电话面试都是用英文，有一次考官还是外国人。她的英文水平属于笔试很好口语尚待加强的类型，面对这种正式的面试时，第一次她紧张得忘了词；第二次比第一次好，虽然不至于忘词但回答零零碎碎，让人不满意。她不善言辞，从来都是“想”多于“谈”，对方提问的内容，她的回答不超过一分钟，好几次冷场，明显对方是希望她多谈的——太差的表达能力显然不会让对方满意。

与她情况完全相反的是赵幸丹。只看成绩的话，赵幸丹不如她，不过她大学几年热衷于各种社团活动，打下了丰厚的人脉关系，和各路师兄师姐关系良好，在某师姐的介绍之下，她在某著名期货公司找到了非常好的暑假实习职位。

唐宓在经管学院人缘很一般，唯一一点人脉基础大概是期末考试前借笔记的时候打下的。有人看着她屡试屡败，嘲笑声也不断，说她“书呆子”，没单位看得上。

这种说法传到唐宓耳中，她无法反驳只得苦笑了。人家说得一点没错，她都怀疑自己毕业后能否找到工作了。

寻找实习机会遇挫，她自然有些焦虑。李知行询问了情况之后，直接说她是缺乏“面试经验”，他建议：“找人帮你看看简历，模拟一下会好些。”

李知行指出：“你以为赵幸丹为什么能找到实习岗位？光她一个人是不可能的。她的简历至少修改过十次，还听取了很多前辈的建议。”

当然是这个道理，但找到合适的人来模拟一下面试，还是很难的。

这个唐宓倒是有所察觉，但唐宓和赵幸丹的社交关系不太一样，无法模仿。学院有指导就业的老师，她想去找老师咨询一下。

李知行说：“周末的时候，你来我家，我帮你想办法。”

“你帮我模拟？”

“虽然你高看我的能力，我很高兴，但我确实不是那么万能。”李知行笑，“实际上我也没有多少面试经验啊。但我堂姐经验丰富，指点你不成问题。”

“你的堂姐？”唐宓想到了李泽文，“你大哥的亲姐姐？”

她想起曾经听到唐明朗的说法，李知行似乎的确应该有个堂姐。

“是的。”

“会不会给她添麻烦？”

“随手指点你，不会很麻烦。”李知行说，“但是，就算是添麻烦你也要继续，你还想不想找到工作？”

宛如被戳破的气球，唐宓顿时底气不足。

“当然是想的——”

“放心。”李知行胸有成竹，“我堂姐人很好，你见到就知道了。”

李泽文的姐姐是何等模样，唐宓觉得有些无法想象——大约也是和李泽文一类的，相当高大上，超过凡人的存在吧。

实际上，见到真人的时候，她才发现，自己可能想多了。李知行的堂姐名叫李君子，很是年轻，瞧着不超过三十岁，相貌和李泽文有五分相似，修眉俊目，气质干练洒脱。她身材高挑，脸颊有些圆润，一看就知道绝对是职场女性中最成功的那一类。

李知行介绍之后，唐宓连忙问好：“您好。”

李君子瞟一眼弟弟，笑道：“你就是唐宓啊。”

“是的。今天要谢谢您。”

李君子放下手袋，坐在沙发上打量她：“你之前的两次面试都是电话里就被淘汰了？”

“是的。”

“你没在简历上贴照片？”

“没有的。”

“可惜了，你应该贴照片的。你只要贴了照片，就能开绿灯到终面。”李君子说。

唐宓完全听不懂她在说什么。

“什么意思？”

“你这样的美女，找工作怎么会有问题。”

李知行笑：“大姐，别逗她啦。”

“我可没逗她，我说的可是真的。别看面试的时候面试官一个个一本正经的，但谁不喜欢脸好看的啊。”李君子说笑着，“简历给我看看。”

唐宓毕恭毕敬地递出简历——其实就是一张A4纸。

“写简历要有重点，能让人一眼就看到你的特点，你这样光写学过什么课程可能不行。”李君子边看边点评，“GPA[③]那么高，有双学位是亮点。啊，你发过论文？纯数学论文？”

唐宓点头，解释了下论文是帮着数学系的老师做的，自己是机缘巧合，在里面承担了一小部分工作。

“大三学生就可以在影响力很大的期刊上发纯数学论文，我之前都没听说过。”李君子笑着，露出脸颊旁大大的酒窝，看起来兴致高昂，“那我收回前面的话，简历就这样吧，有论文了还要那些花哨的粉饰做什么。这些投资公司、咨询公司哪个不想招数学好的。你之前面试的那两家公司瞎了眼吧。”

唐宓都没想到论文作用如此之大，都不用费劲地改简历了。

“所以你的问题，就是面试了，我们来试试。”

唐宓在她对面的沙发上坐下，手搁在膝盖上，紧张地看着对面的李君子。

“不用紧张，又不是小学生了。”

李君子拿着她的简历，用英文提问。问题五花八门，技术提问、职业愿景等，囊括了所有可能问题的方方面面，唐宓一一回答。

长达一个多小时的一问一答之后，李君子若有所思：“你还真是和阿文说的一样啊。”

③ GPA，英语全称是 Grade Point Average，平均成绩点数（平均分数、平均绩点）。

“嗯？”李知行一直当着敬业的旁听观众，忍不住插嘴，“大哥说她怎么了？”

李君子冲堂弟露出意味深长的笑容，然后轻飘飘地忽略了李知行的问话。

“唐宓的问题我大概是清楚了。”李君子说，“她的优点和缺点一样突出。”

唐宓洗耳恭听。

李知行为她辩护：“她的英文口头表达能力是有所欠缺。”

“不完全是口头表达能力的问题。”李君子说，“回答的重点，不需要太多话，而在于精。我问你的金融性技术问题，你还不能精准地用英语进行描述。大部分的面试官阅人无数，火眼金睛，对你是不是有真才实学，聊一聊就知道。”

唐宓点头。不得不说，她说的都是事实。

“知识学得扎实，但不知变通，只死背教材，知识结构还停留在十年前。”李君子说，“世界金融领域的动向一概不知，完全无法回答。你们学院搞的各种讲座，你去听过几次？你们大三有证券投资方面的课，这些对你没有任何启发？你有没有试着去开户炒炒股？”

字字句句都真知灼见，人家只跟自己聊了一个多小时就看出弊病——唐宓自己也很清楚。双学位占据她太多时间，在本专业的课本学习之外，她都在疯狂自学数学，以期可以跟上叶一超的学习进度，至于本专业内的事情，她真的没考虑过。

唐宓彻底沉默下来，太沮丧了，沮丧的情绪可以和大一时恨不得转专业的悲壮情绪相比——她觉得，自己完全没希望。

“当然，这些也不是你短时间可以克服的。”李君子说完，语气一转，“你现在要做的，就是要更有自信。”

“自信？”

唐宓迟钝反问。她脑子里还回想着李君子字字见血的意见。

“才被我说了几句就吓得面无血色？这怎么行？抗压能力差了点啊。”李君子微微一笑，手指敲了敲唐宓的简历，“缺点人人都有，你的成绩已经非常优秀了。你要相信，如果你都被批评，其他人更是差得很了。”

唐宓眨着眼睛看着这位大姐——不愧是李泽文的姐姐，出其不意的能力简直一流。

“要有自信也不是很难，记住，回答问题时声音更大，发音更清晰，用自己的优势战胜对方。”

“优势？”

“数学啊。回答问题时，可以用数据进行准确阐述，把对方绕晕也没有关系。”

“嗯。”

“有个‘投行面试两百问’，你回去看一遍，对每个问题都做好预案。面试是有套路的，大部分HR的问题是相似的，基本上脱不了这个框架。口语差点不要紧，多拟几份草稿，说慢一点，不要慌。到了终面，记得穿适合的正装，你现在的服饰不适合这个行业。”李君子指出，“以你的容貌，肯定是百分之百通过。”

听君一席话，胜读十年书。这种醍醐灌顶的感觉，真是再来十次都不嫌多。

唐宓感激涕零：“李姐姐，谢谢您，真的……”

“不客气。”李君子拿着挎包站起来，“知行，我先走了。”

李知行拉了拉姐姐的胳膊："不着急，姐我请你吃饭。"

"吃什么饭？你请客我出钱？"李君子笑着弹了弹堂弟的额头，"公司一堆事情还等着我处理呢，后面的事情你自己看着办吧。"

"好吧。"李知行从善如流，"那我不送了。"

李知行说不送，就真不送，被留在屋内的唐宓和李知行就眼巴巴看着房门关上了。

唐宓还在仔细回味刚刚听到的每一个字，一时间陷入了老僧入定的状态，直到李知行拿手在她面前晃了晃。

"怎么？"

唐宓定定地看着李知行："我终于知道明朗的日子多难过了……"

她想，自己忽然有那么一点理解自己的前舅妈了。唐明朗的表哥表姐都是这么超过常识认知的人物，难怪前舅妈对明朗各种高要求，希望自己儿子达到和表姐表哥一样的档次。

李知行啼笑皆非："怎么忽然说这个。"

"你们家的人……都好厉害。"她感喟道，"你姐姐的话，对我帮助真的很大。"

"你明白过来就好，我姐都这么说了，你找个实习工作毫无问题。"李知行说，"以后就放轻松，不要给自己那么大的压力。真的，对自己有信心一点。"

唐宓对此没什么太大的信心。自信心要靠着一次次成功累加起来。而她最大的优点，无非擅长考试。从小到大，她见过的能人太多了，远的不说，就现在站在自己面前的李知行，在绝大多数方面可以击得她毫无信心。

"那好，咱们走吧。"李知行拿起桌上的手机。

"啊？回学校吗？"

"回学校干吗？"李知行指出，"没听到我姐说吗？外表很重要，我们去商场看看衣服。这是必要的投资。"

唐宓无言以对。那瞬间她觉得挺挫败，金融就是个看衣服吃饭的行业，和理科专业真是太不同了。当年陈卓航说的"穷人就不要学经管"是很有道理的。她无法反对，和李知行去了附近的大商场。

唐宓从未来过大型商场，偶尔需要购买衣服，都是直接网购挑选性价比比较高又不难看的衣服——此时进入商场，被那恐怖的价格吓了一跳。倒也不是说一套合身份的衣服都买不到，毕竟当年舅舅给她的那笔钱她一直没动过，再说她的各种奖学金也还算不少。

李知行清楚她的担心，拉过她的手腕直接进了一家商店："我们又没说一定要买，先看看，心里有数也好。"

年轻的售货员小姐看到一对极其养眼的年轻男女进屋，特别热情，一口气推荐了数套衣服——李知行的眼光和唐宓不可同日而语，视专柜小姐如无物，自己用评估的目光观察挑选，拿起件及膝的白色裙子递给唐宓。

"试试看。"

唐宓沉默了一会儿，挫败地拿起了衣服，进了衣帽间穿好，忐忑不安地走出来。

她这辈子就没穿过裙子，现在觉得肩膀手臂和小腿凉飕飕的，有风从裙子底下灌进来。贫穷如她，高中时代，从来都是几身校服换来换去，大学后的惯常穿着，热的时候是便宜的T恤和牛仔裤，冷的时候添个便宜的毛衣和大衣。她的衣服都是最基本最大众的款式，和丁霄霄那种没好衣服就觉得丢脸的女生不一样。

李知行只看着她，没说话。

售货员小姐也有点呆，十秒钟后才浮出大大的笑容开了口："这位小姐，您站到镜子前看看。"

唐宓看着镜子里的自己，觉得有点新鲜，但也没看出和之前有什么区别。

"我看把头发放下来好些。"

李知行说着就动了手，扯下了她的发带，轻轻拍了拍她的头发。

"真是漂亮啊！"售货员小姐打量着唐宓赞不绝口，又看李知行，"我就没见过能把这裙子穿得这么漂亮的女生，小姐，多适合您啊。"

化妆品和衣服是外在的辅助工具，可以把人的外表从五十分提升到七十分，六十分提升到八十分，但一个外在条件本来就达到九十分的人，辅助工具充其量也只能提升到一百。唐宓的情况正是最后一种，一个人如果穿T恤牛仔裤都宛如自带光环普照大地，那外在的衣物和化妆品对其外表的提升度确实有限。

让李知行如此震惊的，与其说是唐宓的外表提升度，倒不如说是她气质的改变。唐宓平时衣着简单朴素，谈不上任何"款式"，夏天是衬衣T恤牛仔裤，冬天就是普通大衣牛仔裤。此时换了淑女风格的裙子，完全是另外一种情态——那是很难见到的，小女孩身上才会出现的骄傲和腼腆。

但凡女生因为穿着"自以为"不太合适的衣服，多会局促不安，害怕被取笑，但又渴望认可，唐宓看来也不例外。李知行见过她高兴、愤怒、懊恼、后悔……各式各样的表情，但这种羞怯的模样，还是头一次见。

那脸颊微红的表情，真是再看一百次都不嫌多，李知行满意地想。无论多么坚强，但她到底是个女孩子啊。

李知行走到她身边，看着镜子里窈窕修长的身影。她平时留着简单的马尾，扯下了发带之后，一头柔软黑亮的头发顿时垂至半腰。宽边的黑色腰带束了腰，窈窕体态顿时勾勒出来。她本来穿着运动鞋，换衣服时为了不弄脏衣服，干脆脱了鞋，光着白生生的脚站在镜子前方。

唐宓手指轻轻拨弄了下裙子上的飘带，她是觉得衣服不对头，但售货员的吹捧如此之高，她一时间也失去了标准，只得尴尬地站在原地，手指小心地摆弄着裙边的丝带，用期盼的眼神询问李知行。

李知行轻描淡写："一般般吧。"

售货员匪夷所思，觉得这说法简直太不科学了。

"衣服质量比较一般，也不是完全适合你。"李知行随手拿过另外一套衣服，"再试试这套。"

唐宓紧张地提着裙摆，有点眩晕地"啊"了一声。

李知行一本正经："不多试几套怎么知道合适呢？暑假实习两个月，你难道就穿一套衣服？"

"好吧……"

于是，整个下午她和李知行都在商场中度过——两人逛了几十家店，试了三四十套各色服饰，她觉得自己都要崩溃了，李知行却兴趣盎然，依然宛如有着超强续航能力的电池，半点倦色都没有，还时不时地给出真知灼见——这件衣服细节不好，那件质地太差，哦，挂在模特身上的那件？不行，超出预算。

唐宓听着李知行的意见，觉得这事儿出了点差错，怎么李知行一个男生，对女生衣服的兴趣比她还大。

实则李知行绝不喜欢逛商场，他认为逛街是世界上最浪费时间的无聊事之一。但是身边是唐宓又是另外一回事了，他恨不得直接逛到商场关门，看着她把所有能试的衣服都试一遍。

最后唐宓还是咬咬牙，以自己能承受的最大限度买了两套连衣裙和一双小牛皮鞋，那两套衣服的折扣力度挺大，而且据李知行说，品牌大，质量不错，款式庄重，时效性长，可以穿个好几年都不用换的。

付钱的时候她悲痛地想，这也算是必要投资吧。

经过李君子的指点，她对自己到底是有了底气。已经遭遇两次失败，接下来的面试不容有失。

她做了大量准备，最终以势如破竹的勇气迎接了接下来的面试，成果喜人，她投出的三份简历纷纷得到了回应，在历经数个电话面试之后，统统拿到了最终面试资格。最重要的，她居然拿到了国家投资银行的面试资格。

经管学院的学生将这些大的金融类公司分为了几类，而国投绝对是金字塔最顶尖的那种单位，进入难度极其大。从往年的数据来看，几乎只招世界名校研究生级别的实习生，京大的本科生算什么？人家都看不上。

可能性的确不算高，但唐宓没有气馁，机会是要靠自己争取的。自己可以从偏僻的唐家村走到今天，没有勇气怎么可以？

国投的最终面试时间安排在五月中旬，在金融中心的国投大楼会议室里举行。

获得国投这一批最终面试资格的有十名学生，竞争三个名额。十名年轻人被安排到房间里等待，男女各半。终面的时候，所有的面试者都非常有竞争力，半点松懈不得。

唐宓平心静气地等候了一个小时，终于轮到了自己。

这是她人生中第一次具有决定性意义的面试，说不紧张是不可能的。她深呼吸走进会议室，让自己平静下来。她今天换上了新买的连衣裙和中跟小皮鞋，按照李知行的建议作了打扮——她对自己的新形象不算适应，但李知行当时认真地说"非常美"，应该是真的还可以。

外表是一种辩证性的存在——如果有漂亮的外表而不利用，那是蠢货；如果只利用漂亮的外表而不提升能力，那同样是蠢货。

唐宓无心用自己的外表为自己争取任何事情，但既然是面试，让面试官看到自己状态最好的模样，那是一种尊敬。

第一轮面试的，是人力资源部门，询问的问题中规中矩，自我介绍性格分析职业规划，不出唐宓意外；其次是两名资深分析员，看了她的简历之后，提出了一些技术问题，如软件的使用数据库的整理等；第三轮的面试官是投资政策部的主管廖晖，对方对她的数学能力很有兴趣，现场出了好几道数列题目让她回答，唐宓略一思索说出了答案，她的数学能力是让叶一超都赞许有加的，怎么会被这种小问题击倒，对方虽然没有明确表态，但看得出来是很欣赏的。随后他又直接切入话题："我看到你有一篇数学论文。"

论文的存在感真的很强，基本每个面试官都问过此事，但真有决心来挑战这篇论文的很少。

"你是第四作者，论文是团队合作的产物，你讲一下你在团队中的作用。"

这个问题意料之外的轻松。三年来她在欧几里得协会不是白待的，在数学上的口头表达能力提升不少，回答得清晰明白。

在唐宓清晰简洁地介绍之后，对方低下头在简历上钩了钩。

最后一关，则是整个公司的某高管，一个看上去只有三十多岁的年轻男人，他翻了翻简历，只问了一个问题。

"我们从去年开始才试着在本科阶段招实习生，现在和你竞争的，都是世界名校里研究生级别的同学。你觉得自己为什么可以超过其他人？"

那瞬间，唐宓的冷汗就下来了。她绝对没想到自己会被问到这类尖锐的问题啊！

她深呼吸一口气，在尽可能快的时间内整理自己的思路后，才开始用英文回答："新政的出现，是对既往政策的修补。贵公司的改革，说明了贵公司意识到本科生中也有人才，希望通过新政弥补漏洞。我个人的角度来说，我的知识量暂时无法超过研究生，但我的学习能力绝对超过研究生。"

对方抬起眼看了她一眼，那脸绷得比唐宓的还要一丝不苟，她无法在那张脸上找到可以作为提示的情绪。

"好了。你可以出去了。"

从最后一关出来，唐宓双腿发软，扶着墙站了好一会儿才镇定下来。她看了看时间，终面进行四轮，一共见了六位面试官，三个小时内她都不得不保持高度紧张，面试不光是心理战，也是一场艰苦的体力战。

尽管口语能力有所不足，她觉得自己的面试成果应该还算不错——但十个人里选拔三个，竞争对手是研究生，成功概率无论如何都不算大。

第二天，她就接到了国投 HR 打来的电话，她最后拿到了录用通知。

那时候恰好是课间时分，这则消息经过赵幸丹的扩散后不到三分钟全班皆知，班上的同学顿时嚷嚷着恭喜她，唐宓也难得心情愉快。

赵幸丹说："看你多厉害，拿到了最好的'offer'，现在就可以堵住那些人的嘴了！"

唐宓想，自己也不是为了堵住人家的嘴才努力的。

但是，这种被人认可的感觉，再来一百遍也不会嫌多啊。

暑假实习开始之前，她见了舅舅一面。六月初的时候，唐卫东来京开会，给唐宓挂了个电话叫她出来见面。唐宓上大学这几年来，唐卫东时不时地会打来电话问候，尽可能地履行一个关怀小辈的舅舅的职责。

在宾馆见面时，唐宓真的吃了一惊——虽然他看上去精气神还是很足，但消瘦得非常明显。她上次见唐卫东是寒假期间，怎么几个月不见，他就瘦了这么多?

唐宓问："舅舅，你怎么瘦得这么厉害？"

唐卫东不以为意，只说工作太忙导致身体不好。唐宓对此保持了一定程度的怀疑。唐卫东一直以来工作都很忙碌，身材保持得挺好，连肚腩都没长，算是中年男人里那种很好的状态。

唐宓建议："舅舅，要不要去体检一下？"

"公司每年都有体检的。"唐卫东说。

人忽然消瘦有种种原因，但最可能的就是身体出了问题——虽然他声称没有问题，但有些病也不是一次体检可以查出来的。

不过，她也没时间细问，因为明朗来了。

唐明朗也很久不见父亲，现在见到心情格外爽快，一刻不停地说东说西。

因为父母之间矛盾太大加上距离、时间的限制，这两年来，他见父亲的次数少得可怜。而他现在有一大堆话可以说的，比如下个月他大概就要去加州读书了。唐宓没打扰父子俩说话，她也能猜到，舅舅这次来开会，多半就是想在儿子出国之前看一看他。

三个人在宾馆的餐厅里吃了顿饭，还算是其乐融融。

唐卫东这几年在南方分公司打天下，美洲非洲全世界跑，成绩不错，前阵子才接任了宁海的公司，暂时可以不用外出了。他去的国家多，有全球各地区最直观的一手资料，唐宓学金融学，又经过这一两个月的恶补，对世界范围内的经济变化也很有兴趣，和唐卫东这一通交流，收获匪浅。

听到唐宓已经拿到了实习生职位，唐卫东赞许有加，提醒她工作之后的一些注意事项，比如搞好同事关系等。

到最后，唐卫东问了儿子什么时候去美国，并且表示"到时候去机场送他"，这个承诺让唐明朗非常高兴。

唐宓听得认真，可目光落在舅舅瘦削的脸颊上，还是有些不好的预感，于是这顿饭也不太吃得下去。

唐卫东是来京开会的，事情不算少，吃饭过程中，他曾经有一次离席接电话。

唐宓问自己表弟："你没发现？舅舅现在瘦得很厉害？"

唐明朗却很吃惊："是吗？还好吧。"

他一贯粗枝大叶，看来真没注意父亲的异常。

唐宓没有和唐明朗深谈下去。她认为这事儿有些不好处理，自己作为后辈，说出的话舅舅几乎不会听，而他也离婚了，没人管。

唯一的办法就是外婆了。

期末考试之后，在国投的正式实习期开始之前，有那么几天的休息时间，唐宓抓紧时间回了趟家看望外婆。她能预料到自己一旦开始实习就完全没时间顾及其他事情。

她告诉了外婆舅舅的状况，自己母亲的话，舅舅应该还是能听进去几分。

假期是四天，但在唐家村的时间满打满算只有两天。唐宓左思右想，还是把自己的隐忧告诉了外婆。

外婆听罢沉默了好一会儿，叹了口气，对不在身边的儿子，约束力实在有限。

唐宓给舅舅打了个电话，然后把手机交给外婆。

外婆和自己的儿子可谈的不多，无非也和其他老人一样，劝儿子注意身体，不要生病等。

唐卫东在电话那头说："妈，你不要担心，我很好。"

电话没有监控能力，唐卫东是不是真的"很好"，只有天知道。

外婆放下电话，看了孙女一眼。

"你舅舅和你一样，有什么从来不说的。"

唐宓一声不吭。她知道外婆说得对，为了避免家里的外婆担忧，她都是报喜不报忧。学业上的困难、生活上的困窘，都是绝不可能在电话里提起的。

真开始"报忧"的时候，那通常是到了相当糟糕的境地了。

| 第六章 |
居然是癌症

六月下旬开始，唐宓开始正式实习。第一个星期的实习内容主要是介绍公司的概况，各个部门、公司政策以及一些技术性内容的培训，比如软件使用、规章制度的熟悉。培训期结束后，就是正式的朝九晚五工作。

国投地处市中心地段最核心的金融中心，和大学的距离不算近，好在有地铁直达。唐宓每天早上七点要出门坐地铁赶往金融中心，晚上九点后才能回到学校。

唐宓进的国投的投资政策部，部门的正式员工中牛人如云，随便拎某人的履历出来，至少都是世界名校的硕士学位以上。政策部共招收了三个实习生，只有她是唯一的本科生。实习生不仅仅是国内的学生，世界各地名校的都有，每个人的履历都很闪亮，这番衬托下，她这个本科生就成了整个大办公室学历的最底层。

这种环境非常考验人的情商和跟人打交道的技术。每个实习生都有一位导师指导，唐宓的导师是一位非常优秀的女分析员，叫焦敏，哈佛的PHD④，目前尚且单身。

唐宓本来就有人群接触障碍，不善于跟人打交道，不会像其他实习生一样讨好自己的导师，其他实习生都在讨论如何讨好导师的时候，只有她一点感想都没有，只能努力露出个笑。

这是李知行告诉她的，牢记自己的本分，如果有疑问，多笑笑就可以了。

好在焦敏也不是那种苛刻待人的导师，入职第一天她就跟唐宓说了一席话。

“投资这个圈子，女人要混下去很难，脸长得再好看都没用，只能加倍努力。”

唐宓点头，表示明白了。

实际上，任何一个公司任何一个圈子都有这个问题，明明学院里男女比例差不多，但是放眼望去，办公室里的中高层都是男人。女人要坐到同样的位置上，付出的努力是男人的三倍，甚至五倍。

培训周过了之后，实习生经常做的事情主要是给导师打下手，帮着导师做分析报告之类。

④ Ph.D，指哲学博士学位，现泛指学术研究型博士学位。

唐宓的主要工作就是根据领导的要求，做报告。报告类型有多种，比如根据某公司未来的收益情况对公司进行估值，根据公司的资产状况做信用分析，再比如行业数据整理分析——总而言之，基本都是根据数据建立模型再解决，因为大学三年打下了牢固的基础和强悍的数学能力，还算能应付。

焦敏是负责的导师，对她悉心指导，指出种种不足。在她的指导下，唐宓进步比较大，但随着暑假实习时间的延长，她也慢慢感受到自己缺少的知识简直有一火车那么多。

比如，英语口语比起其他实习生差了一条街；对时事经济变动了解不多，知识储备太弱，开会时大脑里的知识根本消化不了其他同事说的内容，思维不够灵活，人家提出三个想法，她只有一个；软件不够熟练，处理数据的时候，软件处理还没她自己算得快……实习还不到一个月，而她遇到的问题，简直是大学三年加起来的总和。金融领域日新月异，她抓紧每一秒钟学习，但还是赶不上别人的进度。

她现在完全明白国投这种大公司普遍学历要求高的缘故，因为这份工作对员工综合能力要求很高，普通的本科生真的很难同时身负英语棒数学佳金融知识丰富还要有编程能力，很多人连其中一样能力都不具备。

可以这么说，只看她一个人的表现，也许还当得上“尚可”的评价，但跟别的实习生一比较，差距还算明显。有条真理是山外有山，人外有人。

入职之后第四个星期，她在公司里遇到了熟人。那天是周末，别的实习生都参加联谊活动去了，只有她婉拒了邀请，留在公司看各种报告资料总结经验。考虑到自己和别人的差距，她认为自己还是不要玩比较好——别人学历更高，比她多读了至少两年书，她拿什么去跟人家比？在这样严峻的现实下，人际关系的处理就不那么重要了。

在办公室啃了一上午报告之后，唐宓站起来独自一人去食堂吃饭。

投资部在二十楼，每层楼有三部电梯，唐宓心神不属地回忆着报告上的要点，随随便便抬起头，却悚然一惊。

电梯里的人，她认识。

李君子拿着 iPad，正在和身边的男人汇报情况：“陈总，董事会的意思您要考虑，改革不是说改就改……”

“与时俱进这四个字还要我教？”

略低沉的男声是如此不悦，听得唐宓一个哆嗦。

说话的人有着让人过目难忘的相貌，让唐宓的大脑出现了一瞬间的空白。她瞬间认出了这个男人是谁。投资公司的总裁，整个集团的副总陈子嘉，董事局的成员之一。当实习生快一个月，这是她第一次遇到大老板。那瞬间她居然有闲心想，原来自己的大老板比她想的更高一些，真人也比照片帅多了。

看到电梯外的唐宓时，两人说话明显顿住，两道含义不同的目光顿时扫了过来。发觉大领导的目光落在自己身上，唐宓的思路明显短路了一拍，冷汗“唰”地从脊背上淌下来。

“陈总，您好。”

唐宓调动了所有的情商和智商，跟领导问好。

大领导小幅度地点了点头，分了一点目光在她身上。

这时，李君子也收好 iPad，饶有兴致地冲着唐宓微笑，极其熟稔地跟她打招呼：“嘿，唐宓，好久不见啦。”

“李姐姐，您好。”她一丝不苟地和李君子打招呼。

电梯门“叮”一声开始闭合，李君子手疾眼快地摁了开门键：“你不是要下楼吗？怎么不进来？”

和领导乘坐一部电梯不是好选择。如果可能，她宁可选择别的电梯，但此时已经骑虎难下了。

她走进电梯，站到角落里去。

李君子亲切地问：“去几楼？”

“二楼。”

“去食堂？”

正是吃饭的点，因此不难推断。

“是的。”

李君子倒是笑了：“哎，我们也去食堂，一起吧。”

哦，只不过三秒钟，唐宓就知道比跟领导乘一部电梯更糟糕的事情，那就是一起去食堂吃饭。

“逗你玩的，不用紧张，我和陈总要出去吃饭呢。”李君子满意地看着唐宓没什么表情浮动的脸色变了几变，很想哈哈大笑，但考虑到领导在场，到底还是忍住了。

一旁的大老板被无视到现在，于是别开视线看了李君子一眼。

李君子这时笑道：“陈总，她是我表妹，在咱们这儿当暑假实习生。京大经管学院的，是你学妹呢。让我算算，差了十多届的学妹呢。”

陈子嘉闻言，问她：“研究生？”

“不是的。”唐宓回答，“现在是大三，九月后大四。”

“她是本科生。”李君子说，“今年这批实习生中唯一的本科生，非常非常优秀。”

“当然。”陈子嘉微微颔首，“我对公司的实习生选拔制度很有信心。”

好吧，这虽然是场面上的话，真假不分，但至少是赞扬。她应该如何回答呢？下一瞬，她脑子里出现李知行的提醒——不知道说什么的时候，就微笑。

于是唐宓抿了抿嘴角，露出笑容。

陈子嘉回了她一个微笑。

从二十楼下降到二楼有多慢，她算是感觉到了。唐宓盯着电梯里跳动的数字。五、四、三、二，唐宓松了口气，连忙道别，离开电梯去了食堂。

唐宓离开了电梯，电梯继续下降去了地下车库所在的负一层。合上电梯的最后一瞬间，电梯里的两人都听到急促跑动的脚步声。因为“唐宓出现”带来的话题，刚刚电梯里剑拔弩张的气氛消散了不少。

李君子心情不错，继续玩笑：“陈总，您看把人家小姑娘吓得。我看再过一阵子，您就能有‘止小儿夜哭’的作用了。”

“她真是你表妹？”陈子嘉瞥她问道。

“关系有点远，不过也算是有点亲戚关系，她是我姑姑前夫的侄女。”李君子说，“小姑娘身世挺坎坷，但超级聪明，她修金融和数学双学位，GPA 拿到 3.9 以上，还在影响因子过 10 的数学杂志上发过论文。陈总，要澄清一件事啊，她来当实习生和我半点关系都没有。”

这履历确实出彩，饶是陈子嘉也略一颔首。

“有也不要紧。”陈子嘉说，“聪明努力的人，适当的时候可以给机会。”

“人家压根不需要我。小姑娘靠自己就拿到‘offer’了。我看过面试的评语，评价是不错的。”

“可以看看她实习期的表现。”陈子嘉说，“合适的话，她大四毕业后可以给她全职工作机会。”

李君子笑得眉眼弯弯：“这么好？可她是本科生啊。”

“本科生不会成为继续学习的障碍。”陈子嘉说，“优秀的人才如果不抓住，等着被国外的公司挖走吗？”

李君子微笑：“您说得太正确了。”

电梯到达了负一楼后，两人走到车位旁，坐了进去。

司机发动汽车后，李君子叹了口气，把话题绕了回来。

“不过，陈总，改革这事儿还是缓和一点处理好些。”

陈子嘉“嗯”了一声。

“方法可以想，政策不能改。从狼嘴里叼肉，总是要谨慎一些。”

唐宓在食堂匆匆解决了午饭后就返回了办公室，午间的办公室人不多，她拿着手机去窗边，给李知行打了个电话，讲述了自己在电梯间的“奇遇”。

李知行在手机那头微笑：“我没说过吗？我姐姐是国投的董事局秘书。”

“你是没说过！”

她想，难怪李君子的面试那么有针对性了。

“当时觉得不重要，谁知道你会去哪个公司呢。”李知行回答得理直气壮。

唐宓拿着手机从二十层高楼上俯瞰下去，路上行人车辆小得和玩具一样。

“我进国投，和你堂姐，有关系吗？”她还是问了出来。

“没有，我没有帮你。”李知行说。

李知行知道她的想法。一是她不容易受人之惠，欠别人恩情；二是她其实很骄傲。骄傲的人都看不起裙带关系。她从小到大都站在智商金字塔顶尖的位置，靠自己的能力走到今天，从不需要别人施舍。

唐宓虽然得到了承诺，却没全信。

她原本不是这么不自信的人，但实习这段日子，她受挫多次，不由得对自己产生了些许怀疑，再一琢磨，就觉得这事儿有迹可循。即便自己已经拒绝了李知行，这一年多来，李知行依然不改初衷，明里暗里都在帮她，她想，为了她去恳求自己堂姐给她一个机会，这并非不可能。李知行不承认也不奇怪。他事事为她考虑，怎么会舍得让她信心受挫。

事已至此，多想也无益——有人对她这么好，她有什么可以抱怨的？那真是太不知趣。

她想，人的命运的确是以一种很奇怪的方式扭在一起的。原来的她，那么不愿意和李家人扯上关系，而现在，除了李知行之外，李家这一代人自己全认识了。而且，都是有大恩于她，真是糟糕诱顶啊。

半夜的时候，她疲倦地躺在床上，苦笑不已。

无论真相如何，事实已经如此，唯有加倍努力才不会让帮过她的人失望。

她更加努力，晚上抱着笔记本去自习室继续和报告奋斗——同屋的韩羽露喜欢和男友聊天，制造的噪音有些大——所以她和放假之前一样，每天晚上都要奋斗到十一点才回宿舍。同宿舍的其他人，如赵幸丹也在实习，也还算辛苦，但怎么都不至于和她一样，暑假都要上自习到熄灯。

赵幸丹知道她的艰辛，眼珠子都差点掉出来：“天哪，连你都熬夜啊！看来国投真不是好待的地方啊！薪水和汗水是成正比的啊！”赵幸丹在咨询公司当实习生，虽然也辛苦，但比唐宓还是好一些。

不得不说，处理数据真是让人头疼到了极点，她所用的是国外某著名公司新出的一款软件，功能强大和复杂，她不算熟悉，还在学习中。文档格式转换，导入，分类，分析，一本本全英文的使用手册，密密麻麻的数据做起来简直是折磨人。

大学这三年时间，她在数学和英语上花了太多的时间，在不太重要的电脑软件上的积累不够——于是，需要软件处理大量数据，再分析配合报告的时候就分外费力。如果给她时间她相信自己能学好，但现在最大的问题是，时间不够。

“那个。”忽然有声音在身畔响起来，“你使用的方法不对。”

暑假的自习室能有几个人？放眼望去不到五个。

唐宓抬起迷茫的眼神看过去，下一瞬就清醒过来，说话的人是黄明明。她背着个双肩书包，站在过道旁边，抓着书包带紧张地看着她，天气很热，日光灯惨白的灯光明晃晃的，她看到了黄明明额头上的薄汗。

唐宓问：“你会？”

从大二之后，她和黄明明没说过一句话，偶尔在校园里擦肩而过，两人都会小小打个招呼。至于黄明明是否还在用诡秘手段跟踪自己——算了，想那么多做什么。

“数据处理的话，不复杂。”黄明明站在她身边，小声说，“你需要的话，我可以帮你。”

“你还在上自习？”

“我有事。”黄明明挪开目光，“我没有跟着你……这次，真的是巧合。”

对方声音很轻，说服力确实不太足。

唐宓盯着黄明明看了十秒钟后，默默挪了位置，让她坐下来。

黄明明从书包里取出台超薄的笔记本电脑开机，给了唐宓一个U盘：“把你的数据复制给我，需求也告诉我。”

U 盘是可爱的小兔子模样，插入电脑后，指示灯亮了起来，恰好是一对兔子眼睛。

“谢谢你。”

“不，不客气。”黄明明说。

唐宓一一照做，最后把需求告诉对方。

黄明明手指停在键盘上，一边打开文件一边说：“用专业的软件虽然可以运算，专业软件相对庞大，而且格式未必满足你的需求，需要多次处理。你处理的数据虽然多，但种类少，可以自己写代码处理，这样能节省大量步骤，出来的结果直接满足要求，反而更快一些。”

唐宓的电脑水平处在“熟悉专业软件”的地步，自己写代码什么的，根本不在她的考虑范围内。

黄明明这个女生给她的感觉，素来是自信心不太足的模样，此时她却像是换了一个人——双眼发光，双手在键盘上翻飞，一条条代码飞快地从她指尖弹出，并且看上去，速度越来越快。

然后，她看到黄明明只用了十分钟，就成功地解决了她需要花半个小时来处理的数据。她原以为今晚可以不用睡觉了，没想到还是可以睡一觉的。

她彻底拜服，真是术业有专攻。

“太厉害了。”唐宓说。如果可能的话，她简直想学赵幸丹那样抱着对方来个跳跃式欢庆。但……还是算了吧。

“你用的软件也是用 C 语言写的。”黄明明说，“因为你的需求不算复杂，我电脑里又有相应的模块，所以进行得比较快。”

确实挺快，比她自己节省了四倍时间不止。

唐宓有所感悟：“看来自己写软件比别人的软件好用。只不过……要写得出来。”

她想起同事里有些资深的分析员本科学的计算机相关专业，难怪人家做分析的时候有如神助。

“你以后都可以找我的。”黄明明说完，又补充了一句，“C、C++、JAVA[⑤]，你需要的话，我都可以教你。”

唐宓心情太复杂了，面前的女生其貌不扬，但在自己的领域，宛如女王一样高高在上。

黄明明被她的目光看得毛骨悚然：“怎么？”

应该说，唐宓能有个“冰山美人”的称号，和她的眼睛有着密切联系。有些人天生一双桃花眼，任是无情也动人。但唐宓不是这样，她天生一对漂亮杏眼，但眼神里面没多少暖意。她面无表情地盯着一个人看的时候，宛如冷冷月光，确实会让人一会儿冷一会儿热的。

“我在想，你这么厉害，本科阶段还能学些什么呢？”

“有学历总是好的。”黄明明说，“而且学起来不累，时间很充裕，我可以研究自己有兴趣的事儿。”

所以我就不幸成为她“感兴趣”的事件之一。唐宓想，终于体会到这种“躺着中枪”的感觉了。

“我没有开玩笑。”看唐宓没有说话，黄明明有些紧张，重复强调，“我真的可以教

⑤计算机编程语言

你……你们课表涉及计算机语言的并不多，没有人指导的话，学起来会难一些。”

对方很清楚自己的课表——和曾经跟踪你现在也许还在跟踪你的人交流，最大的好处就是可以节省很多说明文字吧。别人可依而不可靠，但假如有个黄明明这样级别的能人愿意教，她还有什么介意的呢？

“那我就拜你为师了。”

“嗯嗯。”黄明明连连点头，露出大大的笑脸，看起来是真的很高兴。

数据整理出来之后，报告的进展就非常顺利了。

黄明明也没离开，看着她开始赶报告，她主动挪了个位子，去她的后座坐下来。

唐宓对编程不算一窍不通，大二的时候，她根据前辈们的建议，还选修过C语言，但对选修课肯定不会像主科那么上心，专注程度也差得多。这次见识了编程在金融统计领域的卓越高效，不由得心生向往——她在黄明明的建议下买了几本参考书，试着学了起来。

唐宓之前真的没想到，黄明明当起计算机老师居然还不错——但凡一个人在自己的领域出类拔萃，那么其对这个行业的发展、历程等，都有着深层次的了解，尤其是对重点和难点理解得透彻无比，哪怕口头表达能力一般，一对一讲解起来也要透彻一些。

暑假阶段唐宓还有实习在身，能够接受黄明明培训的机会其实不多，充其量在周末的空余时间一起上自习。

李知行对她的这个决定保持了一票否决的态度。暑假的时候，李知行大部分时间在学校的实验室，跟着老师做一个云计算的项目。

黄明明在他看来，是一个有前科的“惯犯”——“惯犯”现在和唐宓在一起，简直是送羊入虎口啊。

“跟踪事件”后，李知行对黄明明的关注可半点没少。她真的就在信息研究会待下来了，没中途退出。虽然不算骨干，但半数的活动还是来参加了。看上去，她现在已经放弃当跟踪狂，但旧病复发这种事情，也不能百分百排除。

唐宓跟他解释：“她说可以教我编程。你觉得不行吗？”

李知行微妙地沉默了一下。

“你觉得她不行？”

“这倒不是。她在专业水平上，确实非常非常出色——”李知行声音缓了下来，斟酌思考着。

唐宓侧头看他：“比你还出色？”

李知行先是一愣，然后笑了，露出了洁白健康、排列极为齐整的牙齿。牙齿这种东西，先天和后天因素不能忽视，但后天总归是更重要一些，有着好牙齿的人，其家庭教育多半也相当好。李知行是一个上佳的佐证。

唐宓心里有点发毛，她说了什么好笑的笑话吗？李知行看上去好像开心过头了？

“虽然你高看我我很高兴。”李知行笑得眉眼都弯了，“但真的，单纯技术层面，我怎么能跟她比？”

“你比她多学一年。”唐宓指出。

“多学一年也不意味着有更丰富的知识呀，否则还要自学做什么呢？”

这句话的说服力简直太强了，唐宓挫败地看着他。

李知行拿出手机，镜头对她一晃：“看着我。”

“什么？”

话音没落，“咔嚓”一声之后，李知行把手机拿给她。

“你用用。”

原来李知行用的是一款专业的图片处理软件，这款软件体量不大，功能不算复杂，但很有趣，比如将人的照片按照要求处理，可以拉伸眼睛、缩小嘴巴、调歪鼻子、改变皮肤颜色等。

“很有意思。”唐宓抿着嘴看着手机里好像外星生物的自己。

“软件作者就是黄明明，下载量已经有上百万了，打分在 8 分以上。”

唐宓佩服得五体投地。上百万的下载量说明了两件事，一是这款软件的出色性能，二是其中无与伦比的经济利益。

李知行知道她在想什么，倒是笑了：“虽然是跟踪狂，也真不能小看她。她没用这款软件谋利，软件本身是免费的，也没有植入广告。”

“学以致用到这个地步，也确实让人敬佩。”

“不过，你也不要问她软件相关的事情。”李知行说，“几乎没人知道作者是她。”

“那你怎么知道的？”

“我可是一直在监督她的。”李知行微微笑了一下。

“……”

“既然她愿意教，你就跟着学吧，”李知行最后说，“这种级别的老师，也算难找。不过，如果她对你不轨，就马上告诉我。”

唐宓啼笑皆非，但也只是暗中腹诽——什么是不轨？

然而就算现在开始学 C 语言，也有些晚了，蹒跚学步的人得经过多长时间的修炼才能达到独立行走啊。远水解不了近渴，除非她带着黄明明去上班才可以。只是偶尔在痛苦的编程学习中，回头看看黄明明十指如飞地敲键盘，挫败感真是越来越浓。

唐宓被暑假实习折腾得精疲力竭，各种压力让她充分体会到了国家级投行的风范。焦敏也叫她不要把自己逼得太紧，有张有弛才是最好的工作方式。

“压力太大不是好事。”焦敏说，“你看这办公室还有几个女人？”

唐宓想，还真是很少的。

“不能说她们进来的时候没有事业上的梦想，但太多人被工作压力压垮了。”

唐宓听得很紧张：“那，压垮了怎么办？”

“那就嫁人吧，嫁给有钱人。这个行业里，见得最多的就是有钱人。”焦敏看着小学生一样规规矩矩站在自己面前的唐宓，嘴角浮起笑容，“说真的，嫁人也是不错的就业方向。”

这话听上去总觉得哪里有些不对啊——唐宓抽了抽嘴角。

“你以后要是扛不住了，也可以嫁人。”焦敏继续给了她会心一击，“当然，和每个职业一样，嫁给有钱人这份职业也比较容易失业。”

“……”

唐宓听不出来焦敏是不是在开玩笑，那瞬间她想起了自己的妈妈，也深以为然。

忙碌的重压下，两个月暑假时间眼看着也到了尾声。

有些实习生表现得好，可以拿到公司的“offer”，但是和公司的其他优秀实习生比，她确实还有差距。近两个月时间的比较，让她明白自己和其他名校的研究生的差距——和数学不一样，这个差距不是短时间内就可以弥补的，她甚至在考虑，要不要再读几年书?

以她的成绩，保研是完全不成问题的，奖学金也是足够学费和生活费的。但读研究生意味着推迟两年毕业……跟她之前预期的“大学毕业就工作赚钱”不是一条路。

她心情非常复杂，觉得前路茫茫，简直看不到未来的道路。

周三的晚上，她回到学校的时候已经过了十点半，她没再坚持去上自习，一边朝着宿舍走去一边给家里打电话。

白天外婆要忙着田地里的活儿，座机多半没人接——现在家里虽没什么经济压力，外婆白天还是忙着自己的一亩三分地，她坚持认为自己不忙碌就会长锈。没想到的是，电话那头却没人接听。

她心里很奇怪，大晚上的外婆能去哪里? 于是她一个电话又打到了隔壁二婶家。整个暑假二婶都心情不错，今年暑假小刚考上了重点大学，念电气工程专业。

她问了问唐小刚的情况，又提到了外婆。

“二婶，外婆没接电话，您帮我过去看看?”

二婶“咦”了一声：“你外婆前两天不是去宁海了吗。你还不知道吗?”

“啊? 去宁海? 这是怎么回事?”这事儿对于唐宓来说是大新闻。

“就是前天忽然来了人，说是你舅舅的下属，开着辆小车，把你外婆接走了。”

“哎……那外婆说去干什么了吗?”

“也没说什么啊，匆匆忙忙就走了。”

这是怎么回事? 唐宓百思不得其解。她想这事儿太奇怪了。怎么好端端的，舅舅忽然接外婆去宁海呢?

唐宓挂了电话后又给唐卫东打了个电话。唐卫东的手机关机，没回应。唐卫东有不少联系方式，唐宓知道的只是他的私人号码，工作号码一概不知。

她想了好一会儿，又给李知行打了个电话，咨询此事。

李知行也不知道唐卫东的工作号码，但他素来对唐宓的事情上心，就算是姑姑已经离婚，但查个工作电话毫无难度。他打了几个电话出去，查到了唐卫东的工作号码，短信发了回来。

唐宓此时已经回到宿舍，于是一个电话打过去，这次终于有人接电话了，但也不是唐卫东本人，是他的秘书，姓吴，唐宓曾经和吴秘书见过几次。简单介绍了自己之后，她问对方外婆的事情。

吴秘书微妙地沉默了一会儿，然后才回答：“嗯，是有这回事。”

唐宓略微放下心，之前想到最坏的可能就是什么离奇失踪，只要外婆不是忽然下落不明就好。

“舅舅接外婆过去干什么？”

唐宓不是怀疑舅舅的孝心，这些年舅舅也提过接外婆去外面玩玩，都被外婆拒绝了。但要外婆离开唐家村完全不跟她打招呼，真是有些奇怪。

“是你接外婆去宁海的吗？”

“是的。”

吴秘书似乎有些犹豫，但他当了唐卫东这么多年的秘书，对唐家的关系很清楚，也不是不能理解她的心情。

他斟酌着回答：“是这样的，唐总现在身体不好，没人照顾，所以才接了你外婆来宁海，偶尔做做饭。”

“身体不好，舅舅得了什么病？”唐宓也不是三岁小孩，一听这个含混的说明就明白情况不好。

“是癌症……”

坏消息多半是在没有心理准备的时候忽然来的，就像现在这样。“两眼一抹黑”是什么感觉，唐宓总算是知道了，这就好比你兴致正高昂的时候，猛然一把铁锤砸向脑门。一瞬间她只想用手机砸晕手机那头的吴秘书，得了癌症是“身体不好”？

“什么癌症？”她嗓子沙哑，很久时间半句话都说不出来。

“淋巴瘤。小唐，你不要太担心，唐总的病发现得很早，医生说治愈可能性很高的。唐总现在在化疗，情况还可以。”

“舅舅在哪个医院住院？”唐宓定了定神。

没亲眼看到之前，她绝对不相信“还可以”之类含混的说法。

“宁海医大附二院。”

“好的，我知道了。”

挂掉电话后，唐宓握紧手机发呆，脸颊血色全无。

癌症。她想，居然是癌症。让人闻之色变的癌症。

治愈率无论多高，都不意味着百分之百。

舅舅还那么年轻啊，他今年才四十三岁，还有很多很多事情没有做。

一度她对舅舅十分憎恨，因为他的不孝，她在心里鄙视他，恨不得外婆没这个儿子，妈妈没这个不要脸的弟弟……她想，世界上的事情真是太不公平了。妈妈放弃了上大学的机会，就是为了养出一个白眼狼吗？她还想，这么不孝的儿子，怎么就没有报应呢？

她当时怎么就没想过，这其中是否有什么误会呢？

手机铃声响起，打断了唐宓的思绪——她看着手机号码，是李知行。

“没事吧？刚刚为什么跟我要你舅舅的电话？”

“……”

“不方便说？”

“不……不是……”

唐宓想，李知行帮了忙，有权知道实情。

“淋巴瘤？”

对于二十岁左右的年轻人来说，从来都是身体健康活力无限，癌症之类的疾病，很少出现在他们的思考范围内。李知行这种活力无限的年轻人自然更不会没事想着那些生老病死的伤感事情，一时间也是心绪震动。

他定了定神，问：“治疗情况怎么样？”

“我不清楚……”

李知行想起两周前送明朗去机场的时候，唐明朗一路都兴致不高——他说爸爸答应来送他，结果没来。当时姑姑还冷嘲热讽了一句“你爸这个人，说话几时靠谱过”。唐明朗因为这事儿和母亲争执了几句，让这一次送别更是充满不愉快。

在李知行的认知范围内，前姑父基本上还是个说话算话的人，此时没来送儿子出国留学，只怕是出了非常紧急的事情——而今，终于得到了答案。

“你准备怎么办？”

“我请假，明天去宁海。”

唐宓已经打开了网页，准备在网上买车票。

“等等。”李知行打断她，“你还在实习，明天是周四，不是周末啊。”

唐宓移动鼠标的手，僵住了。这个实习机会对她来说有多么珍贵，她太清楚了。她这两天还有报告要交，交完之后的周末，部门还有个非常重要的研讨会。

“事情也有侧重，今天再请假已经来不及了，手里的工作要交出去。”李知行说，“后天去吧，再加上周末，有三天。”

唐宓只是心慌意乱，现在被李知行提点，也觉得这已经是最好的办法了。

“你在宿舍了？”

“是的。”

“你从宿舍里出来。”

唐宓一愣：“嗯？”

“不要挂电话，出来。”

她拿着手机离开宿舍，无视了赵幸丹调笑的眼神。

今日下午下了一场雨，燥热的暑气消了不少，李知行站在女生宿舍外的树下，路灯昏黄的灯光落下来，高高瘦瘦的身影，被灯光在地上抻得更颀长。他对着手机说“这里”，高高瘦瘦的身影又对她招招手。他旁边不远处站着一对依依惜别的情侣。

唐宓别开视线，朝李知行走过去。

李知行把手机收回裤兜里，微微笑着等着。

“周五我陪你去宁海。”

“不用麻烦你了。”唐宓说，“我自己去就可以。”

自己家的事情，再让李知行跟着自己跑来跑去，实在不像话。何况他也还有工作要做，不然他何至于暑假还住宿舍不肯回家呢？

明白她的顾虑，如果自己去了也确实不伦不类。李知行停了停：“那好吧，你自己去。”

旁边的那对情侣不知道说了什么，轻笑声传来。唐宓侧头看了一眼，男生坐在自行车上，抱着女生的腰轻声说着什么，又捏捏她的脸，气氛极为缠绵，唐宓一眼扫过去，居然是韩羽露和她男友。

李知行莞尔：“我们走开一点。”

“……”

李知行微微弯下腰，捞起她的手握在手里：“你也不要太担心，我刚刚查了下文章，淋巴瘤治愈率很高，你舅舅又很年轻，没大碍。不要有心理负担。”

他的手干燥温暖，比她的大很多。听说身高和手掌有个确切的比例，高大的人，手也一定会大一些。

“人活在世界上，有时候就是会发生这种事情的。”李知行说，“别担心。”

疯了！唐宓微微仰起头看着李知行。她想这事自己一定错得离谱——她和李知行只是普通朋友关系，李知行做的一切都已经超过了普通朋友的范畴。如果她还有一分理智，就要干净利落地拒绝他。

可是，她就这样任对方握着自己的手，并且越来越紧。

周五晚上，李知行去了爷爷奶奶家吃饭。自从明朗走了之后，李如沁女士几乎把父母家完全当成了自己家，时不时就过来吃饭。不过想来也是，离了婚，儿子去了国外，事业平顺，和男友没什么结婚的欲望——大概是会一下子空虚起来。

爷爷奶奶也建议姑姑再婚，她倒是一副不太着急的模样。

饭后李知行挑了个时间找到李如沁，说要跟她谈谈。从高三的时候，因为唐宓的事情和李如沁闹得不太愉快之后，李知行和李如沁的关系一直勉强到现在。

“姑姑，有件事，我想还是告诉你比较好。”

侄子的表情很慎重，李如沁觉得他这个表情像极了自己的哥哥，每次自己的哥哥脸上出现这种表情，都预示着一件不得了的事情的发生。

“什么？”

“明朗的爸爸……”李知行说，“得了淋巴瘤。”

李知行认为，虽然说两人已经离婚了，但两人毕竟做了十八年的夫妻，而唐卫东也是她孩子的爹，她有权知道前夫的近况。

李如沁一下子就愣住了，好在她不是小年轻，社会阅历丰富，很快镇定下来。

足足一分钟后她才有力气问：“情况怎么样？”

“发现得早，处在第一阶段，治愈率还算比较高。”

“就算治愈率高，也是癌症啊……但是可怎么办……卫东还那么年轻……”

各种糟糕的想法一拥而入，李如沁的脸色实在是难看到了极点，扶着沙发扶手慢慢坐下来。那一瞬间，李知行福至心灵地感觉到，只怕姑姑对唐卫东还有些感情的。姑姑当年离婚的时候，其实非常不愿意，因此狮子大开口，要唐卫东净身出户，没想到他真答应了。

“明朗知道了吗？你告诉他了没有？”

“我没说，但我认为姑姑你应该告诉他。”

“他才去美国读书，要是影响了学习怎么办？”李如沁喃喃自语。

“他爸爸的病情，他有权知道也应该知道。”李知行说，“唐明朗不是孩子，应该有一定的承受能力，也需要知道在变故面前应该如何处理自己的情绪和学习。姑姑，你不能总是把他护在羽翼之下，这样，他没办法成长的。”

虽然说话的人只是二十岁出头的年轻人，可是一席话说得李如沁半晌说不出个所以然。

年龄越大，将会见到更多的生死病痛，每个人都是在这样的遭遇中成长的，概莫能外。

“那你怎么知道这件事的？”李如沁缓了缓，“唐宓告诉你的？”

提到唐宓的时候李如沁的语气不太好，反正姑姑不喜欢唐宓又不是多大的新闻。

“我就知道你不死心，原来还继续和她来往着？”

“学校那么大，总会遇到的。”

李知行语气平和。

“呵，你和我当年真是像啊。”李如沁说。

“嗯？”

“当时我对他真是一见倾心。”李如沁轻声叹息说，“我这一辈子，就再没见过那么好看的男人。”

真是个颜控的世界啊。李知行无奈地想，好像他自己也差不多。

“当时家里人没有赞成我和唐卫东结婚的，都说不合适，家庭、出身，种种都不适应，我当时一哭二闹三上吊。”李如沁说，“最后爸妈强不过我，当然还是结婚了，只是结果怎么样，你也看得清清楚楚。”

李知行摇了摇头。他想说，姑姑你想多了，我和你不一样，话未出口及时刹车——干吗要把战火引到自己身上？

他说：“姑姑，你婚姻失败和家庭背景一点关系都没有。唐家从头到尾没跟你添任何麻烦，他们没从你手里拿过一分钱，没在你家睡过一晚，唐叔叔几乎算是入赘到李家的。”

他几乎是用怜悯的语气说的这番话。他觉得太诧异了，都离婚三年了，怎么姑姑还不明白自己婚姻失败的原因？

“姑姑，你婚姻失败，是因为你不够包容。”

| 第七章 |
你喜欢他吗

周四一早上班之后，唐宓写了请假条去焦敏的办公室请假，焦敏微微皱了皱眉，没说什么。只是请假到部门领导廖晖的头上，就不那么顺利了。

问了几句情况和病情之后，对方表情严肃起来。

“生病的是你舅舅，不是直系亲属？”

唐宓干巴巴地回答：“不是。”

“淋巴瘤不是绝症，你早去几天探病和晚去几天有什么区别？”廖晖说，“非要赶在这个时候？你应该知道现在是很关键的时期，这次研讨会的表现对你们实习期的评价有非常重大的影响。”

“我知道……但我还是想请假。”

廖晖是个不错的领导，从他派崔敏当自己的导师而不是其他男分析员就可以看出来。但她还是没有跟廖晖解释自己的苦衷和缘由，因为价值观不同，对方不会理解她。

金融行业就是这样，充满了铜臭，看到的接触到的无非钱钱钱，身在其中，也难免沾染上利益气息，做事也不能随心所欲，凡是都要掂量算计一下“付出的各种成本和得到的回报是否满足经济学公式”。

“听没听过一句话？重要的时候你不在，那以后也不必在了。”廖晖表情很严厉。

唐宓垂眸而立，长长的睫毛颤了一下。

这句话是没听过，但她又不蠢，完完全全明白了这句话的潜台词。

“是的。我请假的时候，也会努力把工作做完。研讨会的PPT我会在之前发到您的邮箱。”

她态度如此坚决，廖晖没办法，将可能拿不到“offer”这个最坏的结果告诉她之后她依然坚持己见，他不能太不近人情，只能允了假。

唐宓请了周五一天，再加上本来不存在的周末，足足三天。在工作压力大，压根没周末，每周平均工作时间一百个小时以上的投行来说，这种请假方式，简直是超级奢侈。

周五一早，唐宓坐高铁到了宁海，她早上出发时间早，到达宁海市区时恰好中午时分。这是她平生第一次来宁海，虽然不熟悉交通情况，好在她已经做了足够的准备工作，把路线查得清清楚楚，下了火车直接赶到医院。

附二院肿瘤科的实力非常强，有一栋高十层的专属大楼。她走在安静的病房走廊里。这一层都是 VIP 单人病房，患病者非富即贵。然而疾病从来不留情面，无论地位多高、财产多多、名声多大，一旦患病，一样在劫难逃。

病房里的情况比她想象的好，唐卫东正坐在床上吃饭，清瘦程度和他六月份在京所见相差无几，但除了脸色苍白一些，看着精神还可以。据说，放化疗要掉头发，但他看上去头发也没稀少多少。唐宓安心了一些。

外婆正打开了保温桶，盛了一碗粥出来给唐卫东。外婆把粥放好之后，又说了句什么，然后舅舅笑了起来。

唐宓担心舅舅和外婆，这两天晚上压根睡不着觉，但看上去外婆和舅舅的状态都很正常——甚至还在微笑，说明情况挺好。

真是太平静了。唐宓想，难道是自己想太多了吗？是自己把病情想得太严重了吗？

唐宓深呼吸一口气，调整了自己的表情，走进病房。

“外婆，舅舅。”她竭力使得自己露出浅浅的笑容。

板着脸要哭的样子，对现在的状况没有任何帮助，反而只会加重外婆和舅舅的心理负担。

吴秘书应当通报过她来的事情，唐卫东看见她来了毫不惊讶，还微微笑了笑：“怎么来的?

“高铁。”唐宓说着走到床边，“舅舅，你身体还疼吗？”

“没事。”唐卫东笑着拍拍外甥女的头顶，“都快好了。”

淋巴瘤哪里是那么容易好的？唐宓不信。

“你别想得太夸张了。”唐卫东说，“淋巴瘤没那么可怕的，也就是个普通的慢性疾病，我这还是早期。”

唐卫东无论是说话还是精神，毫无异样，积极乐观的态度也给了唐宓莫大的勇气。

外婆脸上毫无悲戚之色，像是每次看到她回家那样，点头说：“书包放下来，歇一会儿。”

唐宓这次来得匆忙，没带什么行李，只背了个书包，放了套换洗衣物，还有笔记本电脑。

“外婆你离开唐家村怎么没跟我说一下？”唐宓拉着外婆的手，嘟着嘴抱怨。

“时间紧。”外婆说，“你还有工作吧，而且你舅舅也说不告诉你，你现在在实习，请假跑来跑去不好。”

“国投的工作状况我很了解，工作压力非常大，要请假估计得有天大的事情，我的病也不太要紧的。”唐卫东不在意，“何必跑来跑去。”

“没关系的。”唐宓说，“领导理解的。”

“请了几天？”

“我周日回去。”

“吃了午饭没有？”

“还没有，我不饿。”

她虽然没吃饭，但是焦虑心塞得厉害，现在叫她去吃饭，只怕她一口都吃不下去。

“那吃点水果零食，在冰箱里。”

唐卫东的病房里简直是礼品的海洋。插着鲜花的瓶子都有三个，各种水果篮也有好几个，看起来都很昂贵。他的身份地位人脉关系在这里，虽然生了重病但不是绝症，职务还在——尽管消息没告诉太多人，但试图送慰问品的人也不少。

“要不要喝点粥？”唐卫东指了指保温桶，“这是你外婆熬了一上午的。”

“我真的不饿。”唐宓连忙解释，“早上吃饭太晚……”

最后，为了阻止唐卫东和外婆的担心，唐宓还是吃了个苹果和一串葡萄。

唐卫东看着外甥女风尘仆仆地跑来，也很感慨。

放化疗就是“毙敌一万，自伤八千”的治愈方法，癌细胞可以杀死，但同时也杀伤人体正常细胞，即便现在医学发达可以减少后遗症症状，但他依然恶心反胃，几乎什么都吃不下，唯一真正想吃的，就是小时候母亲为自己做的一碗熬得香飘十里的菜粥。病魔折磨下，他想来想去，还是把母亲接到了自己身边。

让白发的母亲照顾自己，唐卫东想，简直就是这辈子最难堪的失败。他以为自己这么多年的努力获得了成功，而一场疾病，就击破了“成功”的幻想。

唐宓也了解到了大概经过——两个月前，大约是今年五月份，唐卫东发现身体不适，于是去医院检查了一下，确诊是淋巴瘤，从那时候开始他就在治疗了。

唐宓目瞪口呆，原来六月份和舅舅在燕京见面的时候，他已经开始治疗了。

“舅舅，那时候为什么不告诉明朗？”她轻声问。

唐卫东笑笑：“何必告诉他呢？”

唐宓无言以对。是啊，告诉明朗做什么呢？是让他退了机票还是不退机票每天担心呢？

吃过午饭之后，医生来查房，唐宓看了看各种化验单和检测报告，又打开笔记本看各种医学论文，确实舅舅的情况已经在好转了——这跟他发现得早，还处在早期阶段有着密切关系。附二院的肿瘤科很强大，有着全国最好的医学专家，化疗和放疗配合医治，治愈率比平均数字高。唐宓一颗悬起来的心，终于慢慢放下。

唐卫东的情况公司无人不知，离了婚，孑然一身，他生病后和其他人由家人负责照顾不同，主要是公司这边负责。公司在医院旁边的小区租了套房子，安排了吴秘书照顾他，现在外婆住在这套大房子里。

外婆的主要工作，就是给儿子做做饭，送饭到医院。

下午的时候，唐卫东休息后，祖孙两人回到公司给唐卫东租的房间内。

完全陌生的房间里一切东西齐备，外婆的东西一件也无，可想而知走的时候多么匆忙。

外婆熟练地把保温桶拿到厨房在水龙头下开始清洗——在宁海这个大房子待了几天，

她明白应该如何操作这些现代化的厨具，而唐宓看着盆子里泡着的舅舅的衣服，呆呆不发一语。

外婆洗了保温桶放在一旁，转过身，看着孙女在身后发呆，拍拍她的头顶："想哭就哭吧。"

唐宓憋了整整两天的情绪终于释放出来，就像是过度饱和的雨云，此时眼眶终于慢慢红了："外婆，舅舅怎么会生病的呢？"

她其实查过书和资料，淋巴瘤发病的原因众说纷纭，没有定论。但总的来说，都是跟劳累、焦虑、失眠、生活没规律、压力大这些方面沾边的。唐卫东离婚之后这两三年时间，一定非常辛苦，这种辛苦反应到了身体上，身体不甘示弱，给了他一个下马威。

"生老病死，谁也不知道。"外婆摇了摇头。

唐宓忍住眼泪，哽咽地说："我不明白啊……"

"等你到了我这个年纪，就会明白的。"

外婆擦了擦手，开了火准备做晚饭。

唐宓想起自己的妈妈，当年外婆白发人送黑发人，而现在在病床前照顾自己患了癌症的儿子是怎样的心情？外婆这一生，到底是怎么过的，唐宓完全不敢想象。

这样的生活，让她过一天只怕都苦不堪言。而现在，外婆不抱怨、不气恼，只是做自己该做的事情。她比自己还快地接受了唐卫东生病的事实，然后以平静的态度面对生活的考验。

唐宓看着外婆忙碌的身影，沉默地淘米洗菜。略微佝偻的老太太绞尽脑汁地想着儿子小时候喜欢吃什么，时不时喃喃自语。外婆能做的菜色其实有限，她不是大厨，所有的做饭手艺都是从自己的母亲那里传承来的，彻头彻尾的农家手段，没经过什么培训。她能做的，只有儿子喜欢的那些——把胡萝卜、大白菜、香菇切成小碎末，和稀饭混合在一起，煮成了香气浓郁的粥。

周六唐宓起了个大早，陪着外婆去附近的农贸市场买菜。起得早，菜才足够新鲜。

农贸市场里什么人都有，方言限制，外婆和其他人的交流非常不畅，普通话外婆大致能听懂，但是交流起来很费劲，几乎需要比画。

外婆当了一辈子农民，认得什么菜是好的，什么是不好的，她弓着腰在菜摊前挑挑拣拣，菜贩连声抱怨："老人家，你这样挑挑拣拣的我怎么好做生意呢？"

外婆脸上浮起一点尴尬，身体似乎更佝偻了。

唐宓挡在外婆面前，和菜贩道歉。

菜贩看了看她，还是挥了挥手卖了菜。

唐宓提着菜篮子跟在外婆身后买菜，直想哭。外婆好累啊，身体累，心更累。

外婆说："不要紧啊，他是我儿子呀，现在又是一个人，除了我还有谁照顾他呢？"

外婆是那种最老式的母亲，天下当母亲的人，大都会为了孩子不惜一切，奉献出所有。唐宓想起自己曾经读过的漫画，母亲就像是一棵树，对孩子有求必应。小时候让孩子坐在树上荡秋千，成年了让孩子砍下枝干盖房子，最后只余下一个老树桩，孩子可以坐在树桩上歇息。

外婆就是这样，哪怕她自己垂垂老矣，再也不能奉献，还在考虑如何为儿子做一顿他吃得下去的饭。

化疗之后唐卫东精神欠佳，昏昏欲睡。周六中午，唐宓送外婆回去休息，自己在病房陪了一个下午，看着论文资料。她带着自己的电脑，继续和报告奋斗。

三点之后，唐卫东醒了过来，他觉得口渴，唐宓把病床摇高，板子放上来，看着舅舅喝下水——高三那年照顾外婆两个月，这些照顾病人的事情她已经很熟练了。

然后，有人推开了虚掩的房门——唐宓原以为是医生，状若平常地抬头看去，却在看到跨步进屋的女人的时候，呆了呆。

李如沁踏进房门，也没说什么，直走到病床前，居高临下地看着自己的前夫："听说你病了，我来看看你。"

语气有点生硬，但关怀之意就连唐宓都听得出来。

真奇怪啊，不高兴和关切这两种奇怪的情绪是怎么融合在一起的呢？唐宓想。她原以为自己一辈子不可能和这位前舅妈有相同的观点，此时却因为她对舅舅的关切，忽然对她的印象好转了一点。

唐卫东就像是见到前来探病的下属那样平常，点点头："请坐。"

离婚三年的夫妻再次见面是在病房里，这事儿对谁都是新鲜的，估计也没什么经验去应对。唐宓站起来，让出了自己的凳子，主动挪到了沙发上。

李如沁没多说，在床沿坐下来，顺手放下了和西装短裙同色的挎包。

"你瘦了很多。"

李如沁心情复杂，说出来的话里什么情绪都有。

唐卫东微笑："毕竟是癌症啊，治好了也要脱层皮。"

唐卫东从不忌讳谈论自己的病情，也了解治疗流程，对其后果非常清晰——医生说这是非常好的治疗态度——其实，唐宓想，这只是理性导致的吧。唐卫东到底是当了一辈子理科生，当年若不是为了早早工作挣钱，当个科学家也不成问题。

"现在谁照顾你？"李如沁问。

"我妈来了。"

李如沁抬头看了眼唐宓，又沉默了一会儿。

"那个冯小姐呢？"李如沁忽然说。

"她是客户之一，我们没有联系。"唐卫东说。

"不是说要再婚？"

"你弄错了。"

李如沁情绪稳定，唐卫东更是平静。

这话题是怎么扭曲到再婚的问题上的呢？唐宓忽然觉得不安，她似乎应该退出这间病房——她这么想着，看了唐卫东一眼，对方冲她略一颔首，唐宓会意，默默放下电脑，退出了病房。

外面热浪袭人，气温没 40℃也有 39℃，唐宓只能待在医院大楼里。她在大楼里随便走了走，世间百态尽入眼底。有哭泣的病人家属，缴不出费用的病人，癌症到了晚期无法治疗只得等死的——高三毕业后她在医院里待了两个月，但大概永远无法习惯医院的生老病死。而这种情况，在肿瘤科大楼里格外明显。

“阿宓。”

然后她抬起眼睛，看到了傅笙女士正从电梯里出来，很喜悦地看着她。

唐宓却面无表情，她想到四个字——狭路相逢。明明不是仇人，却比仇人还要不想遇到。傅女士和之前见到的每一次一样，素色服装相貌端庄，手里拿着一只白色小手袋，头发大约是染过，因此看上去她比一年多前还要年轻一些，说是五十岁都有人相信。

傅女士对唐宓为什么在宁海的医院，似乎很是惊讶。

“你怎么在这里？”

唐宓在电梯出口处的长椅上坐着，没地方躲避，临时要编个谎言也够难，于是说了实话：“我看我舅舅。”

傅女士有点吃惊：“唐卫东在这里住院？是什么病？”

这里的病房都是肿瘤科，得了什么病简直不用想。

“淋巴瘤。”

“我记得卫东很年轻啊……”傅女士的脸上显示出悲天悯人的神色，但凡老人听到自己的小辈生了病都会如此感慨，“你带我去看看他。”

“……”

这应该怎么回答？冷淡地拒绝还是答应呢？唐宓陷入了纠结。可是她要求探望的对象不是自己，自己没办法替舅舅拒绝。3

“走吧。”傅女士自然能看出她的疑惑，说，“他是我的后辈，怎么都应该去看看的。”

“好吧……”

事已至此，好像也没办法不再带她去了。傅女士吩咐司机在一楼等她，跟着唐宓进了电梯，到了八楼。

电梯里傅女士试图跟她说话：“阿宓，我记得九月就是大四了吧？”

“嗯。”

这话问得太有水平了，唐宓没办法不回答。就算是个路人甲问她这问题，她多半也是要回答的。

“找工作还是继续读书？”

“不知道……”唐宓干瘪瘪地回答，就像是三天没吃饭那样无精打采。

这个回答倒不是敷衍傅女士，她的确在思考这个问题。

她一直以来的人生目标就是好好读书，找一个最赚钱的工作，把外婆接到身边，使自己和外婆过得更好。现在她的目标大致实现——她虽然还是实习生，但一个月拿到手的薪水都已经过万——金融行业的挣钱效率确实是所有行业之冠，她却困惑起来，觉得自己盯着目标跑啊跑啊，结果发现目标在大雾中迷失了。

唐宓想，以她的能力，就算能在以后的岁月努力奋斗然后事业成功，最多也就是唐卫东的档次。可是看看眼前的例子，别人眼中的人生赢家唐卫东，四十来岁就得了淋巴癌，钱赚得再多又怎么样？还要快七十岁的母亲做饭照顾。

就算大四后可以留在国投工作又怎么样？工作是很好，收入也很高，她相信自己不到十年就可以买一套属于自己的房子。可是工作压力那么大，请个假都如此艰难，还被领导质问“不是直系亲属不得请假”，那到时候，自己忙碌成这样，还有什么精力来照顾外婆？

她已经跳出了“农门”，不可能再回到唐家村，未来的发展也必然是在大城市内。外婆现在在宁海的生活如此不习惯，以后跟着她去了首都，只怕也跟现在一样各种不习惯。

可不工作也不行。唐宓想着自己在医院所见，那么多因为没钱治病不得不搬出医院默默等死的人——钱确实不是万能的，却可以让人活得更久生活质量更高——比如三年前外婆的那次意外事故，如果当时没有舅舅，没有流水一样花钱，外婆能活下来吗？再比如唐卫东现在的单人病房跟宾馆一样漂亮，但同样是这栋大楼，下面楼层里的癌症病人照样三四个人挤在一间狭小的病房内，无论是病人还是陪护，连个笑容都没有。

她努力读书这么多年，可不是为了让外婆晚年无所依靠。未来的生活还很长，以后出事都靠舅舅出钱，那自己这书可以说完全读到狗身上去了。

傅女士说：“不知道？是还在考虑吗？”

“嗯……”唐宓轻声道。

傅女士身体微微前倾，看着她：“你的实习遇到了困难？”

唐宓没作声。如果对方对她没死心的话，那应该是了解她的近况的。

“叶一超跟我说过，你最喜欢的是数学，你大四毕业后就会找工作，你很想早些挣钱，所以才选了金融系。”傅女士仿佛随口说出，“现在你在考虑是否工作，说明你遇到了一些问题。”

原来叶一超当时连这些都跟她说过。

她从没跟叶一超说过自己当年放弃数学系选择金融系的理由，但叶一超就是有能耐弄清楚她在想什么。

她几乎无法回答，于是沉默了下来。

好在电梯到达了八层，唐宓略微错了错身，让傅女士先离开电梯，自己紧随其后。

“只因为‘找好工作’去读经管专业并不是错误，大部分人都是这样的。但你这么聪明，绝不应该成为随波逐流的那种人，你无论在什么行业都会做出大成就。阿宓，你需要真正想好自己的目的。你对金融专业没有热情，没有想过自己是否真的喜欢这个专业，只是枯燥地学习学习，这会导致你观点非常片面，你的目标不再成为你的目标，而会成为障目的那片叶子。”傅女士温和地开口，“阿宓，再读个研究生看看吧，这会让你有时间思考真正要做什么。”

唐宓目瞪口呆地看着傅女士，神情震动。在今日今时之前，她不曾想到，在自己不太喜欢的傅女士这里会听到这样一番振聋发聩的话语。

实际上，和她说这种“指导人生”的话的人很少。太多人只看着她的优秀和聪明，觉得她能靠自己就搞定学业和就业上的任何事情，就像是她当年靠自己考入中学和大学，压根不需要别人多管闲事。其实很多人，包括唐卫东，都忘记了她其实也不过是个二十出头的小姑娘，再如何能干，社会阅历也是不够的，在面对各种复杂的局面和选择时，她是如此经验不足，需要别人的悉心指导。傅女士的这番话，要说是醍醐灌顶不至于，但振聋发聩的效果很显著。

看着自己的话达到了效果，傅女士不再多言，在一扇房门前站住，回头开了口。

“是这里？”

“对。”

直到傅女士进屋，唐宓才想起李如沁应该还在病房里——不过应该也没什么要紧的，同时来几位客人慰问病人，肯定不奇怪，再说他们应该都是互相认识的。

瞧着这一老一少进屋，房里的两人都是一愣。这两人是怎么凑到一起的？

唐宓解释：“舅舅，我在楼下遇到了她，她说要来看你，我就带她来了。”

“卫东，我来探望朋友，没想到你也在住院。”傅女士走到唐卫东的病床前，“本来应该买一束鲜花，抱歉。”

“傅女士，不用客气。”唐卫东也答得很礼貌。

傅女士看了看李如沁，问：“你不是都和卫东离婚了吗？怎么还在这里？”

此言一出，连唐宓都觉得这一刀插得挺狠的。如果这是一场射击比赛，那简直可以说，一下正中红心。

李如沁被这句话憋了一瞬，脸色立刻难看起来。

唐卫东说：“她来看我，也准备走了。”

“这样。”傅女士温和地笑了笑，“那我就不送了。”

唐宓想姜真是老的辣，说话的水平真是高得很。她们大概是有矛盾的，唐宓想。但她从本质上来说是个没什么好奇心的人，对这些一年都见不到一次的人的恩恩怨怨没太大的研究兴趣。就算有矛盾，跟她何干呢？

李如沁面色不善地拿着包站起来，走到门口，又回头看了唐卫东一眼。

“明朗两天后回来，到时候我带他来看你。”

“好的，辛苦你了。”

唐卫东坐在床上却不失礼貌，略略欠了欠身。

李如沁的高跟鞋声远去，傅女士说：“抱歉，我把她气走了。”

唐卫东说：“不要紧，她就那样的性子。”

“我听阿宓说了你的情况。”傅女士温和地说，“我一朋友二十多年前也得了这个病，今年都七十了。那时候医疗条件还没这么好呢。”

“谢您吉言。”唐卫东继续笑，“要不要喝点水？”

“白水就可以。”

唐宓打开冰箱，取了一瓶水，递出去之前，她又想了想，旋开了瓶盖才脱手。

探病能聊的事情就那么多，她听着自家祖母和舅舅貌似熟人状闲聊各种治疗方案饮食注意事项，顿时明白，傅女士只怕是见过这种阵仗不少次。

“我朋友在美国当医生，美国那边有种新药药效非常好。需要的话，我让人带回来。”

“好的，谢谢。”唐卫东没客气，回答完美无缺。

傅女士拍了拍被子：“你现在一个人多有不便，总之需要任何帮忙，就告诉我。”

唐卫东点头微笑：“多谢您。”

“说起来，阿宓，今晚要不要去家里吃个饭？”傅女士掉转头来，看着唐宓，问话不可谓不温柔，“你爷爷也挺想你的。你姑姑和你表妹也在宁海，她们挺想见你的。”

唐宓一直站在墙边敬业地当着观众，耳目明澈得很，但就算她很注意听这些对话，也没预料到傅女士忽然掉转枪口，下意识就快速回答：“我不去。”

“吃了饭我们就送你回来。”

唐宓脸上表情全无：“谢谢，但是我不去了。”

看着她又露出那种懒得搭理人的神态，傅女士心里一沉：“那明天呢？”

“我明天要回京。”

“几点走？”

“十点的高铁。”

“那就没办法了啊。”傅女士脸微微一僵，忧伤地看着她。

“既然这样，有机会再说吧。”唐卫东插了句话，“她这一趟来回时间太紧了。”

唐卫东脸上露出了显而易见的倦色，傅女士也不好再留下打扰病人休息。

“那我先走了，你好好休息，有时间我再来看你。”

唐卫东笑：“不用刻意麻烦。阿宓，麻烦你送一下。”

所谓的“送”无非送去电梯口罢了。瞧见傅女士进了电梯，似乎要再说点什么，唐宓马上冲她点头，不给她任何开口的机会，立刻打道回了病房。

唐卫东的精神顿时好一些，又问：“送走了？”

“是的。”

唐卫东说：“如果你愿意的话，去他们那儿吃顿饭也没问题。”

“对我来说，他们是陌生人。”唐宓顿了一顿，为了加强说服力又补上一句，“饭桌上给我下药怎么办？”

唐卫东没忍住笑了，他是头一次知道这个冷冷清清的外甥女居然还有幽默感的。

看着舅舅笑了，唐宓心情也好了些。

“舅舅，我真的觉得没有跟他们加深联系的必要。”

“他们试图找回你这个孙女倒是发自肺腑，我都多久没跟他们联系过了，现在都来探病了。之前的几次见面，都很不愉快。”

成年人的世界就是这样假惺惺吧。唐宓想。

“是吗？”

“上一次是质问我，为什么不告诉他们，你是江凌柏的女儿，为什么让他们被蒙在鼓里二十年等。”

唐卫东也没什么可隐瞒的，唐宓已经是成年人，他觉得很多事情，应该让她知道了。

唐宓说："舅舅你怎么回答的？"

"我为什么要回答？直接挂电话就是。"唐卫东说，"这么多年过去，再扯老账又有什么意思？"

唐宓点头。她也认为，纠结往事很傻。

"我生病这事，是你告诉李知行的？"唐卫东问。

"是的……"

李如沁既然出现在这里，稍微一推理也就猜到是自己的缘故了。

"你和知行现在的关系还不错？"

"我们平时有些来往。"唐宓有些紧张，"舅舅，你生病的事，我不应该告诉他？"

"不是，我得了癌症不是什么不能说的事。"唐卫东靠在床沿，苍白的脸上露出微微的笑意。

他其实非常疲惫，五脏六腑几乎都不对头，刚刚和前妻的一番口头较劲耗费了他所有的力气，他恨不得睡死过去。但是有些话，自己这个过来人却必须要跟外甥女提点一下。现在不说，这辈子也许就再也没有说出口的机会了。

"上大学后，李知行对你很照顾吧？"

唐宓坐在床沿，双手放在膝盖上，和小学生一样默默点头："嗯……是的。"

就算是昧着良心，唐宓也没办法说李知行的不好。

"他喜欢你？"唐卫东轻声问。

"我不知道……"

"什么是不知道？"唐卫东苍白的病容上露出些微笑，"你是女生，一个男生喜不喜欢你，你就算不知道，大概也有点分寸吧。"

唐宓犹豫了一会儿："他……他之前是跟我说过喜欢我，我拒绝了。他现在是不是喜欢我，我不知道。"

"李知行什么时候跟你表白的？"

和自己的亲舅舅谈论感情问题，真的是一件很羞耻的事情。但唐卫东问得坦坦荡荡，她也只好装作很正常，慢慢回答："一年多了。"

"拒绝之后你们关系怎么样？"

"和之前一样，他说当没有发生过，我们继续当朋友就好。"

"你对他是什么感觉，你喜欢他吗？"唐卫东表情很严肃。

不知道为什么，她想起李知行在月夜下为她弹*Love Story*这首曲子的模样。淡淡的一层银色月光落在他的侧脸上，衬得鼻梁非常挺拔，眼眶深邃。

慢慢收回停留在一年前的思绪，唐宓抿着嘴默默摇了摇头。

唐卫东捂着嘴轻轻咳了两声，又慢慢开口说："我本来想说，如果你也喜欢他，在一起也没问题。"

唐宓眼睛睁大了好几分，自家舅舅也太不按常理出牌了。

整整一分钟后她才反应过来，扶着唐卫东的后背轻轻拍了拍："舅舅你休息一下，不要再说了。”

唐卫东摇了摇头，阻止了她摁铃叫医生的举动，继续着未完的话题。

“李知行是非常不错的男生。”唐卫东的气息平稳了一些，“有想法有担当。”

“舅舅，你不反对？”唐宓问。

“我为什么要反对？”唐卫东不以为意，“我的婚姻是很糟糕，和李如沁离婚的原因很复杂，但最大的原因是性格问题。你和李知行与我们不一样。我和李如沁结婚，除了对不起你外婆，其实我也谈不上后悔。人的一生，总有那么几件事不会后悔的。”

仔细一想，舅舅说得其实很对。

有些事情，就是做了之后无论结果如何，但一辈子都不会后悔的。比如她不顾领导的要求，来宁海看望舅舅——哪怕因为这件事损失掉“offer”，也没有关系。

| 第八章 |
为爱情加油

错过了实习阶段最重要的研讨会，但实习生涯还有最后一周多的时间。

因为之前请了假，最后一周她几乎工作了120个小时，才把所有文件和报告处理完毕，上交了自己的最后一份文件。离开之前，唐宓第一次参加了集体活动，先去吃饭，再和这群人去了一次酒吧。

那家酒吧的气氛初看还算正常，装修优雅灯光璀璨，但是随后她才察觉出不对味——中间时分她去了一趟卫生间，遭遇到了不下十次搭讪。她站起来和诸人告辞，反正她不爱参加团队活动，随便别人怎么议论。等闲的评论完全无法动摇她，反正她已经做好拿不到“offer”的准备了。

事实证明，生活总是超出想象。

第二天她就接到了国投HR的电话，告知她已经拿到了“offer”，她很吃惊，但还是拒绝了。

对方很遗憾地表示很可惜，然后挂了电话。

片刻后，自己的顶头上司廖晖也来了电话，问她为什么拒绝了。

“是不是因为我之前的话太严厉了？”廖晖居然跟她道歉，“抱歉，我之前不知道你的家庭情况。”

唐宓虽然整体在国投表现得比较一般，但那是因为竞争对手都是研究生。凡是有眼力的人都看出了她的巨大潜力和学习能力，起初她确实磕磕绊绊，但两个月时间过去，每一次的报告都比前一次好，最后一份报告已经相当有水准，真的是很难得的人才。因此廖晖对她做了进一步的了解，得知了她的家庭背景。他震惊地发现，自己说的话很伤人，如此有天赋而勤奋的员工，他不想错过，此刻听到HR反馈说她拒绝了“offer”，心里一沉，一个电话打了过来。

“我希望你知道，国投并不是不近人情的公司，我很欢迎你过来工作。”

唐宓也觉得很感动，作为整个投资政策部的主管，廖晖的身份很高，确实没必要跟她解释那么多。

她跟对方认真地解释了原因，说实习的时候她认识到了自己的短处，因此希望再读两年研究生，努力补充一下知识。

“我明白了。这样也不错。”廖晖赞许她的精神，“那你读完研究生之后，我们同样欢迎你。”

唐宓感激道：“好的，谢谢您。”

新学期开始，她抓紧时间提交了读研究生和奖学金的申请。经管学院的研究生申请比其他学院早一些，也要早做准备。

她和老师们也接触了一下，老师们都很愿意接受她成为自己的研究生。这也是明摆着的，绩点那么高，数学比绝大部分数院学生还好，天赋和勤奋都不缺的学生，去哪里找呢。

李知行知道了她在准备保研的材料，很是吃惊。

“你不工作了？”

“实习这两个月让我想了很多。”唐宓说，“我想再读两年书，再想想应该做什么。”

“是你舅舅生病的事情？”

李知行略微一想也琢磨出来了。在唐卫东生病之前，她从来没有“放弃工作”的想法。生死变故，的确是会让人思想上产生剧烈变化的。

“不光是这样，实习的时候我才觉得自己的知识比其他人差得太多。”唐宓说，“我一直以来，只是为了学习而学习，现在回想起来，我从来没真正喜欢过自己的专业，所以想再读两年书看看自己能不能喜欢上这个专业。而且外婆这几年会跟舅舅一起生活，我也可以放心了。”

“这也是一种方法。”

李知行点头，没再多问下去。

唐宓已经找到了自己的出路，他却停滞不前。他没有李泽文那种研究的劲头，可以用若干年时间啃学位。李知行想，只要能找到自己想做的事情，要他现在退学都可以。

对他来说，赚钱不难，他更希望在未来的几十年，能为了自己的事业而拼搏努力。

他想自己创业，可困难很大，最难的地方是方向。经过几十年的发展，IT 事业发展得如火如荼，有人认为已经到了饱和，市场已经瓜分完毕，李知行却不这么想。他认为其中大有商机，这几年大学生涯后，他心中也有了一个大概的构思，但没有任何先例，还找不到任何商业模式。

暑假的时候他和李泽文交流过，李泽文的建议倒是简单：“到处看看。IT 这一块，最先进的还是美国，去硅谷，去美国的学校里，看看他们在做什么。”

他的父母对此都很支持，他自己也很犹豫。其实他要出国，大二的时候就有机会转学，不过因为种种顾虑，还是留在了国内。

他内心还有一些犹豫，他每次看到唐宓的时候都会想，如果他走了，唐宓就一个人待在国内了，到时候她遇到困难，又有谁来解决？她总是会遇到奇奇怪怪的事情、奇奇怪怪的人，比如跟踪狂黄明明，还有那么多莫名其妙的暗恋者。

还有，如果她参加了工作，追求者一定非常多，大学本科生们还有些羞涩不敢大胆追求，但社会上的男人就不一样了，无论是脸皮的厚度还是社会阅历都不可同日而语。

唐宓的性格的确不容易让人亲近，但假如有才貌双全又善于死缠烂打的男人在她身边出没，会不会感动她真的很不好说。尤其是她非常听外婆的话，为了外婆开心，她大概什么事情都做得出来的。

他试探性地问唐宓：“如果我去国外读研究生，你觉得怎么样？”

唐宓短暂一愣，然后说：“挺好的。”

“……”李知行苦笑，有一种自己挖坑埋了自己的冲动。

这不是白问吗，唐宓难道还能阻止他？

“你跟我一起去国外，怎么样？”李知行问她。

唐宓摇头：“你知道的，这不可能。”

李知行有些灰心。他和唐宓出身不同，成长环境更是天上地下，拿自己的标准和唐宓相比，确实是苛求。

只是，他内心还是有那么一点幻想，唐宓会不会为了他，更努力一些呢？

进入大四之后，课程也少了一些。唐宓还是很忙，为了提高英语水平和专业能力，她准备试一下 GMAT，同时还花了不少时间跟着黄明明学 C 语言。黄明明倒是知无不言言无不尽，唐宓学得也很快，黄明明说这是她数学功底很好的缘故。

十 · 一和元旦假期的时候，唐宓去了宁海探望唐卫东。专家团队的治疗让他的情况稳定下来，各项指标回复到正常数据，体重慢慢增加，掉了的头发也长了。

他于十一月出院，明年新年之后，就可以回到工作岗位了。

外婆担心儿子，又因为唐卫东的劝说，没回唐家村，留在宁海继续照顾儿子——唐卫东请了家政保姆，外婆只需要做做饭。虽然治愈，但并不是说以后就完全不复发，饮食还是要特别注意。

不过，外婆的生活……以唐宓所见，真是不算好。

小区里环境挺好，时常有一些老头老太太出来活动，但外婆和他们没共同语言，方言是个问题但并非完全不能克服，但是观念问题更显眼。人家聊着电视剧和孙子，外婆能聊什么？在唐家村的时候，满村都是外婆可以聊天的对象，隔壁的二婶、大院子里的三爷爷等，至少不会没人陪着说话。

她想，如果外婆和自己一起生活，那是不是也会这样呢？大城市里固然很好，但是，对外婆这种以土地为命的人来说，生活差异带来的问题，哪个方面都是不适合的。

这是一个无解的命题。

就像是农村无法抵御大规模城市化的进程，传统手艺渐渐消失，连方言都在消失——时代洪流冲刷之下，每个人都不能幸免。

就算唐宓能力逆天，也无法让外婆的日常生活更舒服一些。

对她读研究生的打算，唐卫东只说了一句：“做你想做的，外婆的事情，你不用担心。”

唐宓发现自己身边的很多人都准备出国，数学系的姑且不论，计算机系的也不少，当然，也还是有人准备考研的。年底的时候，唐宓去了次航大见严晓冬，她正在苦哈哈地复习准备考飞行设计专业的研究生。

她大学成绩尚可，但因为曾有一次挂科记录，够不上保研的那条线，只能选择考试这个办法了。

唐宓对她也深感同情。

她那次挂科是因为一度沉迷游戏自作自受，严晓冬叹息："这是报应啊。"

"把握大不大？"

"应该还不错吧。"严晓冬说，"我挂科的那门考研不考。"

"……"

"不过我没想到你会上研究生，还以为会工作呢。"严晓冬说。

"人的想法会变吧。"唐宓含混地说。

"有什么八卦可以说给我听吗？"严晓冬忙着复习，连各种八卦都没关注了。

"没有。"唐宓指着她的数学题，"题目做错了！"

"错了就错了，你不要试图转移话题！"严晓冬义正词严，"快把李知行和叶一超的消息说给我听。这两人的消息你是一定知道的。"

唐宓无言以对。严晓冬是有点奇葩，她所在的专业大都是男生，她性格也很外向，但大学四年，她也没找到男友，反而对高中时代的两名优秀男生兴趣一直不减。

严晓冬没说错，唐宓是蛮清楚的。可是，她能说什么呢？

年底的时候，叶一超和吕子怡两人都拿到了普林斯顿的"offer"，这消息在数学学院传得沸沸扬扬——并且这则消息有飞出学院，冲往全校的可能性。比翼双飞成就一段佳话，那些欧几里得俱乐部的后辈是这么形容的。

唐宓对这个结果毫不意外，她想起当时吕子怡对她说的那番话，于是想，她到底还是实现了自己的梦想。

而李知行，他似乎也在准备留学，他拿到了不少教授的推荐信，又随随便便去考了下GRE，得了1500分，让人羡慕嫉妒恨。李知行说："我就是英语比他们强点罢了。"

唐宓想说"不是强点"，是"强很多"，高中时代他的英文水平高得让人仰望，大学了也没放松，但这话终究没有说出口——跟李知行计较这事儿，有意义吗？

大四下学期开始，课程非常少，取而代之是做论文——不得不说，实习期间大量的报告给了唐宓丰富的经验，她随便选了个感兴趣的论题，翻了翻相关图书，开始了论文。

这期间她考了考GMAT，分数还不错，数学系双学位的学分也已经足够，随后唐宓想了想，选择了另外一种放松的方式，就是读书。她去图书馆借了最近五年的经济金融学相关领域的图书，中文的英文的，国内的国外的，一本本地看起来，边看边做笔记。

课本的东西学得再好，课外的知识程度也是不够的，她试图通过看书，努力恶补自己在专业知识上的欠缺。李知行已很少和她一起去图书馆了，她知道他在忙着申请学校的事情，如果没大的差错，他应该选择去伯克利的。

欧几里得俱乐部的众同学也纷纷有了出路，罗志维去了哈佛，大家都铆足了劲出国，留在国内读研的一个都没有。国内的理科环境确实差太多了。但只要他们还会回来，哪怕只有一半，也是好的。

吕子怡对自己的俱乐部的成果很满意，开会的时候交代给下面的新生：我们的俱乐部就是要保持这种传统，坚持只招有志于理论数学的人。

唐宓这才想起，原来吕子怡是俱乐部的会长。四年之后，随着叶一超等人的年级越来越高，荣誉越来越多，欧几里得俱乐部在学院里也算是发展得欣欣向荣，有了三十多个会员，女生人数也变成了四名。

有个大二的学弟对吕子怡的话表示质疑，指着唐宓说："可是，唐宓学姐是经管学院的啊，也是搞应用的。"

怎么说呢，小小的一间办公室，所有人安静了五秒钟。

罗志维先笑骂："还真是给点颜色就开染房啊。别的不说，你们要能再找一位这样的美女愿意进咱们协会，哪怕是个草包，我们协会也是欢迎的。"

"哦……"

男生们再次沉默了，纷纷觉得这个任务非常非常艰巨。

罗志维批完那小学弟，和毗邻而坐的唐宓道歉："不好意思。我不是说你只有脸长得好看！"

"没关系。"

唐宓也莞尔，露出浅浅笑容。她现在已不介意人家拿她的容貌说笑，被说得多了，也就习惯了。

四年相处，唐宓人品如何，罗志维也很清楚，知道她是真不在意。罗志维看着她的微笑，心里也在嘀咕，怎么看了四年了，还是这么漂亮呢。

"但说起来，这个协会能运行得更好，你的功劳不小。"

唐宓觉得是对方习惯性给自己戴高帽子。她认为自己只享受了协会的福利——能和一群数学高手交流，是非常宝贵的经验。

"这个协会当时是叶一超和吕子怡提议，我们几个觉得有个协会也不错，然后搞起来的。"罗志维说，"我起初觉得一定坚持不了多久呢，因为我们都是同系同学，不见得非要专程来参加每周一次的研讨会。可是你的加入，就不一样了。"

"嗯？咦？"

"叶一超当时跟我们说，要邀请一名经管学院的高中同学来参加协会的时候，我们狠狠鄙视了他。"罗志维说，"他说，你们别看她没什么竞赛记录，那只是因为她不想参加竞赛罢了。他还说你非常聪明，我们这群人里，论及天赋，都不如你。你说，他这话是不是拉仇恨？"

原来还有这么一段往事。听上去确实很可恶，在她还茫然无知的时候，叶一超就暗中给她拉了那么多无形的对手。

"你来了之后，我们发现叶一超完全没说错。大家都不想被你超过，所以加倍努力。数学系的学生，被经管学院的女生超过，很丢人，你说是吧？"

唐宓想了一想，点头承认这个说法，换位思考一下，大概真的很让人郁闷。

“所以咱们协会的良好学风，有你很大的功劳。”

“你这么夸我，我真不习惯。”唐宓说。

罗志维哈哈大笑：“哦，你进步了，也会吐槽了。”

罗志维最后做了个总结：“可惜你不学数学啊，否则我也会更有动力的。”

唐宓微笑起来。

人生就是这样，有开始就有结局，从相遇到最后，便是各奔东西。

大学四年，她和班上的同学关系普普通通，散伙饭也没太多离愁别绪。

班上的同学，工作的几乎占了一半，剩下的都是在国内外深造的——当然，跨系读研的也有，不过挺少。

赵幸丹毕业后就在京工作，房子都租好了，唐宓帮她搬东西去过，房子在市中心，一室一厅的房间，价格是她月薪的三分之一，贵得让人咂舌。

她想，这还真奇怪，她原以为自己也一定会跟赵幸丹一样，毕业后就在工作单位附近租房子，开始社会生活呢。

赵幸丹搂着她的肩：“有时间就过来玩！”

唐宓笑着点头。其实她对此表示怀疑，忙碌起来的时候，能有时间见一见就不错了。

其他人的出路也在意料之中，韩羽露和男友打算回老家工作。

酒过三巡，陈卓航倒是端着酒杯走到她面前，跟她说：“研究生的时候……咱们是同学了，请互相关照。”

陈卓航眼神清明，看来没醉。她和陈卓航自那次“跟踪事件”后，两年来两人几乎再没说过任何话，此时他主动搭话，唐宓也礼貌回应，和他客气地碰杯。

两人研究生阶段求学于国际金融研究所的同一位大牛导师门下，关系完全没必要搞得太僵。两人虽然曾经有不愉快，但并没有仇恨。

六月份迎来最终的答辩前夕，唐宓在学校里接待了四年不曾见到的丁霄霄。丁霄霄考上了公务员，再加上一点父母的关系，她毕业后就回宣州的检察院工作。她现在非常闲，全国各地旅游，这一站来到了燕京。

唐宓真的是很久不见她，联系也少，见面之后两人大大拥抱。

丁霄霄的形象和高中略有差别，但时尚现代是一定的，她化着淡妆，看上去轻松惬意。

她围绕着唐宓转了几个圈：“你还是和之前一样，没什么变化啊。不对，怎么好像比以前还漂亮了。”

长时间不见面的人，通常是用“你好像没变”这话来作为谈话的开头，用来掩盖对对方的不了解。

唐宓微笑着，拉过她往外走：“走吧，请你吃饭。”

四年时间一千三百多天，她和丁霄霄却几乎毫无联系——说来也奇怪，现在资讯如此发达，要联系对方太容易了。她不联系丁霄霄的原因很简单，无非没共同语言。高中时代因为住校，贫瘠的生活环境限制外加唐宓受她父母恩惠不少，于是两人成为朋友。大学就完全不一样了，有限的几次联系中，丁霄霄都在谈论旅游经历新衣服新鞋子新包和男友，而唐宓无法搭腔，社会圈子完全不一样，加上漫长的距离，关系就淡漠下来。

两人吃饭的地方在学校旁边一家口碑不错的餐厅，也是唐宓知道的少数几家档次还不错的饭店，装修典雅，她前几天在这里吃了散伙饭——价格本来偏高，但现在搞活动正在打五折，价格顿时亲民起来。

两人点菜之后，开始说着各自的近况——更准确的描述是，丁霄霄说，唐宓听着，和高中时代一模一样。

丁霄霄本来语调欢快，说着自己如何险险考上公务员一事，忽然眼神落到现在走进饭店内的三个人身上，就停了下来。

唐宓顺着她的视线看过去，顿时了然。

是叶一超、吕子怡，还有叶一超的母亲吴阿姨。

那瞬间唐宓想，吴阿姨到底还是见到吕子怡了啊。

三个人在服务员的带领下落座，和她们这桌隔了三桌。但三人聊得兴起，并没注意到她俩。

好半晌之后，丁霄霄才问："那个女生，是吕子怡？"

"是的。"

唐宓看着她过了半分钟才回过神，心下不由得一叹。

丁霄霄的眼眶就这样慢慢地红起来："原来她长这样啊。"

"嗯。"

唐宓递了纸巾过去。她想幸好自己在场，否则让丁霄霄在校园里乱逛看到这一幕，还不知道要怎么肝肠寸断，连个劝的人都没有。

"长得也不怎么样啊。"

以公允的标准来看，长相上，吕子怡确实是不如丁霄霄的，打扮上也差了一个档次。吕子怡到底是数学系的女生，在穿着打扮上，远不如丁霄霄的精致秀美。

"我听说，她和叶一超一起去普林斯顿读研？"

这么多年下来，丁霄霄对叶一超的关注度一直非常高。明明都知道了还要跟她求证，大概是想抓住最后一根稻草。看着丁霄霄期盼她否认的眼神，唐宓还是只能给出肯定的答复。

"没想到这么多年下来，我输给了这样的女生啊。"

片刻后，丁霄霄的情绪终于平静下来。

"那阿姨是什么人？"

"是叶一超的妈妈。"

丁霄霄放下筷子，更没食欲了。

"叶一超的妈妈都已经认可了他们的关系吗？"

"应该是的。"唐宓顿了顿，"你要不要换个地方吃饭？"

"不换了……都这么多年了，我也没那么脆弱。"

从脆弱程度上看倒是还好，但受到打击的心情，唐宓可以想象——毕竟，丁霄霄当年是那么喜欢叶一超。

“唐宓。”丁霄霄轻声说，“其实我以为，和叶一超在一起的那个人，会是你。”

“……”

丁霄霄看着她：“当年有一件事，我骗了你。”

唐宓没接茬，默默卷了烤鸭放到她的餐盘里：“吃吧。”

“你不问我是什么事情？”

“不需要问。”

这个回答显然不能让丁霄霄满意，她轻轻皱眉。

“高三的时候，我去跟叶一超告白那一次。”丁霄霄咬着唇，还是说了出来，“他出了很难的数学题考我，我没答上来……他跟我说，是因为不想你为难才见我的，叫我以后不要给你添麻烦了。我问他，是不是喜欢你。他说，你和其他女生是不一样的。我还问他，希不希望你当他的女朋友……叶一超没有回答我，只叫我离开。”

唐宓苦笑。这是第几个人跟她说这种话了呢？每个人说一次，她就觉得自己更愚蠢了一分。

“我当时真的……很嫉妒你，回来之后，我也没告诉你实情。”

“没关系的。”唐宓拍拍她的手。

“为什么没关系啊？你应该生我的气啊。”丁霄霄说，“叶一超喜欢你，我想你也不是不喜欢他，然后被我破坏了。”

唐宓无奈：“你破坏不了的。我们马上就要毕业，你觉得，我是跟叶一超去普林斯顿，还是他留在国内陪我？你忘记叶一超的梦想了吗？高中的时候，他就说过，自己要去国外读书。”

“这我知道，就算你们现在分手。”丁霄霄眼眶微微发红，“但这大学四年……你们至少可以开始，总比完全没开始好。”

唐宓目瞪口呆，手里正在卷着的烤鸭落在盘子里，震惊让她禁不住耳鸣。

丁霄霄也大吃一惊，喃喃说：“原来，你一直没有想过啊……”

是啊，明明是这么简单的道理，她从来没有想过，没有半秒钟真正地思考过。

自以为聪明地活了二十二岁，结果却蠢到了这个地步，认死理到死，固执地认为自己和叶一超不可能有任何结果，于是自我催眠，自我放弃，连叶一超伸过来的双手都打回去了。

甚至迟钝到，连眼泪都迟到了足足两年。

因为没有未来，所以她选择了逃避和离开，把他推给别人；因为暂时看不到希望，连一丁点开始的勇气都没有，连对方递来的手都推了回去；因为终要分开，所以也从不主动，懦弱得连自己都看不起自己。

这么多年累积下来的遗憾化为难以言说的心酸，越来越热闹的饭店里，唐宓就这样低下头，捂住脸，哭了。

哭泣是没有声音的，晶莹的眼泪从指缝里慢慢挤出来，顺着手腕流了下去，滴落在地面上。

丁霄霄心酸不已，默默递给了她一张纸巾。

“我没事……”唐宓说。

如此哽咽而沙哑的奇怪声音，竟然，真的是自己发出来的。

饭店里安静下来，菜肴也已经冷却。唐宓结账后和丁霄霄准备离开，却被一道清脆的声音叫住。

“唐宓，你怎么在这里啊。”吕子怡笑着举手招呼她俩。

店内现在人已经非常多了，也难为她眼神这么好，可以看到她和丁霄霄的存在。相对悲惨的是，离开的时候，她们必须经过叶一超那一桌。

吕子怡看了看丁霄霄：“唐宓，这是？”

“丁霄霄，我高中同学，来燕京玩，我们顺便吃个饭。”

唐宓礼貌地和三人打了个招呼。

母子俩都点了点头，没再多说什么。吴阿姨知不知道丁霄霄的存在难说，但是听到“高中同学”四个字，也明白了，这名女生也是自己儿子的校友。

“是这样啊。”吕子怡“哦”了一声。

丁霄霄心情极为复杂地看了看叶一超：“好久不见了。”

叶一超脸上带着自然而然的客气微笑，随便“嗯”了一声。他这种级别的天才，不至于四年不见一个人就彻底忘记了。尤其是丁霄霄当年追他那么紧，想忘记也难得很。

丁霄霄对叶一超的感情复杂得难以形容，但这种场合下，尤其是在座还有长辈，该有的礼貌和情商还是不缺的，她礼貌地说：“叶一超，我听说你要去普林斯顿了，恭喜。”

叶一超随口说：“多谢。”

唐宓最后和三人点头：“我们先走了，你们慢慢聊。”

两名女生轻声交谈着离开，漂亮的女生走在哪里都很受欢迎，何况是两位，门口进来了几个年轻男生，纷纷给她俩让路，好让她们走得更快一些——但是，不过几秒钟，也许不超过三秒，两人还没走到门口，猛然一道年轻的声音从背后传来。

“唐宓。”

叶一超的声线干净清爽，再过一百年也不会错认。

“嗯？”唐宓回过头，隔着行走的人群和热闹的喧哗声，准确地找到了叶一超清澈的视线。

“叶一超，有事吗？”

视线撞在空中，叶一超和她对视了几秒，看清了她发红的眼眶。他不知道自己为什么叫住唐宓，但是就是不希望她现在离开——他忍不住问：“你的眼睛怎么回事？”

唐宓朝他露出一个百年难得一见的灿烂笑容。

“没事。”

那笑容灿烂得让叶一超也心头一颤。

他过一会儿才问：“真的吗？”

她用无比肯定的语气道：“没问题。叶一超，再见。”

唐宓没有再回头，和丁霄霄并肩离开餐厅。

炎热的六月，炙热的阳光，热风吹过她的脸颊，也吹干了所有存在与不存在的泪水。

从三四月开始，哪个学校哪个专业基本都是兵荒马乱，各奔东西的感觉非常明显。

李知行比别人更忙碌一些，在其他人已经到处旅游准备散伙饭的时候，他还在苦哈哈地准备双学位的最后考试，啃双学位那么久，现在就是最后关头怎么可能松懈？大四上学期的时候他才下了去国外读书的决定，比起人家大三就在准备的，起步有点晚了。

大学四年，他跟学院的大部分教授关系很好，本科阶段也参与了一些项目，有两篇论文；除此外，他 GPA 也不错，达到了 3.8，硬件条件足够好，介绍信也华丽得一塌糊涂，准备资料和成绩单也就几天时间。

他高中时也当过交换生，熟悉各种流程，更别提还有李泽文的指导。四月份的时候，他通过视频接受了美国几所大学的面试，经过双向选择，他收到了伯克利的“offer”，导师是布鲁克教授，还申请到了半奖。美国大学理工科专业的奖学金通常只给读到博士的，李知行只打算读一个硕士——他和自己的兄长不太一样，没有那种死啃学位的想法，他觉得那种苦哈哈的读书生活不适合自己的个性。

定下了学校之后，李知行松了口气，回家通报了这件事。

李正远也恰好回了京，一家人团团圆圆地吃了顿饭。

父母对他的选择毫无意见。李知行一直以来的努力和认真，长辈们看在眼底，从来都是赞许有加的。

李正远没那种代劳的想法，询问他：“什么时候去办各种手续？”

“过几天就可以去办签证了。”

高中的时候做了一年交换生，李知行对各种签证手续了如指掌。

李正远点头：“那就好，总之，要对自己的选择负责，去国外了也不要太高调，好好读书。”

李知行郑重点头：“爸，我知道。”

两三年前，父子俩就交流过关于自己人生选择的问题，李正远一直是赞许态度。

略微忧心的就是李知行的祖母，她对所有孙辈都去美国留学有意见：“其实国外也未必好啊，怎么一个个都去外面呢？”

李知行笑着安慰奶奶：“奶奶，我们是学普罗米修斯，从发达国家盗火种回来呢。”

老太太学文学的，自然听得懂这个典故，笑着点了点头，又跟上一句：“你不要跟你哥哥一样，只知道读书，快三十了连个女朋友都没有。”

长辈的担心有其道理。书中自有颜如玉这种说法，在现代社会确实不能完全适用，实际上，这几乎是个悖论了。读书读得多会造成两种明显的结果，一是眼光不断攀升，二是交际圈压根大不了，在学术圈这种地方，认识美女的可能性大大小于社会上，当然不能说大学里就没有才貌双全的女孩子，但对方眼界也一定不低。

祖父也附和道：“有使命感是好事，多读书也不坏。我知道你们兄弟俩好得穿一条裤子，但你奶奶说的问题你要考虑。我们这种家庭，也不要求人家家庭一定要多好，只要是清清白白的好女孩，都没有问题。”

张静瑜笑着说：“爸，也不能完全这么说，这个要求可是太低了。”

祖母倒是笑了：“这不是怕他眼界太高找不到吗。”

“说起来，俞希白也留学去了。”张静瑜说，“去的是纽约，你们可以交流一下。”

“是的，我知道。”

两人的联系一直没断，虽然人四这一阵子见面较少，但偶尔也还是会交流一下，李知行对俞希白的去向也算知之甚详了。

张静瑜瞥了儿子一眼，没就此发表太多看法。有个能干的儿子是好事，但太过于能干太过于有主见，连父母都无法完全约束的时候，就未必是什么好事了。

不过欣慰的消息也是存在的，自己的儿子准备出国深造，而唐宓留在国内——这个结果还是让张静瑜略有安慰。

李君子扑哧一声笑了：“爷爷奶奶，你们天天就念叨这么点事儿，知行和泽文这么能干，还怕找不到女友吗？我说，咱们家能不能说点有品位的事情？”

满桌人于是掉转视线都看向她。李君子在李家的地位有些飘飘然的超脱——她自小跟着母亲长大，和李家众人的感情很淡。但到底也是李家唯一的孙女，被逼婚催婚这种事情可从没少过，听多了就觉得格外烦人，好在她在社会上也有自己的经济地位，对长辈的意见完全可以做到左耳进右耳出，在被逼得太过分时还可以放点嘲讽。

孙女的话不中听，李家老爷子的表情顿时就不太好了，瞪孙女：“你要说什么有品位的事情？”

“比如未来五十年的政治军事经济社会发展之类的。”

老太太在一旁道：“一家人在一起难免说点家长里短，你要说那些，自己去单位开会去。”

“……”

老太太果然老当益壮，吐槽功力不减，李君子撇了撇嘴，不再说了。

好在李君子不是今天这顿饭的主角，众人无奈之下也只能忽略她的存在了。

“好了好了。”李正尧拿手指轻轻敲了敲桌面，笑了，“说件其他的喜事。”

所谓的喜事是李正尧的现任妻子怀孕了——李知行的大伯李正尧今年五十四岁，作为李正尧的第三任妻子，伯母则比他小了近二十岁。两个人结婚近十年，至今膝下空空。李家人对此倒不算在意，毕竟他和之前的两任妻子已经有一儿一女。但无论怎么说，现任的伯母能够怀上孩子总是件值得庆祝的喜事，对男人来说，无论老婆是哪一位，但生下来的孩子始终姓李。

添丁加口对谁家都是一件喜事——顿时，饭桌上的其他人都变得透明起来，一脸笑容的伯母熠熠生辉。

席上都是道喜的声音，只有李君子看着比自己大不了几岁的后妈，默默叹了口气。

一顿饭吃完，李君子实在没兴趣继续在这个家待下去，借口还要回去处理报告闪退——李知行送李君子出门，他看出了堂姐的无奈。

李君子感慨道：“我爸还真是老当益壮，我要有个弟弟或者妹妹了。”

李知行笑：“其实还挺好吧，至少可以分担家里人的注意力。”

“确实是这个道理。”

姐弟两人一前一后上了车，李君子瞧了瞧弟弟，忽然道：“看来你挺舍得下的。”

李知行说：“什么？”

“唐宓啊。”

李知行沉默了一下。

“我有自己的道路要走。”

“嘛，倒也是。”李君子说，“不过看起来，你妈妈估计对唐宓不太满意啊。”

虽然和家族联系不多，但作为李家的一分子，李君子很了解李知行在李家的角色，绝对最受关注的孙子，他的女朋友可不容易过关。

“慢慢想办法吧。”

“要不要我给你出个招？”

“什么？”李知行陡然精神振奋。

“听过一个笑话没有？两个小孩出去玩，父母要他们七点回家，两个孩子玩到八点才想起回家。小孩甲说：‘怎么办呢？我们会因为晚回家而挨打的。’小孩乙说：‘我们凌晨回去就好。现在回家会被打屁股，但是只要凌晨回去，他们一定会抱着我们哭泣说‘感谢上帝’！”

李知行无奈地看向李君子：“姐姐，我明白你的意思，但是我不想这么做。”

“你还挺有道德感。”

“也不是，我只是不想欺骗家人。”

“那就没辙了。”李君子打开车门跨坐上去，冲着弟弟抛出一个笑容，“那就请你为了爱情加油吧！”

李知行笑着摇了摇头，是啊，应该加油了。

从五六月份开始，大四最常见的集体活动就变成了散伙饭。

和唐宓那种苦行僧似的大学生活不一样，对李知行而言，他的大学生活多姿多彩，交际广泛，散伙饭很多，各个协会、学院班级之间不一而足。吃饭的时候难免也要喝酒，离别的情绪荡漾之下，有很多酒也不能不喝。

其次学校外的散伙饭也多。他怎么说都是土生土长的本市人，高中虽然在宣州读的，小学中学却都是在本市读的，发小同学朋友也实在不少，人家诚心相邀，他也不能不去。

最后一轮散伙饭则是本系的——举办地点在京大旁的一家餐厅，每逢毕业季，这些学校附近的餐厅都生意火爆，必须提前一周才有座位。全系六十人密密麻麻坐了餐厅的一个大包厢，整整六桌，啤酒抬来了好几箱。

计算机学院和大部分工科专业一样呈现男多女少的状况，女生数量还不到二十人，只占了总人数的四分之一。

和唐宓这种知名度高存在感低的人不同，李知行是真的知名度很高存在感也很高，搞社团做研究发论文读双学位，并且在任何方面都很出挑，名字总出现在学院众人眼中，而且还没法嫉妒。在很长一段时间内，他在学院里的知名度一时无两，因此无论他乐意不乐意，都成了敬酒的重灾区，尤其是女生的敬酒——计算机系的女孩子扭捏的不多，就算平时害羞，在离愁别绪的情怀和一箱箱酒精的熏染下，更是爽快大方起来。

在被班级的女生以“敬我们的男神”为由都灌过一轮酒后，李知行实在醉得厉害，只不过依靠最后的意志力振作着精神。半醉半醒间，他又看到以杨梦瑶为首的几名女生拖着箱啤酒走了过来。

杨梦瑶“哐当”一声把酒瓶放在桌上：“李知行，我们想请你回答几个问题，只要你回答一个，我们就喝一瓶酒。”

其他两名女生点头称是。

宋峻看着一旁的好友脸色青白：“她是要跟你拼了吧？”

全班的视线都盯着他们。大四毕业前夕，表白和被表白的情况很多，但是眼前的情况还真是不太一样——在大学四年的最后时刻，女生们采取了喝酒的方式逼出李知行的真话。有如此好戏看，众人是不会错过的。

李知行骑虎难下，只能强打精神问：“什么问题？”

杨梦瑶盯着他，代表众人发言：“我想知道，你有喜欢的女孩子吗？”

这问题别说杨梦瑶，其他人都挺想知道的。就李知行这个条件，每周换个女友都是可以做到的，但这大学四年下来，也没见他有女友，平时对女生都是敬谢不敏的样子——只有和经管学院的唐宓传过若有似无的绯闻，这个绯闻还被郭嘉颖以“亲戚关系“辟谣了。

李知行早就知道这顿酒难喝，但事到临头，他还是慢慢点了点头。

女生们认可了这个回答，三名女生瞬间干掉了一瓶啤酒。

“你喜欢的女孩子是什么样的？”另外一名女生发问。

李知行揉了揉太阳穴，平静道：“我喜欢她，自然是觉得她样样都好。”

女生们“哇”了一声：“是谁？”

李知行从来不是一个喜欢对无关者谈论感情的人，何况包厢里人这么多。他平静地拿过酒瓶：“我还是喝酒吧。”

“好吧，这个问题暂时忽略。”杨梦瑶顿了顿，又道，“如果你和她没办法在一起，那可不可以考虑别人？”

“抱歉，我不会考虑别人。”

杨梦瑶伏在桌上，借着浓浓的醉意哭了起来。酒不醉人人自醉，酒量再大的人，如果心事郁结，也很容易喝醉，何况分别的时刻?

还能说什么呢？喝吧。

宛如压倒骆驼的最后一根稻草，几杯酒下肚，李知行彻底醉得连头都抬不起了。

郭嘉颖看着这群醉得乱七八糟的同学，无奈地叹了口气。

“好了，别闹了，回学校吧。”

她今天喝得不多，看着一片狼藉的现场，众人互相搀扶着离开酒店，摇摇晃晃地走在校园的道路上。

郭嘉颖走在最后，扶着李知行站起来。

“我不舒服。”李知行脸色青白一片，他扶着郭嘉颖的手臂站起来，“麻烦你送我回怡园。”

李知行但凡还有半丝力气，也不会让女孩子送他回家，他的脸色真的糟糕透了，看得郭嘉颖心头一紧。

“要不要去医院？”

“不用，我回家……”

“好的。”计算机系的人少不得要一起熬夜赶代码，郭嘉颖因此也来过李知行的这处校外据点多次，他家距离饭店很近，走路亦不过几分钟。

唐宓是在宿舍里接到郭嘉颖的电话的，她记得计算机系确实是今晚的散伙饭。

郭嘉颖问她：“你在哪里？”

“在宿舍。”

郭嘉颖在电话那头听上去明显松了口气：“你知不知道李知行在怡园的房子？“

“知道的。”

“那你过来一下吧。”

“好的。”

郭嘉颖做事一向靠谱，没必要的事情根本不会叫她。唐宓连缘故都没问，匆匆赶过去，敲了门，郭嘉颖轻手轻脚打开房门，对她比了个“嘘”的手势。郭嘉颖因为喝了酒，脸颊发红，满目疲色。

屋内灯火通明，李知行没在客厅里。

“李知行怎么了？”

郭嘉颖苦笑：“还能怎么，散伙饭，喝酒喝多了。”

散伙饭大概就是这样——连她都勉为其难喝了几杯啤酒，何况交游广阔，社交能力满分的李知行呢？

“很严重吗？”

“不太好，刚刚正在卫生间吐呢。”

想来也是，倘若他情况好点，肯定也是回宿舍休息了。

“为什么不少喝点？”

郭嘉颖瞧着唐宓，轻声一叹：“当时情况实在是没辙，几个女生拖着一箱啤酒和他拼酒，就算他酒量不错也经不起这么灌啊。”

这算什么？太受欢迎的悲惨下场吗？

“我要回宿舍去了，今晚你照顾他吧。”

唐宓盯着郭嘉颖看了几秒钟。李知行不会缺人照顾的，打个电话，他家里人自然会接他回去。

“他不想告诉家里人啊。”郭嘉颖说得坦坦荡荡毫不愧疚，“好啦，这么看着我干吗，他帮你那么多，你照顾他一晚又怎么了。”

“……”

我也没说怎么……唐宓把腹诽吞下去。

“好了，我也累死了，回宿舍去了。”郭嘉颖交代了两句，抓起包拉上门就走了。

唐宓顺手放下书包，带上门，去主卧旁的卫生间看望喝多了不舒服的李知行同学。

浴室里亮晃晃的白炽灯下，是一身疲惫的李知行。他脸色糟糕透顶，浑身酒气，可想而知今晚被灌酒的惨状。他闭着双眸，弯腰在洗脸台前，正往自己的脸上扑凉水。滴滴答答的水沿着鬓角的头发，一串串滴落。

唐宓看了看四周，扯了张干净的毛巾给他。

“谢谢，郭——”他接过毛巾抹了抹脸，说着抬起头，看到唐宓，“你……怎么来了？”

他真是不在状态，连她进屋都没发现。

“郭嘉颖叫我来的。”唐宓走得近了他浑身的酒气就更加明显，看着他站都站不稳，顺手扶了他一把，“你到底喝了多少啊……”

“数不清了。”

李知行苦笑，笑意还没完全收拢，眉心却猛地蹙起，他左手还撑在洗漱台上，右手捂住了嘴。

“你出去。”他几乎是从嗓子眼里挤出话来。

“你吐吧，吐干净了会好一些。”

唐宓也没照顾醉酒人的经验，只能轻轻拍着他的后背，为他顺气。

“不行。”

李知行不容分说，一把抓住她的胳膊把她推出了卫生间，“哐当”一声摔了门。

唐宓只能看着镶嵌着磨砂玻璃的木门发呆——他是什么意思？

门的隔音效果堪称一流，她听不真切发生了什么，只在几分钟后才听到轻微的水流声，然后李知行拉开了门，看上去精神振作了一些，但也有限。他那么虚弱，脸色苍白得和鬼似的，看上去下一秒就要虚脱。

唐宓几时看过他这么苍白脆弱的模样？她被吓了一跳，此刻的李知行的脆弱感简直难以想象。

“你一直等在门外？”

“我不放心你啊。”唐宓说。

李知行揉了揉眉心，试图朝卧室走去，只可惜脚步趔趄，险些被浴室外的垫子绊倒。唐宓一把扶住他，喝了酒的人真是死沉死沉的，这还是他保持了三分理智，还没完全把体重靠在自己身上。

“你要去哪里？”

“我拿衣服，洗个澡。”

“你醉得太厉害了，醒醒酒再说。”

“我没醉。”李知行的眼神明亮了一瞬间，试图加强自己的说服力，“真的。”

醉酒的人都说自己没醉，看来是真理啊。对于他站不稳依然坚持去洗澡的精神，唐宓简直无语问苍天。

“听话。”唐宓的声音严厉起来，加大了音量，“你先睡一下。”

也许是因为感觉到她手上的力气，也许是因为她话里的严肃，李知行没在执拗地要求去洗澡，只慢慢侧头，默默看了她一眼，任由她扶着自己在卧室的床上坐了下来。

李知行的卧室很干净整洁，简直不像是男生的卧室——她随后又想，其实她也不知道男生的房间是什么样子的。

李知行微微闭着眼睛，看起来头痛得厉害："我不想让你看到我狼狈的样子。"

"没关系。"唐宓柔声回答，"一生也就大学毕业一次了。"

屋内开了空调，温度慢慢舒适起来。唐宓绞了张热毛巾出来，轻轻帮他擦汗。他身上的T恤有些湿漉漉的，酒气四溢，不知道是水还是酒精。他枕头旁放着一套睡衣模样的衣服，唐宓想了想，站起来绕到他身后，伸手去扒他的T恤。

下一瞬，她的手被人抓住。

李知行扭转身体看着她，一言不发。

"啊，我是想，你换个衣服会不会好一些？"

"你帮我脱衣服？"李知行缓缓地说，看上去又不像醉了。

"啊，哎，嗯。"她顿了顿，伸手把他的头扳回去，低头专心看着他身上的T恤，拒绝和他对视，含混地答应了几声，"那个，手臂举起来。"

李知行的确有些醉，但他的所有症状都是肠胃不舒服导致的，没醉到连唐宓都分辨不出来的程度。此时，唐宓眼睑下方脸颊上方有些发红，那种"生人勿近"的气场奇妙地消散了几分。

真要命，原来她害羞起来是这个样子的啊。

李知行醉醺醺地笑了，于是老老实实回过头，举起了胳膊，让她脱下自己的T恤。

光着上半身的李知行，皮肤比一般男生略白净，露出了挺拔的颈肩和脊背，肌肉健康而紧致，皮肤绷得紧紧的，手指不小心碰到，就能感受到肌肉的颤动。

唐宓帮他穿上作为睡衣的长背心，拉平衣服，又专心地盯着窗外的漆黑夜色，费力解开他的皮带，把他的牛仔裤扒下来，然而一个不小心，还是瞥到了他牛仔裤下的黑色内裤——唐宓手一抖，宛如什么烫手的山芋一样，把他推到薄被里塞好。他个子高，薄被扯到下巴就露出了双脚，唐宓惊讶了一会儿这被子的质量如此不堪，才发现自己是弄错了方向，于是手忙脚乱地调整了被子的方向，把他裹住了。

"好了好了，睡觉。"

"没洗澡，我身上不舒服。"李知行缩在被子里，盯着她可怜兮兮地说。

"那也不会影响你睡觉的。"唐宓正色道，"我在客厅，不舒服的话叫我。"

"我不会睡很久的。"李知行确实有些累了，"我歇一歇就起来。"

她轻轻探了探他的额头，没发现太大的异常，于是起身轻手轻脚离开卧室，走到门口的时候，顺手关了灯。

房间内顿时一片黑暗。

半夜的时候李知行醒了过来，他比刚刚清醒多了，身上舒服了一些，他轻手轻脚地洗了个澡，换上了睡衣，走出房间来到客厅里。

唐宓半躺着倚靠在沙发的一角，脸靠着垫子，陷入了睡眠，一看姿势就知道她一定睡得十分不踏实。银灰色的月光穿过落地窗，落在了钢琴上，也洒落在她的脸上。李知行长久地注视着她的脸，他的人生头一次发现，月光这么美。

唐宓本来就生得美。

人间清暑殿，天上广寒宫。

这句诗真是写对了。

他从卧室里拿了薄毯，极轻地盖在她身上。

高中三年，大学四年，抛开高中时去美国做交换生的那一年，他们在一起足足六年时间，谁知道这次会分开多久呢?

他靠着沙发坐下来，凝视她的睡颜。

就这么一张脸，就这么一个人，让他心心念念这么多年，半点也不曾改变——李知行嘴角一弯，我真是个十足的颜控啊。

“唐宓，我会回来的，最少两三年，最多三四年。”

“你要等我啊，好不好？”

她正在熟睡，自是得不到回应。

李知行轻轻低下头，在她头顶的黑发上轻轻一吻，转身去了卧室。

他希望为了唐宓留下，但他尚未成长到可以做这种任性事情的年龄，也不具备这种能力。

人的一生总有许多不能不做的事情，因此他只能远行，看看世界，学习世界。

人生是自己的，只有一次，他要对自己的人生负责。

以他的出身，他不需要努力也可以过得很好。那样的人生，就像是永远长不大的树苗，无法自立，不得不顺从于别人，事事都要依靠父母，任凭他们安排一切。

那样的话，自己的人生就是为父母而活，毫无意义。

世界上努力的人有千万种，目标各有不同。他的所有努力，都是为了这个目标。

他的目标是参天大树，从来都不是缠绕在树上的蔓藤。

对李知行来说，这个暑假几乎等于没有。七月初，他出发去了美国。高二那年他在华盛顿的高中学习，现在在加州，环境大不一样，他需要重新熟悉。

他下了飞机，拿上了行李，通过了海关，拖着行李箱离开机场。

李泽文在出口处，冲着堂弟晃了晃手中的墨镜。

“挺准时的。”

“是啊。”李知行朝着兄长走去。

李泽文微笑：“今年的加州可是很热的。做好准备了没？”

李知行跟着堂兄露出个大大的笑容，十多个小时的飞行之后，能看到亲人的脸，真是让人疲惫全消。

“自然是，没做好准备怎么敢来。”

“那走吧。”

现在的确是很热的，暑气热辣炫目，阳光蒸腾不休，炙热的热气流贴着平滑的地表滑动，慢慢卷起了李知行的裤脚。

然而不要紧，四季循环一刻不休，混沌理论告诉我们，今年的夏天很炎热，明年后年就未必。

到那个时刻,一两年时间应该就过去了。他也许已经找到了自己的目标,就可以回家了。

他的家庭，他的根，还有他最喜欢的那个女孩，都在他来的地方，静静等着他归去。

这就足够了。

| 第九章 |
金钱的意义

一个学生如果在一所大学待了四年以上，那么几乎可以说对学校的花花草草都熟悉得跟自己家一样。尤其是对唐宓这种吃了整整四年食堂、在学校的时间占据了她人生中百分之九十九时间，离开学校就快活不下去的人来说，她对学校的了解程度简直无人出其右，闭着眼睛都能走到宿舍，看着天都可以骑车到图书馆，就连在图书馆占座都可以总结出一套行之有效从不落空的办法。

研究生阶段的课程还不算少，研一上学期的必修课有六七门，货币投资学、计量经济学等，这几大类专业课程必修课更多，老师留下的作业的研究性非常强，但总而言之，课程的紧张程度和本科阶段的双学位比反而轻松一些。因此，唐宓也终于有了思考的余地。

本科阶段里，她花了太多时间学习数学，从来没真正思考过金融啊经济啊这种学科是怎么一回事，书上怎么说就怎么背诵，考试照着书上的答案和老师的讲授填上去就好了。至于专业课里的数学，那也叫事儿？她的高绩点是跟她的数学分不开的。就算是专业课成绩略差，自然有满分的数学来拉扯绩点。

现在，她开始思考自己所读专业的意义，试图从里面发现意义或者乐趣。她还跑去开了股市、期货等投资的户头，投入很少的钱，了解其运作规律，试图弄明白自己到底处于一个什么行业。

唐宓的导师是金融研究中心的著名学者，名叫章斌，三十五岁就当了正教授，今年也不过三十九岁，正是年富力强出成绩的时候。这些年来，他发了十几篇高水平论文，专著也有好几部，在经济学上颇有建树。他外表儒雅，授课水平高，关系广泛，一直被誉为学院里的男神老师。

导师的人脉关系对学生助力颇大，尤其是在这个和钱打交道的行当，所以，导师优秀，自然对学生要求比较高。他认为本学院本科一大批优秀学生，要么出国要么工作挣大钱去了，真正留在本校读研的不多，因此每年不过招收一两个研究生。

今年，他也只招了唐宓和陈卓航两个人，对两人寄予厚望。

开学后第一天在导师办公室见面的时候，章斌就跟两人谈了国内经济金融行业的现状，随后又说："任何金融模型都要建立在数理基础上。你们两人应该发挥自己的优势。"

唐宓说："我会努力的。"

陈卓航怎么会落后，也跟着表态自己一定努力。

对好学生章斌从来不吝啬奖励，他满意地点了点头，给他俩开了书单和资料。

两人拿着章斌给的书单和资料离开了办公室，陈卓航深呼吸一口气，侧头去看唐宓，跟她说："以前的事情是我不好，请不要跟我计较。"

"没什么。"

对和陈卓航的芥蒂，她早就不在意了。她和陈卓航没仇没怨，曾经有的矛盾也烟消云散，现在两人是同学，好好合作还是有必要的。

"那就太好了。"陈卓航喜形于色，"你有时间吗？我请你吃饭？"

"吃饭就不用了。"唐宓摇头，"我还要去图书馆。"

"我也去图书馆，一起？"

唐宓没有拒绝。导师手下的新研究生就她和陈卓航两人，没必要搞得太僵。陈卓航学习确实不错，数学和英语水平很扎实，不然也不会被大牛导师看中——虽然学院里有种说法是"真正优秀的学生要么去工作要么出国"，但这并不全面。优秀学生里总有人因为种种原因无法出国深造又没有工作，唐宓是一例，陈卓航也是。

研究生和本科生不一样，研究生的假期是随着导师的心意确定的，十·一这种假期也只放了三天，唐宓抽空回了宁海一次看望舅舅和外婆。

唐卫东已经恢复工作半年，身体的各项指标很正常，开始忙碌起来，但因为吃药的后遗症，他比原来胖了不少，正在努力锻炼身体。

好在他现在工作压力不大，对他恢复身体很有帮助。

外婆对宁海的生活还是无法习惯，每天除了早晚两顿饭几乎无事可做，唐卫东每天都是七点后才回家，母子俩能聊的内容也少——而且一起生活久了，各种矛盾也日益凸显出来，偶尔也会有争执发生。

比如有时候唐卫东看资料较晚，外婆就不高兴；再比如唐卫东打算带着外婆出去哪里玩一玩，都被外婆果断拒绝。这种情况，也确实让人担忧。但哪怕唐宓是神仙，也解决不了这种矛盾。

外婆叹息："要是你舅舅再婚了，有人照顾的话，我就可以回村子里去了。"

对外婆来说，在大城市里生活，也就是生活罢了，她最想念的，始终是自己的一亩三分地和那栋灰扑扑的土墙房子。

"舅舅打算再婚吗？"唐宓问。

"你舅舅没说。"

唐宓想了想："外婆你见过有什么女人来找舅舅吗？"

外婆摇了摇头，然后又叹了一口气。

不过倒是也不着急，唐宓想，舅舅对自己的人生也是有打算的吧。

十 · 一假期之后，唐宓回到宿舍，宿舍里空空如也。研究生阶段和大学、高中阶段的交友关系截然不同。宿舍的四个同学，两个都是外校考入的，有一个还有工作两年的经历，已经有男友，只有一个是本校考进的，是唐宓的大学本科同学。

本科阶段，人和人的交往更为单纯。到了研究生时代，同学们的交往难免更现实一些。每次宿舍夜谈的时候，唐宓都能听到舍友们对各种男生的打分评判，她们找男朋友的标准，"是否有钱"就成了最重要的一条。

唐宓现在虽然和人交流没问题，但天性冷静自持，身边没有了赵幸丹，也不太能跟人热络起来。唐宓和舍友们的相处不会有太大问题，但无论如何也找不到那种密切的感觉了。

本科阶段，她每天都很忙碌，白天忙着上课，晚上要么啃双学位要么和李知行一起上自习，周末则是数学双学位和参加欧几里得俱乐部，虽然忙，过得异常充实。研究生阶段，不会再有人跟她一起上自习，也没有数学俱乐部的活动了。如此，唐宓身边一下倒是空了不少。

常常出现在唐宓身边的，倒是黄明明。

课余时间，她有时候会跟黄明明请教编程中遇到的问题，黄明明教得很耐心细致诚恳，知无不言言无不尽。经过大四一年的努力，寒暑假都不懈怠地学习，本专业的数据分析和处理，唐宓已经可以靠 C 语言自己完成。数学作为基础学科的作用展露无遗，打好了数学基础，思路确实清晰，学编程都比别人容易一些。

黄明明现在也到了大四，她对就业没任何兴趣，已经确定保研在本校读到博士——照说以她的履历和论文，申请个MIT⑥都是小菜一碟。

"我不想出去，在国外不容易适应……"黄明明说，"再说，学计算机也没必要去国外呀。我很多网友都是国外名校的，他们在研究什么，我很清楚的。"

"是吗？"

"其实，我很鄙视那些出国的。"黄明明继续说下去。

"咦？"这对唐宓来说倒是个新闻。

"现在国内的计算机技术又不差，有什么必要出国呢？"平时的黄明明也是不爱交流的人，但说起自己本专业的话题精神焕发，"那些觉得去美国才能接触计算机前沿知识的，我看来，都太愚蠢了。真要学好哪里都可以。"

虽然她没有指名道姓，只是一概而论，唐宓却替李知行感觉到中了一枪。

"当然，我不是说李知行很蠢——"黄明明亡羊补牢般补上一句，越发欲盖弥彰。

唐宓露出了笑容，宽慰她："你站得比我高得多，了解的消息也比我多得多，我想你的说法应该有自己的道理。"

"哦……"黄明明倒是没想到唐宓这么直接，讷讷说，"我真不是说他……李知行，还是有些想法的。"

没想到能在黄明明这里听到李知行的好话，唐宓有点儿吃惊地看着她。

"我是不喜欢他……"黄明明不太情愿地说，"不过观察久了，他的确实实在在地做了一些事。"

唐宓看她一眼。黄明明不愧是曾经当过跟踪狂的人物，对李知行的了解果真非常深刻。

---

⑥麻省理工学院，简称麻省理工（MIT），坐落于美国马萨诸塞州剑桥市，是世界著名私立研究型大学，被誉为"世界理工大学之最"。

黄明明深思熟虑地开口："这几年，他的信息研究会主要做两件事，一个是了解最新的技术进展，一个是请 IT 行业的著名人物来讲创业经历。所以我猜，他大概打算自己创业的。"

李知行从来没跟她提过自己的人生规划和安排，但唐宓也不蠢，内心也大致有一些猜测，此时听到黄明明言之凿凿地说出来，进一步印证了自己的猜测。

唐宓说："我想，自己创业可不容易。"

"是的。"黄明明感受很深地说，"现在 IT 行业的格局已经基本形成。大公司完全垄断市场，新诞生的公司很难拼过大公司，要成长只能依托大公司的平台，不过，我觉得这样不太对。"

"会减少竞争吧？"

"是啊。只有竞争才会促进新技术的革新。"黄明明道，"你注意到了没有？互联网在这十几年来完全没有任何新技术出现。"

唐宓点头。在这一点上，她和黄明明达成了共识。

"我想并不至于毫无希望，虽然没有新技术，但是改良和改进是有的。"唐宓说，"新技术的诞生，会意味着更广阔的市场，也许会将以往的格局完全改变。"

"是的，新的技术会带来新的机会。"黄明明露出大大的笑容，看上去容光焕发，"你说得对，所以我要继续读下去。"

唐宓莞尔。黄明明虽然有时奇怪了一点，但人都是多面性的，她对真理科学的追求也让人感动。

研究生阶段，学院里也有很多协会，本科时她一个本学院的协会都没有参加，到了研究生时期，她依然没太大的兴趣，只不过在老师的建议下，参加了一个资产研究类型的协会。

那些喧闹、常常需要聚会的社交性协会实在不是她的选择，相比之下，研究类型的协会更适合她。这个协会以研究为主，总共二三十人，大家聚在一起分析和讨论，也有些收获。不过，这些收获都比不上唐宓在欧几里得俱乐部的那四年时间——那一周一次和全国最聪明的天才们讨论时所收获到的思想和方法，让她受用终生。

因为加入协会，她还参加了一次大型的活动。经管学院每年都会和几家大型的投行和公司搞一个资产管理峰会，这几年协会搞得越来越大，需要的人手也越来越多。

按照惯例，唐宓所在的协会的成员们成了这场管理峰会的志愿者，众人都挤出时间来筹备会议——不得不说，这种组织活动很锻炼人，活动筹备办公室里，同学们疯狂地打着电话，联系各种人。唐宓也有任务，主要是校对各位主讲的报告，整理成文集打印几百本。

在峰会进行演讲的有十六个人，有企业领导，有政府官员，还有经济学专家。他们发来的文章涉及经济金融领域的方方面面，为确保文章的精确性，还是需要有人校对。

唐宓因为为人谨慎、学习优秀，被众人推选出来做这份工作。

时间紧张，唐宓一篇篇读着各个主讲人的文章。校对工作不算容易，主讲人的报告都是上万字，纯英文的报告占了三分之一，报告中的数据也不少。

因为时间太紧张，她没去食堂吃饭，陈卓航给满屋子人带了饭回来。

拿过他递出的饭盒，唐宓跟他道谢：“谢谢。”

“客气什么，都是集体的事情。”

陈卓航在她身边坐下，和她边聊天边吃饭。

“怎么样？这些文章有错误没？”

“基本上没问题。”唐宓放下筷子抽出一篇文章，“只有这篇，我感觉数据有点问题。”

陈卓航凑到她身边，看了看。

这是一篇来自某企业家的文章，用数据说明一些风投的案例，文章的干货非常足，有着大量的数据。

“哪里有问题？”

“你看，提供的数据和后面的分析不符。”

唐宓把疑点划了出来，出示了自己的演算稿纸，陈卓航恍然大悟：“确实是，你把疑点写上去，再发邮件回去吧。”

“嗯，已经发了。”

陈卓航好奇地看：“是谁的文章？”

唐宓翻了翻作者名字。

“江源生。”

陈卓航笑：“看来让你做这个工作，还真是对了。”

唐宓不觉得这里面有“对”或者“不对”，但她确实觉得这份工作不错。毕竟，主讲人都是各自领域的厉害人物，这些报告都是众人的思想凝聚而成的文字，对她的学习和思考也大有裨益。

资产峰会在十一月初的周末召开，作为主办方的学生，唐宓被安排去了峰会主办现场的酒店当接待人员，接待前来参会的听众——听众们都是业内大公司的在职人员和部分高校的专家，全国各地的都有，说是接待，其实也就是给参会人员发发资料，带路去酒店前台登记这些琐碎工作。

接待主讲人的责任轮不到她，是学院的领导和合作单位的领导负责。

在酒店大厅忙碌到中午后她终于有了休息时间，陈卓航也是接待人员之一，他拿过一瓶矿泉水给她。

“很累吧？嗓子都哑了。”

“其实还好。”唐宓想了想。

陈卓航笑：“你本科的时候没参加过这种活动吧？”

“是的。”

这确实是唐宓头一回参加这种大型的和金融经济有关的社会活动，本科四年，她和本专业的活动都是绝缘的，赵幸丹倒是邀请她参与过，唐宓婉拒了。

陈卓航忍不住笑了：“虽然是第一次，但你做得挺好。”

唐宓抿了抿嘴。她是不喜欢说话，但也不至于接待工作都做不好啊。

“问一下，你们是这次峰会负责接待的京大学生吗？”

说话人是一名五官秀美、漂亮优雅的中年女士。她有些偏瘦，白色大衣长度直到小腿，脖子上一串银色项链，站在接待台前像一幅静谧的挂画。

中年女士的气场很足，预示着她的身份不容小觑，陈卓航马上站起来，客气询问：“我们是京大学生。请问您是？”

来人缓缓地温柔一笑，递过一张名片。

陈卓航客气地接过来，示意唐宓也过来看。

江源生。

原来是这次峰会的主讲人之一，远大公司的董事，也是本次峰会里，主讲人中唯一一名女性。女人在这个行业前行，受到的阻力比男人大很多，她能取得这种成就，能力绝对不容小觑。

“江女士您好。”陈卓航略略欠身。

其他人都去吃饭了，现在接待台前只有他们两人。

江源生轻轻一笑。她相貌端庄，笑起来别有一种魅力。

她说：“刚刚问了你们的老师，说是你们发现了我报告里的数据错误，我特别来感谢那位同学。”

陈卓航笑着指了指唐宓：“是她发现的问题，我同学，唐宓。”

唐宓以手按着及膝的工作裙站起来，冲来人略略欠身。作为接待人员是要对峰会的主讲人员表示尊敬的。

“真是要谢谢你了。”江源生笑吟吟地看着唐宓，很亲切地开口，“为了表示谢意，唐同学，方便的话，跟我一起吃顿饭？”

唐宓也没想到对方竟如此热情，摇了摇头：“不用谢，是我分内之事。”

“那我们不吃饭了，就在酒店二楼喝杯咖啡吧。”江源生笑容加深，“其实还是因为报告，我还有一点疑问。”

“呃——”

唐宓实在不知道怎么形容心中的感受，数据计算出了问题，改了就是，有什么可以讨论的?

“去吧。”陈卓航推了推她，对她使了个眼色。

这次讲座的主讲人都身份卓然，能和他们吃饭闲聊，相当于打开一条未来的通道，对唐宓来说怎么都不是坏事。而且陈卓航认为，对方是个女人，也不必怀疑对唐宓有什么企图。

“好的。江女士。”

这次峰会是在一家五星级酒店办的，酒店的外观装修无可挑剔，二楼的咖啡厅也是如此，装修异常精美，被花木隔成了一个个小包间。

江源生的秘书没有跟来，现场就她们两人，服务员毕恭毕敬地跟上来点单。

“要喝点什么？”江源生把那本巨大的点单递过来。

“不要了。”唐宓顿了顿，“谢谢。”

“你真是挺客气的。不过有的事，试试也没坏处，咖啡总要品尝后才知道适不适合自己。”江女士笑着吩咐服务员，“两杯黑咖啡。”

显然大酒店的服务员都是有眼力的，知道谁说了算话，半点不迟疑地领命离去。唐宓有点吃惊——对方这不管不顾的态度，是强迫她喝咖啡吗？

“江女士，您要跟我说什么？”

“没什么，就是看看你。”江源生慢悠悠地说，“想见你很久了，今天恰好有了机会。”

这语气实在太熟稔，然而唐宓实在不记得自己认识对方。因为身份的差异，她没办法发表什么疑问，只微微欠了欠身，静静等着对方说出缘故。

“很沉得住气啊。”江源生感慨得很，“你还真是像你爸爸，无论是相貌还是性格。”

唐宓猛然抬起头，锐利的目光落在面前的人身上。

“现在自我介绍一下。”江女士露出笑容，“我是你父亲的妹妹，也是你的姑姑。”

服务员端着咖啡走过来，在两人桌前各放下了一杯浓香的黑咖啡，然后安静地退开。

“你尝尝看。”江源生把方糖盒子推过来，“觉得苦就加糖。”

唐宓没去动糖盒子，只把面前的黑咖啡推远了一点：“谢谢您，但是不用。我不喜欢咖啡的味道。”

“是吗？你爸爸很喜欢咖啡的。”

唐宓不作声，审视地看着对方。

“那还真是没办法了。”江源生垂下眸，给自己的咖啡杯里加了两块糖，“你很镇定啊，我还以为我这样忽然出现，你一定会很吃惊的，你知道我的身份吗？”

唐宓面色不变：“是有点吃惊的，但也没那么吃惊。”

江源生笑了，抬起头用小勺子搅动着咖啡。她手指白皙漂亮，右手无名指上戴了一只璀璨的戒指，红色钻石闪闪发亮，煞是夺目。

“之前爸妈说了你好多次，我也想过来见你，不过听说你连他们都懒得理，我估计我出场的效果会更差。”江源生笑着眯起眼睛。

唐宓说：“哦。”

她对面前的江源生没有任何恶感，但也没有任何交谈的欲望。人家说血浓于水，有血缘关系的两个人会有天生的亲切感，在唐宓看来完全是胡扯。

“就一个‘哦’字？”江源生好奇询问。

唐宓摇了摇头：“我想不到说什么。”

江源生手指轻轻摩挲着下巴：“假定我不是你姑姑，就是这次峰会的主讲人员，那你也只跟我说‘哦’吗？”

这倒是提醒了唐宓，她回答：“关于您的报告，我仅仅是指出表格中的计算错误。”

江源生道：“你很仔细，我手下的人半点没发现自己出了错，还跟我争说没错呢，比你可差远了。”

唐宓并不居功，平静地回答：“不是这么回事，我负责校对，自然要仔细一点。”

“你真是很聪明，和你爸爸当年一样。你知道他多厉害吗？这个世界上就没有你爸爸学不会的。”江源生轻轻叹息，“要是你爸爸没死，知道有你这样的女儿，不知道多高兴啊。哥哥去世的时候，我才十七岁，还在上高中，整整半年时间，我想起哥哥就忍不住哭。”

对方语气轻柔，眼睛潮湿，似乎还有泪。唐宓沉默着，无法说什么。当年的事情，她没有任何经历，但失去亲人的痛苦，她也能理解。

江源生打量着自己的侄女。

公事的原因，唐宓今天穿着最标准的职业装，白色雪纺衬衣外加了件浅灰色的西装，灰色毛呢一步裙搭配得当，脚上踩着中跟的黑色小皮鞋，顺便还绾起中长的头发，露出了光滑白皙的脖颈。她真是生得美，而且是那种甫亮相就能让人惊艳而且越看越移不开眼的类型，走在什么地方都能达到自带光源的效果。

真不愧是自己哥哥的女儿。

“比起你妈妈，你更像你爸爸一些。”

“你见过我妈妈？”

江源生慢慢开口：“见过两次。你爸爸和你妈妈在外面生活，他们比较缺钱，我悄悄把攒下来的钱拿给你爸爸。你妈妈真的很漂亮。”

唐宓看着对方，一个第一次见面的陌生人和自己聊起母亲，她都不知道这话题如何进行下去。

江源生又说：“你和你外婆这些年过得太辛苦，是我们家对不住你。”

“我很好。”唐宓说。

“虽然知足者常乐，但是你过得实在不算好。”江源生说，“看看你，再看看我女儿。我女儿也比你小不了几岁，她一个书包都上千，大概比得上你一个月的生活费了吧。”

“过得好或者不好，不是钱可以衡量的。”

江源生倒是笑了：“你学经济金融，难道还不知道金钱对人生的意义？”

当然太清楚了。面前的咖啡慢慢冷了下来。

唐宓叹了口气：“您到底要跟我说什么？”

“我希望更了解你一些，和你亲近一点。可能的话，我希望你去你爷爷奶奶家和我家吃个饭。”

“所以，你希望我跟电视剧里写的一样，认祖归宗之类的？”

江源生装作没听懂她话里的淡淡讥讽，笑道：“你能做到那是最好。像一家人那样，比如假期的时候，常回家去看看老人，吃吃饭，陪老人家说说话，让他们高兴一下，你爷爷奶奶也不年轻了。”

唐宓忽然扯了扯嘴角，露出个笑容。

江源生说：“我不觉得自己的话很可笑。”

“我爸死了后你就是独女了，你难道不担心我这个忽然冒出来的孙女抢了你应得的财产什么的？”唐宓说。

江源生一愣，下一瞬却大笑出声。

“嗯，你的说法还算有道理，是有点让人担心。”江源生笑起来，“如果你真的很想要属于你的那份财产的话，我非常欢迎你和我争一争。”

唐宓简直无奈了。她觉得自己的嘲讽能力似乎有点跟不上对方的思路，好容易想出个很尖锐的问题，结果被人家掐住了话题，接下来还能怎么说下去呢？

唐宓看了看手腕上的电子表："江女士，下午还有活动。同学还在等我，我先走了。"

"好。"

江源生爽快放行。

唐宓站起来，略略欠身，离开了咖啡厅。

江源生看着她离开的背影，嘴角的几缕笑纹消失无踪。

唐宓离开的背影挺直高傲，走路目不斜视，半点犹豫拖沓都没有，中跟皮鞋踩在厚厚的地毯上，一点声音都没发出来，而她面前的那杯咖啡已经凉透了。

虽然她一句不客气的话都没有，但对自己的态度已经表明无遗。自家的这个侄女为人冷淡，软硬不吃，要和她套近乎不是简单的事情，要有长期抗战的心理准备才行。江源生想，她的这种傲气，和自己的哥哥，真是一模一样。

她想起了当年自己和哥哥的最后一面，似乎也是这样。那时候她还是在上中学的小姑娘，她取出了自己的压岁钱，劝哥哥回心转意，跟爸妈道歉。江凌柏拍了拍她的头，让她把钱收好，说："我不会道歉，我没有做错任何事情。"

能参加这次的峰会筹备，唐宓一场不落地听完了所有演讲——讲座和看文章的感觉还真是不太一样，听着成功人士说着行业里的动态和变化，大大开阔了眼界，确实受益匪浅。

江源生做报告是在最后一天，唐宓在会场的后排听完了整个报告过程。江源生演讲的时候非常有魅力，她声音婉转温柔，带着点宁海方言的轻柔特质，投资、金钱、利润、营业额等枯燥乏味的数据从她嘴里念出来别有一番味道。这是听其他男士做报告时没有的感受。

陈卓航小声说："这位江女士确实能力不错，算是最早的那批富二代中很成功的了。"

唐宓看他一眼，反问："富二代？"

"是啊，江女士出身挺好的。"陈卓航用手机刷开一个页面给她看人物介绍，"不过到了他们那种程度，只要不自己作死，一辈子锦衣玉食是足够了。"

唐宓苦笑。她依稀觉得这个逻辑好像哪里不对头——这么算，自己的父亲是不是作死那种？放着大好前程不要，非要违抗父母的意愿，和她出身低微的母亲结婚，从此，人生就如同买了极其糟糕的股票，开始不断下滑，最后把命都搭进去了。

不知道，父亲最后去世的时候，有没有那么一丝后悔。

最后一天的报告结束后，学生们也和与会人员一起吃了顿自助餐。灯火辉煌的酒店餐厅气氛很热烈，到场的老总们都是大企业的高管中干，大部分学生在会场里打转，听着参会的社会人士谈天说地，试图参与其中。

唐宓取了足够多的东西猫在角落吃的时候，再次看到了江源生。

"你在这里？"

唐宓一愣，站起来："江女士，您好。"

她是工作人员，对峰会的嘉宾，自然态度很好。

"哎。"江源生在她身边坐下，笑着说，"继续吃啊，站起来做什么。"

“嗯……”

唐宓确实有点饿，于是从善如流，坐下来，埋头继续苦吃。江源生若有所思地看着她，五星级酒店的自助餐五花八门种类繁多，但她面前只有一只餐盘，食物也只有寥寥几种，看起来是照着自己的分量取的。

她感觉到了对方的视线长久停在自己身上，不过熟视无睹。唐宓这辈子几乎都是在别人的各种眼光里长大的，来自江源生的目光根本不算什么。

看着她吃得差不多了，江源生开口：“你听了我的报告了吗？”

“听了，您讲得很好。”唐宓说，“您的讲座让我受益匪浅，比我校对的那份文稿里的内容丰富多了。”

“那肯定，否则大家拿本资料就走了，谁还来听报告呢？”

“是这个道理。”

江源生跟她说：“唐宓，我今天晚上就回宁海了。”

唐宓喝了口果汁，礼貌点头：“那您一路顺风。”

“我之前的建议你考虑得怎么样了？”江源生看着她。

“啊？哦。”唐宓在记忆里搜索了一下，“很抱歉，我对您的提议没什么兴趣。”

“江家毕竟是你父亲的家。”

“也是这个家庭把他赶了出去。”

“……”

这一句话正中红心，让江源生的神色陡然暗淡下来，端庄的面孔上浮上了一丝疲惫。

唐宓盯着她的眼睛：“江女士，我想您应该了解我的大致情况吧？”

江源生并不讳言：“有一定了解。”

唐宓端正了神色，郑重回答：“我珍惜自己现在拥有的一切，不希望出现任何变数。对现在的我来说，最重要的就两件事。我的外婆和舅舅的身体情况，还有我自己的学业。江女士，我能取得现在的成绩，是因为我尽了最大的努力学习。我肩上的压力很大，没有时间跟你们培养亲情，那会浪费我的时间。你们也不必觉得愧疚和同情，真的没这个必要。”

“浪费时间吗……”江源生苦笑一声，仔细打量对方，在对方清澈的眼眸里看到了坦然，“虽然你不怎么喜欢说话，但真的说起来的时候，都切中要害。”

“因为我说的是实话。”唐宓说。

“实话虽然中肯，但不会好听。”

“是的，我知道。”

“刚者易折啊。”江源生微微叹息，“不够圆滑的话，进入社会在工作岗位上只怕会遇到困难。”

唐宓平静地注视着面前这个据说和自己有着血缘关系的女人，她完全无法从她身上得到任何亲切感。

“江女士，所以我只会去那些真正看重员工能力不看重为人是否圆滑的公司就业。”

江源生哑然，觉得自己微妙地躺枪了。

当然，自己的这个侄女确实够格说出这话。唐宓准确无误地挑出她报告中的错误，她设身处地想了一想——如果唐宓投简历到自己的公司，那是无论如何都要把人招进来的。以她的学历和能力，是她选择公司而不是公司选择她。有能力的人就是有这种底气。

“这个你拿好。”

一张薄薄的名片递给唐宓，名片背后是用笔写上去的两个号码。

“阿宓，这是我的私人号码。”

唐宓双手接过了名片，又看向对方。

“人生很长，也许会遇到很多事，一个人活在世界上是不行的。”江源生说，“万一有事需要帮助，请给我打电话。”

没必要在这种场合矫情，唐宓“嗯”了一声。

看着她把名片收了起来，江源生轻叹一声，起身离开。

一旁的陈卓航发现她和江源生的谈话告一段落，抓紧时间凑了过来，在她面前放下一盘有着冰雪色泽的冰激凌蛋糕。

“这家酒店的餐后甜点不错的，女生们都很喜欢，你也尝尝。”

陈卓航一脸期盼，唐宓觉得不能辜负他的好意，夹了一块放到自己的餐盘里小小咬了一口。

“怎么样？”

“可以的，谢谢你。”

陈卓航一脸振奋，唐宓笑了笑，专心对付着餐盘中的食物。

她并不觉得这道甜点有多么鲜美，实际上，对她来说其实吃什么都差不多。

家境太过于清贫，唐宓压抑了所有对物质的渴望。漂亮的衣物、鲜美的食物，都和她没有太大的关系。她很早就已经知道什么属于自己，什么不属于自己。

因此，对于这忽然出现的姑姑，在她心里连个涟漪都掀不起。

| 第十章 |
有我在这里

在学校的生活基本上是一成不变的，偶尔也会有意料之外的事情发生。研一的元旦前夕，唐明朗回国休假，来京大找她。

唐明朗穿着双排扣羊毛短大衣和黑色瘦腿裤，脚上一双长皮靴，显得肩宽腰劲腿长——他头发也剪得较短，露出了光洁的额头和高直的鼻梁，在经管学院的大门外一站，吸引了过往每个女生和大部分男生的视线。虽然唐宓一直觉得自家弟弟有点水仙⑦的特质，但此时她也打心眼里觉得，他好像，确实是有资本“水仙”的。

她的舍友兼同班同学周媛大大吃惊：“我们学院什么时候有如此耀眼的男生了？”

唐宓走到唐明朗面前。

“明朗，久等了？”

“表姐，我也刚到一会儿。”唐明朗打量四周，莫名地感慨，“京大还是一点变化都没有啊。”

唐宓啼笑皆非：“大学就是这样，你指望改什么呢？”

周媛笑着捅了捅唐宓，跃跃欲试地突显自己的存在感：“这位是……”

唐宓正想解释，倒是被唐明朗抢了先：“哦，我是她的弟弟。”

周媛啧啧感慨：“俊男美女啊！你们一家人可真是基因好。”

“那当然了，容貌这东西主要就靠遗传。”唐明朗得意扬扬，一点都不含蓄。

“还可以整容。”唐宓提醒他。

唐明朗无言以对，三秒钟后他果断对周媛挥手道别，拉过唐宓的手腕快速离开。

姐弟二人边走边谈，唐宓仰起头：“我说……”

“什么？”

“明朗，你是不是又长高了？”

唐明朗惊喜：“是啊！表姐你看出来了？我在美国这一年半，长了两厘米！”

看来美国的高热量食物也有优点。唐宓想，不知道李知行这半年，有没有长高。

---

⑦网络用语，自恋。

“你要吃点什么？”唐宓说，“我请你。”

“我已经订好地方了。”唐明朗用一种奇妙的眼神看着唐宓，“表姐，你很穷，还是我请你吧。”

此刻无语凝噎的人变成了唐宓。

“我再穷也是可以请你吃饭的，再说了，你以为我会带你去什么灯红酒绿的地方？”她瞪他一眼。

“还是去稍微好点的地方。”唐明朗一本正经地说，“又不光是我们两个人，我还要请人呢。”

“是谁？”

“小郭老师。”

“是郭嘉颖吗？”

“是的，我已经给她打电话了。表姐，你不介意吧？”

“当然不会介意。”

毕竟郭嘉颖是当了唐明朗一年多家教的人，两人关系非同一般——不过唐宓还是哭笑不得，哦，原来自己又是唐明朗的第二访问对象。

吃饭的地方，最后还是选在校外的一家档次不错的餐厅，两人刚刚坐下不久，郭嘉颖也到了。郭嘉颖本科毕业后没有选择读研究生，直接就工作了，现在在一家跨国大型 IT 公司当传说中的码农，公司和大学不远，过来京大附近吃饭也非常方便。

因为已经就职，郭嘉颖穿着打扮还是有点职业化，套裙外一件呢大衣，腿上一双棕色长靴，气质看上去比大学时代成熟许多。

“抱歉，让你们久等了。”她解开外套和围巾，笑着和姐弟两人打招呼。

“我们也刚刚到。”唐明朗把菜单递给郭嘉颖，“小郭老师，你点菜吧。我们已经点了。”

郭嘉颖不客气，用最快的速度点了几道菜，把菜单还给了服务员。

“现在工作忙吗？”唐宓问郭嘉颖。

“还不错，朝九晚五，工作压力也不大，我还蛮适应的。”郭嘉颖笑着回答，“你呢？研究生学习如何？”

“还可以。”

“我想也是，你这个人，在读书上是不会遇到困难的。”

郭嘉颖和唐宓的关系从来算不上“好”，聊起读书的状况时却有一种奇怪的“心领神会”的感觉——这大概就是学霸的共鸣了。

和唐宓寒暄之后，郭嘉颖看向本桌的中心人物唐明朗，笑吟吟问：“明朗，在美国上大学，感觉如何？详细说说。”

唐明朗精神抖擞地说：“起初倒是有点难，语言关难过，不过半学期后就好多了，我觉得读书也不算很难啊。”

唐宓震惊了。这还是她第一次从明朗嘴里听到“读书也不难”的话——她只见过唐明朗愁眉苦脸地谈论学习状况，这么有信心的时候从来没有。

“那些美国学生，无论男女都好笨啊。”唐明朗说，“数学连基础知识都不懂，背书也慢。小组作业的时候，好多偷懒，啧啧。”

“还是有好学生吧？”唐宓问。

“当然还是有。”唐明朗得意得很，“不过比例也不多。”

和唐宓相比，郭嘉颖则淡定得多，毕竟她是当了唐明朗近两年家教的人，对他的学习态度和能力有相当程度的了解。

“我当时就跟你说过，只要你稍稍用点心，在国外的学习一定没问题。”

“小郭老师你说的是。”

接下来的时间，唐明朗兴高采烈地和两人聊起美国的见闻，比如他的第一个舍友是如何奇葩，比如他如何考到了驾照，还学会了一个人生活，他现在甚至都能下厨做点简单的饭菜；再比如他说起大学的见闻和同学的故事——年轻男女在一起，总是有很多话说，餐桌上的气氛热火朝天，对于饭菜是否色香味俱全，便没什么人在意了。

唐宓听得微微颔首，看来出国留学也还是有好处的，连唐明朗都能掌握一些生活技能了。

郭嘉颖听得聚精会神，唐明朗忽然问：“小郭老师，你之前也跟我说过准备出国，怎么放弃了？”

“我后来觉得，出国也没什么意思。”郭嘉颖脸色略微一黯。

唐宓看她一眼。她记得，郭嘉颖的确是有过出国的念头，但后来她放弃了这个想法，转而选择了就业。

郭嘉颖岔开话题：“对了，明朗，在美国的时候，你见没见过李知行？”

“就见过一次。秋季开学之前，他来洛杉矶看过我。不过这几个月联系很少了，偶尔给他打电话，他都在忙忙忙。”唐明朗嘟囔着。

“据我所知，在美国读研究生是比本科生累一些。”

“表哥不光是学习，还有工作。”唐明朗说，“我回国之前联系过他，表哥刚刚找到了寒假实习，准备去硅谷一家公司。”

“实习啊……”郭嘉颖恍然大悟，“这倒像是李知行做的事情。”

唐明朗好奇地看了看唐宓：“表姐，表哥没跟你联系吗？”

“偶尔是有的。”唐宓含混地说。

差不多每周，李知行都会跟她打个电话，有时候是视频，有时候是电话联系，两人会聊聊近况——但李知行确实没有告诉她自己要去实习的事情。

一顿饭很快吃完了，最后的结果是三个人都抢着结账——郭嘉颖说唐家姐弟俩还是学生没挣钱所以应该自己结账；唐明朗认为是自己叫她俩出来的，再说哪有女生付钱的道理；唐宓则认为自己是地主，于情于理都应该自己请客。

争论一番之后，还是唐明朗结了账，他力气大，个子高，俩女生实在不是他的对手。

入夜后的冬天越发冷了，三人离开温暖的饭店，站在门口，唐宓叮嘱弟弟：“明朗，记得回去看看舅舅。”

“当然要去看我爸。”唐明朗说，“我已经订了明天的机票去宁海。”

唐宓松了口气：“那就好。”

她想，唐卫东能看到现在的唐明朗，看到他的进步，一定会觉得欣慰。

这边郭嘉颖正打开手机软件准备叫车，她租的房子和这里有一段距离，公车并不算特别方便，打车似乎也很难，晚八点多钟的京城，交通是最让人头疼的问题。

唐明朗拍了拍郭嘉颖，指了指距离此地一百米的大楼：“小郭老师，我送你回去吧。我是开车来的，车子就在对面大楼的车库。”

郭嘉颖明显一愣，摇了摇头：“没事，你送唐宓吧。”

“表姐就不用送了，她就住在学校里啊。你住得远一些。”

唐宓也不觉得自己弱到要人相送，于是附和了一句：“应该的，你不要客气。”

毕竟郭嘉颖当了唐明朗那么久的老师，让他表达一下尊敬也未尝不可。

“那……好吧。”郭嘉颖抿了抿唇。

于是，接下来三人自然是各走各路，唐宓返回学校，朝着校门所在方向走了几步后，若有所思地回过头去，却冷不防看到唐明朗手掌轻轻落在郭嘉颖的头顶，而郭嘉颖也并未因此生气，她仰起脸，对明朗露出粲然微笑。

唐宓倏然一惊。

这事儿颇为诡异啊。易地而处，若是比自己小的男生这么摸自己的头，自己一定不会高兴，绝不可能笑，更别说笑得那么心满意足。唐宓情商是不算高，但不等于不了解。她直到这时，才觉得郭嘉颖和唐明朗的关系可能不仅限于“师生关系”。

真的难以想象啊，而这一切，又是什么时候开始的呢？

她怀着这样奇怪的思索，慢慢回到了宿舍。

冬天的尾声，就是寒假。时间过得非常快，半学期的研究生生活之后，终于放了寒假，唐宓回到宁海，去了舅舅家——对她来说，在哪里过年都不要紧，只要外婆在，就是家。

过年无非访亲探友，唐宓祖孙二人在这座城市里毫无根基，舅舅又离了婚，无非也和之前的一些年一样，祖孙三代人坐在一起过。

不过，放假阶段唐宓没闲着。回来这几天，她都在和唐卫东讨论一些实际的金融经济问题——唐卫东虽然是工程师出身，但这么多年企业高管当下来，现在又是资管会的公务员，各行各业的情况都极其了解，他结合政治和社会详细的分析，让唐宓受益匪浅。她现在就是脑子里理论太多，落不到实处，有唐卫东给出的各种案例和数据，对社会的经济金融环境的理解上了一个档次。

唐宓觉得有这样一个舅舅真的太奢侈了，不能不珍惜。经济金融属于社会科学领域，最缺乏的就是案例，成功的失败的，什么案例都好，有案例才能发现问题，进一步说明问题。案例牵扯到的金钱动辄几千万，哪是那么轻易就能给出去的呢？就连自己的教授等人，要和唐卫东这种级别的管理者吃顿饭都不是容易的事情。无论是本科阶段还是研究生阶段，自己身边的同学里，又有几个有这种资源存在？

唐宓的收获很大，心情满足，然而更吃惊的是唐卫东。

他当然知道这个外甥女很聪明，当然，继承了唐雪和江凌柏的基因，不聪明都不可能，但是他发现自己还是低估了唐宓。那么多的数据，她只看一次，只听一次，不需要计算机，就可以准确指出各项数据的增减变化趋势，做出八九不离十的预测，甚至，她直接指出有几份数据可能存在问题。

她的天分如此之高，真是唐卫东平生仅见。

寒假里唯一的变故，就是除夕的前两天，唐卫东家来了意想不到的客人。

当时祖孙三代人已经吃过晚饭，三人在客厅，外婆在看电视，舅甥二人和以往一样，讨论各种经济发展世界金融趋势。

讨论到兴奋处，两人一连串的英文冒出来，唐宓拿起了纸笔运算，外婆看着舅甥两人，倒是摇头笑了。

这时候门铃声响了——唐宓走到玄关看了看可视门禁，顿时没了言语。

傅女士微笑着："不好意思，打扰了。可以让我上来吗？"

忽然上门的客人让唐卫东情绪复杂，但也不好拒之门外。他很清楚，江家人上门的目的绝不是他。

唐卫东摁下开门键，看着傅女士消失在显示屏后，跟唐宓说："既然都来了，不能赶走吧。"

的确是这个道理，唐宓下意识地去看外婆的态度，外婆苍老的面容上什么表情都没显示，只微微叹了口气。

"对方的确是你奶奶，否认也不行。"外婆站起来，"我去休息了。"

外婆不愿意和对方碰面，只能回避了。

看着傅女士面带笑容地进了客厅，唐宓也抬起了目光。傅女士微笑着和唐卫东打了个招呼，询问他身体状况如何，又让跟随的司机把带来的一大篮子水果放下，态度亲切而自然。

唐卫东以完全挑不出任何毛病的主人架势，请客人坐下。退一万步说，对方年纪大，也是长辈，礼数不能缺。唐宓找出别人送给唐卫东的茶叶泡开，倒在瓷杯里，端出去放在傅女士面前，陪坐在一边。

傅女士笑着跟她道谢，又看向这套房子的主人："卫东，你妈妈呢？"

"休息去了。"

傅女士端起茶杯，抿了一口："这样啊，老人家最近身体怎么样？"

"还可以。"

外婆在宁海也待了一年半，要说习惯，实在谈不上；没有了重体力劳动之后，外婆的苍老速度却没有变缓，有时候精神还不如以往好。

"不过在宁海生活，应该也习惯了吧。"

"还是不太习惯，她想回村里。"

"老人总是思乡的。我现在也常常想起以前的事情。"傅女士满怀感慨地笑了笑，目光挪到唐宓身上，问她，"你什么时候放寒假的？"

唐宓老神在在陪坐在一旁，随口回答：“前几天。”

“我这次来，是想问问，你明天有时间吗？”傅女士手指摩挲着茶杯边缘，态度非常自然。

唐宓的思维有些卡壳：“有什么事情吗？”

“是这样的。明天我们要去给你父亲扫墓，想问问你有没有时间，跟我们一起去。”

唐宓微微一怔。她真的没想到，对方提出的是这么一个不曾想象也无法回避的请求。

唐卫东在一旁也听得清楚——他能想到江家一直准备和唐宓联络感情，但从来不觉得这事儿容易，没想到对方直接拿出了“扫墓”这样的手段。这确实是撒手锏一样的存在。

唐宓并不是他能管束的，但还是委婉给出了建议：“明天你要没事的话，去给你父亲扫墓吧。”

唐宓心中本就有些犹豫，加上唐卫东的劝说，终于松了口。

傅女士满意地站起来：“那明天上午九点，我来楼下接你。”

唐宓本来想说自己去就可以，但她从来不知道自己生父的墓地在什么地方，于是点了头。

“好的……”

送走傅女士后，舅甥二人在客厅重新落座，唐卫东轻声感慨：“去给你父亲扫墓也好。”

唐宓在沙发里仔细琢磨了一下，问：“舅舅，你说过，我爸爸是你的学长？”

“是的。高我一级。”

“那，我爸爸到底是什么样子？”

“你爸爸啊，我认识他也是近三十年前的事情了。”唐卫东坐在沙发上，回忆着往事，“你知道我们家的情况，那时候我上大学的条件比你更差，学费是全村人凑的，连件不带补丁的衣服都没有。在学校里，按现在的说法，完全是‘土鳖’。好在其他同学也不比我条件好很多，我们那个班上，一半是乡镇和小县城考出来的学生，但是，你爸爸不一样。”

“不一样？”

“你爸很特别。我们这些乡镇县城里考出来的学生，见识非常有限，对整个世界、整个国家几乎一所无知，连普通话都说不好。上大学是我们平生第一次出远门，连火车也是第一次见到。但你爸爸和我们完全不是一类人。他出身优渥，你的曾祖父和曾祖母，都是曾经的留美学生，在社会上颇有地位；你的祖父祖母也是高级知识分子。”

“那时候西方思潮很流行，有一次学院里办了个化装舞会。”唐卫东说着自己都笑了，“我们这些土鳖还不知道什么是化装舞会，自以为是地穿着花花绿绿的衣服就跑去参加活动了。但是，你爸穿着燕尾服。”

唐宓的脸僵住了：“燕尾服？”

是的，现在的大学生和当年的大学生不可同日而语，时间也都过去了快三十年，但是，唐宓这辈子也没见过现实生活中谁真穿燕尾服这种高大上的衣服！连李知行都没穿过这种东西啊！

唐卫东拍了拍外甥女的头，大笑：“你的表情和我们当年也差不多了。想象一下鹤立鸡群的场景，你就明白当时的现场是什么样子了。”

确实是明白了——如此卓尔不群的存在，难怪能骗得妈妈死心塌地了。

“认识他之前，我已经听说过他的不少事迹。他平时骑着进口的山地车去上课，呵，三十年前，大部分学生骑的不过是普通的破烂自行车。我还穿着打补丁的衣服时，他穿的衣服我连样式都没见过。他还有一辆摩托车，有一次我碰巧看到他骑摩托车离开学校，卷起一阵风。”

唐宓脑海里的父亲的形象，从来是斯文冷静的，可自己的父亲居然还会骑摩托车。

只存在于照片里的年轻人的形象，忽然就那么鲜活起来。

“我是大二才跟你爸爸认识的。那时候我时常跟系里的教授请教问题，教授工作忙碌，没有时间完全解答，于是建议我请教师兄，也就是你爸爸。那时候你爸爸正在帮教授翻译一本外国教材。

“你爸爸平时独来独往，认识他的前辈们都说他为人高冷，不喜欢和别人打交道。我也犹豫了一阵子要不要请教他，想来想去还是找他帮助，这才发现，他不完全是别人说的那种孤傲的性格。对我的问题，他悉心解答，如果回答不了，他就跟我一起查资料。

“有一次，我们遇到了非常严重的困难，实在无法解决，他带我回了家用电脑查询资料。我平生第一次看到了计算机，那时候叫微机。我也是在你爸爸家，第一次听说了互联网。”

唐卫东语速不快，但那微抬高的语调充分说明了当年的震撼。

唐宓点点头，她能想象那种震撼。她才进入宣州中学的时候，也被同学们那些五花八门的电子产品惊花了眼睛，那种感觉和刘姥姥到了大观园也差不多。

“你爸爸是外冷内热的那种人，朋友的确不多，一旦有了朋友，就极为赤忱。”唐卫东说，“他借书给我看，都是欧美新出的英文资料和图书，学校图书馆里都没有。当年和现在不一样，查资料实在困难至极。”

唐宓问：“和我妈妈也是这么认识的？”

“这倒不是。你妈妈和你一样，很喜欢读书，她一直很遗憾自己没能上大学。她当时在宁海一家酒店工作，准备攒几年钱后去读夜大，我给她找了一张同学的图书证，让她可以来大学的图书馆借书看。她来学校的次数多了，机缘巧合下，认识了你爸爸。”唐卫东轻声一叹，“他们两人是怎么发展为恋爱关系的，我就不太清楚了，我没有问过他们这件事。不过你也是大学生，应该知道恋爱是怎么一回事。”

是的，不难想象。年轻男女之间的恋爱，无非一见钟情和日久生情两种可能。

至于这种故事发展到最后是好是坏，那再没人知道了。

第二天一早，傅女士在约定的时间内，准确到达了楼下。唐宓上了车，然后傅女士吩咐司机开车。

墓园在宁海市郊，非常僻静。因为到了年末，墓园外还算热闹，车辆在街道上排成了长队，行人也是三三两两——然而傅女士是不用担心这个问题的，司机把祖孙两人放在墓园门口，自己寻找停车位去了。

祖孙两人下了车。唐宓环顾四周，她对宁海从来不熟，看了看周围也没找到什么线索。

傅女士跟她笑笑："稍等一下，还有人要来，在另一辆车里。"

唐宓不介意等一等，说道："那我先去买点东西。"

傅女士没拦着她："去吧。"

唐宓的目标是花店。墓园外的花店因特殊性质，各色菊花最多，当然其他诸如玫瑰百合也是不少，唐宓对花语没有研究，想了想，最后选了一束百合。菊花太萧索，玫瑰太浓烈，也只有百合适合了。

时节特殊，花店里结账的人有点多，唐宓等了好一会儿等着店主包好花。她付了账着急离开——墓园大门外，江家人已经全部齐全了，除了江老之外，江源生一家三口也赫然立在一旁。

江源生笑着介绍了自己的丈夫，又拉过自己身边十五六岁的少女："这是我女儿孔斐然。"

孔斐然跳前一步握住唐宓的手："表姐你好！"

唐宓说："你们好。"

这位自来熟表妹个子较高，身材匀称，兔子大衣短裙的冬装搭配显得非常可爱，这种感觉，大概就是"萌"了吧。孔斐然的五官和江源生不太像，倒是更像她父亲。

傅女士挽着丈夫的手臂："走吧。"

一行人沿着林荫路向山坡上走了几分钟，一眼望去，目光所及都是一排排整齐的墓碑。江源生夫妇拎着果篮走在最前面，唐宓随其后，再后面则是二位老人，手挽着手，走得不快。

孔斐然个性活泼，跟在妈妈身边走了几步，又故意落后几步，走到唐宓身边，和她搭话。她比唐宓矮了一点，可以和她并肩而行。

孔斐然时不时地侧头看她："原来你就是那位传说中的表姐啊……你真的很漂亮呢，我还以为我妈妈夸张了呢。"

原来自己不知不觉地和"传说"有关系了，唐宓抽了抽嘴角，对她露出一点笑容。

"你好像不爱说话啊。"

"因为不知道说什么。"

"也是哦，你为什么要买花呢？"孔斐然伸手指了指她怀中的花，"舅舅花粉过敏的，你看我们都没买花，就是因为这个啊。"

唐宓这才注意到，江家人的确都没带鲜花，只有江源生手上提着一个果篮。

孔斐然"呃"了一声："我知道了，我妈他们没跟你说吧！"

"是没说。"

唐宓低下头看了看怀里的百合，忽然笑了。

她笑容清冷，简直和这墓园的氛围融为一体。孔斐然吃了一惊，直接问："这事很好笑吗？"

人都死了，还在乎是不是花粉过敏？父亲死得早，就她这么一个女儿，她带来的任何花，恐怕也都只能高高兴兴地接受了。

"我们每年都会来看舅舅两次……"孔斐然对唐宓的好奇远大于其他感情，因此继续问，"你心情一定很复杂，是吧？"

“算不上吧。”

“那是什么意思？你心情不复杂？”

“我不知道是什么感觉。”唐宓说，“我没有实在的感受。”

她说的是真心话，却让孔斐然困惑起来：“你这是什么意思？”

唐宓摇头：“我不知道怎么跟你形容。”

孔斐然皱着眉头想了一会儿，不太理解这位表姐的意思，决定不再跟她谈论这么复杂的问题，转而拿出手机晃一晃：“表姐，你的联系方式可以给我吗？”

唐宓告知了对方自己的手机号和邮箱，孔斐然熟练地将她的号码存好。唐宓注意到她那花里胡哨的手机，桌面是动漫人物，灿烂的手机外壳上也贴着唐宓不认识的二次元帅哥。

“还有朋友圈微博，全都告诉我吧。”孔斐然兴致勃勃。

“我没有这些东西。”

孔斐然难以置信：“天哪，表姐，你还生活在原始社会吗？”

“是的。”

她想，自己当年就被表弟说是“原始人”，现在被表妹说是原始人，也算首尾呼应，有始有终了。

孔斐然挫败道：“没有就算了吧……表姐，我听说，你在京大读研究生啊？”

“是的。”

“好厉害，那你读书一定很厉害。”

“一般。”

孔斐然小声嘀咕着：“你可不要太谦虚啊。”

唐宓摇头：“我不是谦虚，比我优秀的人，学校里还有不少。”

孔斐然撇嘴，用“我知道你是安慰我”的脸部表情表达了自己的不相信。在此之前，她已经从自家母亲那里听说了唐宓的种种光辉事迹，深知这位表姐绝对是成色最足的那种学霸。

唐宓对这个飞来的表妹感觉不错——她天真活泼，想什么都表露在脸上，目光里心机全无，没有江家人的装模作样，唐宓不介意多一个这样的妹妹。

“世界上有很多优秀的人才。”唐宓指指她那花里胡哨的最新款手机，“在你看来，好玩的手机游戏只是打发时间的工具，但在有些人看来，那不是游戏，而是算法和公式；再比如，遇到一个复杂的问题，你花了五分钟想出对策，但是对真正优秀的人，五分钟时间足以让他们想出十种对策并且选出最佳的那种。”

“这，这样啊……”

孔斐然讷讷着不知道说什么了。其实她没太理解表姐的话，听得似懂非懂。不过她也能确定，这位表姐嘴里的“优秀”，和自己完完全全不在一个境界。

唐宓也没打算充当她的老师教育她，转而问：“你念几年级？”

“我上高二。”孔斐然很高兴她转移了话题，“不过我没什么可能考上京大，我爸妈说到时候送我出国。”

那就是说，她大约比自己小六岁，比明朗也小一点。

“出国也不错。”

“嗯，我也这么想。大家都出去，好像我也只有出去啦。”

“好了，到了。”孔斐然收好了手机，伸手指了指前方的墓碑，“表姐，舅舅在这里。”

宁海不是北方，就算是冬天，依然绿树成荫，无数松柏之下，一座座墓碑安静矗立，气氛更显肃穆。恰好前几天宁海下了雨，冲刷得墓碑很干净。

方形的黑色大理石墓碑上刻着一个名字——江凌柏，名字上方的照片不大，但是照片里的人是那么年轻、那么俊美。

唐宓凝视着墓碑上的照片。

真的好年轻啊，皮肤一点皱纹都没有，清俊眉眼透露出一点年轻人特有的朝气。

二十四岁，仅仅比她现在的年龄大了一岁。

二十四岁，本可能是开创无限未来的时候。

多么难以置信啊，这么美好的年轻人，无论如何都不应该死于意外事故。

傅女士走到墓前，用毛巾把墓碑擦得干干净净。

“孩子，你女儿来看你了。”傅女士抚摸着瓷像，轻声说，“过了这么多年才带她来看你，真的对不起。”

气氛虽然哀伤，好在她并未流下眼泪。

再深切的悲痛，经过时间的洗刷，也会不由自主地慢慢淡化。

江老看着唐宓：“你把花拿过去吧。”

唐宓从来不知道自己父亲被安葬在什么地方，她不太想这个问题。

小时候，她偶尔会做一些关于父亲的梦，梦中的父亲眉目不清，但总会带着糖果玩具礼物出现在唐家村的村口，笑吟吟朝她走来，然后在她看清父亲的相貌之前惊醒。

爱因斯坦认为，质量和能量是一回事，时间和空间也是一回事。“父亲”这个概念，被时间和空间远远隔开，淡化成一个看不清的影子。

再长大一点后，她终于不再做梦，用绝佳的自控力强行从大脑里砍去了关于“父亲”的所有可能。对她来说，生活是一场无休止需要投入所有时间和精力才能打赢的战争，和外婆、学业无关的一切事情，她都不想思考。

历经了那么多时间和空间之后，她终于站到了父亲的坟墓前。

唐宓俯身，轻轻放下手里的鲜花。清冷的百合花倒映在黑色光华的墓碑上，一白一黑，对比十分强烈。每年过年的时候，她都要去母亲墓前扫墓——母亲的墓就在唐家村后山，普通的石碑上写着她的一生，母亲最后的居所面对着苍翠的大山和清澈的河水，坟上野草长过一茬又一茬，除之不尽。

她想，父母生前不能在一起，死了也不行，依然葬在两地，真的是没缘分。

江源生把果盘摆好，抬起头看看唐宓：“不跟你爸爸说点什么吗？”

有什么可说？

她看着墓碑上俊美的年轻人，想，人都已经死了。

“当年那个司机，最后怎么处理的？”她最后问道。

“坐了五年牢。”傅女士说。

二十四岁的年轻生命，仅仅换来肇事者五年的牢狱之灾。

“当年我们赶走你妈妈，真是错得离谱。”江老缓缓开口，“阿宓，别恨我们。”

唐宓摇了摇头，没有解释“我不恨你们”之类的话语，她看着墓碑前的两位老人，忽然觉得，比起几年前的暑假在唐家村第一次见到他们，他们也老了。

回到市区，时间已经走到了中午。傅女士在回程的车上提议，唐宓去江家吃午饭，再送她回唐卫东那里。坐上对方的车了也是没辙了，唐宓想了想，只能应允了这个提议。江家的房子是套别墅，就在市区内环，以宁海的房价，能在市内有一套别墅，充分说明了江家的财力和地位。

她跟在孔斐然身边直接走进了饭厅。饭厅很大，隔着饭厅的玻璃，她看到了漂亮的花园，绿树繁花，和这个季节简直不搭调。

阿姨正把炖汤和各色菜系一一端上来。唐宓在长桌的一边落座。饭菜极其丰盛，偌大一张桌子被各种式样的盘子挤满了，放眼看去，山珍海味应有尽有，各种食物精美得堪称艺术品。

唐宓这辈子吃过最高档的饭，也就是大三在国投实习的时候，和部门的领导一起出去在装修精致典雅的高级餐厅包厢里吃的那顿，当时餐桌上的那些菜品绝大多数唐宓闻所未闻。彼时的那顿饭和此时相比，居然尚有不足。

“阿宓，你尝尝看，不知道合不合你的口味。”傅女士笑着说。

江家人的小心翼翼她是百分之百地感觉到了——对待她就跟个瓷器花瓶一样，她觉得这种态度也不坏。

她在众人的注视下，以一种做作业的认真态度，开始吃饭。

傅女士把各种菜往她面前推，并且试图用公筷给她夹菜。唐宓抬头看了她一眼。她想起了外婆，在家里吃饭的时候，那么小的桌子，伸手就可以夹到菜，但是外婆还是把盛菜的盘子往她面前推，几乎快要碰到她的碗才肯罢休。

“妈，让小唐自己夹菜好了。”江源生笑眯眯打岔，“小唐又不是外人。”

“是啊，不是外人。”傅女士放下筷子，抱歉地跟唐宓一笑，“你姑姑说得对，多吃点。”

“谢谢。”

面前这顿饭的口味还算不错——比大学食堂的略好一点，比外婆的饭菜差一点。

住校多年，她不自觉地养成了吃饭速度很快的习惯，等她放下碗筷的时候，在座其他人还在细嚼慢咽。

孔斐然再次震惊了：“表姐，你吃饭速度真快啊！”

江源生也问：“是不好吃还是吃不惯？”

“都不是，习惯了。早点吃完饭就可以早点回教室看书。”

孔斐然吃惊地笑了：“有那么夸张吗？这能节约出多少时间啊？”

唐宓说：“时间会积少成多的。”

她能通过勤学苦读从那么个偏僻的小山村走出来，到达如今的程度，所付出的勤奋和汗水绝不是普通的学生可以比拟甚至想象的，说出来的话自然有金石之音，听得孔斐然讷讷不敢言语。

孔先生敲了敲女儿的头："听到没有，所以你学习没有姐姐好，要多跟你姐姐学学。"

"我知道了，爸爸。"孔斐然抱着孔先生的胳膊撒娇。

孔先生微笑着摸了摸女儿的头发。

有孔斐然的活泼参与，扫墓所带来的阴霾渐渐从众人的意识中散去。

傅女士食量也不大，她放下筷子，看着一家人其乐融融，心里有着难得的满足感，在饭桌上说起闲话来："难得一家人齐全了，这事儿还要感谢泽文呢。"

唐宓瞬间抓住敏感词："泽文？李泽文？"

傅女士心情不错，微笑着回答："是的。李家的老大，你应该认识他吧？他的弟弟，李知行是你同学。"

唐宓大脑混乱了一会儿，但极高的智商让她很快镇定下来，回答："是的。是他和你们提到我的吗？"

"是啊。"傅女士回忆着徐徐道来，"几年前我们在一次活动上遇到他，他跟我们提起你，我们才明白过来，原来我们还有你这个孙女。否则，都不知道我们家要被李如沁瞒到什么时候。"

"那是什么时候的事情？"

"你大一的暑假，知道这事儿后我和你爷爷去了唐家村找你。"

"这样啊。"唐宓吃惊之余也陷入了思考。

没想到，促成江家来寻找自己的，居然是李泽文。

她有很长时间没有再跟李泽文联系也不知道怎么才能跟他联系，对他的近况一概不知。但李泽文不惜浪费自己的时间帮她解决那些难堪的麻烦，她一直感恩在心。这几年来，她的阅历也有所增加，仔细回想起和李泽文接触的寥寥几次，越发觉得李泽文这个人深不可测。他绝不会无的放矢做什么事。

大一的暑假——彼时她和李泽文的交集几乎是零，她完全不知道自己的身世，李泽文却已经一清二楚。不过，这或许不值得奇怪。以李泽文的能力，也许可以搞清所有事情的真相，前提是，他自己愿意。

但是，为什么？

她和李泽文谈不上"交情"二字，对他的了解也堪称稀少。

李知行这位神秘莫测的兄长，到底是以什么心情和想法，将江家和自己联系在一起的呢？

唐宓怀着奇怪的疑惑，过完了这个宝贵的寒假，返校继续学业。

下学期开学后第一周，在一次和导师的例会之后，章斌把唐宓和陈卓航留了下来，递给两人一份文件。

"我们学院今年和伯克利有一个为期半年的交换生项目。"章斌说，"只有一个名额，你们可以试试。"

两人都有点吃惊。研究生课程时间很短，交换项目通常不容易开展，即便展开名额也有限。这次的合作项目是学校和对方高校刚刚谈妥的，机会非常难得。

伯克利的商学院是美国最好的商学院之一，对交换生的条件要求比较高，比如绩点、GMAT 的成绩，唐宓吃惊地发现，硬件条件自己居然完全满足了。

陈卓航仔细看了看要求，非常遗憾："GMAT 的成绩我没有。不过唐宓是考过的。"

"考试成绩如何？"章斌看了看唐宓。

"大四的时候顺便考了一下，比要求的成绩高一点。"

"那就是很好的成绩了。"章斌满意地点头，"那你回去准备资料，在规定日期交到学院去。学院通过之后，我给你写推荐信。"

唐宓有些犹豫："可以吗？"

"能去伯克利交换的硬件要求很高，学生里能达到这个标准的估计不超过百分之五，再加上我也会推荐，你很有希望。"章斌说，"在这个行业，有海外背景会更利于发展。你是应该出去看看美国的商学院是如何学习的，毕竟读万卷书不如行万里路。"

"我考虑一下。"

这事真的是大事，唐宓确实难以决定。硬件条件虽然满足，但要出去可不是那么简单，光是学习目标的文章都要写个两三篇，而且如果被选中，还有非常多的麻烦事儿，各种办手续、找房子、换汇、迎接面试等。

她为了学好本专业的课程，已经很努力了，哪有那么多时间做这些杂事。

她有些纠结地离开办公室，陈卓航看了她一眼，若有所思。

"那个，你那个表哥，李知行也在伯克利吧？"

唐宓一愣，抬头看着陈卓航。

"本科的时候，你和他关系很好，常常一起上自习，系里的同学都知道这事儿，我怎么会不知道。"

"……"

"我觉得你可以申请看看。"陈卓航认真地说，"你是我见过的最聪明也是学习最认真的人，输给你我没意见，但我可不想这大好的机会被其他人抢走了。"

唐宓不可能因为陈卓航的说法就定下当交换生的宏伟目标，但为了不违背老师的意思，她也开始准备材料了——她纯粹是去试一试，据说学院里符合条件的人有好几位，统统提交了申请，就算她去竞争，也未必能选上。

结果却让她意外，三月中旬的时候，院办给了她通知，告诉她选上了交换生名额。

她原以为自己是去成为分母的，没想到成了分子，整个人呆若木鸡。

"这种项目自然要选最优秀的学生去，你实至名归。"章斌毫不奇怪，"我的学生都选不上还有谁可以选上？去写交换计划书吧。"

唐宓唯唯诺诺地答应，但还是有些犹豫。

出国交换四个月啊！这可真是她人生中的大事。她抽时间回了一次宁海，跟唐卫东咨询这事。

唐卫东叫她出去："不是说你在国内学不到东西，但是金融经济这类专业，毕竟是西方社会的产物。见识下西方的商业学院的培养制度，了解他们的思维方式，对你以后的发展有好处。"

外婆也是一样的观点，说有机会就要争取。她说，唐雪当年想读书都没机会，现在机会送上门了怎么可能放弃呢?

"差钱的话，我这里有。"唐卫东说。

"我有钱的。"唐宓摇头，"高中毕业的时候，舅舅你给我的那笔钱还在。"

当年唐卫东给她的那笔钱是十万，这十万不但还在，而且还有多——她试着炒了几次股，小赚了一点，足以抵消这些年的通货膨胀，这笔钱负担往返的机票和在美国四五个月的生活费，完全足够。

唐卫东对她鼓励地笑。

"那就没什么可担心了，去试试。不出去闯一闯，怎么会知道天有多高呢？"

"嗯……"

回京的火车上，她接到了李知行的电话。

当时唐宓正看着高铁外的风光思索出国交换生的利弊，看着手机上的一串古怪号码，接听了电话。这大半年来，两人联系一直没断，大多数时间是视频聊天，直接打电话的时候也是有那么几次。

"唐宓。"李知行半句废话没有，"你要来伯克利？"

唐宓吓了一跳："你怎么知道的？"

"你舅舅打电话告诉我的。"

唐宓抿了抿嘴，想着舅舅的嘴居然也挺不严的。

"也不是百分之百，学院给了我一个去交换的机会，但我还在考虑。"

"机会很难得，我想你的导师也跟你说过了，往年京大的交换生很少来伯克利这种顶级名校的。"李知行很认真地说。

"可那是去美国啊……我不知道自己能不能习惯。"

李知行微笑："不用怕，有我在这里。"

窗外的风光一闪而过，唐宓抿了抿嘴，轻轻"嗯"了一声。

她回到学校就马不停蹄地准备剩下的材料，再次递交到院办后的两个星期，学院通知她，她可以开始准备护照和签证了。出国这事儿，她没有任何经验，在她摸索阶段，李知行发了一封长达几千字的邮件过来，密密麻麻写上了一切注意事项，譬如面对签证官应该如何回答，还有需要带去美国的资料和行李。

"真的很复杂。"她感慨道。

"这可不是从一个省到另外一个省啊。"李知行在屏幕那头说，"好歹也是出国留学，手续不会太少。"

"确实是。"

他最后强调："有不懂的问题就打电话问我，随时都可以。"

唐宓点头："好的。"

李知行那边到了凌晨，两人聊了几句日常生活后，唐宓关掉了视频。

她看着显示屏上详尽的文档发呆。

出国的事情已成定局，再想其中的困难就是无病呻吟。去国外交换半年从哪个角度来说都是好事，她也并不会为无法习惯、学业跟不上的问题而担心——李知行的存在，才是让她忧虑的源泉。

她一直知道，她完全不必在意在美国的生活和社交问题，压根不需要她开口，李知行会帮她处理所有的麻烦事。他会帮她适应学校，帮她安排好她在国外的一切，她什么都不需要担心。夸张地说，哪怕她一分钱不带去美国，估计都不用担心。

唐宓从来不是那种自作多情的人，她也很少去想所谓的"感情"这回事，但是如果对方是李知行，这事儿就另当别论了。

李知行曾经明确地和她表白，被她拒绝之后又退回了朋友的位置。

以李知行的条件，暗恋者不知凡几，退一万步说他眼光太高看不上等闲女生，但他身边至少有一个被他父母认可的俞希白。被她拒绝后到现在，三年时间过去，他身边一直没有女友。

所有事实都实在让她怀疑，李知行是否还喜欢自己？

对方捧着金山送到她的手心，她却矫情地表示不要，那对李知行来说，恐怕也是一种伤害。

可是，她又拿什么去偿还他的付出？

| 第十一章 |
继续做校友

八月末的时候，唐宓登上了去美国的飞机。

临行前江家人坚持要来机场送行，唐宓拒绝无效，因此不得不在机场和本来就不熟悉的江家人上演了一场不算亲热的送别大戏。她从首都机场离境，跟外婆舅舅的道别已经在宁海完成，因此对这次送别实在打不起精神，对方问就答上两句，不问的话她也乐得安静，半点都不会尴尬。

无论她的态度如何，江家人则在努力履行义务。傅女士是做进出口贸易的，在国外的关系可谓根深蒂固盘根错节。她给了唐宓若干联系方式，说她到美国后如果遇到问题可以跟这些人联系，末了又用殷切的目光看着她："留着吧，只是为了以防万一。"

唐宓不甚在意地点头，干脆地拖着行李走进海关。

江源生看着她离开的背影，跟傅女士摇头感慨："果然还是那个脸啊。"

说归说，她岂能不知冰冻三尺非一日之寒，唐宓能有今天这个态度其实还算改善了不少，江家上下其实应该谢天谢地了。

"阿宓怎么想是她的事情。"傅女士再次回头，依依不舍地看着唐宓的身影，"总之，要尽到我的责任。"

所谓的责任感，其实只是自我满足罢了。之前的二十年，唐宓没他们，不照样很优秀？江源生其实很想说这番话，但她看出母亲神色里的依依不舍，到底没忍心说出这话伤害母亲，只得出言宽慰："妈，我看真不用担心，唐卫东说了，李家的那个小公子也在伯克利，两人同学一场，他会帮忙的。"

傅女士沉吟着："他们是什么关系？"

看着母亲有点想多管闲事的样子，江源生摇头劝道："妈，走一步看一步吧。年轻人的事情，我们就不要管那么多了。"

傅女士长叹一声，不再多言。

机场出口处，黑色奥迪恰好驶到两人面前停下，母女两人上了车，驶离了机场。

傅女士默默抬起头，只见一架空客 380 划破蓝天白云，消失在云层尽头。

十多个小时的飞行绝对是唐宓这辈子最难忘的旅行之一，平生第一次乘坐飞机就是跨国航班，飞机越过茫茫北极前往异国。

她的邻座是典型的美国中年男人，身材高大，留着一把棕色大胡子。他很喜欢聊天，唐宓调动了全部的英语细胞，勉强跟上了他的思路。大叔是位天体物理学家，目前在一个研究所研究遥远世界的天体。唐宓不是唯学历派，但听闻对方物理学家的身份，依然肃然起敬。

他对着飞机大发感慨：“可惜还是飞得太低了！”

唐宓虽然听懂了这句话，却完全没懂他的意思。

大叔说：“我们现在在离地一万米高的空中飞行，看上去似乎很高，可是对星际旅行来说，几乎近得好像连家门口都没踏出去。”

他随后又感慨经费紧张，各种干扰变多，研究天体物理越来越困难：“人类啊，可惜只能看到自己眼皮子底下的一小块地方！鼠目寸光啊。”

她大学虽然没学物理，但物理水平不低，点头赞成了这种说法。

大叔知道她是去美国做交换生的，又说起自己的研究所里也有很多中国学生，称赞她口语不错。

这番交谈让她对自己充满了信心，努力学习英文的成效终于体现出来，连地道的美国人都认为她口语不错。

十多个小时的飞行之后，飞机终于安全着陆。唐宓和大叔道别后，拖着行李过了海关，海关的安检人员翻了翻她的证件，没过多盘问，大手一挥，让她过关。

唐宓深吸一口气，拖着箱子迈步走出了旧金山国际机场的航站楼。完全陌生的异国环境，举目望去都是高鼻深目的外国人，说着各种各样的语言。

她从出站口离开，走过长长的通道，外面是熙熙攘攘的人群，交谈声此起彼伏。她抬起视线准备寻找李知行——却发现根本不需要——李知行就站在接机的人群最前方，健步如飞走到她面前。

“唐宓。”

异国他乡听到熟悉的语言，唐宓不自觉弯了弯眉，冲李知行露出轻松的笑脸。

李知行几乎没怎么变，眼眸明亮，似乎只被晒黑了一点。他穿着白衬衫牛仔裤，高大而挺拔。李知行身材一直非常高大，就算在西方社会中也不会被黑人白人比下去。

李知行很想伸出手去给她一个拥抱，但到底克制住了自己，定定看了她几秒——唐宓丝毫未变，晶莹白皙的面孔，猫眼石一样的眼睛，眼神一如既往地清冽透明。虽然两人一直有视频联系，但真人站在自己面前那种感觉实在太不一样——等自己的心跳平静下来，他露出一个无懈可击的微笑：“累不累？”

“还好。”

李知行根本不信她不累，算下来前后在飞机上待了十四个小时，更别提还有时差问题。

“箱子给我。”

“我自己拿就是——”

“你看好自己的书包。”李知行不容分说，夺过她手里的行李箱，“我的车在外面的停车场，走三分钟就到了。”

唐宓跟上去。

李知行的车是辆福特，铮亮的车身在阳光下闪闪发光。车内空间挺大，没有任何稀奇古怪的内饰。唐宓规规矩矩地坐在副驾驶上，扯过安全带系上。

“李知行，谢谢你来接我。”

“有什么可谢的？就算不是你，留学生协会的其他人找我帮忙接机，也完全没问题。”李知行莞尔，“暑假里这点时间还是有的。”

唐宓想了想，是这个道理。

正是夏季，汽车在烈日下暴晒了快一个钟头，车内热得好像蒸笼。李知行把空调打到最大，从后座拿了瓶水旋开瓶盖，笑着递给她。

“累的话，就在车上睡一会儿。现在开车回学校也要一个多小时。”李知行说。

“我不困，在飞机上睡了不少。”唐宓老老实实地说。

“飞机上怎么可能睡得好。”李知行不以为然，“绝对会睡得脚疼腿胀。”

唐宓说：“还好，我没有那么娇弱的。”

“我知道你不娇弱。”李知行道，“但这是人体结构的问题。”

唐宓莞尔，嘴角扬起了笑容。

“好了，咱们走吧！”

车子驶出了停车场。李知行开车很稳，为了照顾她的新鲜感，速度也不快，让她有足够的时间打量这片新奇的大陆。

李知行笑微微地和她说话：“我真的没想到，研究生阶段还可以跟你当校友。”

唐宓想起来，这的确是一番机遇。她点头：“是的，我也没想到。”

“大四毕业的时候，我还在想，是不是要毕业回国才能再次看到你，可真的比我想象的快。”李知行的心情真的很轻松。

“计划不如变化快。”

李知行笑起来：“的确是的。旧金山可以逛的很多，金门大桥、九曲花街，还有全世界最有名的硅谷，过两天我带你逛逛。”

唐宓点头：“好啊。我听说硅谷有个计算机博物馆？”

“有的，我一次都没去过，虽然作为CS⑧的学生好像说不过去。”李知行问，“你现在对计算机有兴趣？”

“我也不知道，走之前黄明明跟我提起过。”唐宓说，“我也想了解一下计算机的发展史。”

“黄明明？”李知行挑眉，“你现在和她关系不错？”

“还可以，她教了我很多编程方面的知识。”

“果然一旦离开跟踪狂的道路，就变得像好人了啊。”李知行撇嘴。

唐宓忍不住失笑，清脆的笑声溢满了每个角落。

⑧电子计算机专业的简称

李知行侧头看她，她开朗了不少，挺好。

两人说笑着，车子开过了跨海大桥，唐宓摇下了一点车窗，咸湿的海风吹在脸上，广袤天空散发着蒸腾的热气，一辆敞篷跑车从旁边超了过去，车子里的男女穿得非常招摇。

“旧金山的人口构成非常复杂，各个民族都有。”李知行略带笑意地解释，“华人非常多。”

“嗯，我也发现了。”的确，路上行走的很多路人，都是黑发黑瞳。

“伯克利的中国留学生相当多，你会习惯的。”

李知行的公寓在校区的外围，他看唐宓精神不错，干脆开着车绕着中央校区在校园里慢慢兜了三百六十度一个大圈，导游般介绍了每栋教学楼的功用。唐宓也看得心满意足，夕阳下的伯克利校园极为漂亮，草坪、灌木和各种树木在白色建筑物之间纵横交错，因为暑假阶段，校园里学生不太多，同学们或骑车或步行，背着双肩包，个个行色匆匆。

“原来也可以骑自行车啊。”她感慨，“还以为人人都开车呢。”

李知行说：“算不上人人，留学生有车的比例也没那么高。旧金山的公共交通挺发达，比大多数美国的城市好多了。”

“那看来，来旧金山还是来对了。”

“如果你要买自行车的话，我可以帮你联系。”

唐宓摇头：“不用买的，我就待四个月。”

“嗯。”

李知行就是随口一提自行车的事，她有没有交通工具压根不要紧，反正他可以当司机接送。

“就是这里了。”

李知行驾车拐了个弯，在一栋六层公寓楼前停了下来。

“这套公寓和学校很近。”唐宓下了车，又眺望来时的路，蛮有把握地说，“嗯，我已经记住路了。”

李知行忍不住失笑，锁上车，带她进电梯上楼。

“从这里去学校不到两公里，走路二十分钟左右。”李知行说，“已经是我能找到的性价比最高的公寓了。”

李知行的公寓在四楼，是个二室一厅的房间，客厅和开放式厨房连在一起，显得很大。唐宓一眼望去，只觉得客厅东西还蛮多的，但收拾得干净整洁。之前和李知行数次视频聊天，她也大致熟悉李知行的公寓结构，然而自己身处其中，以赵幸丹的话说，“从二次元进入了三次元”，那真是截然不同的感受。

“随便坐。”李知行从冰箱里拿出水果。

“你帮我找的公寓在哪里？”唐宓问。

“就在楼下三楼。”李知行说，“你的室友是学材料的女生，叫纪文静，来美国第三年，是咱们的学姐。不过她现在出去旅游了，三天后才能回来，她回来后你就可以搬过去了，纪学姐性格不错，利索洒脱，你们会合得来的。”

唐宓连忙点头。李知行这人说话有一句就是一句，他说合得来，那这位师姐肯定人不错。

“不过这几天，你就在我这里住吧。”

唐宓再次打量了一下这套二室的公寓，“呃”了一声：“我应该……去哪间？”

“这里。”

李知行打开了一扇房门，让唐宓进去。

“你把行李箱收拾一下，把必要的东西拿出来就可以。”

这间房不算大，但东西真不少——书桌上都是电子产品，台式机一台，打印机一台，扫描仪一台；组装书柜上塞满了大部头的英文图书，复印和打印的资料比书还多，在单人床的一角堆成了若干堆。一米二的单人床上铺着蓝白相间的床单，显得非常整洁。

唐宓略一迟疑，“噌噌”两步从房内倒退出来：“李知行，这是你的房间吧？”

“是我的。”李知行一直微笑着靠在墙边看着她，此时出言解释，“放心吧，床单被子都是新的。”

“不，我不是这个意思，我怎么能用你的卧室。”唐宓认真地说，“你不是还有一间房间吗？我去那一间住就可以了。”

“那一间不行。”

“哎？为什么？”

李知行摇头：“我这里常常有人来，喝酒喝多了一群男生乱七八糟地睡一屋也是有的，你不能去那里住。”

“没关系的，我不介意。”

“你不介意我介意。”李知行把她推进自己的房间，语气也略微郑重了几分，“就在我的房间睡。”

“好吧……”

唐宓是觉得，自己是在人家这里借宿，有的住已经谢天谢地了，完全没必要对房间挑挑拣拣。但主人的意思，她觉得自己还是要听从的。

看着她放下了行李箱，李知行把手机递过来：“现在这个时候，国内是早晨，用我的手机给你舅舅和外婆打个电话报平安吧。”

“嗯嗯，好的，多谢。”

她本来打算连上网络后就打电话回去，但李知行想得比她更周到。

李知行的手机上本来就有唐卫东的联系方式，她把手机架好，规规矩矩地坐在书桌前，拨通了电话。

片刻后，唐卫东在那边跟她笑了笑——国内是早上七点多，唐卫东刚刚锻炼回来。

“已经安顿下来了？”

“是的，到大学了。”

唐卫东点头：“这是你的公寓？”

“不是，是李知行的。我房子的室友还没回来，我过两天才能搬，暂住在他这里。”

“那也行。”唐卫东点头，他对李知行的为人还是很放心的。

“过阵子有空了我就去看明朗。”唐宓跟舅舅说。

“有时间就去看吧。”唐卫东点头，“太忙的话就算了。”

交谈几句后，唐卫东叫来了外婆和她聊天。

片刻后，外婆在视频那头惊诧地看着唐宓：“哎呀，怎么能看到人了？”

“妈，是网络电话，所以可以看到了。”

外婆恍然大悟，随后叮嘱唐宓好好吃饭，如果不习惯的话要克服困难，认真学习。

唐宓一一点头，乖巧地答应着。她很少从外婆那里听到这样的长篇大论。从小到大，外婆对她的管理颇为放松，不干涉她的任何事情，外婆对她有着一种莫名的信任。八年前她一个人去宣州念高中，五年前她独自前往燕京上大学，临行前外婆对她的叮嘱都没有这么多。

二十分钟后，唐宓满足地挂上电话，又换了身衣服来到客厅，然后吃了一惊。李知行系着围裙，正在厨房做饭，烧烤肉类的香气四溢。

住在别人家也就罢了，还要主人来做饭，唐宓挺不好意思，连忙说：“我来吧。”

“没事，我都做完了。”

李知行示意她在高脚凳上落座：“那我们吃饭吧。”

她坐下来，看着李知行把煎好的小牛排和意大利面端上来。

“今天暂时吃这个，我不太会做中餐。”李知行解释，“将就吃一下，别嫌弃。”

一瞬间她脑子里诡异地冒出一个念头，有人做好了饭送到嘴边，这感觉好像并不算很差。

唐宓连忙说：“我对吃什么不挑剔的。”

“我知道你很好养活的。”李知行扬起眉毛，笑起来，“尝尝看。”

唐宓低下头吃了一口意面，黑胡椒的香味很新鲜，意外的不错。

她露出大大的笑容：“很好吃。”

李知行看她腮帮子微微鼓起来专心吃饭的脸庞，心情愉快得很，他不会觉得麻烦，简直求之不得。一年时间过去，能在美国再次见到她，这种幸福感就像中了什么大奖一般。

“你喜欢就好。过几天我带你去唐人街，吃一吃正宗的中餐。”

“美国有正宗的中餐？”

“有的，别小看全球化的力量。”李知行摘下了围裙，和她对坐吃饭，“当你在学校吃了几个月西餐之后，再去唐人街吃上一顿正宗的中餐，你就会明白幸福的味道了。你要知道，这个世界上，有些食物，是会好吃得让人眼泪都掉下来的。”

唐宓微笑：“那好啊，我很期待。”

作为新生，接下来两天唐宓都很忙碌，需要处理的事务很多，比如换手机号，去学院报到见老师和项目负责人、申请银行卡等种种事务——这其中李知行的帮忙不可忽视，要是没李知行这种熟人带，估计唐宓还要花至少两倍的时间处理这些杂务。

李知行在美国也不改本色，交游广阔朋友很多，顺带着唐宓也被介绍给他的各种同学朋友。

她身材修长纤细，容貌十分精致，即便在深目高鼻容貌普遍很突出的西方社会里，也显得相当夺目，因此得到的好感度非常高，不需要费半点劲就融入了李知行的社交圈。

听着李知行用极其流利的英文和各国学生交流，唐宓觉得有趣，又觉得惊讶。她以前就知道李知行英语很棒，现在终于有了一个直观的认识。

“你真的很厉害，你们的玩笑我都半懂不懂。”

“重点是找准自己的定位，明白美国人的思维方式。”李知行解释说。

“弄清思维方式……这不是那么容易的吧。你到美国也没多久啊，就算是高中做过交换生也就两年吧？”

“不全是。”李知行笑道，“我小时候的英语家教老师就是一个来中国的美国留学生，教了我足足好几年呢。”

“……”

唐宓抿嘴看他，彻底没了语言。

“怎么不说话了？被刺激啦？”李知行拿着水杯，和她的杯子轻轻一碰，发出清脆的“啪”的声音。

“我是恍然大悟。”唐宓说，“难怪你的英语这么标准，几乎听不到口音。”

“能正常交流就好，口音准不准有什么要紧。”李知行说，“又不吃翻译这碗饭。”

“这倒是。你的家教老师现在呢？”

“还在中国呢，她是个彻头彻尾的中国迷，根本不想回美国了。”李知行说，“回国后我带你去看她。”

开学前两天，唐宓的室友纪文静旅游归来。唐宓和她见过之后，把行李从四楼搬到了三楼，占据了纪文静公寓里空余的那间屋子。纪文静是典型的理工科女生，性格豪爽，为人大方，笑容非常亲切。

为了庆祝唐宓的这次搬家，三个人在李知行的房间里一起吃火锅。

旧金山什么都有，国内的火锅底料牌子也是有的，地道的火锅香气飘起来，纪文静满足地吸了口气。她刚刚旅行归来，疲累不堪，这顿火锅极大地缓解了她的疲劳。

“这味道真不错，好久没吃到这么正宗的火锅了。”

唐宓觉得这火锅味道不如国内的火锅店，不过她没有指出来，毕竟纪文静都两年没回国了。

“师姐喜欢就随便吃。”

李知行这个“店主”很尽责，笑着给纪文静布菜。

两人楼上楼下，平时打交道很多，关系可谓非常熟稔。一直以来李知行都很欣赏这个豪爽的师姐，尤其是这次她答应租房子，让李知行更是感动。这栋公寓距学校近，价格也很合理，一直以来都很抢手。如果纪文静找室友，至少二十个人会踊跃排队，唐宓绝不是最佳的选择。

谁也不希望室友变动太多，唐宓交换的时间短，今年年底就要离开，到时候纪文静又要找新的室友，很麻烦。但纪文静还是愿意看在他的面子上出租房子，光这一点，就足以让他感激了。

纪文静感慨：“李知行，没想到你还挺贤惠的嘛，平时只见你忙忙碌碌，也没见你在家里煮过几次饭。”

“开学了也没时间折腾了。”李知行摊手。

“这倒是，辛苦的一学期又要开始啦。”

纪文静拉开了一罐啤酒，又问唐宓要不要，见她摆手拒绝也不在意，自己先喝了口。

吃饭过程中，三个人聊起自己的学业，虽然三人不同专业，但无论是唐宓还是李知行都有很不错的理工科背景，聊起来有不少相通之处。

“说起来你只交换半年，多好啊。”纪文静各种羡慕，“可惜我还要再啃三年PHD，想起来就生无可恋。”

“吃得苦中苦，方为人上人呢。”李知行微笑道，“师姐，你毕业后就可以挣大钱了。”

“唉，在国外读书哪有不吃苦的呢。”纪文静拍了拍唐宓，“一起努力吧。”

吃过火锅后，李知行继续对着电脑写代码，唐宓回到房间，一样样整理自己的行李。

纪文静靠着门端着杯子慢慢喝水，跟她介绍屋子：“厨房的东西你随便用，各种电器都有，也是全的。你新来乍到，如果发现需要什么或者缺什么，就跟我商量。”

唐宓无比感激：“太好了，学姐，真的很谢谢你。”

“不用客气。”纪文静说，“在一个屋檐下，互相帮助是必须的。”

高中大学近十年住校生涯，唐宓当然明白一个屋檐下互相帮助的必要性。

“吃饭的话，看你和李知行的安排吧，我中午是在学校吃，有时候自己做饭，偶尔跟李知行一起搭伙吃饭——没办法，美国的东西又贵又不好吃。”

“嗯嗯。”

“开始上课后，早上你可以搭我的车去学校，不过晚上就不行了，实验任务太重，我要在实验室里做实验。”纪文静说，“你晚上回来的时候，可以给李知行打电话，让他接你。”

唐宓点头：“我看距离也不远，走路回来也没问题。”

“时间早是没问题，太晚的话，还是小心点。”纪文静说，“美国的犯罪率你应该也知道，比国内高很多。伯克利的治安虽然还凑合，但也不是没发生过抢劫案。毕竟咱们学校人太多，周围环境也复杂，和普林斯顿加州理工那种小学校没法比。”

唐宓抬起头，心里微微一动。

“师姐，普林斯顿是什么样子？”

“学校非常漂亮，总共就没几个学生，白天走在路上都碰不到几个人，学生们不是在图书馆就是在实验室，忙得很呢。”纪文静猛然拍了拍手，“我暑假在东岸玩了一圈，因为大学同学有在普林斯顿读PHD的，也顺便去逛了逛。你要不要看照片？”

“啊，好的。”

两人走到客厅，纪文静把自己的笔记本翻开，给她看照片。

看得出来纪文静这一趟旅行很丰富，唐宓滚动着鼠标，看着照片里的风光——不同于伯克利的喧闹和热情，普林斯顿的校园确实美得惊人，白墙红瓦，绿茵大树，景色真的异常漂亮。

纪文静喜欢照相，照片里几乎都有她的影子，在看到某一张照片的时候，唐宓的手指停了下来。

那是张大合照，合影里有二十几个人。

“这是——”

纪文静点了点照片上一名长发女生介绍：“这是我大学同学。其他人嘛，都是普林斯顿念PHD的中国留学生，我去的时候，恰好赶上他们留学生的集体活动，于是拍了张合影。”

“原来如此啊。”

唐宓看着照片上的叶一超。叶一超站在第二排，穿着件蓝色T恤，脸上带着轻松的笑容，神态和此前一般无二；吕子怡站在他身边，对着镜头比了个V的手势，活灵活现的。

自从毕业后她和叶一超彻彻底底断了联系，没有电话，没有邮件，对方的近况一概不知。然而这个世界这个地球还是太小，原以为再也不会见到叶一超，没想到这么防不胜防，没有任何预告的前提下，在美国的西海岸，再次和叶一超不期而遇——虽然她现在只能隔着屏幕看他的照片。

她看着照片的时间实在是有点久，纪文静看她一眼，随便问：“怎么，有你认识的人？”

“是的。”唐宓点了点屏幕，“照片里有个男生，是我高中同学。”

“哪个？”纪文静凑过来看，“哦，是叶一超吗？”

“师姐你认识他？”

“谈不上认识，就一起吃了顿饭而已，但是想忘记他也很难啊。”纪文静笑着说，“我同学是学物理的，都研三了，对叶一超推崇备至，说他即使在天才成群的普林斯顿，也是最优秀的那一种人。这么高的评价，我当然记住了。”

唐宓完全同意这个观点：“完全没错，他真的是天生为了数学而生的那种人。”

纪文静“啧啧”感慨了几声：“不过呢，天才级别我等凡人羡慕不来，只有靠勤奋来弥补了。”

这话让唐宓心有戚戚。

“行了，你去忙你的吧。我得回去看书了。”

纪文静摆摆手，抱起笔记本回了房间，片刻后卧室灯光亮起，唐宓透过缝隙发现，她正靠在床沿啃书。

也真是辛苦，旅行回来还没休息就陷入了下一轮苦读，由此可见，正儿八经靠自己能力去国外名校读书的，都不可能浪费一点时间。

两周时间后，唐宓已经很熟悉美国的生活了。跟纪文静说的一样，外面吃和自己做各占一半，吃饭大部分时间是和李知行搭伙，每个周末，两人会开车去中国城扫一堆食物回来，做上好几个菜，比如卤上一锅肉，平时热一热就吃。她从小就学会了自己照顾自己，外婆在田地里忙的时候她总是一个人做好祖孙两人的饭菜，她自觉厨艺水平一般，做饭追求快速简单，但无论是李知行还是纪文静都对她做的饭菜赞许有加。

生活很顺利，学习也上了正轨。

唐宓是来美国学习的，她选了能力范围内所有的专业相关课程，课表几乎是满的。李知行知道她的聪明和努力，但是看着课表也有点为她担心。美国的课程和国内的课程不太一样，语言关是个问题，就算能克服语言关，课外作业也不那么简单。

唐宓掷地有声："每个学分都是钱啊！"

她用一种奇特的公式计算学分的价格。这四个月的机票和生活费是固定成本，学分则是变动的，选的课程越多，学分也就越多，每个学分均价越低，自然也越划算。

李知行听完，失笑道："这么实际的计算方式真是具有商学院特色。"

"我不能丢学校的脸。"唐宓说。

她是这个交换生项目开展以来的第一个学生，绝对要做到最优秀才能不辜负母校和导师。

她每天早晨搭李知行或者纪文静的便车去上课，因为课程多，学分也多，写各种各样的论文参加各种各样的小组活动。不得不说，美国顶尖商学院的学习环境确实优于国内，就连教材都编得更好一些，而图书馆里的资料和论文之丰富，在深度广度上无限地扩充了唐宓的知识面。她抓紧课外的每一分钟阅读国外著名经济学家的著作和最新论文，一个月下来，笔记至少记了十万字。

撇开语言上的陌生感，课程和作业的难度都和国内相差不太大，她完成得非常顺利，每次"paper⑨"都轻松拿到 A 甚至 A+，得到表扬是家常便饭。

出国之前关于"也许学习跟不上"的担心完全不再存在。

那种感觉特别奇妙——她知道自己的见识很少，虽然一路名校读过来，但阅历着实不算多，脑子里想的，就是本科毕业后找工作挣钱这等浅薄的想法。中学的时候，叶一超说自己以后一定要去美国深造的时候，她的内心除了佩服就是仰望，因为她压根没想过自己也能出国留学。因为仰望太久，她对伯克利这种世界名校一直心存敬畏，她觉得能在这种学校读书的人，一定各种完美各种优秀，优秀得让自己望尘莫及，于是内心更多了一分忐忑。现在，她却忽然发现，这些世界名校的学生也不过如此，怎么看，他们还不如自己厉害，那自己之前紧张忐忑个什么劲?

至于交友，同样让她大大意外了一番。

伯克利的商学院是个大杂烩，各国学生都很多，各族的学生都有。事实证明，能在伯克利这种学校读研究生的，都没有太草包的，小组活动的时候她对这点感受得尤其深刻。没人是草包，各种 IDEA⑩ 的碰撞让团队随时充满了火花，偶尔也有摩擦但是大问题不太可能出现。班上的每个同学都有长处，她的长处是数理类，在小组课题中，她通常做数学分析的工作。她从来不是那种很善于和人打交道的人，但她奇妙地发现，和这些外国人打交道没有想象中困难，甚至可以说，比较轻松。

"高度发达社会的优越性。"李知行说，"又因为你周围的同学群体比较高端，他们轻易不评判人。"

她虽然一直不在意周围的闲言碎语，但她很清楚，从小到大，自己一直是校园八卦的中心。她的身世、容貌、成绩、社交关系等，每一项都是别人叽叽喳喳的谈资，无形的压

⑨论文。

⑩ IDEA，全称 IntelliJ IDEA，是 java 语言开发的集成环境。

力压在肩膀上，尽管努力忽略，但情绪总归会被影响。

但是在美国，这种无形的议论少了太多，没人关心她出身于什么家庭，没人关心她有钱还是没钱，大家都太忙而且理智，没时间去当长舌妇。她觉得背后一轻。

“这样挺不错的。”唐宓很满意现在的情况。

李知行轻快地说：“接触外国人还算容易，不等于成为朋友也容易。”

她对和外国人成为朋友兴趣不大也没有这方面的需求。她只在学校待三个多月，总计十五周——成为朋友可不是区区这点时间可以搞定的。

唐宓指出：“但是，你的外国朋友挺多的。”

准确地说，李知行的中国同学外国同学都不少，他的公寓几乎是中国留学生的据点之一，因为楼上楼下的关系，唐宓也常常去他家拜访，李知行的交友之广确实让人佩服，可以说一句“往来无白丁”。

李知行说：“这么说吧，中国同学里有吝啬狡猾之人，美国同学中也有豪爽仗义的。”

“你是说，国籍和背景不重要？”唐宓问他。

“因为文化差异和地域差异，和外国人打交道不容易。”李知行说，“如果有相同的目标就不一样了，也就是古语说的，求同存异。”

她点头，对李知行的话深以为然。来到国外这段时间，李知行宛如导师一样指导她方方面面的学习工作，她学到的东西很多，这也足以让她对李知行除了感激之外，更多了一分尊敬。

| 第十二章 |
单恋最辛苦

在美国的学习和生活都很顺利，除了东西难吃一点，唐宓觉得在美国的生活远比起初想象的好，除此外还有点意料外的惊喜发生。

十月初的时候，她接到唐明朗的电话，他表示很欣慰自己的姐姐也来了美国读书，自己要来旧金山看她。

现在的明朗是什么样子，她也颇为挂怀。

于是唐明朗到达旧金山的那天，她和李知行都放下了手中的课题，一起去机场接人。洛杉矶和旧金山距离不近，开车需要一天，这绝不会是喜欢舒适的唐明朗选择的出行方式，因此他选择了飞机出行。

然后她就吃了一惊。

因为不是明朗独自前来的，他还带着个漂亮的女孩子款款走出机场，女孩子一手拖着行李箱一手挽着唐明朗的手臂，两人的关系一看即知。

女孩子白皮肤大眼睛，留着大波浪的鬈发，她染过头发，透出一股枫叶的金红，她不算特别高，修身连衣裙裤袜短靴的搭配，指甲上亮晶晶的炫人眼目，看上去就跟唐宓偶尔瞥到的服装杂志中的时尚女郎一般。

唐宓和李知行对视一眼，两人都在对方的视线中找到了答案——显然，由于唐明朗之前没有告知，他俩都不知道唐明朗还会带着一个妹子来旧金山。

唐明朗看到了两人，上去就和唐宓来了个热情的拥抱："表姐！你也到美国了啊！现在看到你真是太好了。"

唐宓莞尔，踮起脚拍了拍他的肩膀。

"我之前也想过回国之前去洛杉矶看你。"

"那也很好啊！LA[11]可以玩的地方很多的。感恩节假期的时候，你可以和表哥一起来LA。"

回答的是李知行："有时间我们就过去。"

"好呀。"

---

⑪ Los Angeles 的缩写，美国西海岸城市洛杉矶。为西班牙语，原意"天使之城"。

李知行和唐宓站在一旁，微微笑着，看了看明朗身边的女孩子。

唐明朗立刻会意，下一秒闪到了女生身边，拉过她的手一本正经地介绍："这是我的女朋友，贺优。"

贺优笑意妍妍，搂着唐明朗的手乖巧地叫了一声："表哥表姐，你们好。"

字正腔圆的普通话，这下子两人确定了这妹子应该是中国人而不是ABC[⑫]。唐宓和李知行两人都对她露出了礼貌的笑容，脸上半点意外表情都没有，仿佛明朗已经事先知会过，她出现在这里再合理不过了。

倒是唐明朗哈哈笑了几声，得意扬扬地说："表哥，没想到我有女朋友了吧！我就是特意不告诉你们，让你们吓一跳的。"

一旁的唐宓抿了抿嘴。这点事就想吓倒李知行，应该说唐明朗还是太单细胞生物了。

"你也二十岁了，应该找女朋友了。"李知行微笑着跟贺优寒暄了几句，又伸手拿过立在贺优身边的行李箱，"行李箱我来拿。我们走吧。"

贺优的行李箱至少是唐明朗箱子的两倍大，对一个女孩子来说，肯定是不小的负担。

贺优跟李知行甜美地道谢："表哥，谢谢你。"

"不用客气。"

李知行所看到的，比唐宓更多。唐宓只能看出贺优的漂亮时尚，李知行却发现，她的头饰衣服鞋袜都是奢侈品牌，闪烁银光的项链和耳钉绝非凡品，就连行李箱都是LV的新款;她的妆容也非常精致，精致到了无痕迹的程度，那是最高档的化妆品才能烘托出的效果。

唐明朗的生活费李知行门儿清，他自己花都不太足够，绝对供不起这个叫贺优的女孩子的一身行头。那就只能说明，这女孩子的生活标准就这样高大上。

唐明朗所在的学校，国内的富二代学生很多，贺优应该就是其中一位，而且是很特别的一位。这一趟旅行，他们坐了一个多小时的飞机，但贺优连头发都没乱一丝，可见下了飞机后她仔细地整理了着装；更有趣的是，刚刚她是自己拖着行李，没让唐明朗这个男友代劳。

四个人在停车场上了车，李知行和唐宓在前排，作为客人的唐明朗和贺优卿卿我我地坐在后排，一秒钟都不能分开的样子。

李知行一边开车一边问两位客人："饿了吗？待会儿要去吃什么？"

唐明朗大大咧咧地回答："表哥你定就好了。表哥你的品位我是完全相信的。"

"贺优呢？"

贺优笑得眯起眼睛："表哥，明朗吃什么我就吃什么。"

李知行点头。他本来就不打算完全尊重这两人的意见，不外乎是基于客气问一问，如果这两人提出什么生僻诡异的唐宓不喜欢的东西，他绝对会第一个打回去的。

好在两人都十分上道，没提出什么奇怪的要求。李知行看着唐宓："我们去吃中餐怎么样？"

唐宓想了想，点头。饶是她不是对"吃"特别挑剔的人，但在美国这一个多月里，也

---

⑫出生于美国的华裔，即美籍华裔

被美国的各种生冷食物摧残得够呛，能有机会略微改善一下生活，她完全不排斥。

“涮羊肉东北菜粤菜？哪一种比较好？”

“都可以吧……”唐宓弱弱地说。

李知行一锤定音：“那去唐人街吧。”

其他两人自然也不会反对表哥的意见。回市区的路不短，李知行是司机，搭话时间不多。于是唐宓难得充当了谈话的主力军。

唐明朗和她聊天，很高兴地说：“表姐，你还是来美国读书了。”

“也待不了多久，圣诞节一过我就要回去了。”唐宓回答得一本正经，问两人，“你们准备在旧金山待多久？”

“我们周一下午回去。”

“上课不要紧？”

“没什么，周一没什么课。”

“贺优也是吗？”

贺优笑着点头，又说：“姐姐，你叫我小优就可以啦。”

“好的，小优。”

唐明朗的问题挺多，连珠炮似的发问：“我爸身体怎么样？”

唐宓说了下舅舅的情况，她每周都会跟舅舅外婆打视频电话，对家里的情况如数家珍。唐明朗却有好一阵子没和父亲通过电话，他这几个月都沉醉于恋爱之中。从贴心细心的程度上看，男生确实不如女生。

“我爸身体还好我就放心啦。表姐，在美国生活习惯吗？”

唐宓点头，学业顺利生活规律室友温和再加上还有李知行的帮助，她的生活很舒服。

“语言关也没问题？”

唐明朗将心比心，把自己当年留学伊始遇到的最大困难——语言的难题跟表姐抛出来，准备和表姐做深一步的交流。

“还可以，比我想象的好一些。”

“咦，是吗？”

唐明朗的语气明显带着怀疑，李知行淡淡补上一句：“随便读一个朗文词典里的例句，她都可以告诉你在哪一页，语言上怎么会有太大问题？”

“这么厉害！”唐明朗真的很吃惊，用看外星人的表情看自家表姐。

“我之前也听明朗说起过表姐学习可好了。”贺优一脸羡慕，“表哥表姐你们都好厉害，我真佩服你们。”

唐宓道：“没有的事情。”

唐明朗很快就平静下来，嘿嘿一笑，倒是想起什么事情：“表姐，你真是太厉害了，可不可以指点我一下？”

“什么？”

“就是嘛，是我专业课上的问题……”

唐明朗的专业是计量经济学，课程多学习压力大作业多，各种数学各种经济模型让他分外痛苦，此刻才想起坐在前座的自家表姐这个无人能敌的学霸——她随随便便指点一下自己的“paper”，估计比他自己研究几天都管用。

“好的。”唐宓岂会不答应表弟的恳求，随后略一思考又补充了几句，“我这两天先看看你们的教材，等你回洛杉矶后就开始，每晚八点半，我们视频，把你的问题都告诉我。”

唐明朗脸颊忽然抖了几抖，看着自己表姐认真的眼神，他忽然意识到自己可能犯了个大错。

李知行装作没看到后视镜里唐明朗那张越来越震惊的脸，微微勾起了嘴角，露出一个含义深远的笑容。

“唐宓，不用每天，每周四天就行了，他总要有些社交活动——”唐明朗正想感谢李知行为自己说话，结果听到了他的后半句，“时间可以提前，每晚八点开始到十点。”

“……”

李知行淡淡的声音在车厢内响起：“明朗，还有问题吗？”

“没，没有了……”

车子回到市内，正是吃饭的时候。加州美食多，旧金山的唐人街更是翘楚，从川菜到鲁菜到粤菜，什么都有。李知行选定的是唐人街的一家很著名的中餐厅，历史悠久，环境很好，味道不敢说百分之百地还原正宗中餐，但八九不离十，价格也不算昂贵。

唐宓固然会做点菜，但怎么能跟餐厅的大厨相比？因此虽然她吃饭的态度还很含蓄，但是熟悉她的人还是可以发现她吃饭时溢出来的幸福感。

李知行默默盛了一勺水煮牛肉放到她的碗里。

唐宓对他抿了抿嘴，露出一点不好意思的笑容。

唐明朗和贺优两个人自然不是自家表姐那种穷鬼，这家中餐厅虽然不错，但洛杉矶这种档次的餐厅要多少有多少，他俩平时吃饭的水平比唐宓高了好几个档次还有剩，也不会为这一顿饭露出什么特别的情绪，于是藏不住话的唐明朗发表了自己的看法：“表姐，你是多久没吃好东西了？”

“……”唐宓难得尴尬了一下。

唐明朗又抬头看李知行，不满道：“表哥，都一个多月了，你干吗不带表姐出来吃好的啊。”

李知行沉默了一下。

绝不能说他没想过带唐宓出来吃饭，他提过好几次建议都被她拒绝了。而他的时间也确实紧张，恨不得把一分钟掰成两分钟用，每天都在为了各种代码忙得跳脚，何况唐宓从来没对食物有过任何挑剔，一来二去的，也就拖到了现在。

唐宓把嘴里的食物咽下去，连忙道：“不是的。”

“就是因为你今天来了旧金山，否则你表姐一定还在图书馆查资料。”李知行说。

唐明朗一脸深思熟虑：“看来表姐能走出学校还要感谢我啦。”

“你这句话说对了。”李知行说着看向贺优，“你念什么专业？”

“欧美文学。”

李知行一点意外的感觉都没有。贺优和大多数本科就出国留学的富二代一样，又是女生，基本上不会选择理工科。

唐明朗一脸得意：“小优的文章写得非常好，长期给学校校刊撰稿。”

李知行点了点头。他见过很多在美国待了好几年连英语都说不利索的博士，用英语写文更是难，贺优如果真的可以用英语写文章，那说明国内打下的基本功相当扎实。

李知行问：“说起来，你们怎么认识的？”

“哈，这个说来就话长了……”

两人说着感情的发展，李知行和唐宓也在交谈中知道了贺优的情况。贺优是唐明朗的学妹，一年前来美国留学，现在大二，比明朗低了一个年级。他俩和大多数留学生的爱情故事差不多，在学校的中国留学生联谊会上认识，很快确立了感情。

看着对面你侬我侬的两人，李知行觉得似乎还挺配的。

一顿饭吃了大半，贺优大眼睛一眨，嘟嘟嘴：“不说我们了，表姐，你也说说你和表哥的事情嘛。”

“什么？”

唐宓没听懂。

贺优满脸好奇，展现了十足的求知渴望：“表姐，你和表哥是怎么在一起的啊？明朗跟我说，你们的感情特复杂特感人，我想知道很久了。”

“……”

是的，这一瞬唐宓才终于反应过来贺优说了什么。

“哎，明朗你戳我干什么……”贺优察觉到身边人用着很大的力气戳自己大腿，不由得恼火起来，愤愤朝着始作俑者看过去，准备批评男友的举动，却看到明朗一脸紧张地冲她摇头，一副“你可千万别说下去”的样子。

好在贺优不笨，一秒钟内就收到了男友的“不可说”信息，乖乖闭上了嘴，小心翼翼地看向对面的两人。

不看不要紧，一看她的小心脏陡然供血不足猛然收缩。李知行已经把目光从唐明朗身上收回，落到她身上，两道视线冷飕飕的，宛如一把锋利的刀在她脸上割过。

王子般高贵的表哥瞬间化身魔王。这刺激对贺优来说，真的过大了。

不得不说，贺优的双Q还是很够用的，下一秒居然被她想出了对策，连忙补上一句：“表哥，我开玩笑的……”

李知行最后收回视线，对贺优淡淡开口：“明朗说的话也没几句靠谱的，你不用在意，当屁一样放掉就行了。”

“……”

唐明朗欲哭无泪，那个一直风度翩翩气质绝佳的表哥连“屁”字都说出来了，可见恼火至极。他虽然平时大大咧咧，但不等于不看不观察，刚刚表哥表姐那种亲昵的态度是如此自然，他和贺优都真心以为，他俩已经在一起了。然而李知行刚刚的态度，让他也明白过来，自己很可能会错意，搬起石头砸自己的脚了。

“表姐，别生气。是我会错意了。”唐明朗一脸委屈地解释，“因为你和表哥这么多年都是同学不说，关系又好，连来美国都是一起的，我一直觉得你俩在谈恋爱，所以才误会了。”

唐宓一愣之后已经恢复了平常心，点了点头：“没什么，误会我们的人不少。”

“是啊……”唐明朗嘟嘟囔囔，“在国内的时候也就罢了，在国外居然还在一所学校……”

唐宓其实对此接受良好。在美国这一个多月，误会她和李知行关系的人从来不少。美国人不似东方人含蓄，连在美国待久了的留学生都是一样，有话直接问——班级里的同学，留学生协会里的同学，时常会打趣她和李知行，不过在李知行说出“她是我亲戚”后，各种猜测也随之消散。

唐明朗暗暗松了一口气，偷偷看了眼李知行。

还好还好，在表姐正常之后，表哥也变得非常正常了。

李知行淡淡开口：“世界上有些事情就是这么巧合。”

贺优连忙点头：“是的是的。”

刚刚那若有似无的尴尬消弭于无形之中。

这顿饭吃得差不多了，窗外的城市灯光璀璨，李知行懒得再理唐明朗，找来服务员付账，此外再点了一份糖醋排骨打包带走——他发现唐宓挺喜欢吃这个，这么多年了他就从来没发现她对食物有特别的喜好，此时发现了绝不会熟视无睹。香园的糖醋排骨做得很不错，外酥里嫩，香甜可口。

李知行一锤定音：“那走吧。”

四个年轻人走出饭店，站在饭店大门前，李知行看着唐明朗问：“你们接下来有什么安排？”

之前李知行本来打算让唐明朗住自己的公寓，反正还有一间空置的卧室——但现在明朗既然带了女友还是热恋阶段，两人住自己的公寓显然就不合适了，他俩如果想卿卿我我恐怕是不太方便。

果然这对小情侣也不打算给李知行添麻烦，贺优拿着手机晃了晃，甜美地补充：“表哥，我们已经订了房间了。”

只这一句话，就让李知行对她又高看了几分。知进退，有安排，想得周到，对富家小姐来说，是不错的品质。

李知行微笑点头：“好，我现在送你们去宾馆。”

正如她身上的穿戴一般，贺优所订的宾馆也衬得起她的身份，五星级宾馆，房间装修舒适豪华，中央那张大床尤其显眼，站在窗边可以俯瞰大半个灯光灿烂的湾区，也算对得起每晚上近三百美金的住宿费了。

进房间后已经过了九点，他俩今天车船周转，困倦也渐渐从眼底浮出来。李知行没打算久留，随意叮嘱了几句，又定下了明早过来的时间，带着唐宓准备告辞。

走之前李知行微微一顿，给了唐明朗一个眼神。

唐明朗会意，跟贺优招呼了一声“我送下表哥表姐”，跟着两人走出了房间，来到走廊。

李知行没废话，直接问他："贺优家里的情况，你都知道吗？"

唐明朗嘿嘿笑了："她家里应该是做生意的。"

"什么生意？"

"这就不太清楚了，应该规模挺大，我记得是房地产和建工类的……我有几次听到她提起过。"唐明朗想了想，"她还提到，她家里还有个哥哥，比她年长了蛮多岁的样子。"

李知行略略点头。

"表哥你知道什么了？"

李知行瞥了弟弟一眼："在宁海做房地产和建工又姓贺的不会有很多家，略微打听下也就知道了。"

唐明朗连忙摆手："表哥，你可不要去打听啊！她家的背景也没什么大不了的吧，我们不过谈恋爱而已，又不看背景。"

李知行挑眉："那没考虑过你们的以后？"

唐明朗挠了挠头："我暂时不想考虑那么多，大学都没毕业呢。"

"那就当我没说，但你自己要有数。"

之前唐宓一直老神在在地思索什么没说话，现在才开了口："明朗，如果舅舅问你的近况，我可以告诉舅舅你女朋友的情况吗？"

"没问题。"明朗笑嘻嘻的，"不过你记得啊，要在爸爸面前说我和小优的好话！"

"好。"

李知行最后说："明朗，总之你要记住，对女生要有担当，负起责任。"

唐明朗点头："表哥，这个我还是知道的。"

实事求是地说，现在的唐明朗还是比之前成熟了不少，李知行不再多言，拉上在一旁的唐宓一起离开。

送走了表哥表姐，唐明朗内心欢呼一声回了房间，发现贺优正趴在床上跷着双腿玩手机，裙子散在床单上，光滑的小腿一晃一晃的，她的行李箱打开了，堆在床边，没整理。

他重重砸到床上，伸手抱住了贺优，凑过去看她的手机屏幕，和她头碰头靠在一起。

"干吗呢？"

"笑一下啦！"

贺优摆弄着手机，用摄像头对准两人，唐明朗及时调整了表情，"咔嚓"自拍了一张合照。

作为一个社交网站狂人，贺优美滋滋地在社交网站上发了条信息，引来一堆点赞。

贺优把手机扔在枕头边，仰头看着天花板，嘟嘟嘴："明朗，今天可憋死我了，我连手机都不敢玩了。"

唐明朗一脸不以为然："怎么会？你要玩手机谁拦得住啊。"

"你的表哥表姐，真的很厉害，也很奇怪。"贺优说，"在他们面前，我不知道为什么，半点不专心都不敢有。"

"我表哥这个人，气场是蛮强的，吓人的话特别好使。"

"确实是，板起脸的时候可吓人了。"贺优眼睛陡然亮起来，"明朗，你表哥表姐，到底是不是在恋爱啊？我瞧着明明是。”

唐明朗翻了个身，枕在自己的胳膊上，琢磨了一会儿今天所见的一切：“我表哥很喜欢我表姐，喜欢很多年了，这点绝对没错。”

贺优睁大眼睛：“哎，难道你表姐不喜欢你表哥？”

“我不知道。我表姐在想什么，我想这世界上除了她自己，再不会有人知道了。”

贺优的好奇心和八卦情怀节节攀升：“是吗？我觉得你表姐挺亲切啊。”

“那是对我而已，她对其他人的态度，就四个字——生人勿近。”唐明朗的八卦细胞发作起来，“我高中的时候有个关系很好的同学，叫龚培浩的，我跟你说过吧？”

“说过的，他在澳洲留学。”

“他啊，曾经试图追求我表姐。当然，我表姐连个眼神也没给过他。”唐明朗摸了摸下巴，“不过他的话还有点道理。他说过，我表姐是那种什么都做到了极致的人物，太罕见了，她身上有一种特别的魅力，明知道凑过去没任何好果子吃，但还是会忍不住凑上去犯贱。”

这形容太妙了，贺优一口气没上来，笑得东倒西歪的，笑完了才指出：“你好像把你表哥也骂进去了。”

唐明朗却没笑，一脸的深沉高冷：“我表哥嘛，又是另外一回事。就算他俩真的在一起……”

“怎么了？”

“我估计挺难。我舅舅外公他们，估计不会同意表哥表姐在一起。”

就那么一个瞬间，唐明朗的表情由晴转阴，陡然黯淡下来，眼睛里的光都灰暗了。

贺优一颗心全系在唐明朗身上，马上就发现了他态度的转变。

“为什么？”

唐明朗声音轻了下来：“小时候我一直很奇怪，别的同学写关于爸爸的作文，都是写自己的爸爸如何威风，是家里的顶梁柱。但是我家里，不是这样。我爸在家里挺没地位，什么事情都是我妈说了算，衣食住行就不说了，压根没我爸插嘴的份，我爸本来是工程师，很厉害的，三十岁不到就是高级工程师了。我妈说做工程师天天吃油灰没意思，逼着他改行去做管理。我爸说不过我妈，只能改了行。我爸过得挺不开心的，他宁可在单位加班都不回家。

“小时候过年过节去外公外婆家，外公对我爸爸一直爱答不理，好几次我都听到外婆说我爸各种不好……我外公外婆都不太看得起我爸爸，更何况我表姐呢？”唐明朗说着，忽然怪异地嘿嘿一笑，“再说了，我表姐这个人心高气傲，她都敢骂我妈呢，对李家又能有什么好态度？”

贺优趴在他的胸口，手指落在他头发上打旋。

“明朗，你们家的事情真的挺复杂。”

“何止复杂啊，所以我才不想回国。”唐明朗苦着一张脸，“想起我妈那张脸……晚上觉都睡不好。”

贺优笑起来，在他脸上亲了一下。

“不回国就不回，反正有我陪你啦。”

唐明朗反手抱着她，笑得眼睛眯起来。

“好啊，我们就一起留在美国吧。”

李知行和唐宓两人离开宾馆，在停车场上车返校，车子开出去上了正路后，唐宓才一脸深思熟虑地开了口：“李知行……”

“什么？”

“那个房间里，只有一张床吧？”

“没错。”

李知行忍住没吐槽她反射弧太长，淡定回答。这一点他看得比唐宓清楚一百倍，那房间不但只有一张床，而且各种搭配和摆设都说明了那是情侣套间。

人人都有自己的生活方式，他对表弟的生活方式不予置评，毕竟鞋子合不合脚只有穿的那人才知道。他更不是道德狂人，也发自内心地觉得热恋中的两人住在一起没关系。贺优的家世背景他并不是真正在意，反正无论是什么背景，也没办法和他家比。他后来问唐明朗那番话，不过是想试探自家表弟对贺优有几分真心。贺优很喜欢唐明朗的，这一点他完全看得出来，至于唐明朗对人家女孩子的心意，目前看来，也不乏真诚。

“我也不是批评明朗这样不好。”唐宓看着窗外的路灯，挺感慨，“就是有点没想到。”

“无论明朗还是贺优，都是成年人，可以对自己的选择负责，成年人不是中学生，谈恋爱怎么可能拉拉手就算了。更何况，这是在美国，我见过刚刚确定关系就住在一起的。”

“……”

怎么办，他说得好有道理，她无言以对。她其实大概知道，没任何感情都可以睡到一张床上，何况是沉醉恋情的年轻情侣呢。只是……她嘴角微微一压，脸上的表情就不那么轻松了。

“嗯……我就是想起郭嘉颖。”

李知行看她：“怎么说？”

唐宓慢慢回答：“去年圣诞节，明朗来大学看我，他还找了郭嘉颖吃饭，我看他们的关系有点……明朗怎么想的我不知道，但是，我感觉……郭嘉颖好像有点喜欢明朗。”

李知行颔首：“是这样没错。”

“你知道？”

唐宓很快反应过来——连她这个迟钝星人都可以看出来，更何况李知行了。李知行也不是白跟郭嘉颖当了四年的同班同学的。

“不光我知道，明朗自己也知道。”

“哎？”

李知行专心开着车，淡淡“嗯”了一声：“明朗看上去是缺心眼了一点，但他只是懒得装心眼，不缺眼力。你都能看出来，他心中自然有数。”

这个消息的冲击性远胜刚刚“小两口睡一张床”带来的刺激，唐宓呆滞地看着李知行。

“郭嘉颖本来也想过留学，准备申请明朗大学的研究生，但是大三那一年，她家里出了问题。”

“什么问题？”

“她妈妈生了病，需要长期卧床静养，她便放弃了留学的打算。”

“所以她后来没读研究生直接工作，也是因为这个？”

“对。”

家里有个病人会对家庭造成什么样的经济压力，唐宓很清楚。就算郭嘉颖家庭条件不错，恐怕也经不起长久折腾，难怪她当时说“不想花家里的钱”。

唐宓恻然。

“现在她妈妈的情况怎么样？”

“病情算是稳定了吧。”

唐宓松了一口气：“我记得大三的时候有一次，我去明朗的高中找人，结果在校门外看到了郭嘉颖。当时不知道怎么那么巧，现在想起来，她是在等明朗吧。”

李知行略一点头：“她是真的很喜欢明朗。”

“只可惜明朗不喜欢她。”

“人的喜好没有办法。郭嘉颖实在不是明朗喜欢的那一款，他喜欢的是贺优那种可爱、俏皮的类型。”

李知行也不是不能明白自家表弟的喜好，有那样一个妈妈，明朗只怕永远不会喜欢很强势的女性——偏偏郭嘉颖就是这一类，说一不二，果断勇敢。

唐宓和郭嘉颖本就没什么交情，再者也觉得自家表弟和贺优蛮般配的，只是想起郭嘉颖的怅然若失，还是有点奇特的难过。那种难过无法诉诸于口，好像一口气堵在了喉咙，哽得她呼吸不畅。

“单恋，真是辛苦的事情。”她近乎自言自语地感慨。

那一瞬她想到了很多事情。她想起丁霄霄的眼泪一滴滴砸落在她的手心里；她想起那个晚上郭嘉颖对着明朗露出的笑容；她最后想起的是，大二的那个五一假期，她在李知行的家里，李知行在月夜下为她弹*Love Story*的那一幕。

她话语中的情绪是如此复杂，李知行眸光微垂：“我很少听到你有这种感慨。”

他淡淡的低沉声音听得唐宓浑身发麻，她下意识地去看他，恰好李知行略略笑了，偏过头看她一眼。他的眼神太过于专注，眸子里浮动着一层闪亮的光芒，唐宓怔住了，只觉得心里什么地方奇怪的火苗越烧越旺，下一瞬李知行已经回过头去，看着道路前方。

车子在红绿灯前停下来，李知行凝视前方开口：“唐宓，如果你要叶一超的联系方式，我可以给你。叶一超不知道你也来了美国，如果知道的话，他多半会来旧金山看你的。”

这话的言外之意听得唐宓一愣。

或许是因为她的关系，她依稀有种感觉，李知行对叶一超有种天生的不喜欢，基本上能不提就不提。现在，他却主动提出，帮她联系叶一超？开什么玩笑？

她忍不住提高了声线：“不是的，李知行，我不需要叶一超的联系方式。”

李知行慢慢侧过头去看她，声音很轻地问：“那么，你刚刚想的，是什么？”

车子平滑地行驶，唐宓好一阵子没说话。

在李知行以为她不会再开口的时候，她终于说话了。

“世界上的很多事情，都在慢慢地变化，人不可能在原地停滞不前。”唐宓侧过脸看着李知行，“曾经介意的，现在不再介意；曾经纠结伤心得睡不着的事情，现在看来，却什么都不是了。我小时候认为自己读书是为了外婆为了改变命运，后来才知道我是为了自己；几年前我从没想过自己会来美国，而现在我正在这里。”

她很少一口气说这么多话，李知行也听得分明，车子在路边停了下来。

唐宓抬眸一看，已经回到了自家公寓楼下。

她解开安全带准备下车，李知行却先她一步，走到副驾驶窗外，帮她拉开了车门，左手放在胸前，向她微微一个欠身。

“欢迎下车，今天的唐宓小姐。”

灯下，李知行对她露出粲然微笑。

唐宓抿了抿嘴，顺从地下了车。

接下来的周末，几个年轻人在旧金山的有名景点大大游览了一番，玩得非常开心。唐宓和贺优就不用说了，旧金山的什么事情对她们来说都是新鲜的，唐明朗虽然也来过旧金山几次，但这些景点也没怎么去过，所以李知行充当了导游之职，负责为其他三人解说。

他此前看了些资料，对各种景点的典故相当了解，解说水平还真不差。

他有点感慨：“不过美国的环境，能看的也只有自然风光，人文方面乏善可陈。”

“博物馆里的文物还是不错的，很丰富。”贺优说。

“都是偷来抢来的文物。”李知行道，“文物重要的意义是传承，现在脱离了故土，没有了环境，就跟无根的落叶一样，很多文物不知道出处不知道年份，想追溯都不再可能。”

“李知行，你很了解历史文物吗？”

唐宓不太了解历史文物，对这方面的所有知识都来源于高中课本，此刻听到李知行的这番话，有点意料之中的震撼效果。

李知行说：“也谈不上，博物馆去多了也就知道了。”

“读万卷书不如行万里路？”唐宓说，猫眼石一样的眼睛里光芒微微一闪。

李知行看着她：“世界上有很多值得去的地方。以后有时间，我们都可以出去逛逛。”

因为金钱和时间的限制，唐宓从小到大都没正儿八经地旅游过，在国内，她去过的城市也就两个。李知行很清楚这一点——哪怕她在京大待了四年，她也绝没有主动去过学校五公里外的地方。

唐宓看着李知行，微笑着轻轻点了点头。

贺优是拍照狂人，设备非常豪华。她带了个极其专业的莱卡单反相机，走到任何地方都要拍照，依她的说法，拍照是为了“准备素材”。唐宓和她完全是两个极端，唐宓极其不喜欢拍照，但是因为贺优无与伦比的热情和偷拍技术，也在旧金山的各处留下了不少照片。

李知行伸手拿过了相机，一张张地翻看着照片。秋天是最好的拍摄季节，何况这个周末气候凉爽，阳光明媚。几千万像素、售价昂贵的相机拍出来的照片质量的确无可挑剔，成像精美，重点突出。照片里的唐宓或站或走，还有弯腰看花儿的，脸上带着轻松的笑容。

“表哥，我的拍照技术不错吧？”贺优笑道。

李知行表示认可：“确实。”

看着李知行的视线长久地停留在唐宓的照片上，贺优主动提出：“表哥，晚上回去我把卡给你复制一份？”

李知行瞧一眼面前的年轻女孩，微微一笑。

她的内心可比外表聪明。

“那就麻烦你了。”

唐宓从来是说到做到，唐明朗回LA的第二周开始，她就开始履行给唐明朗补课的任务。唐宓研究了唐明朗现在的教材和进度之后，找出了重点。她还跟学院里的本科生聊了聊，发现本科生的课程实在是简单，比国内的经管学院的课程还要简单一些，指导自己的表弟做“paper”，简直太轻松了。

因为和明朗交流问题只能在网上视频聊天，地方的选择就成了一个问题。当然，最普通的选择肯定是在自己的公寓里，但最近纪文静忙碌，每天都在和一篇尤其重要的论文奋斗，头发都掐断了好多，考虑到公寓的隔音效果也不怎么样，她在公寓里说话肯定对学姐的学习有影响。于是，在李知行的建议之下，纪文静在公寓的时候，她就把据点搬到了李知行的公寓里。

一般情况是唐宓在客厅里指点唐明朗做“paper”，帮他解决不懂的问题，李知行则在自己的卧室忙他的代码和各种文件。

唐明朗也是第一次正面认识到了表姐的能力。那些他认为复杂得要死难度极高的作业在表姐看来完全是小“case”，他耗时一周的“paper”，表姐只用了半个小时就帮他搞定了提纲，再用半个小时帮他写完了第一部分——唐明朗在屏幕那边哀号，人和人的差别简直太大了，完全让人看不到追赶的希望啊。

“你不需要追上你表姐。”李知行来客厅倒咖啡，看到镜头里的唐明朗，“做好自己分内的事就可以了。”

唐明朗讪讪笑了下，默默关了对话框。

唐宓拢了拢桌上的书，问他：“忙完了？”

“早着呢。”李知行揉着额头，“写代码的人生怎么可能有完结的一天。”

他现在一天忙过一天，一周总有几天晚上会熬夜到凌晨两三点才睡觉。在学校待久了，唐宓对真正想做出点成绩的理工科研究生的忙碌情况很了解，对此也无可奈何。楼上一个李知行，隔壁一个纪文静，忙起来都通宵达旦，只不过好在年轻，也看不出来太疲劳。专业课上她没法帮忙，只能尽力在别的方面为两人分担。

李知行灌了几口咖啡，问她：“周末你有时间吗？”

“嗯？”

“我们去计算机博物馆吧。”

唐宓看他：“你忙得过来吗？”

李知行微笑：“有时间的，放心吧。”

唐宓提过想去计算机博物馆，李知行一直牢记在心，毕竟她可很少提起自己对什么感兴趣。上次明朗来的时候本来机会不错，但李知行只想了一秒钟就排除了这个选项——唐明朗和贺优两人都是绝不会喜欢逛什么计算机博物馆的，他自己也有私心，所以选择了和她两人单独前去。

计算机历史博物馆坐落在硅谷，和大学距离不算很近，驱车近一个小时后两人到达了目的地。

放眼望去，游客还不少，两人也不要导游和志愿者服务，一边聊一边独立游览。从进展厅开始到结束，从古老的算盘到最新的电脑，每一台机器都展现了当时人们最高的智慧所在，唐宓在一个个展台前慢慢走过，兴趣盎然。

虽然她脸上的表情还是不多，但李知行完全能感受到她愉快的心情和振奋的情绪。

“人类的智慧真是无穷！”

“每个时代的巅峰都在这里。”

李知行是技术至上派，深深赞美工业文明带来的奇迹，对此也深有感触。

“我小时候自己做过一套计算工具，和这个有点像，当然，没有那么复杂。”唐宓指着橱窗里的一套工具说。她是很少谈“我自己”的人，现在谈话的兴头却高得不可思议。

这事儿对李知行来说是个天大的新闻，唐宓很少谈自己小时候的事情，他对此充满好奇：“是什么样子的？”

唐宓有些不好意思地浅笑了一下：“其实也算不上计算工具，就是一个类似钟表的转盘，上面写着各种数字，计算的时候旋转指针，可以计算高位数的乘除法。”

下一瞬计算工具在李知行的脑海里成型，他缓缓地问：“那时候你多大？”

“十二三岁。”唐宓抿了抿唇，觉得自己刚刚有点得意，收敛了一下，“不是什么了不起的东西，计算过程很麻烦，没有实用价值。”

“你觉得麻烦是因为你用自己的手指旋转指针，完成机器的工作。”李知行说，“那个计算工具现在还在吗？”

唐宓摇了摇头：“已经扔了。”

李知行心情极为复杂。他从来不会低估唐宓的才华和天赋，但确实没想到她的天赋如此之高。在那么小的年龄可以自己原创一个计算工具，这其中的难度超乎想象，需要对数学规律的深切认知和充分的想象力，绝不是她说的“不是什么了不起的东西”。

他想起了叶一超曾经说过，唐宓像拉马努金⑬——是的，这个点评非常精准。

“怎么了？”唐宓抿了抿嘴看着他。李知行的眼神很奇特，她实在不能熟视无睹。

李知行神色郑重：“你的数学天分之高超出我的想象。”

“还好吧。”

“这么好的天赋应该物尽其用。”李知行看着唐宓的眼睛，“难怪叶一超再三叫你去学数学，他看得很准。”

在外在环境极其有限所获资源甚少的情况下，拉马努金凭借努力和天赋，将数学界已经存在的定律和公式又发明了一遍。唐宓也是这一类人。李知行觉得真是太遗憾，如果她

---

⑬斯里尼瓦瑟·拉马努金，印度历史上最著名的数学家之一。

能生活在更好的环境，这份天赋绝不会被磨灭。

她没想到李知行又一次提起叶一超，微微一愣。

“我不觉得遗憾。”她说，“经济金融也还算有趣。”

“经济金融类的山头到底更低一些，难度和趣味性和数学没法比。”

唐宓莞尔：“能赚钱就好了。”

若是之前唐宓偶尔也为自己的选择而惋惜，但现在她已经不会这么想。在这个世界上，没有什么选择是不需要付出代价的。李知行看着她少见的笑颜，也跟着笑起来。

是啊，他也多虑了。真正有能力的人，在什么行业都能做出成绩来，他从来坚信这一点。

这已经是李知行最近第二次提起叶一超了，两人在展馆里慢慢踱步，唐宓看他一眼：“你和叶一超有联系吗？”

“我确实知道一点他的近况。”李知行慢悠悠地说，“对他的研究方向也很了解。”

了解近况是一回事，知道他的研究方向又是另外一回事了。照理说两人一个东一个西，从事的方向也完全不是一回事，没有联系才是正常的。李知行和叶一超素来没什么交往，关系也比较淡漠，她没见两人单独交流过。

“部分消息是从社交网站上看到的，当然，我前不久也给他打过一次电话。”

“打过电话？”

唐宓想，难怪他之前说可以给自己叶一超的电话。

李知行仔细观摩着橱窗里的老式计算机，回答：“我有专业问题想咨询他的意见。”

“那问题解决了吗？”

李知行摇头：“他给不出什么意见。”

唐宓并不意外。李知行学计算机，编程和数学联系紧密，李知行能问叶一超的无非也就某个功能用什么数学模型实现的问题。叶一超所思考的，都是和实际生活离得很遥远的纯数学问题，要他来思考应用数学范畴的使用，也确实为难他了。

参观完计算机博物馆后，两人又驱车在硅谷里逛了一圈。硅谷占地广阔，建筑众多，环境优美，看上去和大学的环境相似——参观外围无人阻拦，当然，想要进到建筑里参观就不那么容易了。但这对李知行来说也不是难事，唐宓只见他拿出手机，打了不到十秒钟的电话，片刻后，一个戴着眼镜的年轻人就从最近那栋建筑物的大门走了出来，满脸笑容地朝他们走过来。

李知行和年轻人打了个招呼：“大孙。”

李知行口中的“大孙”不算很高，看上去偏瘦，皮肤不算很白，笑起来颇为爽朗。

他的视线落在唐宓身上，眼睛陡然一亮。

李知行笑着为两人做了介绍。大孙全名孙轩，是李知行的小学初中同学兼死党，初中毕业后就来了美国，在美国某所私立高中毕业后，又去斯坦福读计算机专业，四年本科毕业后顺理成章进入了这家位于硅谷世界闻名的 IT 公司工作。这些年，李知行和他一直有联系，自从李知行来了美国之后，两人的交往更加密切。

孙轩热情地和唐宓握手，说话一串串的，特溜：“你就是唐宓啊，你好你好，之前听知行说过你了。”

唐宓一点都不想知道李知行在别人面前是怎么描述自己的，她很客气地对孙轩说：“孙先生，你也好。”

“这么客气做什么。”孙轩拍了拍李知行的肩膀，“李知行是我死党，他的朋友也是我的朋友，叫我大孙就行了。”

“好的。”

随后孙轩帮他们办理了访客手续，带着两人参观了这家世界著名的公司，楼内设备环境简直无法形容，想得到的几乎都有，比起她大三暑假在国投总部实习的环境居然更好——总之，怎么看都无可挑剔。

中午三个人在附近的一家法国餐厅吃饭，孙轩义不容辞地表示“远到是客”，这顿饭是自己请客。唐宓犹豫了一下，看了看李知行。在美国，朋友聚会一般是AA制，她只是李知行的附带客人，自然是以李知行的意志为转移。

李知行说：“他可是高收入人群，当然要狠狠吃他一顿。”

“我们这群码农算什么高收入。”孙轩苦哈哈地摇头，又对唐宓一本正经地说，“能请你这种美女吃一次饭，是我最大的荣幸。”

现在的唐宓对这些玩笑话接受良好，她明白对方没有恶意而是客气恭维，微微扬了扬嘴角，露出个浅得可以称之为笑容的表情。

“是真的啊。”孙轩满脸痛苦地发牢骚，“你是不知道我们码农，平时生活是多么凄惨，一个妹子都看不到。哦，唯一能见到妹子的时候就是在网上。”

“有这么夸张？”唐宓自己倒是没太深刻的感受，只好说，“学计算机的女生也很多吧……”

“绝对没有的事！”孙轩抬高音量，“你问问李知行，计算机专业的男女比例是多少？”

李知行慢悠悠地道：“我记得，贵公司的美女不要太多。”

“人生如此凄惨，你居然还要来揭短！”孙轩表情有些狰狞，掉转头跟唐宓诉苦，“我跟你说，暑假的时候李知行也在我们公司实习，短短三个月，我看上的妹子全主动给他递了电话号码约他去‘party’啊！”

当了七年同学，唐宓深知李知行从来都是最受女生欢迎的类型，外形气质皆无可挑剔，中国女生们能看出来，外国女生也有眼光。看男人这一点上，中外女性的审美不会有太大的差别。

李知行迎上她的目光，解释说：“别听他的，那只是因为美国年轻女性比较开放而已。”

“嗯……”唐宓对他露出笑容，认真回答，“我知道的。”

“哎，你还挺了解李知行的嘛，真不愧是这么多年的同学呢。”孙轩大笑，“不过确实是这样，我们的李知行同学是很有理智的，那些妹子一个都没联系。”

此时服务员送餐过来，李知行伸手接过餐盘放到唐宓面前，又帮她将叉子刀子摆好，示意她开吃。

一顿饭吃得很愉快，聊天聊得有滋有味。孙轩很会聊天，在美国的时间比李知行久得多，加上又工作了一段时间，社会阅历不缺，各种经历过的听说过的关于外国人的段子笑话信手拈来，成了这顿饭最好的配菜，就连唐宓都没忍住，抿着嘴微笑了好几次。

笑话段子说完后，两位男士接下来聊起了 IT 行业的形势和未来发展状况，各种关键词频繁出现，什么大数据、高分析、安全性，英汉夹杂，听得唐宓饶有兴致。

行业内的情况谈了个大概，孙轩对着李知行大发感慨："不过真的要抓紧啊，时间不等人。"

"是啊，所有的问题都在时间上。"

孙轩问："那怎么办？"

"我打算休学一年。"

唐宓提高音量："什么？李知行，你打算休学？"

唐宓素来没有打断人家交谈的习惯，但是"休学"俩字对她的刺激太大了。对她这种顶尖好学生来说，"休学"俩字绝不应该出现在自个儿的生活之中，听闻李知行说出这个禁忌般的字眼，她的震惊攀升到了史无前例的顶点。

她不知道李知行打算休学，更不知道李知行在筹备公司，他之前从来没告诉过她一星半点消息，保密工作做得那么好，如果不是因为今天和孙轩吃饭，她更是完全被蒙在鼓里。

孙轩得意地瞄一眼李知行，好整以暇地问她："怎么，你不知道吗？"

"我是在准备休学。"李知行拿过饮料杯子递给她，"喝点水，别激动。我慢慢解释给你听。"

唐宓认识到自己态度似乎过激，依言深呼吸了几下："李知行，这是怎么回事？"

"我在筹备一家公司，前期工作太多，忙不过来，所以打算休学。"

公司？李知行什么时候有个公司，筹备什么？

唐宓当即反问："什么公司？"

"做数据服务的 IT 公司。"

她思索了三秒钟，然后把疑问全抛出来："在国内还是国外？哪种类型的数据服务？筹备到了什么阶段？需求分析做了吗？人员技术问题解决了没有？资金哪里来……"

她如同连珠炮一样问出了七八个问题，简直不给两位男士任何的喘息机会。

孙轩睁大眼睛。其实唐宓现在待人处事的态度比起几年前不可同日而语，虽说笑得少，但和之前那种一年半载都面无表情截然不同；虽然话还是不多，但是应当说话的时候一定会说。改变归改变，但她骨子里的矜持和一直以来的冷漠基本上已经养成了习惯，孙轩的那些能让其他女生笑得前仰后合的段子也只能让她些微抿抿嘴角，说话时，基本听不到语气词，话语也很简短。

然而此刻，她却忽然这么激动地提出如此多的问题，孙轩可真是结结实实地吃了一惊。他收好脸上的震惊，笑眯眯道："唐美女，你这些问题可都涉及商业机密哦。"

唐宓一愣，深深为自己的迟钝惭愧。

"抱歉，李知行，不方便的话，我就不问了。"

"别听他瞎贫。"李知行清澈的眸子看着她，微微笑了，"之前没告诉你，是因为事情才有谱，而且很复杂，一时半会儿解释不清，待会儿给你看资料。"

唐宓连忙点头：“哦哦，好的，好的。”

她其实也觉得自己的问题太多了，李知行一时半会儿也很难完全解答她心中的疑惑——但是没办法，谁让她之前完全不知道李知行的计划呢？她学金融，做过模型，知道做 IT 公司的复杂度和难度，陡然听说他选择休学也要开公司，吃惊和好奇陡然攀升，于是抛出无数问题。不过现在李知行既然说待会儿给她看资料，那她也不用着急了。

这顿饭耗时较长，唐宓离开餐厅之前去了趟卫生间。

孙轩目送她消失在玻璃后的背影，笑着问李知行：“你之前没告诉她要开公司？”

李知行摇头：“才开张，没有必要告诉她。”

“你不准备拉她入伙啊？”孙轩摸着下巴，饶有兴致地笑了，“她应该很适合咱们的公司吧，学经济金融的高才生呢。”

“暂时没这个打算。”

孙轩诧异：“为什么？”

“我有我的考虑。”

孙轩笑了：“既然不拉她入伙。咱们公司的商业机密和核心价值，你真要告诉她？”

“难得她有兴趣，我为什么不告诉？”李知行说，“她分得清轻重。”

“我开玩笑的，我知道你当然有分寸的。”孙轩在支票上写了小费递给服务员后，一脸“你的心思我知道”的表情凑过来搭话，“你指着她当老板娘吧？”

李知行不愧有大家之风，听到这话半点不为所动，淡定地看了看面前的合伙人。

“今天见到本人了才知道，难怪你这么心心念念看不上其他女生。”孙轩发自内心地感慨，“真是明眸皓齿，她可真是我这辈子至今为止亲眼见过的最漂亮的亚裔美人……”

男生看女生，第一看的就是脸，这一点在死宅孙轩身上体现得格外明显。

孙轩谆谆教诲着：“你要加油把人追到才行。这种级别的美女可不是那么容易遇到的。”

“正因为是我，所以追她很难。”

“就算是她这种级别的美女，对你来说，应该也不难吧。”孙轩一脸的难以置信。

李知行白了孙轩一眼，觉得孙轩的思维挺单纯的——当然，当程序员的人，学习和工作的交友范围决定了他们的社会向思维比较浅薄，他们总会有这样的错觉，只要男人的条件够好，就能追到美女。

“我们不光是同学关系。”李知行决定跟自己的合伙人略微解释一下，“她的舅舅曾经是我的姑父，双方现在已经离婚了。而我们家当年对姑姑的婚事就很不满意。家庭矛盾根深蒂固，我家里人不会同意我和她在一起。”

“家人不同意，那还真是个问题。”孙轩费力地理清楚关系后摸了摸下巴，“那你准备怎么办？你不太像是会放弃的那种人啊。”

李知行手指轻轻一敲玻璃杯，微微一笑。

“那就只有一个办法，让他们无法干涉我就可以了。”

唐宓回到餐厅的时候，孙轩已经结了账付过小费，于是三人分别离开。

唐宓坐进李知行的车内，规规矩矩地系好了安全带。旧金山一年四季都阳光明媚，气候温和，温暖的阳光落在车内，倒是暖洋洋的，格外舒服。

李知行发动汽车之前，从储备箱里拿出一个文件夹，递给了唐宓。

“公司的资料都在这里，你看吧。”

唐宓却罕见地犹豫起来。李知行倒是笑了：“怎么了？”

“孙轩说得没错，这个可是商业机密……给我看了不好吧。”

李知行笑得不以为意：“他是老板还是我是老板？我说能看就能看。而且，我还期望你看完了给我提建议。”

唐宓琢磨了一下：“我不会外传的。”

李知行笑笑。

好奇心还是压过了一切，唐宓终究打开了文件夹。

这份资料非常翔实，长达数页，有英汉两个版本，看得出来李知行准备这个方案有一段时间了。

她是经管学院毕业，课堂上不知道分析过多少经典的商业案例，然而案例读得再多，总归还是纸上谈兵，不及此刻的震撼。

一家公司的成立，首先要明确自己是做什么的。数据服务，主营业务分别是数据存储、数据挖掘、数据应用等几大类；市场方向的定位是面向通讯公司、IT 行业和各种大型企业，为他们提供数据存储和分析挖掘业务，以此来盈利。公司的英文名字叫 Numbers，缩写为 NUMS，中文名叫知科。

唐宓看书很快，但此刻，她几乎是一字一句地把文件通读了一遍，提出问题：“你的意图我明白了，我有几个问题。第一，你要给 IT 公司提供服务，你的新公司凭什么可以竞争过那些专业的公司？”

李知行一边开车一边回答她的困惑：“那正是我们的优势所在。”

“什么？”

“通信公司和大型的 IT 公司的需求很大，需要成千上万的服务器存储数据，这些数据占用的空间不是小数目，而用我们的数据处理软件，在大数据模式下，能够有效地缩小存储空间。”

唐宓瞬间认识到这其中的价值，眼睛亮起来：“是一种数据存储和压缩的新算法？”

“可以认为是这样。假如一份文件之前所占用的空间是 5 兆，但是经过我们的算法处理后，只需要占用之前空间的 10%，且完全不会影响读取速度。当然，这么形容太夸张了，目前数学已经证明，这个算法只对大数据有效。”

她盯着李知行，震惊地说：“这个思路和想法，需要水平极高的专业的数学人才和大量的程序员支撑。”

李知行打着方向盘，一五一十地回答：“所以我的合伙人里有孙轩，他会回国跟我一起创业，组建技术团队。”

“那理论是谁提出的？”

“我提出了想法和大致思路，但真正的数学论证过程不是我做的。”

唐宓看外星人一样看着李知行，她是如此震撼，以至于许久无法出声。

大音希声，大象无形，真正有分量的话，就是这样轻描淡写说出来的。

摸着良心说，她从来不怀疑李知行的优秀，也知道他十项全能。正因为如此，虽然两人同校七八年，她对李知行的关注反而很少——反正他什么都可以做到，哪里需要自己浪费时间去关注?

在她死死盯着自己的一亩三分地，折腾自己的学业的时候，李知行已经成长到了如此惊人的程度。他的研究成果就算称不上“改变时代的发现”，也足以称为“推进时代的发现”，这其中的意义绝非三言两语可以尽述，几乎可以列入计算机大事件了。

明明是一起开始的，距离却越拉越大。李知行大学期间到底都干了什么啊？他参加了数个社团，举办了各种活动，把社团打理得非常棒；他的每个假期都去各大 IT 公司实习，没有浪费一天；他从大二开始就参加了许多重要的科研项目，都做出了成绩；他选修了双学位，都学得很好。

唐宓想，自己还是大大低估他了。

李知行似乎看出她在想什么，解释道：“并不是我很厉害，说白了，是简单的角度问题。好比第一个人想到把火车搬到地下，从而形成了地铁。”

唐宓慢慢收好了心中的震撼。她也不是不能明白。

任何一个天才的想法出现，都是 99% 的汗水和 1% 的灵感——只是个厚积薄发的过程。李知行经过长期不懈的努力，终于找到了火种。

但是光有火种是不够的，还需要燃料才能让火种发光。

计算机和数学从来不分家，李知行的想法要实现，依然任重而道远。

“所以，你找到叶一超？”她问。

李知行摇头：“世界上也不是只有叶一超，我需要的是罗志维。”

这事儿说起来其实也不复杂，李知行一直在思考 IT 领域内的新盈利模式，他从上大学这几年来，都在为此而努力。他认为 IT 领域虽然看似被瓜分完必，但其中最大的产能，莫过于后台数据存储和服务这一块。目前在国内，用得最多的是分布式的数据存储，但是存储的效率不佳。

有了思路后他一直致力于这方面的研究，几个月前终于在思路上有了突破，具体的细节涉及大量的数学模型，他本人无论如何都搞不定那么复杂的数学理论建设。恰逢此时，他在数学期刊上看到了一篇非线性计算的数学论文，恰好和他的思路不谋而合，而论文的作者，恰好是大学校友罗志维。

李知行手指敲了敲方向盘：“非线性这一块本来就是罗志维的专业方向，他的导师也是世界上最有名的专家，我跟他提出想法之后，他也很有兴趣，愿意配合我进行研究。”

和罗志维在欧几里得俱乐部待了四年，他是什么人、数学水平如何，唐宓非常清楚。他看上去不是叶一超那种才华横溢得闪闪发光的人，但他对数学的热爱和热情，唐宓从来不敢小看。罗志维是那种喜欢静静思考并且专业方向很固定的，他可能十年拿不出成绩，但是成果一旦拿出来，就非常惊人。举个例子，叶一超是那种参加大学生数学竞赛可以拿五块金牌的人，罗志维虽然拿不了五块金牌，但是在他自己最喜欢的代数领域，他可以得到满分。

唐宓放心了不少："如果是罗志维的话，那就没问题了。"

李知行眯了眯眼："他确实是很好的选择。只是我需要一个长期合作对象，罗志维对此还心存犹豫。"

"要他放弃纯数学研究，是很难……本质上，他和叶一超没什么区别。"

"是的。如果他不是这种人，在数学上也很难做出真正的成就来。"

唐宓点头，又问："第二个问题，数据的分析和挖掘这一块，你是怎么考虑的？"

"目前考虑的是给大型企业提供服务，比如拥有几千上万员工的国企，对员工进行管理是非常落后的，即便有数据库，其安全性和保密性也让人忧心。我们会帮这些企业建立一个极其完整的数据库，覆盖员工信息、行业信息等各方面的资源。"

"明白了。"

而一旦有了海量数据，再想做什么事情，都轻而易举了。

唐宓目光灼灼地看着他："资金从哪里来？这个项目的投入应该不会少。"

资金反而是这份计划书里最不重要的一部分，她就是顺口一问——撇去李知行本人的背景不论，就算他是一穷二白的穷光蛋，他的研究成果和方案拿出去，不知道多少人愿意投资给他。

李知行微微颔首："是的。目前的合伙人有三个，预计前期投入五千万，等到回国后可以再跟政府申请一笔两千万的资金。"

"五千万哪里来？"

"合伙人各自出资一部分，再贷款一部分。"

五千万看似不少，但是对于李知行的野心来说，只能用"少得可怜"来形容，这个公司所需要的都是顶尖人才，顶尖的人才所需要的价码都不低。好在这只是起步阶段，这笔钱虽然不多，但是也足够了。

唐宓微微仰起头："不需要外来投资？"

李知行摇头："不要。"

唐宓点头："这样也好。"

没有外来资金，那李知行就可以完全掌握公司的决策权，不被别人指手画脚。

唐宓把这份文件放在膝盖上，清了清嗓子："那个，李知行……你的公司要不要我来帮你？"

车子在路边猛然一个急刹。

一阵大力从后背涌来，唐宓往前倾了倾身体，被安全带勒住，终于缓过劲来。

好在两人已经下了高速，这一路段已经是大学附近，路边临时停车还算正常。

李知行侧过脸一眨不眨地盯着唐宓。他的目光如炬如电，看得唐宓半边身子发麻。

饶是唐宓素来有些迟钝，也产生了"我说错话了吗"的感觉。她努力把自己的想法表达清楚："李知行，我是觉得你的公司应该很需要人手。我还有不到一年时间就毕业了，你需要的话，我可以帮你……你看我能在哪个岗位，我就去哪个岗位。"

李知行确实非常震惊，完全没有想到她会主动提出这个要求。

“你的心意我很感激，但暂时不用。”

唐宓一愣：“你觉得我不合适吗？”

李知行轻轻握住了她的手：“暂时不合适而已。你需要钱，以你的能力，毕业后可以拿到更高的收入，我的公司，暂时给不了你特别高的收入。”

“我虽然没钱，但是对钱的需求也没有那么大。”唐宓抿着嘴。

“不光是这样，”李知行看着她，“新公司创业阶段会非常非常忙碌，那时候你外婆怎么办？我猜你是准备把你外婆接到你身边？”

唐宓蹙起眉心。

没错，她一直是这样打算的。自从上高中以来，这十多年她和外婆在一起的时间越来越短，而外婆一日苍老胜过一日。她原本打算明年毕业后，找一份不是那么忙碌的工作，再把外婆从唐卫东那里接到自己身边，周末假期的时候带外婆出去旅游、散心。李知行所说的也是必然的现实，计划书中的日程表她也看到了，如果帮李知行做事，势必要把外婆扔在一边。

她表情中的犹豫他看在眼底，心头一紧。

李知行内心当然是希望唐宓在自己身边，而且她毫无疑问是最好人选，她的专业素养足以让她胜任工作——但是他没办法接受。

李知行垂了垂眼眸，收好眼中的情绪，再抬头道：“唐宓，还记得大学时跟你说过的话吗？”

这么说吧，如果我是企业领导，一定会高薪聘请你当我的员工。

她心口一热，默默点头。

“我不会跟你客气，我会在需要你的时候，开口跟你提出要求。”

他的郑重语气唐宓听得分明，她轻轻点了点头。

李知行心情愉快地重新发动汽车。

无论唐宓对他是什么感情，和自己的是否对等，但是这一瞬他觉得已经值了。

| 第十三章 |
意外的车祸

两人回到公寓已经是下午时分，唐宓和李知行都习惯走楼梯回公寓，这次却是例外，李知行目光在电梯前一扫，径直朝着电梯口走了过去。

一个背着大包小包还拉着个行李箱的高大男生正在金属电梯门前等待，他和李知行显然非常熟悉，满脸热切地一掌拍在李知行的肩膀上。

“喂，李知行，你可算回来了。”

李知行没什么意外，问他：“你不是明天到？”

男生得意扬扬地笑了：“哈，给你个意外之喜嘛。”

李知行不以为然：“我不觉得这事儿有什么可惊喜的。”

“好啦，给我点面子嘛，高兴一点。”男生拍了拍李知行的肩膀。

李知行笑了笑，算得上是“给面子”的具现了。

“哎呀……还有个大美女呢……”男生的视线在李知行身后一转，视线长久停留在唐宓身上，跟见了鬼一样，“我去，这不是唐宓吗？”

异国他乡被人叫出名字，唐宓的震惊半点不逊于对方，她看着面前身材高大的男生，谨慎而礼貌地开口：“你是谁？”

此言一出，男生再次大惊失色，伸手指着唐宓，简直不敢相信。

“啊？好歹高中同学一场，你都不记得我了？”

唐宓微微一愣，偏着头想了想。这么一说，她倒是觉得面前的男生有点面熟了，她还在记忆中搜索“同学”的关键字时，李知行笑了笑，解释：“唐宓，这是何树森，我们高中的校友。”

是的，她也终于想起来了。

何树森，是两人中学时代的校友，平行班的男生，体育不错，和李知行关系很好，曾和她发生过不愉快的事件。何树森原本就生得身材高大，在国外生活这些年后，体形更加魁梧，皮肤晒成了棕色，头发剃成了板寸，怎么看都很接近西方人，冒充橄榄球队员大概都没什么问题。他形象改变太大，也难怪唐宓第一眼根本没把人认出来。

唐宓可一点没想到，自高中毕业到现在，快六年时间过去，居然在如此遥远的异国他乡重新看到了何树森；唐宓也是头一次知道，原来李知行和他也还是有联系的。

电梯“叮咚”一声，开了门。

“居然不认识我了……”何树森沉浸在重重的打击之中，在电梯里用见鬼一样的神情看着唐宓，“李知行，你俩怎么在一块儿？我去，我就知道高中的时候你俩关系不一般啊！”

“唐宓是今年秋季来伯克利当交换生的。”

李知行语气平和，但眼神中略含警告之意，何树森不由得打了个寒战。

“果然厉害的人到哪里都厉害啊。”何树森敏锐地闪避了这个话题，转而和唐宓攀谈起来，“你来美国多久啦？”

到底是曾经的老同学，哪怕当年做高中同学的时候关系恶劣，唐宓也回答了他。

“八月底来的，期末考试完就回国。”

“这样啊。”何树森盯着电梯里显示的楼层数“4”，用一种奇妙的目光看着唐宓，“你在李知行这里住？”

“我在这套公寓的三楼，”唐宓说，“李知行帮我找的公寓。”

何树森看到李知行警告的眼神，顿时换上了一副正经的神色，以一种点评学生作业的态度严肃开口：“嗯，都是老同学，住得近可以互相照应。”

“是的。”

电梯到了四层，三人走出电梯，李知行开了门，示意何树森和唐宓进屋。

进屋后，何树森完全没把自己当外人，背包一扔，行李箱踢到墙角后，飞一样跑去李知行的冰箱找吃的。

片刻后他拎着一串香蕉，大口吃着半块比萨，大发感慨：“你冰箱里的食物真丰富啊！给你点赞！”

李知行冰箱里的食物是不少，有时候晚上从学校回来后，他常常在宿舍招待唐宓和纪文静吃点消夜什么的。

李知行指了指另外的一间卧室：“把你的行李拿进去。吃饱了谈正事。”

何树森从善如流，拖着行李大包小包就去了卧室。

李知行坐在沙发上，用一种微妙的无奈态度跟唐宓解释：“如你所见，这就是我的另外一位合伙人了。”

唐宓并不意外。

易地而处，如果自己准备创业开公司，首先需要做的是什么？是招募人手。李知行就算再能干也无法满足自己的野心，他需要帮手，还得是非常强力的帮手。

何树森已经本科毕业，没什么继续啃书的打算，毕业后的这一两年在美国过着无拘无束的生活，比如参加过冒险旅行，开车过大峡谷、阿拉斯加，游遍了全美，所有能去的地方都去过了，然后，他接到了李知行的邀请。

唐宓记得高中时代隐约听闻的八卦，何树森家里非常有钱——就这个项目而言，李知行要找什么级别的投资者都可以找到，拉何树森入伙，绝对不是钱的原因。

“他做公司的市场开拓，发展客户。”李知行说，“他在这方面确实有长处。”

唐宓琢磨了一下，于是好奇：“他做了什么？”

“之前他和其他人合办过一个博彩网站，发展得还不错。”

“就是赌博网站吧？”唐宓一脸无法直视的表情。

“对。不过赌博网站在国内是非法的，打擦边球都不行，他赚了一笔后被取缔了。”

虽然已经被取缔，但用来证明何树森的市场营销能力，对李知行来说足矣。

接下来何树森的行动刷新了唐宓对他的认识，也进一步证明李知行的眼光不俗。

“嗯。”何树森拿着数份厚厚的文件从客房闪身出来，一边啃着半块冷掉的比萨一边说，“你说的事情我考虑了很长时间，有好几个想法。”

她对何树森一直以来印象稀薄，高中的时候两人仅有的几次打交道的过程都很不愉快，总而言之，何树森给她的印象大抵是“四肢发达头脑简单”，此刻，她终于知道自己犯了大错。

此时的何树森站在写字板前滔滔不绝，一套一套的方案仿佛不要钱那样抛出来。他将公司的客户群体分为三类，对不用的企业购买力进行了分析，策划了方案——唐宓不敢说每一个方案都很出色，但有一点不能忽略，这些方案完全考虑到了国内大多数企业的现状，可操作性非常高。

她自己学金融经济的，对市场行业的了解及国内企事业单位微妙人情世故的认知都不如何树森。

李知行找合伙人，果然够水准。

何树森这次到来，预示着公司正儿八经地进入了起步阶段。

他堂而皇之地住了下来，占据了李知行的另外一个房间；孙轩工作之余，基本上每两天就来一次伯克利的这套小公寓碰头，即便有事无法来，他也会选择视频通话，和其他两个合伙人交流。有人分担了部分压力，李知行也减少了去学校的次数。

三个人的讨论由浅到深，公司的架构、人员的配备、技术人员的招聘问题、营销团队配置问题、服务器的投资问题、每年度的计划问题——所有人都是新手，都是摸着石头过河。三个人的讨论气氛极其投入，往往不眠不休，拍桌子敲板凳互相对骂都是有的，唐宓眼看着他们建立起商业方案又一次次修改和成熟。

那瞬间唐宓明白了李知行为什么一定要找同龄人当合作对象，年轻人的活力、勇气和灵性，再加上思维碰撞所产生的火花，燃烧起来，宛如夏季的太阳那么迷人。

唐宓没参与他们的讨论，继续兢兢业业完成自己的课程，只不过，她觉得自己受李知行的帮忙实在太多，在力所能及的范围内，她会努力帮李知行做一点事情，比如，有时间的时候，去楼上帮着做一顿晚饭。

对此，何树森莫名惊诧。

“唐宓，你看着冷冰冰的，居然做饭还挺像样的。”

唐宓没理他。

孙轩也不辞辛苦地驱车从硅谷赶来蹭饭，嚷嚷什么“得美人一饭之恩，余生足矣”。

唐宓自然也没理他。

做饭本身不难。科技的发达带动了各种做饭工具的出现，电饭煲高压锅炖锅都好用得不得了，做饭炖汤炒菜卤味只需要定个时间就行。只要冰箱里有足够的食材，她做个三菜一汤也就二十分钟，有时候李知行还会帮她，两个人干活就更快了。冰箱里的食材一周买一次，总共也花不了多少时间。

李知行对此很不乐意，叫她不用折腾，他们几个男生又不是没生活能力，无论是做饭还是叫外卖都很简单。唐宓也只是摇了摇头，认真道："没关系，我很愿意。"

李知行嘴角微微一扬，看了她好一会儿："感恩节的时候，你有时间吗？"

"嗯？"

美国高校在感恩节期间，通常会放个两三天假，再加上周末两天，这四五天时间，大部分学生会选择出去旅游。而唐宓原本的计划是在这个假期把手里的论文完结投稿，再撰写硕士论文的开题报告。不过李知行有要求的话，她也不是不能压缩时间。

"陪我去一趟波士顿，怎么样？"

唐宓一怔。旧金山到波士顿距离遥远，交通工具只有飞机一个选择——感恩节期间的机票堪比国内黄金周，往返机票不会便宜，唐宓可没有去波士顿的预算，要李知行出钱，也不在她的考量之中。

不等她拒绝，李知行接着说下去："往返机票我出，我要你去波士顿，是有事要你帮忙。"

"是什么？"

"我和罗志维沟通时遇到了一些问题，他的研究和我的想法有一定程度的偏差。简单来说，就是思维不合拍。你和罗志维认识的时间更久，也了解他的思维方式，为了避免我们见面时出现鸡同鸭讲的局面，我认为如果有你这样对我和他都比较了解的人在，我们的沟通会顺畅很多。"

这种问题之前在欧几里得俱乐部唐宓感受过不止一次，数学这门学科，越到高阶，分歧越大，顶级数学家写的论文，新数学家可能根本看不懂。

唐宓略微一想，点了头："那住宿费我自己出就可以。"

"住宿不用担心，我们住我大哥那里。"

唐宓有点吃惊："你大哥？是李泽文先生？"

"是的，他是哈佛的助理教授。"

如同尘封已久的灯泡被人点亮，那瞬间唐宓醍醐灌顶。她明白了李泽文身上的学者气息从何而来。在美国，教授的级别有三种，助理教授、副教授、正教授。助理教授虽然不是终身职位，但是以李泽文的年龄而论，并不多见。

她看着李知行，缓缓开口："我方便问一问，你哥哥，到底教什么？"

李知行瞬间给出了答案。

"政治学。"

"……"

欣赏着唐宓的表情，李知行笑得很开心："果然，每个听到他的专业的人，都会露出你这种表情。"

唐宓迅速收好脸上的迟滞表情，反问："你不是说你哥哥有心理学学位？"

"我大哥正儿八经读到博士的专业是政治学，心理学是辅修。"李知行略略收了点笑容，蛮开心地解释，“政治学真正博大精深。只不过，我们之前教育的方法有偏差，导致大部分人听到政治都觉得苦不堪言。”

这一点唐宓还是能够想象到。真正的政治学是个浩大的工程，需要对社会、经济、法律、宗教、历史等学科都有深入而细致的了解，正因为如此，政治学极其难学。

“虽然难，但课本里说的，都是真理。”李知行说，“譬如辩证主义、资本的剥削本质、经济基础决定上层建筑——这些理论，是放之四海而皆准的真理。”

“是的……”

她想起李泽文的脸，以一种很奇特的心情点了头。

周末的时候唐宓再次敲开李知行的公寓大门，就看到何树森死鱼一样趴在桌子上。无论是谁，进行了若干天思维风暴一样的洗礼之后，也不会太轻松。

“不行了。”何树森呻吟着，“我需要放松。”

唐宓问：“要不要喝咖啡？”

“不需要！”何树森一脸严肃。

“……”

唐宓现在对他的印象好多了，很欣慰李知行能找到他作为合作伙伴，因此她还是努力提出自己的建议：“那你好好休息一下。”

“休息？”何树森仿佛听到什么天大的笑话一样，表情诡异地看着唐宓，“我必须去‘party’充电才行！”

“……”唐宓瞠目结舌。

李知行倒是忍不住笑了，点评道：“你们关于‘放松’的认知差得太大，矛盾大得不可调和。”

“哈，我和她又不一样。”何树森陡然来了精神，“知行，你跟我说说，你们学校旁边哪些酒吧不错？”

“不知道。”

“你哄谁呢！”何树森完全不信，“你又不是唐宓，不可能完全不聚会，总会知道那么两家。”

李知行瞥他一眼，拿着何树森放在桌上的手机扔过来：“自己上网查。”

“哎，搞半天地主还要我自己查酒吧，真惨啊。”

何树森絮絮叨叨地抱怨着，查询酒吧的状态却专注无比，五分钟后他打了个响指：“搞定，查到了，两公里外的‘ROSE’酒吧，今晚很热闹。”

何树森精神抖擞地从沙发上弹起来：“啊，我终于可以摆脱原始人的生活，接触广阔的世界了！”

“李知行，我们一起去吧！改善一下你的夜生活！”

李知行没理他，专注敲击电脑。

“那算了。”何树森没再劝，打了个响指，“我自己去了。”

他走进了自己的房间，片刻后已经换好衣服出来——长袖翻领T恤外罩了件浅灰色外套，还戴了副骚包的墨镜。

总的来说，中国人的体格不如西方人，中国男人的体格和西方人更是差距大，唐宓不止一次听到学院里的中国男生抱怨在美国买不到特别合身的衣服，但何树森是个例外，他骨架子确实很西方人。

何树森骚包地在镜子前转了两圈，确认自己的外形无可挑剔之后，如风一样消失在大门外。

唐宓没想到自己居然可以目睹何树森这次“充电”的成果。

第二天下午，她从学校归来，刚刚到公寓楼下就被闪瞎了眼睛——一辆拉风的红色敞篷跑车停在公寓楼下，车上一男一女正在接吻，唇舌交缠气氛缠绵难分难舍。

唐宓抽了抽嘴角。她来美国有一段时间，加之为了学口语看了不少美剧和美国社会学方面的图书，知道美国人在性观念上相对开放，因此倒不算太在意。

她本着“非礼勿视”的原则，抱着书准备绕行离开，恰好车上的男女终于结束了长长的亲密，男生抬起头来，和她来了个直接对视。唐宓眼角顿时一抽，是的，就算她接受能力不错，但她也没想到，当街表演热辣吻戏的人正是昨晚嚷嚷着要去酒吧放松的何树森。她下意识看了看跑车的主人，漂亮的金发美女，细腰长腿，雪肤红唇，看上去着实性感。

何树森笑着拉开了跑车车门下车，美女冲着他比了个“电话联系”的手势，笑吟吟地重新发动汽车，小敞篷车在街上流利地掉了个头，一阵风似的离开了。

何树森大大咧咧跟她招呼：“唐宓你回来了？”

“嗯……是的。”

何树森看上去是真的“放松”好了，气息饱满，精神奕奕，完全不复昨天的委顿。他浑身都散发着莫名浓郁的香水味道，饶是唐宓这种素来冷静自持的人也觉得太过于熏人，忍不住离他远了一些。

发现她的远离，何树森笑着抬手闻了闻自己身上的味道，满脸无辜。

“没办法，外国女人就喜欢喷香水，我也是受害者。”

唐宓内心还是充满了纠结，看着他欲言又止。

何树森绝不是外表所表现的那样没心没肺，实际上对女性心理的揣摩可谓炉火纯青，唐宓脸上的纠结他看在眼底，于是颇为好心地问：“怎么了？”

唐宓看着他，想起他和李知行的战略合作关系，还是指了指他的唇：“那个，你嘴上，有红色的唇膏。”

何树森挑眉而笑，伸手抹了抹自己的唇，看了看手指上的红色痕迹，解释道：“这妹子太热情了。”

唐宓无言地思考着一个深沉的问题，何树森不是昨晚才去的酒吧，怎么今天就和这么位美女当街打得火热?

两人走到电梯入口，何树森从裤子口袋里摸出了张卡片，直接扔进了垃圾桶。

唐宓睁大眼睛看着他——这卡片难道是刚刚那美女给他的?

何树森耸肩：“‘for one night’而已，我完全没有跟她长期发展的打算。西方虽然美女多，但不是我的‘type’。”

既然不是你的爱好，你还跟她们这么如火如荼?

唐宓没什么评价别人的爱好，这么多年她奉行的生活模式一直是“求同存异”四个字，但何树森的话她还是觉得精神上产生了轻微不适感。

“看你那个耳朵被污染的样子。”何树森乐不可支，“都是成年人，你情我愿上个床，然后才能决定是否发展下去。男人其实大部分跟我一样，只不过很多男人没钱或者没脸玩不起罢了。”

唐宓转过视线，对如此没下限的话无法评论。

他最后总结道：“当然，有钱的男人中也有例外，比如李知行那种感情洁癖。”

“……”

电梯到了三楼，唐宓头也不回地走出去。

何树森看着她的背影，微微笑了。

唐宓先回了趟自己的公寓放下书包，然后如之前一样去了李知行的公寓。

今天是李知行的教授生日，他中午就去了教授家聚会，没在公寓中。她打开冰箱，拿出一堆食材，开始麻利地准备晚饭。

食材准备到一半，浴室水声暂歇，何树森推开浴室门出来，他只穿了裤子，光着上身，脖子上搭了块浴巾，靠在开放式厨房的吧台上喝水。唐宓瞥他一眼，看到一身的腱子肉。

李知行不在家，唐宓没什么可以和何树森聊的，专注手中工作，麻利地把西红柿倒进锅里。

何树森一脸的饶有兴致。

“唐宓，高中的时候我可真没想到，你也会有现在这个样子，一脸贤妻良母的样子给男人做晚饭。”

“你要说什么？”

“好不容易有机会单独跟你聊聊，我们好歹也是老同学好吗。”

说是老同学，其实高中时候两人说话不超过十句。

“那聊吧。”唐宓回答。

何树森还真没客气，直接选择了两人的过往作为谈话的开端。

“高中时有一次，你差点退学，那事是我做的。如果是李知行授意的，当时校长根本不会再问你的意思。”

何树森的意思唐宓听出来了，她看着锅，随口说：“无论是你还是李知行，都没关系。”

“我当时是恨不得你退学，不过李知行不这么想。”何树森耸肩，“他气得要命，说我多管闲事，骂了我一顿。尤其是他知道你真的打算退学之后。”

“哦。”

唐宓扣上高压锅盖子，定好时间。

她那时候是真的打算退学了。高一读了两个月后，她发觉对宣州中学的环境无法适应，挂念外婆，再加上班里还有看自己不顺眼的李知行，这所学校待下去还有什么意思?

没错，宣中的教学质量远超自己之前就读的镇中，教师们个个名校毕业，学校还有外教，图书馆的藏书丰富得难以想象，还有专门权威的数学竞赛培训，她所占有的资源是之前难以想象的。

退学是有些可惜，但也并非不能接受。她才不相信自己在镇中就无法继续学习。

她退学的心意非常坚定，老师和校长一起上阵，三番五次地劝说，希望她留下来。

何树森盯着她看，手指摩挲着玻璃杯，眸子里精光迸射，气息凛然，就算是唐宓背对着他依然感觉到了一道视线在她背上扫来扫去。

唐宓微微皱了皱眉头："你要说什么？"

"总之。"何树森一脸的深不可测，"澄清一下当年的事情。虽然李知行当时对你很生气，但他不是小肚鸡肠的人，也无意为难你。你是否在意不要紧，总之我应该解释。"

唐宓略略点了头："我知道。"

当年不知道李知行为人如何，现在怎么可能还不知道。李知行当时是生她的气，但他不会偷偷摸摸搞小动作。唐宓估摸着，如果他真要对付自己，自己压根连申辩的机会都不会有。

"所以呢，我一直在想，如果你当时真的选择了退学现在会不会后悔。"

是否会后悔，她想，她也不会知道。人生的选择就是这样，摆在你面前的有两条路，当你走上了一条路并且只能朝这条路走下去，你永远不会知道另一条路会怎么样。

如果她当时真的一意孤行选择了退学，这样的话，能否考上京大，也将是一个未知数；虽然也会认识叶一超，但是两人绝不会有太深的交情；她依然会认识严晓冬和丁霄霄，但绝对不会保持联系；至于和李知行，这可以想见——一定是老死不相往来。

思绪纷繁复杂，她一时间竟无法回答。

而何树森极为体贴地没有多问，只看着她的侧脸，满脸思索之意。

唐宓的思绪被手机铃声打断。

何树森冲着她做了一个抱歉的手势，拿起手机接听。

下一瞬，他脸色忽变，在一句"我马上过来"后匆匆挂上电话。

唐宓惊魂未定地看着何树森，她可从来没有见过何树森露出这副惊慌失措的表情，非常吃惊。即便唐宓不爱多管别人的闲事，还是忍不住问出来：

"怎么了？"

何树森沉着脸道："李知行出车祸了。"

| 第十四章 |
不会离开你

李知行结束了和教授的海钓时间，准备开车回家。

他跟教授谈了自己准备暂时休学的事情，教授对此并不太意外，认为这很不错，学生“休学”一年游历社会的情况屡见不鲜，甚至有的大学还颇为鼓励这种行为，因此在政策上也颇为宽松，学籍可以保留，一年后再决定是否回归校园。

于是李知行道谢，驱车离开。

这段时间确实太忙了，连续一周时间每天只能睡三四个小时，饶是他年轻，精力无限，也难免觉得有些疲劳，疲惫之下，人的注意力就不可能太集中，一个闪神后，他看到了旁边弯道里猛然窜出的大货车。

车祸的发生是瞬间的事情，此时大货车和他距离不过二十米，他来了个下死力气的急刹，再略略偏移了方向，整个车身如蛋糕一样重重砸上了对方的车，车身以可见的速度变扁，巨大的冲击力下，右侧玻璃破碎，安全气囊弹出，车子以右侧变形为代价，慢慢停了下来。

他感觉浑身因为震荡波有点疼，额角处更是如此，但并非不能忍受，尚有余力拿出手机拨打了求救电话。

大货车司机倒是反应迅速，几步冲过来拉开了车门看他的情况，万幸，安全带系得好好的，看他没受重伤倒是放了心。

911 反应迅速，救护车和警车二十分钟后到达现场，又忙送他去了医院。大货车的司机是个中年大叔，很有责任心，打了保险公司的电话，保险公司也在半个小时内派人到达现场。

李知行在医院的时候接到了保险公司的电话，很快做完现场的事故认定，大货车负全责。

他觉得自己受的都是皮外伤，虽然大脑有点隐隐作痛，但自我意识尚清醒。

但美国的医生素来小心为上，处理了外部伤口之后，给开了个留院查看的诊断书，加上又有保险公司埋单，CT 也需要做一次。

医生问他有没有联系人，他想了想，给何树森打了个电话，告知自己暂时无法回家的情况。

何树森来旧金山没几天，自然也不会花时间置办车辆，于是带着唐宓一道，打了辆车往医院赶去。唐宓一直死死盯着出租车司机的后背，盼望着司机开快点，更快点。

何树森说："冷静一点，李知行才出了车祸，你希望我们俩也出车祸去医院和他凑对吗？"

唐宓没理他，拿着手机给李知行打电话——但手机无人接听。

"他到底怎么样了，受伤严重吗，意识清醒吗？"

何树森看着她，一脸沉重："打电话的是救护人员，我也说不好。"

冬季的小雨慢慢飘洒在路上，潮湿的气息弥漫在空中。唐宓半晌后收回落在空中的视线，眉心蹙成一团，紧紧抿着唇翻着自己的手机通讯录，片刻后才问何树森："你知道他哥哥的电话吗？"

"嗯？"何树森一愣，摇头，"不知道。"

"那他家里人的电话呢？"

何树森继续摇头："我不知道。"

唐宓有点暴躁。

"你怎么什么都不知道？你不是他朋友吗？"

何树森的语气也很微妙："你不也什么都不知道。"

两人猛然对视一眼，唐宓皱着眉头低下了头。

"不过，你不用太紧张，应该没事的。"

何树森开始后悔自己玩笑开大了。刚刚接到李知行的电话后，他看着唐宓，忽然就生出个奇特的主意——他很想考验一下唐宓，看看在她心里，李知行到底是个什么地位。

作为李知行长期以来的朋友，以及久经情场的高端情场浪子，何树森对李知行内心的其他事情拿不准，但唯独感情这一点上看得通通透透。李知行无论从哪方面来说，都是个金光灿烂的钻石王老五，无论是高中还是大学，就算到了美国依然是众美女的心头好，暗恋的明恋的哭着喊着要嫁给他的妹子不知凡几，而他这辈子就是扎进了唐宓这个坑里，压根出不来也不打算出来。

何树森曾经半开玩笑地说要给他介绍女朋友，被李知行冷淡的一句"少管我的事情"堵了回去。

何树森承认，唐宓是挺漂亮，脑子也聪明，可她那脾气实在让人不敢恭维。她真的值得李知行这么心心念念一厢情愿地付出？

就唐宓那个冷心冷面的样子，李知行很难得到回报。

然而，看着她此时火烧眉毛的样子，何树森忽然觉得，李知行这么多年的付出，也并非白费。

就算唐宓对李知行抱有的感情并非他期待的那一种，但她的那份关心是真诚的。

医院急诊室里乱糟糟一片，唐宓根本不知道李知行在哪里，在前台一通交涉，只得到了前台护士的一顿白眼。

何树森看她的交流情况真是着急，一把拉开她，自己和护士说话去了。何树森在美国待了五六年，泡到的正宗美国妹子至少有半百之数，和女性的交涉水平都快突破天际了，上至大妈下至萝莉，就没有他搞不定的。总之，没几句话就说得护士高高兴兴，飞快查了查资料，告诉他李知行所在的病房。

对方话音还没完全落下，唐宓眼角余光就看到角落的电梯门恰好打开，她性格急起来别人也管不住，直接几步冲进电梯，速度之快，连何树森都吃了一惊。

“Her boyfriend，right？（是她的男朋友？）”护士问他。

何树森慢悠悠说了句“will be”（将来一定是），再跟护士道谢，上了楼。

唐宓极轻地推开了病房的门，单独的一间病房，没有旁人，没有医生，李知行独自一人躺在病床上。唐宓的心脏猛地一跳，慢慢走到病床边，低下头看着病床上的李知行，完全无法移动。

李知行面容安静，似乎睡着了。他身上是医院统一的病人服，被子盖到了胸口；一旁的床头柜上放着他的笔电，旁边还有个塑料袋，装着他白天身上的衣服。他左脸颊和下颌贴着纱布，这段时间他确实有点累，眼睑下方有着淡青色阴影，在这间昏暗的病房内，气色简直糟糕透了。

唐宓彻底脱了力，只剩下最后一点力气支撑她矗立在原地，默默低头看着病床上的李知行，视线虽然落在他身上，眼睛所见却模糊起来。

李知行的外部伤口已经治疗完毕，CT也已经照完，正躺在病床上休息。起初尚不觉得，而他现在是货真价值地感受到了头痛和眩晕——医生说很可能是受到的冲击过大，惯性使得枕颈关节受到冲击，引发了大脑震荡，导致头晕头痛。

这种症状问题不大，休息几天就会好。

而大约因为头痛，他有点昏昏沉沉。

门被推开的声音和脚步声让他清醒过来，然而，他怎么也没想到，一睁开眼就看到了一双猫眼石般的眼睛。

他瞬间清醒过来，坐了起来。

“唐宓，你怎么来了？”

“……”

下一瞬间他发现了不对劲，她猫眼石般的眼睛上沾了一层水汽，就像是冬天的第一场雪融化在她的眼睛里。

饶是李知行素来聪明，这一瞬间也陷入了莫名震惊的状态——她在哭？那个唐宓，会为自己而哭泣？

被问话的没吱声，另一个不速之客站在病床的床尾开了口：“听到你出了车祸，她怎么会不来？”

“……”李知行没去看自己的合伙人，轻轻握住了唐宓的左手。

她本来就脱了力，李知行稍一用力，她就顺着他手心递过来的力量，重重跌坐在了病床上，床身弹了弹，然后平静下来。

“唐宓，我没事，好好的，就是一点软组织挫伤。”

何树森讪讪地凑过来：“唐宓，刚刚是我故意夸张逗你的。李知行没什么大事，车祸是真的，但他没受什么重伤，观察一晚上明天就可以出院了。”

李知行心里微微发酸，拿着床头挂着的病历给她：“你不信我也应该信病历。”

唐宓伸手拿过病历，可她的双手哪里还有力气，这一接之下，居然没握住，只看着病历“啪啦”掉在床上。

何树森默默拾起病历翻开，递到她手里，随后知趣地退出了房间，去了走廊上。唐宓看了看——事实证明，哪国医生的笔迹都充满了艺术感且难以辨认，何况医学单词又特别复杂，她低下头看了半天才勉强读懂了。唐宓慢慢仰起头，以一种奇妙的看陌生人的眼光盯着他看，就是没说话。

只要她一言不发，李知行的心情就落不到实处。

李知行果断掀开被子下了床，光脚踩在地板上走了两圈：“你看我，我真没事。”

事实证明，嘚瑟的人是要遭报应的——两圈还没走完，他的头忽然又是一痛，身形忽然不稳，唐宓手疾眼快扶住他，慢慢开了口。

“你回病床上去。”

她能说话就是个好的迹象，李知行也没不从的道理，说道：“是车祸的后遗症，脑震荡都不算，休息一两天就好。”

唐宓开了口：“你怎么出的车祸？”

李知行靠在床头，满目都是无奈：“我是正常驾驶，别人要违规撞上来，实在没办法。不过已经处理妥当，只等保险公司理赔了。”

“嗯……”

李知行看着她：“何树森是怎么吓唬你的？我受伤严重，病危昏迷？别理他，他就是个二货。”

“不是的，李知行，和他没关系。”唐宓轻声说，“你还有很多事情要做，你的公司，你的梦想，你的未来……所以，你不能出意外。”

她想说的其实很多。李知行几乎拥有一切，他有那么大的一个家，他有出色的才华，他有无限光明的未来，他有无穷的可能性，他有每个人都羡慕的一切，他怎么可能出意外？一点点的可能性都不应该出现。

虽然证明是虚惊一场，但她没有太多劫后余生的感觉，只是很慢很慢地松了一口气，松了那口从进病房到现在，都未能呼出的郁结之气。

李知行再次握住她的手，她的手心凉透了，他把她的手放在自己的胸口。

双手放在他的胸口，她听到了沉稳的心跳声。

“我不会离开你的，你放心。”

唐宓觉得眼前的景物再次变得模糊起来，她猛然抽回手站了起来。

“你，你先休息，我去一下洗手间。”

看着唐宓从病房出来就头也不回地去了洗手间，何树森也有所感觉地进了病房，李知行冷冷看他一眼，何树森只做不察他的冷眼，重重坐在床边的凳子上，吁出一口气："她哭了？"

李知行眼刀直接杀来，说话毫不客气："我说的话你当耳边风？"

他之前给何树森打电话时，还特意强调了让他不要告诉别人，岂料一睁开眼睛就看到唐宓的脸，受到的刺激也不是一点半点。

"我也不是存心的，打电话的时候她就在我身边，真的瞒得住我应该去拿奥斯卡了好吧。"何树森摊了摊手，"你也别气了，要从好的方面想问题。效果还是显著的，听说你出了车祸，唐宓脸一下子白了……刚刚那个表情也是，一副要殉情的样子。"

李知行神色不豫："她只是看起来冷冰冰的，不是真的毫无感情。"

认识这么多年，唐宓什么性格他还会不清楚？虽然又冷又硬的壳子包着自己，但内心也不是没有柔软的地方。

"不是普通的感情啊。"何树森顿了顿，想起唐宓这一路上的反应，重重点了点头，把自己的结论说出来，"她是真喜欢你，只有这一点，我不会看错。"

生死之际才能看出一个人的感情，这句话没错。

李知行抬眸看了眼何树森，嘴角微微提了提，依然不语。

何树森诧异地看着自己的合伙人，他原以为李知行一直深陷无望的苦恋中，得知了心仪的女孩子对自己也有感情之后，照说应该欢呼雀跃——可他没有太喜悦。

"喜欢我和愿意跟我在一起，这两件事是不一样的。"

"在我看来是五十步和一百步的区别。"

"你不应该这么试探她。"李知行说，"你根本不知道医院对她来说是什么地方。"

"好吧。"何树森抓了抓头发，暗暗吐槽说我当然不知道，我对她可没那么有兴趣，"那怎么办？已经这样了啊……"

李知行叹了口气，道："算了。"

"你出车祸这事儿，你不打算告诉家里人？"

"没必要，明天就出院了。"

"瞒不了多久的，你家里早晚会知道的。"

"要的就是这个时间差。"李知行揉了揉额头，他还是有点头晕，"好了，去给我买点吃的过来。"

"我们离开的时候，唐宓刚刚把饭做好了。"何树森笑容很微妙。

李知行顿了顿："那你回去，带饭来给我。"

"好。"何树森点头。

"明天去租辆车，或者打孙轩的电话跟他借车。"

何树森摇头晃脑地感慨："李知行，我忽然发现，在你手下干活，可能是很恐怖的事情啊……"

李知行不咸不淡地看他："你现在退出还来得及。"

"做梦！"

何树森义正词严地站起来，立在病床边，忽然伸手抹了把脸，看着李知行眼睑下的淡青色，换上一副郑重神色："你要明白，唐宓说得对，你的未来，你的希望，还有我们的梦想和希望，都系在你身上。你如果有事，不要自己扛着，我们都会帮你分担的。"

李知行沉沉点头。

"明白。"

唐宓回到病房的时候，恰好看到何树森打着电话离开，他在那边叽里呱啦地说："大孙，你的车借我一下……李知行出了点事情……"说着还不忘记跟她比了个手势才离开。

唐宓回到病房，因为洗过脸，神态已经恢复了正常。

"晚饭你要吃什么？"她走到床边，问李知行。

"何树森回宿舍去，会把我们两个人的晚饭一起带来，不过还要一阵子。"李知行拍了拍床沿，"你坐着歇一歇。"

医院和大学也有三四公里的距离，不算太近。她本来还在琢磨要不要去医院附近买点比萨三明治之类的对付一下晚餐，不过李知行到底是李知行，总是比她想得周到一些。

"嗯。"

两个人都聪明地回避了刚刚唐宓的态度问题。

唐宓拉了拉盖在他身上的被子，开始询问车祸的细节。李知行给她看手机里的照片，车头损毁，车身右侧变形，但驾驶位尚且完好——唐宓松了一口气，如果大货车撞的是左侧，那就更不堪设想了。

她盯着李知行，一副刨根问底的架势："你是这段时间太累了才没注意到大货车的？"

唐宓搭过李知行的车没一百次也有五十次，对他的驾驶风格还是相当了解的。

"平时你会更小心一些，在更早的时间就会躲开，今天这样的事情不会发生。"

李知行摸了摸鼻子，无法否认，点了点头。

唐宓轻声说："你的公司是很着急，但千万别再疲劳驾驶了，不算特别机密的事情，都可以找我做。"

李知行看着她，微笑着点了点头："我明白，不过，公司的事情也基本差不多了。"

"是吗？进展这么快？"

"大致方案已经差不多了，不过方案做得再好，具体细节都要摸着石头过河。接下来的工作就是写代码，不会再那么累了。"

唐宓想了想，抿了抿嘴，露出了微笑。

李知行问："怎么？"

"我在想学过的那些案例，IT 业的前辈们创业的时候，都是自己写代码。"

李知行笑了："两个原因，一个是核心技术要掌握在自己手里，另外一个，没钱。"

唐宓莞尔，拿过床头柜上的笔记本电脑递给他："那你要不要写代码？"

"今天就不写了，我今天早上跟学校提交了休学申请，接下来，我将会在很长一段时间内跟代码奋斗。"

李知行瞧着她的侧脸，心说何况今天还有你在，我还写什么代码？

“手续已经办了？那孙轩那边？”

“他也辞职了，正式过来跟我一起架构补充软件。”

唐宓看着他：“也就是说，接下来一段时间，你的公寓会住三个人？”

“唔……”李知行也想起了三个大男生挤在一个屋里的场面，一脸沉痛，“看起来好像是这样的。”

她想的却是另外一回事：“这样很好的，接下来这段时间你就不用自己开车了。”

大概是不用自己开车了，因为高强度的编程工作，估计连门都没法出了。

“你没带书和电脑出来？”

她听到李知行出了车祸，就拉着何树森火急火燎地跑出来打车，哪还记得带图书电脑之类的东西。

李知行拿过自己的超薄笔记本，摁了指纹开机，递给她。

“用我的电脑赶‘paper’吧。”

唐宓瞪着他，没接。

李知行电脑里的东西，估计都是他公司的核心资料。她怎么敢随意用。

李知行和她相交多年，对她的了解超过任何人，看到她犹豫的态度就明白了缘故，补上了一句：“其他人当然不行，但是你不一样。”

“……”

想说的任何话被李知行这句冲了个七零八落，唐宓默默地点点头，接过了他的电脑和他的好意。

“那你睡一会儿，等何树森来了，我再叫你起来。”

“嗯，好吧。”

李知行是真的有点累，没有强撑着，很快就睡着了。

唐宓关掉了病房里的大多数灯只留下了一盏小壁灯，坐在沙发里一点一点地敲着电脑赶自己的论文，时不时地起身，去病床边看李知行的睡眠情况，偶尔帮他拉拉被子。

李知行睡姿很好，也很安静，连个翻身都没有，呼吸绵长。

中间的时候医生来了一次，拿来了李知行的 CT 照片。李知行在睡觉，唐宓在医生的指导下看了看片子，得知他没有大碍顿时真正放下了心。

他这一觉睡得很沉，睁开眼天色已经全黑了，而病房里都是人。李知行看着自己的两位合伙人和病床边关注着自己的唐宓，忽然觉得，这次的小车祸也值了。

“醒了？”最先说话的是孙轩，他放下正在刷朋友圈的手机，“今晚本来同事请去酒吧喝酒的，我连喝酒都没去，赶来看你了。”

李知行睡得足，精神也挺好，一边翻身下床，一边说：“现在去还来得及。”

孙轩哈哈一笑，挥了挥手：“喝酒哪有兄弟重要啊！”

李知行笑着拍了拍他的肩膀，去了卫生间简单洗漱。

出来的时候，唐宓已拿过饭盒：“吃晚饭吧，刚刚热的。”

看着饭盒里的中式饭菜，李知行知道是她晚上做的，心里一暖，点了点头。

结果刚刚热好的饭菜还没吃上几口，孙轩又凑过来问他：“你脸上的伤没事吧！”

“小擦伤而已。”

孙轩比当事人还紧张兮兮的：“不会留下疤痕？”

“应该不会，不过没什么大不了的。”李知行不以为然。

孙轩很激动：“怎么可能没有什么大不了呢？男人的脸也是很重要的呀！”

李知行啼笑皆非：“男人的脸到底有什么重要的？又不靠脸吃饭。”

“虽然男人是不靠脸吃饭，但那是追求妹子的利器啊。”孙轩完全是指点江山的模样，语气中又饱含着一种奇特的愤懑，“世界上大部分的妹子是没什么眼光的，挑男人只看脸，男人脑袋再聪明、工资再高，妹子们看的还是脸、脸、脸。”

就算是唐宓也听出来了，孙轩说的多半是自己屡次被拒的悲惨往事。

“如果我有你这张脸……”孙轩哼哼，“我一定好好保护，绝对不能让我的脸出现一点问题。”

“我说，大孙啊，你就这点追求？”何树森忍不住吐槽他。

于是，孙轩的目光投向了病房里的第三个男生。

“你是什么意思？”孙轩瞪着何树森，“美貌是稀有资源，这句话对男生女生都是适用的。你敢说男人的脸不重要？”

“呵呵！”何树森说。

孙轩不爽：“那你有何高见？”

“脸虽然也重要，但最重要的一定是身材，”何树森一脸深沉，“我泡的那些妹子都夸我身材好，很少人在乎我的脸是不是很帅。”

简直就是会心一击。比起脸，瘦弱的孙轩更缺乏的是身材。孙轩捂住胸口，默默地在暗处吐了口血。他太蠢了，为什么要在何树森面前谈女人呢？何树森可以每天换一个女人一个月不重样的，自己在他面前谈论追妹子不是自取其辱是什么？

不过，孙轩还是没有完全绝望，他求助地看着唐宓。

“唐宓，你是女生，你说说看男人的脸重要还是不重要？”

孙轩的目光充满了期盼，唐宓实在没办法当着这么恳切的一双眼睛说假话，她说：“也不是不重要……”

“你们看，连唐宓都这么说了！”孙轩振振有词。

李知行默默放下筷子，以一种奇特的眼神看着唐宓。

“唐宓，你是真的这么觉得？”

“嗯，”唐宓想了想，“不那么绝对，但是——外表，还是重要的。”

男生长得是否英俊，唐宓没怎么想过。从她读书开始，就没跟什么男生有过接触，真正谈得上关系不错，因为共同爱好而认识的异性，一只手都数得过来。就因为这样，她对男生这个群体的认识十分片面狭窄，看人也只能流于表面。以她的经验而言，面对英俊潇洒的男生的搭讪，她的接受程度总是更高一些。

读了研究生又出了国之后，她是真的慢慢理解了李泽文的那句话。

这个世界，大致来说，对容貌有优势的人是一路开绿灯的。

四个人吃过晚饭后，何树森不知道从哪里掏出两副扑克，于是四个人就围着病床，打起扑克来了。

他们打的是最老土的升级，唐宓和李知行一组，何树森和孙轩一组，四个人都是聪明人，于是一番缠斗，双方斗得难解难分，拼杀激烈，两三个小时一晃而过。

夜深了，医院的走廊安静下来。

李知行让三人回去休息，只有唐宓不肯，坚持要在医院陪他，何树森和孙轩两人支持了这个决定，当即开车闪人了。

李知行有点无奈，在医院是势必睡不好的，而且以唐宓的个性，怎么可能会睡他的病床？最重要的是，他也不是真的受了什么了不起的伤。

唐宓在医院陪床的经验足，准备睡觉之前把松软的单人沙发拖到病床边坐下，一副敬业的陪床样子。

李知行看着她。医院的空调开得很足，暖意融融，她身上搭着医院的浅蓝色薄毯，在昏暗的灯光下，侧脸清清冷冷，宛如古代的美人图，抬起眼眸的时候，瞳孔里星光璀璨。

李知行没来由地想起五六年前的事情，高考之后她在医院陪床足足两个月，整个人瘦了一大圈。

"怎么了？"和李知行的目光对上，唐宓轻声询问。

李知行靠在床头，说道："唐宓，我想问你一件事。"

"什么？"

李知行问："你是真的觉得，男人的容貌很重要吗？"

"啊？哎？"

她怎么也不会想到，李知行一本正经问她的，居然是这样无聊的问题。

她无奈地回答："就一般情况而言，长得帅是有好处的吧……"

李知行的表情极其复杂，好半天才说了句："难怪了。"

"难怪什么？"唐宓如坠云雾之中。

李知行看着她，慢悠悠开口："我记得你说过，叶一超长得比我帅。"

"啊？我什么时候说过？"

唐宓完全愣住了。她可完全不记得自己这么无聊，去评价甚至比较男生的容貌。

"高一的时候，丁霄霄的生日聚会，真心话大冒险的时候，她们问你叶一超和我哪个帅一点，你回答叶一超。"

"……"

唐宓唯一能做的，就是绞尽脑汁回想当年的情况——亏得她记忆力天生极好，几秒钟后还真是被她从记忆里翻出了当年的细节。是的，是有这么一回事。

那天是丁霄霄的十五岁生日，她邀请了班上大部分同学参加自己的生日聚会，然后热情邀请她参加。她本来绝不会参加这么无聊的生日聚会，但丁霄霄都快哭了，她也只能跟着去了。

丁霄霄的父母在KTV包了一个很大的房间，二十个年轻学生在包厢里鬼哭狼嚎地唱歌蹦迪打牌逗趣，她觉得自己当时一定是被满包厢的号叫震晕了脑子，硬是被严晓冬拉去参加了真心话大冒险。

众所周知，所谓的真心话大冒险基本上都是探问个人私事，只不过唐宓实在坦然，也觉得事无不可对人言，该怎么说就怎么说。

众人收获了她的两个“不知道”“不清楚”后，终于泄了气，转而问她更八卦也是宣中女生讨论最多的问题——叶一超和李知行哪个帅一点。

唐宓做了回答。

一直以来，她高冷的形象已经深入人心，平时连和男生说句话都不肯，全班同学都猜测是不是男生在她看来都一个样，没想到她居然也有审美，于是全班震动——包厢里的所有人安静了半分钟，然后巨大的笑声拍桌声掀翻了屋顶。

当时李知行也在包厢内，听到了这个回答，隔着茶几看了她一眼。

李知行的眼神看不出什么情绪，但唐宓也能隐约察觉他的不快，她面无表情地回敬了他一个寡淡的眼神。

虽然对李知行不以为然，但唐宓实在觉得，这真心话大冒险的游戏蠢到了极点，这一轮之后便不再参加了。

唐宓完全没想到，多年后，李知行居然会跟她提起这个多年前的无聊游戏。

“你很介意吗？”唐宓震惊地看着李知行。

“我是介意。”李知行继续问她，“所以，你是真的这么想的？”

“……”

她觉得这事儿实在难以形容。李知行一直是很大气的人，明明跟她那么大的矛盾都可以化解，怎么她随口说的一句话，他居然心心念念记挂了这么久？他刚刚还在跟孙轩义正词严地说“男人的脸不要紧”，怎么现在忽然改了个态度？

虽然实在不想回答这个问题，然而李知行渴求答案的态度那么坚决，唐宓只能慢慢地点了点头。仔细一想，这好像并不奇怪，为了再弹一次*Love Story*给她听，他一个人不知道练习了多少次……大概，自己的话是会对他产生影响的吧。

“当时是这么觉得。”唐宓试图补救，“那个……相由心生，我那时候本来就对你有偏见……”

李知行眉梢一挑，轻轻“哼”了一声。

“以前的事情不提了。那么现在呢？”

“哎？”

“我和叶一超，谁帅一点，你现在的回答是？”

李知行的眼神发亮，面对他无穷无尽的问题，她有点后悔今晚选择在医院陪床了。

“现在？”唐宓只得说，“我不知道叶一超现在的模样。”

是非常诚实也非常符合唐宓实事求是风格的说法，但是李知行还是从这句话里听出了一丝敷衍的意味。李知行觉得自己挺傻的，可他就是心心念念记了唐宓的那句话好些年，微妙的不平衡感横在心头，想忘都忘不掉。说到底男生还是领地型生物，奇怪的嫉妒心在数年之后还是发作了。

“那就当我没问吧。”

李知行拉过被子躺下，翻身背对着她，鼺声鼺气的声音隔着枕头传来：“那晚安了。”

唐宓呆住，李知行这是生气了吗?

“李知行，你……”

话没说完被他打断：“帮我把灯关上，谢谢。”

唐宓从来不是那种巧言的人，面对李知行隐约的不快，终是想不出什么话可以缓和气氛，她沉默了一会儿，无奈地起身略略探身，关掉了灯。

房间彻底安静下来，空调吐息的声音咝咝作响，走廊里的灯也关掉了大半，只剩下安全通道的绿色指示灯的些微光芒从门缝下渗进来，照得房内的一切如梦如幻。

| 第十五章 |
你是好女孩

观察一晚后，医生认为李知行没有大碍，给开了点外敷的药就挥手赶人。孙轩开着车把两人接回了公寓，又把自己的部分生活用品搬了过来，然后三个大男生就开始了和代码打交道的同居生活。

这么忙忙碌碌地折腾了两周代码，直到感恩节前，楼上的公寓才终于平静了一点。

在此期间，一行人也订好了回国的机票，就在十二月中旬，期末考试结束后两天。

唐宓是交换生生涯结束，当然应当回国，得知李知行一行人也要跟她同班飞机回国的时候，她大吃一惊。

李知行则笑她的惊讶："如果我还留在美国，为什么要休学？"

孙轩也附和："还留在美国的话，我干吗要辞职？"

一旁的何树森则慢悠悠道："当然是要回国创业，自己当老板才是正道啊。"

三个人说得她败下阵来，唐宓瞬间折服，又问："你们为什么不提早回国？"

"也不能说走就走，我们都还有一些预留事项要处理。"李知行说。

唐宓想起他感恩节期间还要去哈佛找罗志维，不再疑惑。

忙忙碌碌中，感恩节很快到来，学校里洋溢着躁动的气氛。

何树森没太多代码可写，比李知行、孙轩两人闲得多，时不时泡个酒吧，和一个魔鬼身材的妹子打得火热，感恩节期间他和这个妹子准备去拉斯维加斯玩；至于孙轩，他也有自己的安排。他好歹在美国待了这么多年，朋友同事也是不少，关系庞杂，邀请他感恩节去吃饭的人还真不少，他要趁这个机会处理一下人际关系。

唐宓和李知行两人简单收拾了行李，搭飞机去了波士顿。

感恩节是十一月的第四个星期四，在假期前后，美国大学都会放两三天假，再加上周末两天，足以让学生们出去玩一玩了。

两个人选择了周二晚上七点钟的航班，下飞机的时候已经是凌晨。

临近期末，李泽文最近相当忙碌，李知行也不可能让自己的大哥半夜来机场接人。两人出了机场，叫了个车直接杀到了哈佛附近。既是晚上又在车里，唐宓根本分不清什么方向，只觉得出租车在黑夜中行驶了一个多小时，最后在一栋美式小楼面前停下来。

面前的小楼灯光明亮，似乎在欢迎来客。

唐宓拉着行李箱，在花园前驻足了一瞬。

李知行问："怎么？"

唐宓说："我是想到了黄明明的事情。"

是啊，四年前也有这么一次，同样是很晚的时候，李知行带着她直接杀到了李泽文的家，请他出手帮忙。今天晚上的情形，也基本上是那一天的重演。

李知行颇有同感，想一想后点头笑道："是的，还真是一模一样。"

然后两人不再说话，拖着行李箱穿过了小楼前整齐的花园，来到了大门前，李知行抬手敲门。

片刻后一楼灯亮，房子的主人开了门。

"进来。"

李泽文穿了件青灰色的V领羊毛衫，犹如青松那样挺拔，在门口欢迎他们。

唐宓微微欠身："李先生，我又上门打扰了。"

而且还是深夜两点钟的打扰，即便有李知行在场，唐宓也委实不好意思。

李泽文微笑着回答："嗯，好久不见了，唐宓。"

确实很久不见了，上次见面还是四年前的事情——奇妙的是，四年时间不见，李泽文几乎没有变化，只是神色间更成熟了一些。

"不用客气，这里房间多，谈不上打扰。李知行会带你去找房间的。"

屋子里非常暖和，两人放下行李箱，长长出了一口气。

"好，大哥那你睡吧，我会自己找房间睡觉的。"李知行点头。

"也好。"

李泽文挥了挥手，进了一楼角落的房间。李泽文的这套房子距哈佛约莫五公里，开车二十分钟，有三四个房间，他自己选择住在一楼，二楼都是空的，确实闲置挺多。

李知行也不是第一次来他大哥这里，熟门熟路地上了楼，找了个房间让唐宓进屋放下行李，又把浴室指给她，让她先洗澡，又去了自己的房间放下行李。

五六个小时的飞行确实很累人，两个人匆匆洗了澡后就上床睡觉，晚上连个梦都没有。

唐宓早上醒来的时候已经过了七点半。

她平时生活规律，罕有起得这么晚的时候，也确实是被昨天的长途飞行累的。于是她匆匆洗漱好下了楼，在一楼的厨房里看到了正在吃三明治和煎鸡蛋的李泽文。

"你醒啦？"李泽文说，"我马上就要去学校，冰箱里有鸡蛋和面包，你和知行两个人自己弄着吃。"

"嗯……好的，谢谢。"

李泽文喝了口牛奶，问她："在美国还习惯吗？"

唐宓点头："我之前也以为我会不习惯，但没想到我比自己想象的还适应美国……都要感谢李知行。”

她心里有数，能够适应是因为所有的烦心事李知行都帮她处理好了，她按部就班地按照自己的生活节奏过日子就好。

李泽文问她：“你舅舅身体还好吗？”

“化疗后恢复得挺好的，现在所有的身体指标都恢复正常了。”唐宓回答着，她一点都不奇怪李泽文为什么会知道自己舅舅的身体情况。

李泽文微微点头：“明朗刚刚知道他爸爸得癌症的时候，非常受打击。”

父亲得了癌症这件事，对于从小养尊处优的明朗来说，是个巨大的打击。失去父亲的可能性从来没有出现在他的生活当中，但是，在父母离婚之后，又听说父亲得了癌症，怎么可能不受刺激？明朗的本质就是个没长大的孩子，怎么可能会不难过，半夜偷偷摸摸哭都是可能的。

李泽文吃完了鸡蛋，把盘子拿到水龙头下和煎锅一起开始冲洗，唐宓坐在厨房的高脚凳上，看着李泽文的背影——她想，他一定习惯了一个人生活。

“怎么？你想问我什么事？”

明明李泽文背对着她，但还是准确地猜到了她的想法——时隔几年，李泽文的洞察力依然让她叹为观止。

唐宓的手指在光滑的大理石餐桌上划了划，慢慢问：“李先生，我是有问题想问你……关于我爷爷奶奶的事情。”

“哦？那你已经见过他们了？”

李泽文用干毛巾擦了擦刚刚洗干净的餐具，将其放回了橱柜里。

“是的，就在今年年初寒假的时候，见过一次。”

“他们带你去给你父亲扫墓了？”

唐宓一愣，还是没忍住问出“你怎么知道”这句蠢话。

“见面的时间在寒假，江家一直有在新年扫墓的传统，而且你和江家唯一的联系也就是你父亲了。”

“嗯……是的。”唐宓鼓起勇气询问，“你为什么要告诉他们我的存在？”

“因为你是个好女孩，值得拥有更好的东西。”

李泽文已经收拾完餐具，用毛巾擦了擦手，转过身来，表情分外郑重。

唐宓一愣，并不太明白李泽文的意思。

李泽文说：“我姐姐你应该见过吧。”

“李君子姐姐。”唐宓说，“大三找实习岗位的时候，她指导过我。”

“我和她是异母姐弟。她的生母很早就跟我父亲离婚了，带着她出了国。十多年来，几乎和李家这边断了关系。”李泽文温和地述说往事，“有好几年的时间，因为生意失败，姐姐和她生母在国外过得比较拮据。我姐小时候喜欢绘画，就是因为那几年的拮据，她放弃了自己的爱好。后来，她告诉我，贫穷能教会人成长是真的，但这完全是没用的屁话。如果你富裕，你会成长得更快更好，你不用考虑金钱的限制不用担心出错，努力起来更有效率。任何人都不需要贫穷，一丁点也不需要。”

唐宓愣在原地。

从小到大，她没有听过类似的话。自她记事开始，几乎所有的师长提起她的时候都会夸她“穷人的孩子早当家”。她小时候有一位非常尊敬的老师，老师跟她说，贫穷是最好的老师，教给她自立自强、百折不挠的优良品质。听得多了，她也就被洗脑了，发自内心地这么认为，自己这些品质是贫穷带来的。其实，这都是自我安慰。

自立自强，百折不挠——这些品质听来似乎不错，但从来不需要用贫穷来培养。李知行、叶一超……她那么多优秀的高中同学大学同学，他们从不贫穷，照样拥有这些品质。

“所以，你当我有感而发多管闲事。”李泽文说，“我不应该干涉你的私事，抱歉。”

“不是的不是的，李先生你没必要对我抱歉。”唐宓回过神，连忙摇头，“你又没做错什么。”

“到目前为止，你爷爷奶奶有没有给你带来麻烦？”

“也没有，是我不想理他们。”

李泽文说：“把你的爷爷奶奶当成用闲散资金买的股票，放在柜子里就行，都不需要去关注是涨是跌。过个十几年后再拿出来看，没准已经翻了几十番了。”

唐宓抿了抿嘴，有点想笑，但是又忍住了——股票？亏他想得出这个形容词。

“更多的情况是亏得底都不剩。”她从数据上分析。

“所以用你现在的态度来面对他们就可以了。”

虽然她素来情绪内敛，但到底太年轻，在李泽文面前不可能藏得住情绪。李泽文只看她一眼，就知道她把自己的话听进去了，他转身离开厨房，临走时抛下一句：

“我要去学校了，你和知行记得吃早饭。”

“好的，李先生，慢走。”

唐宓站在厨房里看着李泽文的车子开走后，转身拉开冰箱门准备拿东西，却看到李知行站在厨房门口，神采奕奕的模样。

“起来了？”

“醒了一会儿了。”李知行不但醒了，也已经洗漱过，头发梳好，也换上了正装，“听到你和我哥在说话，就没进厨房。”

“你听到了？”

“这屋子隔音效果也就那样，听到了个尾巴，”李知行坐下来，“我哥在说你爷爷奶奶的事情？”

唐宓从切片面包开始做最简单的三明治。

“是的……你应该也知道他们是谁吧？”

“是知道。我哥告诉我的。”

这事情本就没什么“不能说”之处，他也不是故意要隐瞒，只是没跟唐宓提起此事。李知行点了点头：“你爷爷奶奶家，和我家有点交情。”

“我估计你们也认识。”唐宓说，“大二在苍山的时候我就觉得有点巧合。傅女士在苍山宾馆，你也在那里，世界上不可能有那么巧合的事情。”

李知行靠着餐桌，微微仰起了脸颊，颇为感慨的样子：“你爷爷奶奶……也不是坏人，甚至可以说是大好人了。我妈妈管理的慈善协会，你爷爷奶奶每年都有固定捐款。”

这事儿对唐宓来说是真正的大新闻。她问：“他们捐款的项目是？”

“救助患病的弃婴，”李知行说，“很多孩子因为先天疾病，被不负责任的父母丢弃——这种孩子大多数会流落到福利院，但福利院的资金也并不宽松，很多救助未必完全到位。你爷爷奶奶的捐款，每年可以救助一百多位弃婴。”

唐宓重重点头：“嗯，很好，挺好的。”

李知行微笑着问：“那么，对你爷爷奶奶的印象改善了一点没有？”

怎么可能没有改善？唐宓想，愿意花自己的钱做善事的人，无论如何都是值得钦佩的。她是依靠着别人的善意长大的，对这点认识得格外深刻。

“确实好一些。”

唐宓同意他的说法，把装着三明治的餐盘推到李知行面前。

“吃早饭吧。”

两个人简单解决了早饭，然后就面临下一个问题——去哪里？干什么？这次出行，是李知行一手策划的，自然由他一手安排。

“我和罗志维约了今天中午见面。”李知行收拾着两人的餐盘，“今天早上，我们有两个选择，一个是去逛麻省理工和哈佛，一个是去听我哥上课，你选哪一个？”

“可以去听你哥上课？”

唐宓睁大眼睛，跃跃欲试。李泽文在她心里强大得没法形容，他当老师是什么模样，上课的时候是什么态度，唐宓真的特别想知道。

李知行拿着手机晃了晃，笑得一脸狡黠。

“我查到了他的课表，今天上午，他有一节国际组织学的课程。”

因为想着可以听李泽文上课，两人接下来就匆匆开始行动。李泽文的房子距离哈佛校园有四五公里，这距离走路太远，唐宓琢磨着要不要叫个车的时候，就看到李知行从车库搬出了一辆干净漂亮并且带着后座的山地车。

不得不说，李家两兄弟都太善于给人惊喜了——在唐宓闪闪发光的眼神里，李知行跨上车，示意唐宓坐上来。

“我骑车带你去学校，总比走路快。”

唐宓点头，跳上了后座。

“抱紧我。”

“嗯。”

她看着李知行的背，轻轻搂住他的腰，手臂没用太大劲。李知行看着显瘦，腰身却很结实，仅仅这样搂着，就能感到年轻身体透出的热力。

李知行骑车熟练，带着她一点都不费劲，对路线看来也很熟——这辆搭乘了两人的两轮车顺着查尔斯河骑了一段，又沿着麻省大道直接到了哈佛广场，高大的树木在她身旁一晃而过。

明明在伯克利都没骑过车的，没想到来到哈佛却感受了一次。

十一月的波士顿已经相当寒冷，但是李知行挡在前面，她只觉得，自己一点风都没吹到。

到了学校后，李知行把自行车停到教学楼下，找到了208教室，偷偷摸摸地从阶梯教室的后门溜进去。这是间可以容纳百十人上课的阶梯教室，目前坐了不到三分之一，目测二三十人。教室里设备豪华、座位松软，前方的投影屏幕正兢兢业业地展示着丰富的图片和课件。

已经上课十分钟了，现在鬼鬼祟祟摸进教室的人，怎么可能不显眼——明显地感觉到了讲台上飘来的两道冷静评判的目光后，从来不迟到的好学生唐宓忽然觉得有点丢人。

李知行一脸自若地看着投影屏幕上的PPT页面:“他可扣不了你的学分，听课就行了。”

“也不是学分的问题吧……”唐宓小声开口，觉得这是态度问题。

李泽文的这节课是国际组织学，一堂课上他旁征博引，使用了极其丰富的案例来讲解国际组织，从联合国的机制到各种NGO[14]协会的机制，将意识形态在国际组织中的重要作用讲解得清晰无比。

一堂课结束时，唐宓只觉得李泽文浑身都笼罩着不可言说的光环，能把枯燥的政治课讲得这么深入浅出，不佩服都不可能。

她叹服：“你哥哥真的好厉害。”

李知行同意：“是啊，我哥可不是浪得虚名。”

想来也是，能在哈佛待下去的能是一般人？二十八岁就当了哈佛的助理教授，绝不是普通人可以做到的。

下课后，学生们和李泽文打了招呼后就依次散去——这堂课结束后就是感恩节假期，就算是再勤奋的学生也觉得脚底板发痒恨不得早点离开学校开始“party”，谁还乐意待在教室里?

李泽文在讲座前收拾讲义，李知行和唐宓起身朝教室前排走去，还没走几步，李知行伸手在唐宓面前一拦，把两人的前行趋势阻拦下来。

“怎么了？”唐宓不明所以。

“看前面。”

是的，前方的讲台前的确出现了新状况，有一位身材修长穿着浅粉色短大衣的女生手里拿着一沓“paper”正在和李泽文说话。女生留着齐肩的中长发和整齐的刘海，鹅蛋脸上的五官清丽舒展，说话时一对梨涡在她唇边若隐若现。她一页页地翻着自己的“paper”，清脆的嗓音说着流利的英文，听上去是在跟李泽文谈论论文中的问题。

李泽文则是一如既往的淡定脸，女生说上三五句，他才不徐不疾地回答上一句。

只不过，他每说一句话，女生的表情似乎就要扭曲一分，脸颊似乎也要红上一分，梨涡也快消失不见了。

“这个女生很漂亮。”唐宓轻声感慨。

唐宓会评价女生的容貌，这对李知行来说，倒是颇新鲜。

“你比较喜欢这种可爱的女生？”李知行饶有兴趣，低头看着唐宓。

---

⑭非政府组织，英文缩写NGO。

“那个……”唐宓抬头看李知行，试图解释，“就是觉得，挺好看的。”

李知行眉梢微微一挑：“一直以来，你对这种可爱活泼的女生容忍度都挺高的，比如丁霄霄。我没说错吧？”

“……”

唐宓不得不承认李知行挺了解她。她情绪是不多，但也有自己的审美，蛮喜欢这种可爱的女生，圆脸大眼俏皮活泼都能够满足那是最好不过。高中的时候她无法拒绝丁霄霄，主要原因除了欠下丁家的恩情之外，还有一个原因就是她确实很难对丁霄霄那张可爱的脸说“不”。

“不过……”李知行笑着看了她一眼，“我和你有着不同的意见。”

“什么？”

李知行笑而不语，抬起视线看向讲台。

讲台所在的地方，忽生变故。

女生手里的论文翻到了最后一页，而她的怒气值似乎终于到达了顶峰，她重重一拍桌子，宛如一颗蓄势已久的手榴弹一样，引爆了。

“我知道我之前得罪过你，但你这么小肚鸡肠地为难我有意思吗？是，我是有缺课，但之前我跟你请过假了，你也同意了。你现在说我的出勤率达不到要求？

“你叫我改论文，我改了，每篇都改了，还不是一次两次，但这一学期下来，我的论文全是 C 和 D，其他同学的论文比我差得多你怎么还给了 A 和 B？”

“我读书这么多年，GPA 从来没低于 3.8，你却……”那女生看来是真的气急了，连老师的名头都不顾，直呼其名，“李泽文，我真是倒了八辈子霉才会选你的课！”

唐宓和李知行对视一眼。如此流利的普通话，那女生除了是同胞外，不作他想。

唐宓默默看着她手里那一沓 A4 纸，估摸出她写了十多篇小论文，但是居然都被判了 C 和 D，唐宓设身处地地想了一下，觉得如果是自己遇到这种事情，真的，蛮心塞的。

李泽文微笑着看着面前的女生，谈话模式也切换成了普通话：“你请假，我同意了，这和你的出勤率是否达到 80% 没有关系，你在请假前就应该知道这一点；至于你的论文，我对你的要求高，那是因为你在国内的初高中就学了政治和历史。你真觉得，你和这些美国同学对政治组织学的理解应该在一个档次上？”

李泽文说话速度不快，但语气中就是神奇地带上了一种“气死你不偿命”的含义，听得唐宓很是同情那名女生。

那女生狠狠地抿着嘴，眼睛发红，似乎准备让自己的视线变成刀光刺杀过去一般，只可惜，现在她白净脸颊上的梨涡更是显眼了。

她努力深呼吸几口气，抓起讲桌上的“paper”草草塞进自己的大挎包里，头也不回地冲出了教室。

李泽文看着她离开的背影几秒钟，才把视线从大门挪到了李知行和唐宓身上，点头示意两人过去。

“大哥，刚刚的女生是怎么回事？”李知行走到讲桌前，表情微妙地问了一句。

“如你所见，期末临近，考试在即，心情紧张，脾气不好。”李泽文心情挺不错，微微笑着回答了一句，还是四个字四个字的。

临近期末找老师开绿灯，在全世界各所大学里都是挺常见的情况，但那名女生的情况不属于此类。

唐宓没忍住问了句：“李先生，你真的给她的论文 C 和 D？”

李泽文笑笑：“也不全是。”

“嗯？”

“我给过一次 B 的。”

“……”唐宓难得无语问苍天。

就美国大学这种三天一小考，一周一大考，平时分分量很重的情况，整个学期下来只拿了一个 B……唐宓不寒而栗。

李知行也颇同情那个女生，不由得问：“完全不能通融？”

李泽文这个班是对研究生开设的，刚刚李知行放眼看去，全班清一色的西方面孔，而且大叔长相的西方人居多，就这么一个黑发黑眸一口标准普通话的女生，且不谈她长相出众，就算看在老乡的情谊，也不能全给人家 C 和 D 啊。GPA 没低于 3.8 的学生，学习态度肯定不会差。

“当然不是不能通融。”李泽文说，“这需要看她接下来的表现。”

“她的论文真的很差吗？”

“从论文本身而言，其实写得不错，辞藻丰富，语句通顺。”

“那为什么……”

“因为她可以写得更好。”李泽文说。

唐宓抽了抽嘴角，不作声了。在国外国内都差不多，教授对学生的论文作业有着直接的决定权，何况是这种文科性质的论文，完全就是老师说了算，老师说你写得好就好，不好就不好。

李知行的感受也很复杂，他微妙地感觉到了一点不和谐，于是问：“大哥，你真的和她没有私怨？”

“你说呢？”

唐宓：“……”

李知行：“……”

李泽文不再理两人，拿起讲义离开了教室。

两人对视一眼，知趣地跟在李泽文身后，离开了教室。

三人吃饭的地方在哈佛广场附近的牛排馆。饭店装修精美，环境特别好，价格当然也不便宜。三个人刚坐下不久，罗志维也来了。他是刚刚下课赶来的，这学期他担任了自家导师的助教，给本科生上线性代数。

他来之前自然跟李知行约好了见面的时间，可当他赶到餐厅看到面前这三个人的组合时，还是极度震惊。

“唐宓？”罗志维几步冲到了唐宓面前，喜悦和诧异的情绪交织在一起，语调也抬高了好几分，“天，你怎么在美国？什么时候来的？你不是读研了吗？”

“我暑假到的美国，学校选我来伯克利商学院当半学期交换生。”唐宓跟他解释，“李知行说感恩节来哈佛找你，我也顺便跟着他来了东岸。”

罗志维脸上是大大的笑容，他问李知行：“你之前怎么没告诉我？”

李知行笑起来：“给你一个意外之喜。”

“真的蛮惊喜的，你和以前还是一模一样啊。”罗志维打量着唐宓，“嗯……真的一点都没变……”

“只有一年半没有办法改变什么吧。”唐宓也说，“你也没变啊。”

看到罗志维，唐宓的心情真是不错。整个大学阶段，和她关系不错的人真的很少，而男生之中，除了李知行和叶一超之外，就是和罗志维最为熟悉了。

“得了，别说了，我还不知道我来美国都胖一圈了。”

这下子唐宓看出来了，罗志维是胖了一点。不过他之前就是那种清瘦型的男生，现在就算胖一点，也还是偏瘦。

“所以呀，我要锻炼才行啊。”罗志维拍了拍自己的胳膊。

“坐下点餐吧。”

李知行把菜单递给了罗志维，罗志维还沉浸在兴奋中，随口点了一道菜，然后又把目光瞄准了这张饭桌上的第三个人——他知道今天这场会面的重大意义，当然也知道，李知行绝不会让一个外人坐在这里。

李知行开口解释：“他是我的堂兄，公司的事情他全知道。”

罗志维再次被震惊了，惊讶之色表露无遗：“什么，Dr.Li 是你的堂兄？”

李泽文慢悠悠地露出了一点笑容。

“你知道我？”

“久闻大名好不好？整个大学最年轻的助理教授，又是中国人，我怎么可能不知道你！”罗志维补上一句，“没想到你和李知行居然是兄弟，难怪长得那么像。这个世界真的太小了！”

众人都很同意这个观点。李知行对此感受更深，他当时到处找可以实现自己想法的数学理论，找了无数人，翻了数百篇论文后，近乎绝望的情况下看到某篇论文中的“罗志维”三个字，那种兴奋之情，真是难以言表。

罗志维的到来，预示着这顿饭正式开始。

烤得恰到好处的牛排端上来，配合老友相见的喜悦气氛，四个人的聊天非常顺利和舒缓，简直跟莫扎特的钢琴曲一样动人。四个人聊着学校的八卦和传闻，聊着 IT 业的动向，聊着对未来的一些思考和发展，一顿饭很快也吃到了尾声。

隔间里的气氛很好，餐后的精美甜点端了上来，也是应该谈正事了。

“罗志维，我这次来，一是为了感谢你之前对我的帮助，二是跟你谈接下来的合作。”李知行从文件夹里拿出了一个袋子顺着桌子推过去，“这是公司 10% 的原始股，我很希望你能成为 NUMS 公司的一分子。”

唐宓真的有点吃惊。10% 的原始股，这是一个相当惊人的数字，百分之百说明了李知行的诚意。在闲暇的时候，唐宓曾经估算过 NUMS 公司可能会有的规模和利润——她能肯定一件事情，罗志维的研究，可能是属于整个数学范畴内最值钱的研究之一。

罗志维相当意外，也明显有一种天降横财的喜悦。事实证明，世界上没有钱解决不了的问题，只要当这笔钱足够大的时候，连他都有那么一点犹豫。

只不过他到底有身为数学家的严谨，没有完全被金钱击倒，他沉吟着说："李知行，你的想法很有趣，我也愿意在算法这块继续研究，但是长期的话我要考虑……我是不会放弃现在的学业的，退一万步说，我的研究需要利用大学的资源，我的导师对我的提点是非常重要的。"

"我不需要你放弃学业，但我希望你能把算法作为你的长期研究方向。"李知行很认真地说，"你可以仔细看一下这份合约的细则。你注意三条，一，你没有公司的决策权；二，你要签一份保密协议，五年内不能发表相关领域的论文；三，后续的关于数据筛选的研究你要继续。之外其他的细则并不太要紧。如果你不放心，这份合同你可以请专业律师看一下。你不满意的话，我们可以再谈。"

唐宓没作声，至于决策权，她相信罗志维不会在意，所以，最大的问题，就是不能发表论文。

不过，这也是难免，巨额的利润背后总少不了"保密"二字。

当然，也不需要担心罗志维无法毕业，只看他现在平静的神情，就知道他并不为此担心。

"唐宓，如果是你的话，你会答应吗？"罗志维实在难以决定，看着唐宓。

李知行笑着敲了敲桌子："你问她的话，可能有失偏颇。唐宓是跟着我一起来的，她可能会帮我说话。"

"不会的。"罗志维摇摇头，"唐宓是实事求是的人。你和她的关系，不会成为她给我建议的阻碍。"

"我希望你答应。"唐宓慢慢思考了一会儿，"钱是一个方面，但更重要的是……如果是我，我会希望看到自己的研究成果是如何转化为生产力并且改变世界的。"

罗志维听得眼睛一亮。

他拿过文件夹拆开，潦草翻了翻这份长达三页的责任书后，抬头看李知行。

李知行颔首："我说过，有问题大家可以商量。"

"10% 的原始股，好像有点多了。"罗志维说，"非线性的研究我本来就在进行。何况，你的主意也给了我一些想法。"

这番话听得李知行轻微愕然，李泽文闻言倒是微笑起来："真是赤子之心，如果是其他人，还不知道怎么往怀里掠股份，你倒是要送出去。"

罗志维摇头："钱财这种事，拿应得的就好。"

"这就是你应该得到的。你的研究对公司非常重要，是公司的核心竞争力。"

李知行本来就是很有说服力的人，在谈判中如此严肃正经的态度，更是让罗志维都愣了愣。

"唉，我知道了……"

罗志维从讲义夹里拿出笔，翻到两份文件的最后一页——李知行早就填好了自己的名字，罗志维“唰唰唰”大笔一挥，在另一处空白处填上了自己的名字，随后还了一份合同给李知行。

“好了。”

唐宓瞪着他：“你的速度好像太快了吧……你看清楚合约了吗？”

“大致是看了，但我看得挺晕的。”罗志维笑笑，“不过不要紧的，我相信你和李知行。”

李泽文从衣兜里拿出手机，对着三人晃一晃。

“你们站好，我们拍个合影，纪念这次合作。”

“咔嚓”一声快门声之后，三张年轻的脸庞就此被定格了下来。

李泽文还有一大堆本科生的作业要批，吃过饭以后就匆匆回了学院，罗志维下午没课，于是三个人回到了他的公寓进一步详谈。

和大部分研究生一样，罗志维是自己租房子在校外居住，他单独一个人住着一室一厅的公寓，就在查尔斯河边，地段不错，价格处于这一带的中位数。

房间里收拾得非常干净，也相当整洁。客厅里的桌子上摆着厚厚一沓论文资料和他自己铺了满满一桌的演算稿。唐宓顿时发现了论文中的不同寻常处——论文中有着大量前所未有的符号，计算过程也非常奇特。毕竟只有这种异想天开般的算法，才可以大大缩小计算机的存储空间。

她翻了翻稿纸，指着一个奇特符号：“这是自定义的逻辑运算符号？”

罗志维笑：“不错！你还是功力不减啊，一眼就看出来了。”

“这是因为李知行已经将算法的思路告知了我，我才能大致明白一点。”唐宓摇了摇头，“我是只知其然不知其所以然。你研究范畴内的东西，我已经不太懂了。”

研究生是个分水岭。若说唐宓本科的时候还能学一门数学的双学位并且学得相当不错，和叶一超、罗志维没什么明显差距，但研究生的程度已经不再可能了。

研究生，顾名思义，是进入了专业的研究阶段。

在一两年的时间内，罗志维和叶一超只研究数学，接受的都是世界上最负盛名的数学家的培养，身边的人是全球范围内最出色的数学家，他们的成长速度宛如火箭喷发。专业的原因，她的数学当然也没有放下，但已经转向了实用的统计和计量范畴，和纯数学领域的差距已经不可以道里计了。

罗志维很有主人范儿地给两人倒了茶，两个男生就在客厅餐桌旁坐下，就具体的算法问题展开了激烈的讨论。

三个人的讨论算是顺利，唐宓发现，李知行的数学基础，尤其是在计算机数学这一块的基础相当扎实，和罗志维的沟通从头到尾基本没有出现过问题，从两人的交谈判断，他们从半年前就开始联系了——她怀疑当时李知行所说的“和罗志维在沟通上遇到了问题”这句话未必完全是真的。

不过都已经跟着李知行来了波士顿，再重提老话也实在不是她的风格。

演算草稿纸一页页地被扔掉被写出来，晚饭的时候三个人都忙得没时间顾及，直接叫了外卖的泰国菜。

话题到了最后，唐宓已经很难插话了，她坐在沙发上，戴上耳机，翻开笔记本继续做自己的开题报告。

凌晨的时候李知行接到了一个电话，终于中止了无休无止的讨论活动，他跟两人比了个抱歉的手势，去了阳台接电话。

罗志维也得以喘息，接了杯水一口喝干，第二杯水喝到一半的时候，他开始发表感想。

“李知行的精神太好了。”罗志维哑着嗓子，“照说我也是经常啃书啃到凌晨，但今天感觉特别心力交瘁呢……”

“大概是因为，这是他的梦想和事业吧。”

“这倒是，人有梦想的时候确实精力无限。”

罗志维点点头，终于缓过了一口气，又说：“唐宓，说起来，你这个假期有没有什么特别的安排？”

“完全没有。”

罗志维手指摩挲了几下玻璃杯：“哦，那就是说，你有时间和叶一超见面吃个饭吧？”

熬到这个时间，唐宓其实也相当困倦，她很少有超过十二点还没睡觉的时候——但“叶一超”三个字一出，她猛然精神一振。

“这个假期叶一超会到波士顿来找我。”罗志维说，“他应该是明天上午到。”

唐宓的大脑还在慢慢消化这个消息。

“你知道他这个人，能不出门肯定不出门的。”罗志维道，“不过几个月前他新买了一辆车，我跟他说有车了就应该多练练，新车跑跑高速是很好的，他觉得我说得有道理，所以就决定感恩节的时候开车过来了。”

“嗯……”唐宓终于反应过来，搭了话，“没问题的，大学毕业后我也没见过他了。他现在怎么样？”

“我看他日子过得挺好。”罗志维摸了摸下巴，得意地笑起来，“我在想，他看到你在美国，一定吃惊得下巴都要掉下来。”

“这可不一定。”

“那就拭目以待吧。”

罗志维笑了，把玻璃杯放到水槽冲洗干净。

李知行这边也打完了电话走进客厅，拎起沙发上的大衣，随意搭在臂弯。

“唐宓，我们走了，大哥在楼下，来接我们回去了。”李知行跟罗志维说，“明天再来。”

罗志维瘫在沙发上，挥手送行。这么熟的朋友，不需要见外。

“记得帮我把门带上。”

其实岂止是明天，唐宓估计，接下来的几天，他们天天都要来罗志维家报到。即便在网上可以讨论，但讨论的效果又岂是现场的沟通可以比拟的？好不容易有这个机会，李知行是绝对不会放过一分一秒的。

| 第十六章 |
异国遇旧友

周四当天唐宓起得很早，一如她之前的习惯。昨晚三个人回家洗澡睡下的时候已经是深夜两点了，考虑到第二天是假期，李知行叫她今天睡到自然醒。可当她发现自己再也睡不着后，干脆起了床。她换上衣服轻手轻脚下了楼，去厨房做好了当天的早餐。

她吃掉了自己的那一份三明治后，把剩下的包好放在餐桌上，然后穿上大衣，系上围巾，带好手机，在饭厅里留了一张小字条，就独自出门去了。

她这次是跟着李知行来的，自己完全没有计划，也没有出行的预算，昨天一天忙忙碌碌，完全没注意周边的景色，现在难得有了点自己的时间，她准备独自一人在剑桥市逛一逛。

她坐了一辆观光车来到麻省理工。波士顿今天阳光非常好，冲淡了一些冬天的寒意。因为是假期兼之时间尚早，校园里格外安静，路上行人非常少。只不过，此地阳光虽好但她来得确实不是时候，正是树木萧瑟，草地枯黄，论起景色来，其实还真不如四季如春的伯克利。

麻省校园大，人数少，当唐宓发现自己已经第二次路过面前的红墙大楼的时候，她意识到，自己可能迷路了。

她无奈地边走边打开手机查询自己的位置，刚刚打开，忽然听到后面一声清澈的“go away”传来——她还来不及回头，只见一辆自行车擦着自己的鼻尖一晃而过，然后以迅雷不及掩耳之势撞上了路边的大树。

自行车撞了树，带来的后果可想而知，自行车前方车筐里的书包以一道美妙的弧度被扔了出去，骑车的女生当然也跟自行车一起跌倒，并且是以一种格外凄惨的方式——女生整个人摔在地上，双腿以诡异的方式卡在了自行车的后轮和支架之间，车把抵着她的腰，脑袋即将砸到地面的一瞬间，她双手猛然伸出，在地上一撑，稳住了身形，那自行车质量真不错，圆滚滚的前轮还在兀自“哗啦哗啦”滚动着。

唐宓看着都觉得浑身疼起来。她几步奔至女生身边，连忙将自行车挪开，扶着那名女生坐在树下，又探身过去拿过女生的书包放到她身边。

视线落到这名女生的脸颊上时，唐宓忍不住睁大了眼睛——所谓无巧不成书，这个不幸撞树的女生，正是她昨天在李泽文的教室里看到的那个被判了一个学期的C和D的女生。

女生真是摔得够呛，浑身没哪个地方不疼，她看着自己破了皮的双手手心，龇了龇整齐漂亮的牙齿。

在唐宓看过来的那一瞬间，她换上了大大的笑容，一对梨涡浮现在她的脸颊旁："Thanks……"

唐宓连忙摇头："不不，是我不对，挡住了你的路。"

听到字正腔圆的普通话，那名女生惊讶了一瞬，然后说："你也是中国人啊！"

"是的，刚刚真的抱歉。"

女生苦笑了一声："唉，也不是你的错，是我拐弯的时候没看路，以为路上没人，刹车也不好使……"

唐宓默默地看向了自行车，三秒钟后指了指前轮："你的刹车好像被卡住了。"

女生双唇微微一抖，喃喃自语道："我就知道我的人品值已经无药可救了。走路会摔倒，骑车会撞树，警察局都进过，连抢劫都遇到了一次，最可怕的是论文得D……"

她声音很轻，唐宓听着那控诉般的话语，看着她破了皮微微渗血的双手，深深地觉得她的运气实在太差了。

"还疼得厉害吗？"唐宓问她。

"比刚刚好点了，刚刚摔的那下子，脑子里好像开了花。"

"那你还能走吗？"

"这个肯定还可以……不过我要歇一歇……"

唐宓很耐心地帮她拍掉身上的灰。

歇了一会儿之后，唐宓扶着她站起来，问她："我扶你回宿舍休息一下？"

女生觉得自己从腰部开始到脚踝都仿佛过了电一样麻木，但真要仔细较真起来，她也不是不能够靠自己的力量回公寓，只是姿势稍微别扭一点。若是换了个人，无论是男是女，女生绝不会让对方送自己回公寓。

但面前站着的是唐宓，女生和她的视线对上一秒钟后，微笑着点了头："好的，谢谢你。"

唐宓虽然冷清寡淡，一副不愿意跟人深交的模样，但关心人的时候浑身自然而然地流露出一股温暖的态度，混合成了一股很奇妙的气质，既不过分热切显得别有用心，又不生硬冷酷让人难以接近。她所展现的就是她所想的，特别能给人以信任感。

而且，她的那张脸，也实在太具有说服力了。虽然理论上容貌美和心灵美没法画等号，但是人家都长成这样了，怎么可能还会对其他人心怀企图？

任凭身边的女生一手推着车，一手扶着自己，两个人慢慢沿着来时路朝前走去。

女生说："对了，还没自我介绍呢，我叫郗羽。"

"我叫唐宓。"

郗羽睁大眼睛笑了："你的名字听上去好甜，跟糖果一样。"

从来没听过有人这么评价自己的名字，唐宓抿了抿嘴回敬了一个不太好意思的笑容。

“哪有……”

“真的呀，好甜的名字。”

虽然郗羽身上很疼，但回去的一路上，两个人还是坚持着说话。

唐宓解释了自己的身份，说自己不是这里的学生，而是在假期时候过来的。

郗羽羡慕地叹了口气：“假期可以玩的日子真好。像我就算是感恩节的假期也要去实验室。”

唐宓没解释说自己这个假期也要和论文奋斗，只问她：“你刚刚就是去学习的？”

“是啊，去实验室处理数据呢。”

随后的聊天中唐宓才知道，郗羽居然不是哈佛的学生，而是 MIT 的学生，研究方向是大气科学，目前正在攻读博士，今年已经是她在美国的第四年了。

郗羽读书的年龄比较小，今年也不过二十四岁。她抱怨说自己有时候和同学去酒吧，总是被查证，没一次落空的。

得知唐宓比自己小，郗羽得意地开口：“哎呀，你要叫我姐姐啦。”

“……”

唐宓成功闪避了这个“姐姐”的问题，试探性问她：“学姐，你刚刚说，你的论文是怎么回事？”

郗羽“哎”了一声，似乎连身上都不疼了，滔滔不绝地开始叙述。

大气科学有一个特点，就是交流合作尤其是国际性的合作特别多，毕竟气体总是在运动的，谁都不可能关起门来搞科研。MIT 的地球大气学科实力强劲，郗羽的老板也是很著名的大气海洋学领域的专家，带着她参加过很多国际协作的项目。这各种各样的国际合作组织各自为政，天天扯皮，我说你的数据有问题，你扯我的论文造假，加上还有乱七八糟的各国环保组织捣乱，在遭遇了部分不靠谱环保人士的冷水浇头之后，郗羽深深觉得自己有必要学习一门国际组织学的课程来丰富知识，找到应对策略。

麻省理工在文化社科方面实力不够，但是隔壁的哈佛有相关课程，并且在全球范围内都很厉害，两所学校可以互相选课并且互认学分，她便跑到哈佛选了这门国际组织学。

郗羽满脸阴郁地叹息：“我是听说这位老师水平不错，同学们的评价也很好所以才选的，没想到他刁难我啊！说我的论文写得不好，每次都给我低分……是的，我知道我的论文是不太好，但我的专业又不是政治，我这门课纯粹就是了解一下国际组织的运作方式，他却说什么‘既然选了我的课就要做到最好’！做到最好需要付出多少时间？每篇论文都要去看一大本书才可以写出来啊……我每天搞数据都快要累死了啊！”

麻省理工学生的功课压力之大在全美高校中都是翘楚，能够在百忙之中选修一门和专业无关的课程，唐宓真是挺佩服她。

“你真的觉得不合理的话，可以去投诉他。”

想起伯克利的制度，唐宓委婉地给出了建议。

“我没考虑过投诉，”郗羽摇了摇头，“他指出的论文中的问题也是确实存在的……重点是，就算拿不到学分，我也学到了知识吧，虽然代价太心酸了。”

“这倒也是。”

“哼哼，昨天他还叫我改论文，我不伺候了！我已经做好拿不到学分的打算了，虽然这将成为我人生历史里最耻辱的记忆之一……”

学霸无赖起来，破罐子破摔的水平也不逊色学渣。

“我觉得，有时间的话你还是改改论文。老师看的也许就是你的态度呢？反正期末考试到了，忍忍就过去了。”

虽然说了“投诉”，唐宓内心还是觉得，李泽文不是无事生非无中生有的人，更谈不上是那种刁难学生的坏老师——而且唐宓隐约觉得，李泽文对郗羽的印象应该并不差。李泽文能在三十岁之前做到哈佛的助理教授，对他来说，每一分钟都是宝贵的，他会浪费时间在一个不喜欢的学生身上？唐宓估计，要是李泽文对郗羽印象不佳的话，一定马马虎虎带过，忽悠忽悠就算了，怎么可能还细心批改她的论文提出修改意见？

郗羽似乎被说服了又也许只是学霸情结作祟，泄了气道：“是这个道理……我还是再改改论文吧，做事也要有始有终才行啊。毕竟，谁叫我得罪了他呢，也算报应吧。”

“得罪他？”唐宓小心询问，“你们……是有什么矛盾吗？”

郗羽本来就郁闷的表情现在更苦楚了，脸上的笑窝消失无踪，仿佛被什么噎住了一样。

“算，算有吧。”

“你不方便说的话，就不用说了。”唐宓连忙补上一句。

她真不是好奇的人，也绝没有为了自己的八卦之心戳人家伤口的意图。

“不是什么不能说的。”郗羽说，“我之前不小心撞过他停在路边的车……当时因为时间紧，我没来得及处理，只留了张字条给他，告诉他我的联系方式。但接下来没人给我打电话，所以我也完全忘记了这事。直到第二天，他找我赔偿，我才知道，我撞的是我选课老师的车。而且我之前留下的字条他没有看到，大概被谁拿走了或者被雨水冲走了……”

唐宓抽了抽嘴角：“这也不算你的错。”

郗羽不太认同这个说法，她表情很认真：“不能完全这么说，到底是我理亏。我真要存心处理这件事情，打个电话也就是了，并不麻烦。”

唐宓瞧着郗羽，小心地问：“所以，你不开车了？”

“我本来就没有车。”郗羽说，“我那天是借了同学的车，然后，撞了。”

“……”

唐宓无言以对，她总算知道为什么刚刚郗羽的表情会显得那么痛苦了。

两人行走的方向明显是朝着校外而去，唐宓便问了句：“你是在校外租的公寓吗？没有住学校的公寓？”

只一句话就让郗羽的脸皮绷得紧紧的，她幽幽地开口：

“以我的运气实在不能申请到学校的宿舍啊……我当新生的时候都申请不到的。”

“……”

唐宓彻底无言以对。

十五分钟后两个人在一栋红墙的公寓楼前停下来。

“我的公寓到了。”郗羽带着她上了四楼，“就在这里。”

“和学校很近，很方便吧。”

郗羽说着自己找到这间公寓的过程，她刚刚来美国的那一年，中国新留学生大都申请到了学校宿舍，只有她一个人因为诡异的系统错误没有宿舍，于是各种凄惨，好在遇到了现在的室友，才算有了栖身之地。这位室友不但心肠好，更是家务全能，她过得也很不错。

唐宓忍不住评价：“塞翁失马焉知非福。”

“没错！”郗羽拿出钥匙开门。

这套公寓是采光非常好的两室，和唐宓现在住的公寓格局十分相似，收拾得非常干净。

“这是我和同学合租的房子，我的这位室友很厉害的，研究神经科学的女生，不过她现在没在，早上说要出去接什么人来着……”

公寓有着开放式的房间，饭厅客厅连为一体，郗羽走到水龙头前冲了冲沾满泥土的双手，冰冷的水流激着手掌心的细小伤口，疼得脸颊的梨涡都显了出来——随后她走到电视柜下取出个大纸盒放到茶几上，然后就以一种久病患者的架势坐下了，试图让身体上的疼痛缓解一点。

纸盒子里满满一盒子整齐排列的药物，板蓝根藿香正气水胃药咳嗽药感冒药跌打损伤药一应俱全，比李知行的药还多还全。

“从国内带来的，你也知道在美国最好别去医院，医疗费吓人不说还看不好病……而且，以我的滔天鸿运，”她古怪地笑了笑，“有备无患总是好多了。”

唐宓点头，上次李知行的小车祸事故，只在医院待了一晚开了一点药，寄来的账单就数万美金——还好都是保险公司付的。

郗羽歇了一会儿，打开了纸盒子，拿出个装碘酒的小瓶子和一盒子软绵绵的药膏。

“我帮你擦药？”唐宓问她。

唐宓那张说服力极强的脸露出关切的神色时，郗羽无论如何都无法拒绝。

她看着摔破皮的双手：“麻烦你了。”

事实证明，郗羽虽然只是看起来可爱俏丽，其内心的强大非一般人可比，从涂碘酒消毒到最后包上纱布，她都忍了下来，不敢说一声不吭，但至少一个字都没抱怨，最多呼吸重了点。

“你身上好像也被撞到了。”唐宓提醒她。

“那就不管了。”郗羽把药放回盒子里，“现在已经不太疼了。还是冬天好啊，摔了也不怕，只要穿得多，一切都没问题。”

“……”

虽然这话听上去很有道理，但是关键不在衣服穿得多好吗！唐宓很想劝她还是看看身上是否受伤，还没开口手机就响了起来。

她对郗羽比了个抱歉的手势，去一旁接听了电话。

是李知行打来的，得知她在逛MIT，显得有些懊恼：“你既然那么早就起了床怎么不叫我？”

“你昨晚很晚才睡，再休息一下好了。”

“我本来就准备带你去四处逛逛,你怎么一个人先去了？你在什么地方,我过去接你。”

“我一个人顺便逛过来了。你不用来接我，你和罗志维该做什么就做什么，假期也没几天，你们还有很多事情呢。我逛完了 MIT 就去哈佛找你们。”

“你知道路吗？”

作为一个计算机专业的高才生怎么会问这么愚蠢的问题呢？唐宓啼笑皆非：“我手机里有地图和导航的，还可以找人问路，没事的。”

李知行顿了顿：“那好吧，中午之前过来，中午我们一起吃饭。”

“好的。”

唐宓转过身来就看到郗羽端着两杯水走过来，然后顺手给了她一杯。

“我这里没饮料的，只好委屈你跟我一样喝水啦。”

“好的，谢谢，我平时也只喝白水。”

唐宓喝光了杯子里的水，准备告辞离开，岂料这时门锁“咔嚓”两声，有个短发女生熟练地推门进屋。

“你不是要去实验室？”短发女生注意到郗羽缠着纱布的手，眉头一皱，“你又遇到什么事故了？”

郗羽嘿嘿一笑：“骑车的时候出了点问题，是这位小妹妹送我回来的。”

短发女生跟唐宓点了点头说“谢谢”，似乎对这种情况习以为常，视线又落到门后，招呼着另外的人也进屋：“子怡，别客气，进来吧。”

随后，穿着红色大衣的女生拎着行李包进了屋内，短发女生介绍说：“这就是我之前跟你说过的，我高中时的学妹吕子怡，普林斯顿数学系的，她来咱们这儿住几天。她住我的房间，不会打扰你。”

“没事的。”郗羽莞尔，“假期好好玩。”

吕子怡笑吟吟地道谢：“郗羽学姐，谢谢你啦。”

郗羽笑起来：“客气什么，都是中国人，要守望相助的。”

短发女生又回头看向门口，略微抬高了一点声音：“叶一超同学，你在门外干吗呢，我说了不用客气的，进屋坐坐就好。”

下一秒，一个高个的男生慢吞吞走进屋子里。

万里挑一，超群拔类——这真是一个好名字，唐宓想。

然而哪怕是过了这么多年，她也没见过第二个叫“一超”的人。

原以为下午去了罗志维的公寓才能看到叶一超，没想到因为一连串的意外，导致了这次见面的提前到来。

男生穿着普通，上身深色的休闲大衣，下身是万年不变的牛仔裤，肩上套了个略大的黑色斜挎包，和大学校园里的大部分男生一模一样，可是他身上，仿佛发着光一般。他淡淡的目光在屋子里巡弋了一圈，但始终没有落到实处。

“这位帅哥是吕子怡的同学，这个假期一起来波士顿的。”

男生看到美女多半会蠢蠢欲动，其实女生也是一样的，对自己的审美问题有类似信仰一样的坚定。男生若是长着一张好脸的话，对女生的冲击力也不可小觑。郗羽觉得这个男生很是养眼，眼睛明显亮了起来。

他乡遇故知总归是值得欣喜的事，唐宓露出笑容，正打算和他打招呼，可她绝对没想到的是，在视线对上的一瞬间，这个人猛然转开了脸。

啊？

她的笑容尴尬地挂在脸上。

开口的，是吕子怡。

她刚刚看到房间里的老熟人，一时间惊讶震惊震撼完全淹没了她，此刻才堪堪回过神来。

“唐宓，你怎么在这里？你什么时候来的美国啊？你不是在国内读研究生吗？”她连续抛出一大堆问题，音调起码高了八分。

眼角余光看到叶一超依然目不转睛地默默盯着墙，唐宓跟吕子怡解释：“是的，我是来伯克利当交换生的，八月份过来的，圣诞节之前就要回国了。”

她解释得清楚，但吕子怡的高智商忽然也不好用了：“但伯克利不是在西岸？你怎么来了东岸？”

“因为有点不得不来的事情……”唐宓说。

“这样啊……”

吕子怡其实完全没有跟上唐宓的话，自言自语般重复：“圣诞节就回去了啊。”

郗羽和她的室友也为这个剧情发展诧异，郗羽好容易找到了插话的机会：“怎么回事？你们认识吗？”

“我们都是京大的，同一级。”唐宓说，“大学的时候就认识了。”

“世界上居然有这么巧的事情？”郗羽睁大眼睛。

吕子怡恢复了镇定，还试图活跃气氛：“从概率学上说，这种事情，其实还是蛮多的。”

“哎，我知道你是学数学的……”短发女生拍了拍吕子怡的头，吐槽自己的学妹。

此时，叶一超说了进屋后的第一句话。

“吕子怡，你就在学姐这里住下来，我先走了。”

吕子怡一愣，伸手扯了扯他的衣服：“你去哪里？”

“随便了。”叶一超说了句，又跟屋子的俩主人点了点头，视线没有焦点轻飘飘地从唐宓身上掠过，“两位学姐，再见。”

他要走的态度如此坚决，下一瞬就离开了屋子，消失在敞开的房门之后。

“动作还挺快的。”郗羽小声嘟囔着站了起来，“哎，我也要去实验室了，尽管自行车没法骑了，但我的数据还在等我……”

唐宓也附上一句：“学姐，我和你一起。”

“哦，好啊。”郗羽和室友挥了挥手，拉着唐宓出了门。

吕子怡盯着唐宓离开的背影，大脑还在发飘，直至她消失在门外，脸上闪现出各种复杂的情绪。

学姐没发现她的情绪，问："那美女是你大学同学？"

"嗯，是的……"

"真是很巧啊。"

"是啊……狭路相逢了啊。"

吕子怡苦笑着附和了一句。

和面上的轻松不一样，她心底复杂得一言难尽——如果可能她恨不得马上甩下行李追出去，但此刻在学姐屋檐下居住，她还是要拿出客人的态度。

在MIT偶遇唐宓真的让她大大吃了一惊，那种感觉好比一个宇航员穿越了茫茫宇宙到达新星球，以为是个人迹罕至鸟不生蛋的冷僻地方，结果人刚刚走出飞行舱，就看到认识的人在星球上搭好了房子，我去，还是仇人——那瞬间大概也只想大呼一声：怎么老是你！

这次她来波士顿，确实有来看望高中时很照顾自己的学姐的因素，但更多的原因还是叶一超。在美国这一年多，她和叶一超虽然在一所大学里，关系却没有亲近多少，叶一超还是那个态度，和她关系不错，但就是还不错而已。她想再努努力，于是这次搭着叶一超的车刚刚到波士顿，门还没进呢，就看到了唐宓。

那瞬间她还以为自己穿越回了几年前，定了定神后才恢复过来。

世界上其他女生都不会让她感觉那么挫败——一直以来吕子怡都活得很骄傲，她各方面条件确实不错，也有足够的资本骄傲。直到上大学遇到唐宓后才遭受了重重一击。长得不如人家也就算了，学得还不如人家，每每吕子怡想到这事儿，都恨不得给自己一巴掌。

唐宓和郗羽两人并肩下了楼，得知唐宓打算在麻省再逛一逛后，郗羽说："看校园也没意思，这个季节没什么好看的。我建议你去教学楼里逛逛。"

唐宓跃跃欲试："我可以进去吗？"

"当然可以，不会有人拦着的。不过来MIT就看个空教室也没意思，还是博物馆和实验室有意思。"

"实验室外人没办法看吧。"唐宓说。

"找人带你去就好了。"郗羽兴致勃勃地建议，"我可以带你去我的实验室看看，我们实验室是和海洋气象局联合办的，有台巨型机。"

唐宓彻底拜服，不愧是代表了气象学最高研究水平的MIT，大气实验室里居然都有超级电脑！

"不是最新型号，浮点计算只有百亿次……挺费电的，如果不是海洋气象局有经费我们还真是用不起。"郗羽刚刚还很高兴的脸上浮上一点遗憾，"每次都要写报告排队申请使用，唉。"

"百亿次已经很高了吧，而且总比没有强。"

"这倒是，自己有总比去别的地方借用强，我的博士论文就要用它来计算，我节约了很多时间。"

两个人聊得正开心，这时路边传来"哔哔"两声车喇叭声，唐宓诧异地循声看去，只见右侧路旁一辆簇新的白色宝马的车窗缓缓摇了下来，叶一超正坐在驾驶位上，透过车窗，朝她投来锐利而又明亮的视线。

唐宓怔立在路边——他居然还没走？

唐宓心里一动，跟郗羽道了声抱歉，说跟老同学见面要聊一聊。

郗羽朝着车子里看了一眼，很是学姐风范地挥着包着纱布的手扔下一句："这两天你过来参观给我打个电话就行了。"

"好的，谢谢学姐。"

郗羽离开后，唐宓在路边停了停，调整了一下心情，才慢慢走过去，在叶一超灼灼的视线中，拉开右侧车门，坐了进去。

"叶一超，很久不见了。"唐宓主动开口。

若是以往，叶一超一定会笑着回答她一句"好久不见"，但此刻的叶一超有着什么想法，唐宓已经拿不太准。果然叶一超没接她的话茬，只忽然来了句："系好安全带。"

"嗯？"唐宓吃惊。

见她反应如此迟钝，叶一超倾身压过来，拉过副驾驶座上的安全带帮她扣上。

那个瞬间两人鼻尖堪堪擦过，温热的呼吸从两人面颊上短暂交错。

看着叶一超清澈的眸光和睫毛，唐宓心跳猛然快了一瞬——尚在愣神，叶一超已经坐正，重新发动了汽车。

他驾驶技术非常熟练，一脚油门，白色的宝马在路上流畅地拐了个弯，离开了这片公寓区。

唐宓变快的心跳一分钟后才恢复平静。

反应过来后，她发现四周所见都不认识。

"叶一超，这是去哪里？"她努力和叶一超攀谈。

叶一超目视前方道路，看样子是用全副心神在开车。唐宓觉得无法询问下去——反正最后都是要到达目的地的。

事实证明，叶一超并不打算带着她去什么偏僻的地方杀人灭口，车子最后在查尔斯河的河边大道上靠边停了下来。叶一超解开安全带，关了发动机迈着长腿下车，唐宓紧随其后。两人上了人行道。宽阔的查尔斯河边水汽浓郁，水流潺潺往东去，帆板小船扬帆飞驰，一派朝气蓬勃的景象。

一阵不小的河风袭过来，叶一超本来就自然鬈的头发似乎乱了一点。

唐宓现在才把叶一超看得清楚了一点，和罗志维的轻微发胖不一样，面前的叶一超没胖也没瘦，穿着风格也没半点改变——实际上他身上那件外套还是大学时候常常穿的。

与刚刚的避而不见相反，此刻叶一超靠着栏杆，双手插在衣兜里，下颌绷得很紧，盯着她足足一分钟后才问出了一句话。

"唐宓，你来美国这么久了，怎么没有告诉我？"

"交换生的时间很短，前后就四个月，我又在西岸……"

她的确是这么想的，只不过叶一超和她的想法却不同步。

“四个月的时间也不算短了，你告诉我的话，我可以抽时间来看你。”

“现在也看到了。”唐宓顿了顿。

这话她说得没什么底气。她知道自己在人际交往方面问题颇多，比如高中、大学的同学，一旦毕业，倘若别人不主动联系她的话，她是绝对不会主动联系对方的。

没想到叶一超却点了点头。

“这次能看到你，是巧合，如果我没来波士顿，就要跟你擦肩而过了……”叶一超顿了顿，又仰起头，视线落在很远的地方，“不过，是我的错……”

唐宓没听懂。一直以来，她都在努力跟上叶一超的思维，之前还算做得不错，但是现在似乎不行了。两人毕竟分开了近一年半的时间。一年半时间的空白，足以改变许多事情。

叶一超慢慢收回落在远处的视线，再次看着她。

“中午我们一起出去吃饭吧。”

“我们不是本来就要一起去吃饭吗？”唐宓有点云里雾里，“你不是要去哈佛那边见罗志维吗？我本来也要去他那边。”

“我说的是，我们单独去吃饭。”

“可不是还有吕子怡？她不是一会儿要来找你？”

“我们的目的地不一样。我来波士顿找罗志维，她来波士顿找她高中的学姐，这是两回事。”

唐宓有那么一点惊讶。可以说脑补是每个人都会做的事情，就连唐宓也不例外，只是她脑补的程度比起严晓冬、赵幸丹的水平差得远。刚刚在郗羽的公寓看到叶一超和吕子怡的时候，她下意识地以为他们两人已经在一起了，毕竟两人可是一起出游的。此刻听得叶一超解释才明白，自己想太多。

“中午的时候我跟人约好了……”

叶一超默默看着她，轻声问：“你不去行吗？”

唐宓再次感受到了对叶一超的无法拒绝。

“那你等一等，我告诉李知行一声。”唐宓抿了抿嘴，“我是和他一起来的。”

叶一超把手插进衣兜里，没奇怪没多问没质疑，只点头说了声“好”。

电话那头的李知行很吃惊，似乎也有一点儿不高兴：“不是说好了？你又要跑去哪里吃饭？”

“哦，我在路边找饭店就行了，你忙自己的事情就好。”

“哪家饭店？”

“就是随便的一家……”

唐宓含混地略去了和叶一超在一起的情况，声音很坚决。

挂上电话后她跟叶一超表态：“可以了。”

叶一超嘴角上扬，脸上挂上了今天以来的第一缕笑容：“那好，我们走吧。”

两人再次上了车，唐宓现在才注意到车内的陈设，黑色的内饰，淡淡的皮革味道，车内崭新得闪闪发光。

汽车的后座放着叶一超那个黑色挎包，挎包旁是笔记本电脑和一些大部头的数学专著，身边车门上的储物盒里也塞着一沓演算草稿。一眼扫去，字迹密密麻麻，非常工整，一如既往的叶一超风格。

看叶一超的演算手稿通常来说是一种享受，只是现在的条件实在不适合。

她默默收回视线，没话找话说："叶一超，这是你新买的车吗？"

说实话唐宓没想到叶一超开的是宝马。这种车在国内不便宜，在美国也便宜不到哪里去，新车的话没有四万美金根本买不下来。倒不是说叶家拿不出这个钱，只是跟叶一超一直以来的随意风格不太吻合。

叶一超对这个话题没有兴趣，但还是做了解释："我妈给钱叫我买的，还算好开。"

唐宓顿了顿，想起叶一超的母亲吴阿姨找她谈话的那一次，她来汽车站接她又送她去了火车站，没错，吴阿姨的车也是宝马，大概是真的蛮喜欢这款车的。

"你从新泽西过来，开了多久？"唐宓问。

"早上六点出发的。"

"那开了四个小时啊……"唐宓说，"很累吧。"

"不累的。"

叶一超说着，又侧头看她一眼。

"嗯，那就好。"

大学附近总是少不了不错的餐厅，在伟大的导航的带领下，两个人生地不熟的老同学老校友还是准确地找到了一家在点评网上口碑甚佳的餐厅。餐厅环境确实极佳，气氛好得异乎寻常，因为是假期餐厅人不多，两人在一个隐蔽的小隔间坐下来，带给人包场的错觉。

餐厅很暖和，叶一超脱了大衣，露出了穿在里面的套头羊毛衫，更显得清俊修长。

"这里好像很贵。"唐宓说。

她之前也跟李知行在一起吃过几顿昂贵的饭，比如见明朗和贺优的时候，比如昨天和罗志维见面的时候，那都是有理由的。而现在，他们两个老熟人确实没必要到如此高消费的场所来。

叶一超一脸无所谓："你不用在意钱的问题。"

唐宓反问："你很有钱吗？"

叶一超拿着全奖，但到底还是学生，不像罗志维那种还兼了一份助教可以补贴生活，完全没什么多余的收入。所谓的全奖也就是让人饿不死的水准，要说能生活得多高水平是绝不可能的。

"我平时也不怎么花钱。出国前我妈给我存了一笔教育基金。"

"好吧……"

如果有可能，她不愿意让叶一超破费。不过现实总是横在眼前，自己的经济条件比叶一超差很多，这一点无从回避——而且，两人刚刚碰面，她又何苦因为钱搞得两人不愉快？

唐宓没再坚持，随便点了个最便宜的套餐。

何况，这就是叙旧的感觉吧。两个人坐在光洁餐桌的两边，慢慢吃着午饭，说说这一年多来各自的经历。

叶一超在一旁看着她娴熟地和服务员交谈，尽管英语里免不了带着中文口音，但相当流畅，比他的部分在美国待了三四年的师兄师姐还强。

服务员微笑着拿着菜单离开，叶一超若有所思："看来你对美国很适应。"

"确实还可以。"

有一个很好的领路人，不适应都不太可能。

"你现在笑容好像要多一些。"

唐宓想了想，觉得可能真的是这样。高中的时候确实精神压力大，眼睛能看到的只有考试和上好大学，总觉得有人拿着鞭子在后面追赶，晚一秒钟天都要塌了。现在她已经不这么想了，虽然还是苦哈哈的学生一个，但是她发现自己距离想要的目标越来越近，心情总体上而言，不再那么焦躁不安。

叶一超又问："既然这样，你有没有考虑申请美国的商学院？"

唐宓摇了摇头："不可能。我外婆还在国内。这次交换生我会选择过来，是因为时间总计只有四个月，我外婆这段时间在我舅舅家里。"

叶一超略略思索，又问："你来美国的钱，是你舅舅给的？"

"是的。"

他曾经在医院里见过唐宓的舅舅，他还给了叶妈妈一张名片。当时叶妈妈没仔细看，等回家后掏出名片一看，大大地吃了一惊。他也是那时候才知道，唐宓的舅舅身份卓然。

发现话题始终在自己身上打转，唐宓决定主动出击转移话题，问起了叶一超近来的研究情况。叶一超有绝佳的天赋和对数学的热爱，加上现在的导师也是数学界的大牛，进步水平相当惊人，他的研究范畴唐宓终于听不太懂了。

在唐宓问出了一个愚蠢的问题之后，两人大眼对小眼对视了三秒钟，唐宓率先别开了视线。

昨天和罗志维交流的时候，她已经清晰地认识到了自己和专业的数学系研究生的差距，此刻这种差距感更为清晰——数学到了高端阶段，数学分支之间的隔阂越来越大，理论也越来越抽象。拓扑领域的数学家们都很难看懂群论的论文，更何况她一个学金融经济的试图去了解当今数学领域最前沿的研究？

叶一超慢慢地呼出一口气。

"很可惜。"他说，"你那么有天赋。"

"但是毕竟我不学数学。"

研究数学这回事，和一场漫长的爬山比赛一样，越接近山顶的时候，越会觉得天赋这种东西的重要性。到了这等程度，努力已经不是最关键的，因为你身边的每个人都非常努力，考验某个人最后能否攀到山顶的关键因素，就是看那从娘胎里带来的脑细胞。

"俱乐部的其他人怎么样？"

她问起了欧几里得俱乐部的同学们。这么多年在一间办公室的奋斗情谊不是假的，叶一超对他们现在的去向比较了解，大概介绍了一下，从数学转出去好几个，剩下的都在往自己的方向发展。

纯数学领域就那么窄，容不下多少人。学数学的就三条路，一个是当老师，一个是换专业，还有一个就是抱着纯数学啃到老死。当然，最后一条路不但需要毅力，还需要天赋。无论选择哪一条路，唐宓认为都是值得钦佩的。

甜点送上来的时候，叶一超还是把话题绕回了唐宓身上："你怎么想到来波士顿的？"

"李知行来找罗志维谈一些事情，又恰好因为我跟罗志维比较熟悉，所以他叫上了我。"

"李知行是为了数据分析的算法的事来找罗志维的？"

"算是吧……"唐宓一愣，"你知道这事儿？"

"上半年的时候，他跟我打过电话，问我在数学界哪些人对计算机算法有研究。我估计应该是这事情。"

事实证明，叶一超只要愿意，也是可以变得很敏锐。

"是这样。"唐宓点头。

"罗志维在代数领域确实很出色。"叶一超难得点评了一句，又转开了话题，"也就是说，你这个假期没其他安排了？"

虽然实际情况的确如此，但唐宓依稀觉得这种说法存在一定的问题，她想不到什么反驳的话，只得点了点头。

"这样的话，我们可以在东岸逛一逛。"

唐宓睁大眼睛。叶一超是那种非常宅的人，能在家里是绝不愿意出门的——这次他能来波士顿已经比较难得，现在却提议两个人开车去东岸玩？看来在美国的一年多，叶一超也改变了许多。

在唐宓惊讶的视线中，叶一超进一步细化了自己刚刚的提案："几年前我说过，要开车带你出去玩，现在恰好有机会了。从波士顿开车去纽约，只要三四个小时，我们现在过去，可以过两天再回波士顿，至于住的地方，美国的旅馆很多，路上也可以订。"

唐宓终于回过神来，摇头拒绝了这个提案："虽然我没有安排，但我不能随意离开的。"

叶一超的嘴角明显压了压，背也挺直了，脸上再次没了表情，宛如刚刚在郗羽学姐家里的模样。

唐宓忽然意识到，他应该是有点不高兴了。

认识这么多年，她还从来没见过叶一超真正意义上发脾气。虽然和他当朋友很难，想追他更是没指望，但所有人都有一个共识，他脾气是真的不错，温和淡定，为人大方，有人请教他学习上的问题也从不藏私——当然，对方能否听懂就是另外一回事了。

"是因为李知行？"

问题有点刺人，唐宓抿了抿嘴，还是点了点头："是的。我是因为李知行来的波士顿，不可能扔下他单独行动。"

叶一超面沉如水，一直到这顿饭吃完都没有再说话，好在这顿饭也到了尾声。

这顿饭最后是叶一超结的账，加上小费，一共花了一百多美金。

她已经不想再说什么节约的话题了，总之都是叶一超的钱，他要怎么花随便他了，反正就这么一顿饭也不足以给他带来什么巨大的经济危机。

这么久以来，从高中开始，她和叶一超在一起吃的每顿饭都是他付的钱——虽然也不过一掌之数，但唐宓始终记在心里。

离开餐厅的时候唐宓说："等我工作后，请你吃饭。"

叶一超低下头和她对视一眼，伸出手轻轻抚上她的头顶。

"嗯，好的。"

| 第十七章 |
喜欢就去追

不大的单身公寓里，李知行和罗志维继续沉浸在复杂的代码和公式当中。

李知行原本已经安排妥了今天上午的计划，但唐宓的突发奇想使得他早上的安排落空——李知行便开着李泽文的车来了罗志维的公寓，和他继续讨论算法的具体细节。

就房子的舒适度而言，罗志维的单身小公寓肯定不如李泽文的大房子，但考虑到罗志维的所有资料都在他自己的公寓里，李知行选择了这边。

在理论问题已经一个一个解决之后，李知行接下来所面对的，就是软件的设计方面。

罗志维作为数学高才生，在编程这种技能上比起计算机专业的研究生固然差一点，但也足以胜任讨论核心部分——而且他也真想知道自己折腾出来的理论的实用性。

时近中午时，罗志维接到了吕子怡的电话，问他叶一超是否在他那里。做了大学四年同学，还在一个俱乐部，罗志维和吕子怡的关系自然是不错的，说话也随便。

“叶一超？他没来我这里……”

李知行蓦然从验算纸上抬起视线。

“是，他没给我电话。怎么，你们不是在一起的吗？”

“我在 MIT 和学姐吃饭，他说先过去哈佛找你。”吕子怡在手机那头解释，“估计是在路上呢，我再给他打电话。罗志维，谢谢你。”

李知行本来不是八卦的人，但“叶一超”三个字实在不能轻飘飘地听过就算，他难得多问了一句：“这是怎么回事？”

“是吕子怡的电话，问我知不知道叶一超在哪里。”罗志维琢磨着这其中的缘由，“他俩从普林斯顿过来波士顿玩，说是要来我这里，不过你也看到了，没见人呢。”

“打电话问问当事人吧，也许出什么事情了。”

“是啊。”罗志维表示同意，随后拨通了叶一超的电话——手机被挂断了，然后他收到了一条来自叶一超的短信“在外面，下午联系你”。

罗志维给李知行看了短信，把手机放到一旁。

“看来他现在没法接你的电话。”

“被什么事情耽误了吧。”

罗志维有着比较典型的数学博士思维——对生活中的许多事，他采取简单思维，很少瞎猜测，叶一超怎么说，他就怎么相信，连个弯都懒得拐。

李知行难得有点八卦：“叶一超和吕子怡居然没在一起吗？我以为他们不会分开呢。”

“没那么夸张吧……”罗志维迟疑地回答，语气并不是十拿九稳。

“不是？我以为他们已经是男女朋友了。”

“肯定不是。我前不久还问过叶一超的，他说自己没女朋友，也没有找女友的打算。”罗志维的语气变得有把握多了。

李知行半垂着目光笑了笑：“吕子怡未必是这么想的。”

大约是他的语气太过于复杂，罗志维也心有所感，认真看了面前的李知行一眼。

“那又有什么办法呢？”罗志维摇了摇笔，难得有点感慨，“感情的事情，谁也强迫不了。”

是啊，感情的事情，从来都不是等价交换。从来不是你付出多少，就得到多少。就算你把整个世界捧到对方面前，对方也可能无法回报半点。

李知行没再问下去，只若有所思握着笔戳了戳稿纸，想起刚刚来自唐宓的电话。

唐宓为人循规蹈矩认认真真，又跟着自己来波士顿肯定不会节外生枝，如果不是出了什么事情，很难想象她会忽然变卦不跟自己一起吃午饭——全世界能让她改变主意的大概不超过十个人，在这块广袤的北美大陆上，除了自己之外，估计也就只剩下那么一个人了。

李知行的预感很快成了真。

当看到唐宓和叶一超一前一后走进罗志维的公寓时，他内心苦笑一声——预感准确大部分时间是好事，但在这种情况下就要另当别论了。

罗志维的吃惊只维持了一秒，然后失笑，热情地招呼两人进屋在沙发上坐下：“我都没想到，原来你已经碰见唐宓了。”

罗志维只是习惯性不爱多想，不等于真想不到。在他看来，叶一超和唐宓两人关系一直不错，巧遇之后单独去吃一顿饭也不奇怪。

屋内的暖气很足，即便刚刚进屋也觉得热了，唐宓脱掉大衣，目光落在李知行身上，解释了上午发生的事情。

李知行点头表示明白了：“所以你们在外面吃了饭回来的？”

“是的，不好意思。”唐宓不免生出一点愧疚感。她的视线落到餐桌上摆着的外卖饭盒上，中午她和叶一超在高级餐厅吃饭，这俩人却在公寓里吃外卖。

李知行微微一笑，看向自己的高中和大学校友：“叶一超，好久不见。”

叶一超随便点了点头，说：“嗯，是的。”

有外人在场，房间里的讨论似乎暂时也没有办法进行下去了。

叶一超的视线也落在了满桌的演算稿纸上，拿起一页看了看。稿纸上密密麻麻的复杂公式，复杂的自定义符号，换了其他人来看大概会做噩梦，但叶一超明显不属于此类。

果然，他目光落在满桌散乱的稿纸上三秒钟之后，轻轻“咦”了一声：“你的论文思路很奇特。”

罗志维连忙拢起桌上的稿纸：“抱歉抱歉，等我整理下。”

理论上说，他和李知行研究讨论的都是属于保密范畴内的东西，应当不能告知外人。从这些稿纸上看出 NUMS 软件的核心算法是不可能的事情，不过罗志维琢磨着，李知行既然在场，能够避嫌还是避嫌最好。

叶一超很敏锐地发现了情况不对：“我打扰你们了？”

“不完全是。”李知行微笑不改，顺手接过罗志维递来的稿纸放到自己手旁，“本来我们也讨论得差不多了。”

不完全是，那就有部分是。

叶一超点了点头，没再询问。他本来也不是多事的人，加之和李知行关系实在谈不上好，自觉没啥必要进一步交流。

那边罗志维叫他把身上的挎包放下来，又问他来波士顿的一路上是否顺利，他的新车如何等问题——关于车，男生永远不缺话题，即便是一心钻研学问的罗志维和叶一超都有不少共同点。

门铃响起的时候，几个人正聊到买车的问题。

罗志维打开门，吕子怡笑吟吟地站在门外，还拎着一大袋子零食水果。

“我来啦！”她语气非常欢快。

罗志维笑着欢迎她进屋。

“坐坐，你还买了东西？”

吕子怡笑吟吟地回答：“路上看到了小超市就顺便买了，我可不能空手上门吧？”

“都这么熟的同学，真是没必要。”

“好啦，反正都是大家一起吃。”吕子怡进屋后，目光落到屋子里的其他人身上，笑容更灿烂了，“叶一超你居然比我先到！”

叶一超没多说什么，点了点头。

“唐宓、李知行，真的好久不见啦。”

吕子怡语气欢快地同屋子里其他两人打招呼，把刚刚采购的一包包零食和水果拆开，摆了满满一张茶几。

唐宓感慨地想，人的本性真的很少变化，吕子怡无论身在何地，还是那么周全。大学时代欧几里得俱乐部的所有活动几乎都是她主持，现在即便到了美国，她也是活动的主力军。

李知行微笑着跟吕子怡打招呼。他注意到吕子怡精心打扮过，衣服很衬托身材，脸上化了淡妆，细节处理得不错，看上去比在国内的时候漂亮一些。北美的化妆品和衣服相当便宜，女生只要稍微用点心就能提升外表，显然，吕子怡也属于此类。

罗志维的单身公寓不算大，一下子挤了五个人，就有些捉襟见肘，但热闹的氛围更是上了好几个台阶。不得不说，女生的加入对这间公寓的氛围有着巨大的调节作用。当然，唐宓虽也是女生，但她性格限制，从过去到现在都不是那种开得起玩笑想得出话题更能炒热气氛的女生。

在众人的说笑声中，李知行提出建议：“遇到了就是缘分，晚上大家一起吃火锅？”

这话题一提出，众人纷纷响应。

李知行拖过桌上的一张稿纸写了个地址：“五点半的时候你们到这个地址来就行，是我哥的房子。”

吕子怡和李知行大学期间几乎没有接触，一时间也不知道他是哪里冒出来一个哥哥，于是快人快语地问：“你哥哥的房子？我们不是去外面吃火锅？”

“我哥哥的房子大一点，厨具和餐具也很全。”李知行合上笔记本电脑，将各类验算稿纸收进文件袋，“最重要的是，我哥家里有最正宗的火锅底料。”

很显然，没有在美国的留学生能在空闲的假期里拒绝“最正宗的火锅”，罗志维没想过要客气，他见过李泽文兼之和李知行是合伙人，没必要见外；吕子怡这种性格的，有火锅吃当然不会拒绝；叶一超想了想，也点了头。

“那就说定了。我和唐宓回去准备一下，你们几个老同学先聊聊天。”

李知行拿起沙发扶手上自己和唐宓的大衣站起来。

唐宓边走边从李知行手里接过自己的大衣，低头穿上。

一条松软的灰色羊毛围巾轻轻落在脖子上，带着李知行身上的淡淡香气。

“这是你的围巾啊。”唐宓扣上了一颗大衣纽扣，有点诧异地仰起脸。

李知行拿起围巾在她脖子上轻轻绕了一圈，淡淡开口：“外面比较冷。”

“哦。”

软软的围巾搭在胸前，唐宓没试图归还围巾，虽然她很想吐槽说自己并不冷——她现在穿的驼色大衣是她来美国后买的，价格不贵也很暖和，理论上说没必要再加一条围巾。

他回头看看正瞧着自己的数学系三人：笑道：“你们记得准时过来。”

离开公寓之后，唐宓提议去超市买东西，毕竟六个人的火锅食材绝非李泽文家里冰箱的存货能解决的。

“已经准备好了，就在车子的后备厢。”李知行一边发动汽车一边说，“本来今晚就准备吃火锅，现在不过是多了叶一超和吕子怡两个人。”

唐宓微微一愣，饶是她也能听出李知行这轻飘飘的话语中的微妙之处：“你今天早上准备的？”

“早上去超市买的，买了很多材料。”

想起今早自己的“单独行动”，唐宓觉得挺愧疚：“今天早上的事情，我应该先告诉你。”

“没事。”李知行顿了顿，又问，“你和叶一超中午吃了什么？”

“在附近一家法国餐厅吃的。”

李知行微微笑了笑，看她：“叶一超请客？”

唐宓点头，提到这事儿她也觉得无奈。

“刚刚看到他也发现了，他和之前一样，看上去完全没变。”李知行说。

“毕竟大学毕业也才一年多。而且叶一超也不是那种容易改变的人。”

李知行问：“吃饭的时候你们聊了什么？”

“主要聊他的学习和研究的情况。”

唐宓回忆着中午两人聊天的内容，一五一十地告诉了李知行。

她交代得清楚，李知行也听得明白，说：“高中的时候，同学们都说叶一超是数学天才，我还不太服气。我一直觉得，读书时代数学成绩好和数学天才可是两码事。没想到，他真是天才。他的研究进展看来是很顺利，可能再过几年就可以看到他不断拿奖了。”

唐宓侧头看他：“你和罗志维的成果，只要公布出来，我觉得也可能拿到计算机领域的大奖的。”

李知行微笑：“过十年再说。就是不知道到时候罗志维会不会气我。”

“怎么？”

“一位数学家拿了计算机领域的奖……”李知行笑道，“其实有点丢人吧。”

“还真是。”

唐宓失笑。她开了一点缝隙让冷风吹进车厢内，清脆的笑声透过车窗缝隙，飘到空中。

回来后李泽文还在书房忙碌，唐宓和李知行进了厨房做火锅的前期准备工作，热锅底处理食材。罗志维一行人到达的时候，正宗的火锅底料的香气冉冉升起，各种菜色也已经完全摆放好，堆了满满一桌。

“哇，好香！”罗志维睁大眼。

“味道好正！”吕子怡说。

叶一超的脸上也有了些嘉许之色。

的的确确是很正宗的。仅仅闻到味道，就让这群留学生感觉到了精神上的极大满足。

李泽文为人没别的爱好，对待“吃”的事情比较慎重——最重要的是，以他的条件吃得起世界上最好的食物。现在餐桌上的火锅底料，都是国内最好的火锅店出产。

李知行招呼数学系的三人落座。李泽文也扣上了自己的电脑，走到客厅里笑着跟这帮小了自己五岁的研究生一起聊天吃饭。

吕子怡在看到李泽文的一瞬间就愣了愣，“呃”了一下脸上浮起笑容：“李先生，您好。”

李泽文露出一个标准的礼貌笑容，准确地叫出了她和叶一超的名字，笑着跟上一句：“几年前我们在京大食堂见过。”

“我刚刚也想说这件事，谢谢您请我们吃火锅。”吕子怡笑起来，又拉了拉叶一超的衣角，“你还记得李先生吗？”

叶一超岂会不记得，慢吞吞开口：“大二时候的事情，你和唐宓在一起吃过饭。”

唐宓深深觉得大家的记忆力都很经得起考验。

众人都不是含蓄害羞的人，人齐了就开吃。一盘盘菜倒入锅里，红色的汤底慢慢沸腾。李知行本来还准备了啤酒，但众人考虑到驾车和酒精损伤大脑细胞这两条，啤酒被弃在一旁，没人喝，鲜榨的果汁成了众人的最爱。

饭桌总是一个非常好的适合交流感情的地方，对这群高学历的知识分子而言，餐桌上讲得最多的就是学术圈的八卦和美国名校之间的段子——众人的人际圈都有一定程度的重叠，聊学校和学术圈的八卦总归很安全。另一个饭桌上无从避免的话题也就是男女关系，吕子怡就以一种十分感慨的语气跟众人八卦曹威交了个外国女朋友，一位金发碧眼的德国妹子。

“你们看，这是他前几天发给我看的照片，这个妹子可是哥大东亚学系的。”吕子怡拿出手机满桌传递，给众人看照片，“不错吧？”

“还不错。”罗志维同意这个观点。

唐宓也点头。在相貌上白种人确实有着人种优势，照片里的女生轮廓鲜明，的确很出色。

李知行对妹子的相貌不予置评，说：“一个德国人来美国学中文？”

“听曹威说，她以后要跟他一起去中国的。”

“这还差不多。”

“总之，连曹威都有女朋友了你也应该抓紧。”吕子怡笑嘻嘻地叮嘱罗志维。

罗志维不为所动，一本正经地回答：“找女朋友哪那么简单。”

“罗志维你不要妄自菲薄，你的条件很好的，大学的时候喜欢你的女生也不是没有啦……你要多去参加留学生聚会，我猜测应该女生很多的。”吕子怡转了转眼珠看向李泽文，“李先生，您说是吧？”

李泽文笑笑：“来哈佛的中国留学生中，女生的比例大约占一半。”

“就是说啊！天涯何处无芳草，关键在于耐心找。”吕子怡拍了拍罗志维，“总之要加油啦！”

“……”罗志维无奈地看着她。

吕子怡笑得前仰后合：“我知道你要求高，不然我让学姐给你介绍一个好了。”

吕子怡提到了“学姐”二字，倒是让唐宓想起了今早的事情。她的座位本来在两兄弟之间，于是侧过头和李泽文说：“李先生，吕子怡现在借住在她 MIT 的学姐那里，这位学姐的室友就是昨天下课后找你谈论文的那位女生。”

这事儿对李泽文来说真是新闻，他挑了挑眉。

“郗羽？”

“是的。”唐宓便把今早自己和郗羽偶遇的事情一一道来。

李泽文放下筷子，慢慢露出个笑容：“骑车都能摔倒，也是她的本事。”

这句话听上去怎么那么像讽刺？唐宓暗暗琢磨着李泽文的话。

李知行瞧着兄长的脸色，很好奇地问：“她摔得严重吗？”

“她说没事，但看起来……挺疼。”唐宓顿了顿，“我感觉郗羽学姐运气不太好。”

李泽文放下筷子，淡淡地说：“不是运气不好，是生活心不在焉。骑车的时候分析数据，做饭的时候构思论文，怎么可能不出事。”

无论什么时候李泽文都是这么有洞察力。唐宓瞬间折服。

吕子怡也失笑：“李先生，原来郗羽学姐是您的学生？”

李泽文说：“她选了我的一门课。”

刚刚在罗志维的住处，吕子怡和叶一超两人就已经被罗志维洗脑一样普及了李泽文的光辉事迹，知道了他是哈佛的助理教授——因为他不是自己的老师，吕子怡没有什么实在感受，此刻听说自家学姐也是他的学生，那种佩服终于呼之欲出。明明瞧着也不比大家大几岁，自己还在苦哈哈地当学生，人家都已经当上助理教授了。

“世界真的很小啊。”吕子怡感慨。

世界确实不大，唐宓环顾四周，看着李家兄弟两人，慢吞吞喝了一口饮料，也有类似感慨。

一年前她怎么也不会想到，能够在美国和这群朋友再次相见，甚至在一张桌子上吃饭。

一顿火锅吃完已经过了晚上九点。

吃火锅的时候没发现，等到推门离开的时候众人才发现，不知道什么时候开始，外面开始下雪了。雪下的时间不太久，窸窸窣窣的小雪花落在地上，融化在黑色的路面上。

罗志维看了看天：“感恩节就是应该配上雪景，明天应该会很好看。”

“但雪太大的话很多计划就完不成了。”吕子怡有点担心，“我和叶一超本来准备好好在波士顿逛逛呢。”

“路面会清理的，即便不行你们也可以坐地铁出行。”李泽文的视线最后落到吕子怡身上，“现在你们怎么走？”

“罗志维先送我回学姐的公寓，然后他和叶一超一起回去。”

“也好。”

既然都有交通工具，李家兄弟两人也没太客气，送三人到了门口，看着他们上了车就回了房内。

唐宓和李知行收拾饭后的残局，晚上的火锅吃得干干净净，倒是避免了倒剩菜的麻烦。李泽文没动手，给自己倒了杯红茶，坐在餐桌旁的高脚凳上，慢慢喝着。

“你们的这几位数学系的同学很有趣，个性很鲜明。”

李知行把碗筷放进洗碗机：“叶一超和罗志维算得上是近年国内年轻数学家里最优秀的，我想世界上都排得上号。”

“吕子怡呢？”李泽文问。

“能在普林斯顿学数学，总是不会太差。”李知行说。

“她不是典型的那种学数学的女生。”李泽文手指轻轻一敲茶杯，露出点玩味的笑容，“我很少见到学理科的女生像她这么能聊。”

唐宓擦了擦桌面，也说：“她一直以来就很开朗，人缘也很好。”

李泽文侧目看一眼唐宓，随意开口：“只怕也未必，不外乎是想在喜欢的人面前表现。”

唐宓猛然抬起眼，看着李泽文。

李知行看着自家堂兄淡定的脸，同样有些意外。在很多事情上，尤其是和他的切身利益有关的，李泽文总会事先跟他通通气，此时这么不含蓄地把问题抛出的举动很少见。

李泽文给李知行一个眼神示意他少安毋躁，又对唐宓笑语：“你不至于这么震惊吧？她喜欢叶一超很明显。我猜得不错的话，她是为了叶一超去普林斯顿，也是因为他来波士顿的。”

“……”

唐宓想说我震惊的不是“我知道”，而是“你知道并且说出来了”，但转念一想李泽文恐怕什么都知道，于是镇定下来，点了点头。

“爱情是最好的驱动力。”李泽文笑，“就是不知道她能坚持多久。”

唐宓不知李泽文这话从何而来，但她自认为对吕子怡有一定程度的了解，帮她申辩了一句：“她很喜欢叶一超，不会轻易放弃的。”

李泽文说：“看一个人是否放弃一段感情不仅仅是自身的考虑，环境也是重要因素。”

唐宓发觉自己有点没听懂：“是什么意思？”

“学数学的女生少，吕子怡性格开朗，人缘不错，加上人长得也不差，一定不缺追求者。在有各种追求者的情况下，她还能坚持喜欢叶一超多久，我还真的有点好奇……”李泽文语气一顿，顺手拿起喝空的茶杯放下，“如果你以后知道了下文，记得告诉我。”

唐宓炯炯有神地看着李泽文端着咖啡进了书房，又默默回头，求助般看了李知行一眼。

“李先生说的是真的还是开玩笑？”

李知行双手撑在彻底干净的流理台上，笑出了声音。

“真的。”

“真没想到……”唐宓小声感慨。

“没想到我大哥也很八卦吧。实际上，他看着一本正经，但内心很是恶趣味的。”

唐宓很机智地没有多加评论。

李知行说自家大哥的坏话没问题，不等于她也可以说。

看着他愉快大笑的样子，回响在她脑海里的，却变成了李泽文刚刚的那番话。

论受欢迎程度，李知行在女生中的行情一定好得不得了，但这么多年，他身边最常出现的，看来看去，只有自己。而他，又能坚持多久？

纷纷扬扬的大雪下了一个晚上。这样的下雪天，坐在屋里围着暖气聊天，简直是世界上最愉快的事情。兄弟二人就公司的发展讨论了不少，唐宓这才知道，李泽文也是有知科公司的原始股的，高达15%。

李泽文虽然完全不搞技术，对IT行业的了解也不算特别多，但他有着无与伦比的洞察力和分析力，分析出公司在国内发展可能遇到的困难和问题，随后兄弟二人又谈了许多经济社会的观点，唐宓敬业地当着听众，只觉得受益匪浅。

这番讨论持续了一上午，直到敲门声响起来。

能在如此大雪的天气前来拜访李泽文，唐宓也深深感到佩服。

李泽文并不觉得意外，抬腕看了看时间，起身前去开门。

裹挟着风雪进屋的，是一个相貌堂堂的中年男人。进屋的中年人西装笔挺，外面穿着一件黑大衣，点点雪花落在他的肩头，来人不算年轻，但也绝对不能算苍老。

看着中年男人和李泽文的五官有着八分相似，唐宓心里“咯噔”一下。

果不其然，下一瞬唐宓就听到李泽文说了一个字：“爸。”

李知行也笑着从沙发上站了起来，朝着来人迎了上去：“大伯。”

唐宓愣了三秒钟。

李知行的掌心轻轻落在她的肩上，她仰起脸看着他，李知行微笑着张张嘴无声地说了个“没关系”。

李泽文对父亲的到来没太过于热情当然也绝不冷淡，他微笑着道：“爸，今天雪这么大，其实可以不用来了。”

“都一年多没见过了。我本来也没多少时间来美国，难得距离这么近，怎么都要来看看你。”

成年人表达感情的方式相对内敛得多。李正尧笑着拍了拍儿子的肩膀后又拍了拍侄子的肩膀，笑言：“来波士顿和你大哥一起过感恩节？”

“是的，大伯。”李知行嘴角扬起笑容，“本来还想叫上明朗，但他和女朋友去拉斯维加斯玩了。”

李正尧笑：“年轻人过得挺逍遥的。”

“难得有假期，不容易。”李知行为表弟说了句好话。

李正尧是来华盛顿开一个国际性的商务会议，又想起了还在美国的儿子，便冒着风雪忙里偷闲地前来波士顿探望。他当然不是一个人来的，西装革履的秘书周翼自然也跟在一旁，他看上去也挺年轻，脸上挂着斯文有礼的笑容。

李泽文招呼父亲和周翼进屋坐下。

在这种全是男性的房间里，唐密的存在无疑是相当引人注意的。果然李正尧的目光很快落在她身上。

李泽文充当了介绍人：“这是知行的同学，叫唐宓，也是我的朋友。”

唐宓就算情商再低也知道此时应该是她开口打招呼的时候，总不能让人家长辈跟她打招呼。

她站在单人沙发旁，略略欠身：“李先生，您好。”

李正尧定睛看她一眼，加深了笑容，又抬抬手压下：“不用客气，坐吧。”

儿子的朋友，侄子的同学——这两句话不过十个字，看着简单，但信息量非常大。李正尧很清楚自己儿子的眼界，能让他说出“我的朋友”，是多么困难的事情。

李正尧的视线落到客厅内。客厅里没有任何可疑之处，沙发旁白板上密密麻麻写着板书，茶几上摆着许多文件；女孩子手里拿着一支笔，面前的茶几上摆放着笔记本电脑，写了不少东西。能和自己的儿子侄子谈论正事，至少可以证明面前的女孩子绝不是只有脸蛋的花瓶。

李正尧做完对唐宓的评价后又看儿子的住处：“这套房子比你在洛杉矶和纽约的房子看起来好些。”

李泽文笑着给自己的父亲和周秘书倒了杯茶，微笑回答：“价格也贵一些。”

李正尧说：“钱不是问题，住得舒服最重要。”

李泽文询问了父亲这一路来的情况，下了雪路是否好走，开会行程如何，什么议题等。

李正尧是为了看儿子来的，话题很快回到正事上：“京大在筹备一个政策研究学院，他们希望你能回去，给你副院长的职位。”

李泽文说：“是，他们前几天跟我联系过，希望我能参与筹备。”

这事对唐宓来说是新闻，对李知行来说似乎也一样。他脸上些微吃惊的表情已经说明了一切。

李知行问："大哥，你答应了没有？"

"过一两年再说，我还要把手里的课题做完。"

李正尧颔首："是不能撒手就走，而且筹备时间也不会短，但京大这边你要上心。"

"是的，爸。"

李正尧不再就此话题继续发挥，又聊起李家人的近况，唐宓感觉有些不适。这一屋子五个人，三个姓李，还有一个对李家极其了解和李泽文关系也相当不错的周秘书，而她说到底，完全是个外人。

唐宓很希望自己能对李家的八卦过耳不闻，但奈何对方完全没避着，而她实在耳聪目明，不得不知道了一些惊悚的消息——比如李泽文和李君子居然还有一个刚刚满一岁的妹妹；比如明朗的妈妈，自己的前舅妈似乎准备再婚；比如李家兄弟的奶奶前阵子生病住院；再比如李知行的父亲工作有了调动，听上去似乎是升迁了。

这些话题她没一个感兴趣的，完全搭不上话也不想搭，一旁的李知行和李泽文似乎没发现她的尴尬，她想离开客厅却不好意思主动提出。

好在这个时候电话挽救了她。

她几乎是欣喜地拿起了手机，走到屋子的最角落去接听。

电话是郗羽打来的，问她什么时候有可能来 MIT 参观。

郗羽说："主要原因是之前我答应过带你参观我们的实验室的，我想问你今天有时间过来 MIT 吗？我过几天就要离开学校了。"

"离开？"

"是的。"郗羽的兴奋之情简直快跳出听筒了，"今天一早学校才通知我的！我接下来要去南极做大气观测，机会很难得！我明天就要去WHOI 海洋所⑮ 那边培训，肯定没时间带你看实验室了，所以如果你要来参观，就只有今天了。不过今天的天气不太好，还在下雪，所以我跟你确认一下。"

"没问题！我去我去。"

虽然和郗羽只是萍水相逢，但她真的对这位可爱的学姐印象颇好，完全不打算辜负郗羽的邀约。

唐宓估算了一下距离，从李泽文的住处到 MIT 大概五公里，现在雪虽然大，交通不便，但至少还有地铁和自己的两条腿。

郗羽有点担心："现在在下雪啊，路很不好走的。"

"不会的，距离很近，到了 MIT 我再给你打电话。"

郗羽那边也十分忙碌，叮嘱了几句"小心"之后就挂了电话。

机会确实难得，而且郗羽学姐这么热情守信地主动邀请，她觉得自己拒绝都对不起郗羽的一片苦心。这点路实在不算什么，小学初中她都在镇上读书，和家里距离五六公里，她每天往返都要走十余公里，现在怎么可能被这点小问题难住。

⑮伍兹霍尔海洋研究所，美国大西洋海岸的综合性海洋科学研究机构，是世界上最大的私立的、非盈利性质的海洋工程教育研究机构。

李知行看着她挂了电话后看上去明显精神一振：“怎么？”

“我想出去一趟。”

唐宓将郗羽的话转述了一遍，强调了机会难得错过这村没这店。

“是很难得，MIT 的地球大气实验室不是那么好进的。”李泽文说，“我送你过去。”

唐宓震惊地睁大本来就不小的眼睛，心说你这个主人不在家里陪自己爹怎么要送我去 MIT？

她连连摇头：“不，不用。我乘地铁就行了，本来距离也很近的。”

李知行看了自己的兄长三秒钟，不容分说地拉着唐宓上楼：“大哥，你陪着大伯好了，难得大伯来美国看你。你车钥匙给我，我送她去 MIT。”

秘书周翼打断了两人的话：“我建议暂时不开车。刚刚我们来的时候路况已经不太好，何况现在雪越来越大了。”

唐宓拉了拉李知行的衣角：“不用了，我自己去坐地铁，而且你伯父还在这里。”

窗外的大雪绵长细密，他肯这个时候让唐宓一个人走才是有鬼了。

李知行懒得和唐宓进行言语上的争辩，转眼笑眯眯地看向李正尧：“大伯，我一会儿回来。”

这是个什么戏码？李正尧暗自琢磨着，觉得这事儿有点微妙，看向自己儿子——结果儿子淡定如昔，于是他笑着挥手：“去吧。”

话说到这个份上，唐宓完全反抗无效，于是被李知行拉着上楼换上厚重暖和的衣服，然后下楼离开。

瞧见侄子和唐宓两人离开房间，消失在雪中的身影，李正尧探寻似的看向自己的儿子：“泽文，那个女孩是怎么回事？到底是你的朋友，还是知行的朋友？”

“都是。”

李正尧轻轻敲了敲沙发扶手：“我不想也不会把自己的想法强加给你。泽文，只要是你喜欢的女孩子，什么时候带回家都可以。家里人不会阻拦。”

这个要求看似很低，其实不然。李正尧相信自己儿子的眼光，再说了，就李泽文现在这个生活工作环境，认识的女生素质肯定低不了。

李泽文放下拿在手里的茶杯，笑问：“真的？”

这话里透出一股微妙意味，当父亲的若有所思地推理了一下——自己的儿子眼光是不错，但凡事总有个万一，万一儿子一朝认人不清被什么东西糊了眼呢？比如这哈佛校园里可有一堆皮肤黝黑的非裔和印度裔妹子，虽然他对儿子找女友没太多限制，但非我族类还是不可以的。

说出去的话也不好收回，李正尧立刻补充：“是的。只要对方身家清白，我和你爷爷奶奶都是支持的。”

李泽文难得沉默了一下：“人家不喜欢我怎么办？”

“少废话，女方不喜欢你那就给我追。把你那些手段全拿出来，我还不信真追不到了。”

李泽文说：“爸，你这么看得起我我很高兴，但你可不要低估女人的坚持啊。”

李正尧直皱眉，暗想什么条件的女人，我儿子居然都追不到？他不得不用一种全新的目光看着李泽文，试图从他模棱两可的话语里找出破绽。

“你在暗示什么？”

李泽文终于失笑，摊摊手：“爸，我开玩笑的，你说得对，只要喜欢的人，怎么也是要追到的。”

| 第十八章 |
你不要误会

下雪对地铁的运营没有影响，两个人花了半个小时，到达了 MIT。

唐宓对李知行执意跟着自己来 MIT 表示了犹豫，明明他伯父还在呢。李知行一句话打消了她的顾虑——我伯父和大哥还有不少事情要谈，我在场未必合适。

唐宓自己从小和外婆相依为命，从没感受过大家庭的纷繁复杂，此时听得此言，也不好再阻拦。

两人到 MIT 的时候恰好是中午，很自然地和郗羽定下了三人一起吃午饭的决定。三人在食堂碰面，无论是郗羽还是李知行都是挺善于和人打交道的，自我介绍后很快熟稔起来。

郗羽深思地看着李知行："我怎么觉得你有点眼熟？"

"可能是因为我大众脸。"

郗羽连连摆手："不不不，我不是说你是大众脸！要是大众脸都这么帅，那世界也太美好啦。"

这可真是大大的褒奖，李知行微笑着道谢。

郗羽随后带两人去吃饭，推荐了几款"据说还不错"的菜。

三个人端着餐盘在圆桌旁坐下刚刚开吃，郗羽再次若有所思地看了看对面的李知行，忽然一拍桌子："我想起来了！你就是李泽文的弟弟吧？"

对于她如此漫长的反射弧，说真的，唐宓也挺佩服的。

李知行失笑："学姐，是吕子怡说的？"

"嗯嗯，昨晚她回来的时候跟我提起过，我刚刚才想起来。真是太巧了。"

"我也真的没想到。"唐宓说。

"都是中国人也就罢了，还互相认识，这可真是小概率事件。"郗羽笑意深深地看着唐宓，"昨天我跟你说的那些，你没告诉李泽文吧？"

你当着他的面都可以发火，怎么现在介意起背后的小小吐槽？何况你也没有说什么过分的话。

虽然唐宓这么想，但她还是立马表态："当然不会的。"她可从来不是多嘴的人。

"我想也是，你看起来就值得相信。"郗羽抿了抿嘴，又瞧李知行，"你呢？"

"我都不知道你和唐宓谈了什么，她没有告诉我。"

"这样啊。"郗羽瞧了唐宓一眼，满意地点头，"那就好。"

三个人吃着三明治，唐宓问起郗羽的南极考察到底是怎么回事。

郗羽雀跃地谈起自己为期七八个月的行程。据她说，这件事情是这样的——一直以来，MIT 的海洋和大气学院的出海考察活动非常多，几个月之前她写了几万字的申请，想要参加一次南极科考或者环球科考活动，连培训课都上过了，但在最后一轮审核时被拒。岂料今次出发的前两天，预定参加考察的两名海洋所的博士生忽然身患重病，无法出行，负责人临时补增了两个名额，其中一人就是郗羽。

说起这次异常充实的科考活动，接下来她会去南极待三个月，等南极的夏季结束后继续为期三个月的海洋考察，总之，是一次超难得的科考活动。

"我长期负人品，现在终于爆发了，哈哈哈哈！"郗羽笑得特别小人得志。

李知行恭喜她，又问："学姐，去的时间这么长，你的学业怎么办？"

"我的学分已经足够了。"郗羽点头，"我相信这次出海考察，能让我写出一篇特别好的毕业论文。"

郗羽正是读博士的第四个年头，理论上说只需要一年半的时间，就可以毕业了。在学分足够的情况下，再加上一篇漂亮的毕业论文，她一定能如期毕业。

"那你在哈佛的选修课怎么办？"李知行问。

"是有点难办。"郗羽想了想，"我准备写个邮件去告诉你哥哥……能进行环球大气考察，对我们专业来说，机会真的太难得，我绝对不能放弃。"

压在天平上的，左侧是环球考察带来一篇优秀的博士毕业论文，右侧是和专业课其实无关的一门政治选修课，孰轻孰重一眼就明。

都是在美国的留学生，李知行懂得这其中的取舍之道："这倒是，该抓紧的机会就要抓紧，你打个电话给我哥说一下，他不会为难你的。"

"我对此没什么信心。"郗羽摇头。

"不会的，我哥不会无故刁难人。"

"是的，这点我还是知道的。"郗羽说，"他是个实事求是的人，所以我才说没信心。我接下来无法上课也是事实啊。"

李知行眼里闪过一丝诧异。自家堂兄是个实事求是的人，然而这一点绝大多数人未必看得出来——在李泽文长期给她的论文打低分的情况下，还能做出这等评价，真的很是难得。

李知行若有所思："学姐，你也是个实事求是的人。"

"我是科学家，要以事实为依据说话的。"郗羽笑着说，嘴角梨涡格外醒目。

事实证明，冒着大雪来参观郗羽的实验室非常值得。大气实验室主要是以计算为主，实验室里还有一名金发碧眼的男生，是郗羽的同学，德国留学生，他为人热情，和郗羽的关系看着相当不错，在繁忙的编程之中主动和两名来访者打了招呼。

MIT 的计算机实验室果然厉害，那台超级电脑占了学院的整个地下室，用来模拟运算天气情况，显示屏起码有三十个，大小不等，最大的那块显示屏占了半面墙。

唐宓这辈子何曾看到过如此豪华霸气的计算机房间，唯有叹服。李知行倒是情绪稳定，同样的超级计算机他倒是见过不少，他有兴趣的，则是超级计算机上那款地球模拟系统——这个系统刚刚面世不久，是 MIT 和美国能源部的合作成果，软件的设计和编程都相当高明，处理数据的能力和效率让人赞叹不已。

实验室里最玄幻的是，居然有个 3D 房间，进屋之后关上灯，打开成千上万行计算机代码建立的软件，就可以在全息 3D 房间里直接观看天气演化各种 3D 模拟效果，效果之华丽，比看 IMAX 电影还好。

"好厉害！"唐宓佩服到了极点。

郗羽笑得眼睛都眯起来，介绍了这个房间的其他用途："他们几个平时会来这个房间打游戏的。"

李知行失笑："打游戏？我刚刚也在想，在这里打游戏效果一定不错。"

"可不是。"郗羽做了个总结，"就是容易撞墙。"

几个年轻人失笑。

意犹未尽地参观完实验室，已经到了下午三点，天空的阴霾散去许多，雪有着变小的趋势，和郗羽告辞之后，唐宓和李知行两人踏雪离开 MIT 校园。

两人没有着急回家，在李知行的建议下，搭地铁去了波士顿市区。路上行人稀少，市政不甚勤劳地清理了主要的公路，偶尔有汽车碾过路面，发出稀里哗啦的声音。

波士顿市区面积不大，加上李知行之前来过一次，对市区情况还算了解。两人沿着自由之路缓缓散步游览，整个波士顿最富有历史意义的景点都分布在自由之路两侧，老市政厅、议会大厦、各色博物馆，可以让游客在短时间对美国发展历史有一个整体了解。尤其是有李知行这样一个导游，游览的深度远超普通游客。

李知行对美国的文化、政体有着相当程度的了解，那种了解程度远非普通的留学生可比。

听完他关于议院的评述，唐宓很受教地点头，并震惊于他的学识："你还真了解这些知识啊。"

"我只是因为不得不了解而马马虎虎知道一些，如果我哥在，他会讲得更有趣一些。"

"这点能够想到。"

一人所处的层次决定了这个人的眼界，同样是看到相同的东西，但感受绝不一样。李泽文如果真来解说，肯定效果惊人。只不过，普通人可没办法让李泽文来当导游。

因为下了雪天气又冷，路上行人稀少，但总归还是有那么几位游客，和他们一样也不惧严寒，在这宽阔平整的自由之路上闲逛。

有一对年轻男女和他们一路游览自由之路，四个年轻人在好几处景点碰了面，目光一对上，倒是都笑了起来。李知行向来不惧和人打交道，笑着和对方寒暄了几句，得知了两人的情况——那两名年轻人外表像是华裔，但实则是土生土长的美国人，也就是所谓的ABC，两人比他们还略小一点，在波士顿读书。

唐宓看着路边和国内迥异的街景：“我真是没有想到，我这辈子会来美国读书。”

她是一个没什么远大理想也没什么想象力的人，纵然才华横溢但碍于出身限制，超过自己能力范围的事一概不想。

李知行自然明白她的意思，摇了摇头道：“但是你做到了。这个社会虽然功利，但基本上还是会给努力的人上升的通道。”

唐宓“嗯”了一声。

两人漫步走过小小的公园，李知行漫不经心地环顾四周，笑着说起往事：“还记得我高二的时候来美国当交换生吗？”

“记得的。”

“就是那一年暑假，我逛了美国的大多数地方。仔细想想，也是六七年前的事情了。”

美国汽车多道路广，交通发达，很多留学生喜欢在假期的时候开车自驾游，唐宓对此毫不奇怪，实际上，如果李知行没有出去旅游，反而是咄咄怪事。

不过唐宓顿了顿，觉得数年前的疑问终于得到了回答：“所以，你高三开学的时候晚了一周才回来？”

李知行脸上笑意加深，他侧头看着裹着自己围巾的唐宓，轻声问：“你还记得我晚了一周回来？”

唐宓点头：“记得。”

她的记忆力确实远比绝大多数人强，想忘掉一些事其实也不容易。

“说起来，你当时有没有盼望我不回国了？”

“是有一点。”唐宓侧过脸，抿嘴看了走在身旁的李知行一眼。整个高一一年，两人的相处过程绝不愉快，即便是唐宓这种对外物不想多干涉的性格，也觉得高二的时候李知行出国当他的交换生也是件好事。因此，高三开学时她没看到李知行，心里的的确确闪过一些微妙的欣慰感。

李知行对她可谓了解透彻，只看一眼唐宓抿着嘴不想开口的小表情，就知道她在想什么。

“看来当时确实这么想的啊。”李知行小声说，“我原来那么不受待见。”

他的语气三分郁闷三分懊恼三分埋怨，唐宓怎么可能听不出来，她抬起头和李知行对视了一眼，看出他那双从来闪闪发亮的眼眸里的委屈，她心里一颤，只剩下想要哄他高兴的心情了。

“不是的。”唐宓连忙说，“你能回来我很高兴。”

她的解释虽然笨拙，但李知行还是展颜一笑，伸手抚了抚她的头顶：“好啦，我开玩笑的，当年的我能受你待见才是稀罕事。不过，有点遗憾啊，给你的礼物也没送出去。”

她的头发漆黑细软，摸上去像绸缎般柔软。李知行想，据说头发软的人心肠也软，还真是挺对的。

唐宓想起李知行回国后给很多人带了礼物，还说过给自己带了——她清了清嗓子，轻声问：“那个，当年你回国的时候，要送我什么礼物？”

李知行笑意盈目，他真的很久没有这么开心了，语气也分外轻快：“猜猜看？”

“唔……”不消说，唐宓在社交方面的想象力乏善可陈，也没有给人送礼物的经历，想了想李知行当年给众人带的礼物都挺投人所好的，于是试探性地询问，“那个，是笔吗？”

“不是。”

“是书？”

李知行笑得跟老狐狸一样得意：“猜错了。下次送你礼物的话，我一定会考虑书和笔。”

“……”唐宓扶额，继续问下去，“那么，你当时准备送什么礼物？”

李知行看出她是真的很好奇这个问题，笑道：“我现在送你当时的礼物的话，你还会接受吗？”

“会的。”

唐宓想都没想就做了回答。她想，反正她和李知行的关系已经如此密切，此刻再矫情地拒绝礼物什么的，就跟笑话差不多了。

“这话可是你说的。”

站在教堂前的花园里，李知行变戏法般从羊毛大衣衣兜里拿出个精美厚重看起来就很有分量的小盒子，翻开盒盖，直接摆在了唐宓眼前。

盒子里是一对漆黑得闪闪发亮的发夹，每只发夹上都点缀着一只小蝴蝶，黑色为底，金色为边，色泽和光滑度异常饱满，做工极其精美细腻，连蝴蝶翅膀上的金粉都勾勒出来，在光线下这么一晃动，振翅欲飞。

说唐宓此刻“呆若木鸡”都是轻的。

她脑子里乱糟糟一片，一时间不知道是吐槽“六七年前的礼物你居然一直随身携带”，还是说“礼物居然如此女性化”抑或是“我真的要收下这对发夹吗我拿来干吗呢”……

三十秒钟后她恢复镇定，伸手拿过礼物，并说：“那个，谢谢。”

李知行展颜一笑：“别忙。”

他把盒子放到唐宓手心，拿起一只发夹打开，又简单拢了拢她鬓角的头发，将发夹别在她的鬓角处。

唐宓今天没有扎马尾，头发简单披在了身后。为了简单起见，她的头发一直不太长，此刻，一头黑发也不过刚刚垂到肩下，流光的发夹衬托着她雪白晶莹的小脸，她素来冰山美人的形象忽然变得柔软起来。

“果然很衬你。”李知行放下停在她鬓角的手，开了口。

唐宓难以置信地询问：“这么多年过去，你还随身带着当年的礼物？”

“没那么夸张，这对发夹就是当年在波士顿买的。”李知行说，“就是这次到波士顿的时候，想到了这事儿所以带着。”

已经足够夸张了——把礼物从美国带回中国，数年后再带到美国，并且在这样一个冬天重新赠送出来。说不感动是不可能的，唐宓一阵恍惚，仿佛回到了几年前李知行给自己弹钢琴的那个晚上。

一阵湿寒的冷风从一片小墓地上席卷来，唐宓尽管不冷，还是往他身边靠了靠。

李知行伸手捞起她的右手，紧紧握在手心里，唐宓没有挣扎，任凭他握着自己的手，直至十指交缠。

两人就这样，牵着手沿着铺着红砖的自由之路前行。

两人在昆西市场吃了晚饭才回去，李正尧已经起程回了纽约。他这次来美国毕竟不是游玩的，还有好几场高峰论坛等着他，能抽出一天时间来波士顿看儿子，和儿子吃一顿饭、了解下儿子的近况如何已经足够。

唐宓回来后就直接上楼忙着自己的论文。李知行拉开书房门，果不其然看到了自家大哥在皱着眉头改一大沓文稿。

当老师不容易啊……李知行默默感慨。

今年年初，李泽文当上了助理教授，这是一份外人看着不错只有自己才知道辛苦的工作。在美国的终身教授系统中，助理教授处于最底层，一般有几年的试用期，如果这几年内拿不到终身教职，就要离开学校——要拿到终身教职，每年都要交出足够数量和分量的论文和专著。李泽文总归是要回国的，对终身职位未见得那么在意，但他绝不能容忍自己被别人甩在身后，唯有加倍努力。

李知行靠着书桌问兄长："大伯什么时候走的？"

"二十分钟前刚走，他还有会要开。"

"伯父挺辛苦。"李知行感慨。

可怜天下父母心，为了陪儿子吃一顿饭，驱车往返七八个小时，也不是不累的。

李泽文看了看堂弟神色放松眼神明亮的样子，随口问："和唐宓逛街逛得挺开心的？"

"是，非常开心。"

李知行点头，微笑回答。来美国这一年多来，李泽文总是能从堂弟身上看出一丝紧绷的情绪，然而今天，他身上的那种紧张气息不翼而飞，而是发自内心的放松愉快。

也是，自家弟弟在唐宓身上付出那么多，就算是块冰也应该融化了七七八八——何况唐宓也不是真正的冰块。

李泽文顺手摘下眼镜，揉了揉太阳穴，问："下午见到郗羽了？"

"是啊。"

李知行此时才想到还有这一码事，立刻收了收脸上太过于高兴的表情，换上相对正经的神色，将下午在 MIT 的见闻述说了一遍，详细地汇报了郗羽接下来的考察之旅，比如她还有几天就要上考察船这种关键事项当然要尤其强调，末了重点称赞了郗羽的性格开朗为人热情。

李泽文后仰在单人椅子上，淡淡开口："她看似容易接近，实际上从来不是特别容易让人亲近。"

接近和亲近，一字之差，含义却截然不同。

"这点我也发现了。"李知行若有所思，"郗羽学姐真是挺奇特的。"

"怎么说？"

“大部分时候，她身上都有一股天真的单纯，对未知的事有很浓厚的兴趣。”李知行顿了顿，又说，“但是，她对我和唐宓的关系完全不好奇，一丁点都没有。”

世界上绝大多数女生，内心都有着八卦欲望，比如看到一男一女关系密切，难免会怀疑两人是否男女朋友——就连唐宓都不例外。唐宓已经是女生中的异类，平时对绝大多数人都是没什么好奇心的，但至少对认识的人总会投注一点关注。郗羽给人的感觉却不一样，她是真的对这种男男女女的感情事完全没有兴趣，无论关系远近。

李泽文微微点了点头，对堂弟的观点表示认同：“是的，她就是这种人。”

“所以，你给她的论文打 C 和 D。”李知行抬头看天。

正如李泽文很了解李知行一样，李知行对自家堂兄的了解也不浅。郗羽学姐在李泽文心里，绝对不是单纯的学生而已。

李泽文不怎么和别人聊自己的感情事，但既是兄弟又同为男人，李知行也能大致判断出自家哥哥对女生的喜好。相貌当然不能差，智力和阅历也不能少，而且，一定要有趣。单薄得跟白纸一样一眼就能看透的女人，就算那张脸长得跟花儿一样，李泽文也不会有什么兴趣的。从各方面来说，郗羽在李泽文面前，都可以拿到极高的分数。

要让郗羽这种人留下深刻印象，普通的手段大概够呛，唯有从学业角度入手——李知行看得出来，郗羽是个除了研究，对其他事情都兴趣缺缺的性格。

李泽文自然听得懂堂弟的言外之意，只说：“因为她的论文确实有值得改进的余地。”

“郗羽学姐也是这么说的。”李知行顿了顿，“她说你是个实事求是的人。”

李泽文擦镜片的手微微一停，弧度漂亮的嘴角浮起了一个浅浅的笑容。

“那还真是太恭维我了。”

李泽文戴好眼镜，起身拿起车钥匙和钱包。李知行看了看外面昏暗的天色，不免有点诧异：“哥，你要出去？”

“我约了郗羽半小时后见，跟她面谈学分和课程的问题。”

这也是应有之义，怎么说李泽文也是郗羽的老师，在临近期末，学生要长时间离开的情况下，面谈一下对这门课接下来的安排也是应该的。

当然李知行绝不会那么不知趣地跟上去，等李泽文离开后，他上楼回到自己房间——路过唐宓的房间时他看了看，虚掩的房门里，她正全神贯注坐在电脑桌前，注视着笔记本电脑敲论文，侧脸专注无比，头发上的发夹并未取下，在灯光照射下闪闪发亮。

这一趟波士顿之行到底是破坏了唐宓的计划，她争分夺秒写论文忙到凌晨才睡下，因此起床时间比平时也晚了半个小时，换好衣服走到窗边一看，雪已经停了。

天边溢出破晓的蓝光，视线所及，静静泊在路边的白色宝马车有那么一点显眼，炫白雪光之下，白色烤漆的车身光滑流动，除了是新车简直不做他想。

唐宓微微蹙眉，随便套了件外套，洗漱完毕匆匆下了楼。李家兄弟两人都比她起得晚，屋子里一点声音都没有，她轻手轻脚掩上了门，朝着路边的宝马走过去。

走到一半她终于看清楚了车牌，心口猛然一跳。

冰冷的空气让她大脑迅速清醒，她深呼吸一口气，脚步不停地走到车旁，伸出手指敲了敲左侧车窗，下一瞬，车窗摇了下来，于是唐宓撞上了叶一超的双眸。

冰凉的雾气从他眼眸里迅速散去，映入了清晨的晨光。

叶一超长得十分俊美，唐宓一直挺清楚的。身高腿长，肤色白皙，修眉俊目，精致到都对不起“数学家”的身份，按严晓冬当年的说法，他压根不需要靠智商，只靠一张脸就可以在学校混得风生水起。只不过叶一超本人从不在意外表，他是那种无所谓衣着可以顶着一头乱发来上学的人。

“你怎么在这里？”唐宓定了定神，问他。

“我想来找你，又怕你没睡醒。”叶一超说，“就只能在外面等你。”

“等多久了？”

“没多久，不到半个小时。”

唐宓抿了抿嘴。她想，现在不过清晨七点——而他是多早就起床等在外面了？

叶一超并未解释什么，摇下车窗，取了车钥匙，下车，往不远处几十米开外的小公园走去。

说是小公园实在有些恭维，其实就是在两栋美式小楼中一块栽种了树木的空地，现在冬季萧索，枯枝峥嵘，好在前一天下了雪，此刻茸茸细雪点缀在树上。

小花园中有铁艺长凳，叶一超随手拂去漆黑长凳上的薄雪，清理出足以容纳两人的座位。

两人都不是扭捏的人，自然不会介意这凳子是否干净，对视一眼后并肩坐下。

叶一超仰起脸看着天空，说：“你觉得，错误是能够被纠正的吗？”

冬天的清晨静谧而寒冷，他说话时呵出了白气，轻袅升入天空。叶一超为什么选择在寒冷的室外而不是在车上谈事，唐宓隐约察觉到了他的用意——空气冰冷，足够让人冷静。

“当然可以。”唐宓如此说道。她试图让气氛活跃起来，她这么多年来都没试过挑战活跃气氛，“你的导师不就是？”

唐宓提到的，是叶一超的导师的事情——他年轻的时候试图挑战数学界某著名猜想，结果第一次发表研究成果的时候被人指出了错误，于是他修修补补了两年，终于纠正了此前的错误，此事也成为数学界的经典故事。

叶一超侧目看着唐宓，脸上有点无奈：“我说的不是学术界的事情，我说的是你和我的事情。”

“你和我的事情？”

“是的。我和你。”叶一超慢慢说，“来美国这一两年，我真的非常想你。我之前说过，对感情的事情不了解，也无所谓，现在我知道我错了，我很后悔。”

唐宓心头一颤。

叶一超转过身来，轻轻拉住她的手：“我曾经跟你说过，我对感情什么的并不在意，我还说过，只要你喜欢我，我愿意和你在一起。而现在，我知道我错了。从小到大一直有人说我聪明，说我是天才，而我也只是到了现在才明白，世界上最笨的那个人可能就是我。而我眼睁睁地放你离开了。”

“……”

“我喜欢你，唐宓。”

叶一超想说的远远不止这一句，他有太多话想说。他想告诉她自己很后悔，他觉得大学时候的自己完全是个笨蛋，既然唐宓喜欢自己，又不介意跟自己在一起——那么他为什么不能主动追求呢?

面前的唐宓其实并没有什么改变，还是熟悉的眉眼。他想起两天前，在学姐家看见她的第一眼，只觉得心跳如擂鼓，那一瞬竟无法直视她的脸。

他从来不觉得自己像小说里描写的那种情圣，然而到了美国之后，他也是实实在在地感觉到了“思念”两个字的意思。

是什么时候意识到唐宓的独一无二的?

从他和唐宓认识以来，两人从来没有分开过这么长的时间。大学的时候，两人虽然不在一个专业，但总归在一所大学，可以常常见面，需要的时候一个电话就可以联系，有问题可以随时聊，更重要的是，他始终知道，她就在自己身边。

在普林斯顿的高等研究院数学部他如鱼得水，学得很顺利，如同海绵一样吸收知识，他遇到了很多难题，都一一解决掉。教授们都十分欣赏他，他觉得自己应该很满足，可有一次，他计算得昏天黑地，遇到了莫大困难的时候，下意识地说了句：“唐宓，你觉得这道题怎么做？”

然后他抬起头，看到吕子怡愕然的脸，那个瞬间他一片茫然。

他从来不是找不到方向的人，他十来岁起意识到自己在数学上的天赋后就确定了自己人生的方向，那就是研究数学。可那瞬间，他后悔了，他甚至想，来美国有什么用呢？唐宓已经不在身边了。

没过多久就是新年，普林斯顿留学生和访问学者协会搞了个新年晚会，现场说学逗唱好不热闹。在一个类似恶作剧的活动中，他的手机被喝得半醉的一位师兄抢走，机缘巧合下，手机的相册被打开，他和唐宓两人的合影清晰地出现在巨大的投影屏幕上。

一群醉醺醺的男生看着照片上的唐宓，笑道：“你女朋友啊？真是大美女。”

看着屏幕上唐宓微笑的脸庞，他几乎不能呼吸。

那不是用理性可以解释的东西，也不是可以用分析论证得到的结果。

其实他都快忘记这张照片了，但是看到照片的第一眼还是忍不住心跳加速。那是他和唐宓唯一一张合影，还是被人偷拍下来的。

他的心口急促地跳动，在这个瞬间，他终于领悟到了什么是真正喜欢一个人。

“你不可能来美国也没关系，我毕业后过一阵子会回国。”显然经过昨天一整天的思索，叶一超已经有了打算，“我还要读三年，我们平时可以视频联系，也很方便。”

唐宓震撼得无法言语，很久之后才艰难地开口说话。

“抱歉……”唐宓嗓子沙哑得不成样子，“不行的……”

“怎么？”叶一超却没在意，脸庞上是一如既往的认真，“你相信我，我好不容易知道自己想要的是什么，我是不会变心的……你是不是不放心我和吕子怡的关系？我一定会好好地告诉她。”

唐宓眼眶慢慢红起来，杏眼里水汽慢慢弥漫。

她发现自己慢慢看不清叶一超的容貌。

她轻声说：“对不起，叶一超，我们不可能了……”

叶一超的“我不会变心”像重锤一样击打着她的胸口，“咚咚咚”三声之后，她终于明白了怎么回事——是的，叶一超可以自信地说“我不会变心”，可是她不行，她变心了。

过了这么多年后，她的心境早已变化。她不再是当年的青涩高中生，她经过了很多事，虽然还不够成熟，但她到底改变了。就像是一班早已经开走的列车，不可能回到当时。

叶一超面上一片凄惶，他深呼吸一口气，握紧了她的手：“为什么不可能？”

“叶一超，我喜欢上别人了。”唐宓慢慢开口。

尽管知道这个答案绝非身边人想听到的，也知道对他是巨大的伤害，但唐宓还是无法回避。

“李知行？”叶一超表情黯然。

“嗯。”

有些答案，只需要一个“嗯”字就足够了。

叶一超的头垂了下去。

唐宓把手从他的手心抽出来，几乎哽咽着说：“叶一超，抱歉，我真的……很抱歉。”

她离座而起。她实在不希望自己的拖泥带水给叶一超错觉，便快刀斩乱麻准备离开，一抬起头，却见到不远处静静矗立在路边的那个人。

李知行站在大树旁，表情镇定无比，不辨喜怒。他大约出来得有些匆忙，只简单套了件黑色风衣，也不知他站在那里多久，听到了多少她和叶一超之间的谈话。

唐宓定了定神，朝他走过去，直到他身前一步之遥时，她仰起脸挤出一个笑容，正要开口述说今早的一切时，却被李知行紧紧地抱住了，他一只手揽着她的腰，一只手从后脖下绕过，指尖落在她的颈侧。那是一个最紧密的拥抱。

“你不要误会……”唐宓轻声说。

李知行把她抱得更紧一点，轻轻说：“我没有误会。”

“嗯……”

她的脸埋在他的肩头，脸颊蹭到了外套下的藏青色细线毛衣。毛衣的质量的确很好，十分柔软，极细的绒毛扫到她的脸颊上，宛如情人间的轻微呵气。

| 第十九章 |
漫长的拥抱

李知行这次来波士顿，确实有度假的嫌疑，他把编程问题放置一边，精神上也难免松懈，前几天起床时间较晚，还让唐宓独自行动——于是今早他起床比较早，准备叫上唐宓去晨跑——当然结果不容乐观，唐宓依然不在房内，被子还散成一团堆在床上，手机也在枕边，看得出出门很是匆忙。

她去哪里了？

李知行皱眉走到窗边，顺着门口外雪地上的一排脚印看过去，唐宓敲了敲路边某车的车窗，随后叶一超下了车，两人并肩离开走到附近的小公园。

他旁观了两人的所有互动，即使听不到那两个人的对话，只看神态动作就已经把两人表达的内容猜了个七七八八，绝不会有什么误解。

叶一超表情沉静深情，唐宓显然也不是没有触动，但她最后依然坚定果断地摇了摇头，然后朝着自己走来。

仅仅一个摇头，就让他激动得几乎热泪盈眶。

巨大的幸福感一瞬涌到了身体的每一个角落，空无一人的街道上，他收紧手臂抱着她，下颌蹭着她柔软的脸颊。如果有人站在两人身边，就能看出，他的拥抱如此用力，用力得手上青筋暴出。

他朝思暮想的人，以他从不敢想象的依恋姿态，静静靠在他的怀抱中。这种幸福感，拿全世界来换他都不干啊。

半晌后他才略松了松钢筋一般的手臂，低下头看着她。唐宓也抬起头，镇定而坦然地迎上他的视线。

其实她脸颊发红，绯红的色泽从脸颊一路蔓延到了脖子。这对唐宓来说大概也是难得的体验，她算早熟的女孩，一辈子脸红的次数大概一只手都数得过来，至少李知行在此之前从未看过她脸颊通红的模样。

不得不说，微红着脸的她比起平时似乎更美。

漫长的拥抱后李知行已经冷静多了，毕竟不远处还有个叶一超盯着他。

他瞥了一眼叶一超，低头在她额头一吻："你先回屋里，我和叶一超谈一谈。"

唐宓一怔，恢复冷静："你要谈什么？"

"至少要送他回罗志维的公寓。"李知行依依不舍地把手臂从她的腰上放开，"他现在的样子，如果开车出车祸就麻烦了。"

唐宓沉默了下来，绯红的脸颊迅速褪色，饶是她这种情商低级的人也觉得，自己和李知行当街拥抱的事给叶一超的刺激不会很小。她很想回头看一眼叶一超现在的表情，但她没有动作，只轻轻说了句"那就麻烦你了"就径直离开，直到推门进屋，未曾回头。

看着她进了屋，李知行恢复到一贯的精英气度，他扣好双排扣风衣的扣子，朝着叶一超走过去。

此刻寒暄再无意义，李知行直接道："走吧，我送你回去。"

叶一超没有接茬，盯着他看了半晌，许久后才疲惫地跌坐回长椅上，开了口："我真是太失败了。"

预想的计划失败，事实证明，唐宓并不会在原地等他。

"那是因为，对你来说，唐宓不是最重要的。"

李知行在他身旁坐下，他不介意和叶一超交流，至于交流的结果会让叶一超添堵还是放松就不是他的责任了。

叶一超仰头看天，素来平淡无奇的天空空旷得很，只有湛蓝的天光落入眼帘。

是的，李知行说的其实没错。

在他看来，研究数学才是第一位的，其他什么事情都比不上这件事重要，也不如它有趣。这并不是一件坏事，但对某件事太过于强烈地热爱会导致判断力下降，眼界模糊。

他一直知道自己对唐宓的心思绝不是"朋友"两个字可以概括的。他觉得她很聪明，很美丽，总之，他认为唐宓很特别。长久以来，他一直认为那种"特别"是因为她的天赋所致——唐宓在数学上的天赋真的非常出色，她的直觉和抽象思维很棒，和她交流数学上的困惑，看着她专心致志的脸庞，感受着她跳跃而富有启发性的思路，让他的身心无比愉悦。

假如唐宓的天赋不是这么出色，他还会觉得她如此特别吗？

当时的叶一超没有答案，短暂思索后，他将这个问题抛至一旁，不再思考。

直到现在他才明白，有没有答案根本不重要，对每个人来说，因为爱一个人，本来就是爱这个人的每一个方面，也许爱上对方的聪慧，也许爱上对方的容貌，只要真诚地想和对方在一起，那就是爱情。

只可惜明白得太晚了。在感情问题上，是他自己硬生生把一手好牌打成现在这个局面，而李知行和他完全相反，上手时明明一副烂牌，却赢得了最后的胜利。

沉默许久之后叶一超问："你们什么时候回旧金山？"

"明天一早的飞机。"李知行道，"两个星期后我们就回国了，下次见面应该是几年后了。"

叶一超蓦然抬头："你也要回去？"

"是。我休学了，回国创业。"

叶一超不是瞎子，这几天的相处自然看得出李知行和唐宓的关系有了巨大进展，若是唐宓一个人回国他或许还能有几分盼头，但是李知行在一旁虎视眈眈，自己又远在美国……叶一超神色又黯淡几分，内心的苦涩难以言说。

李知行瞧了瞧他受到巨大打击的模样，又道："我送你回去？"

一席话谈到这里也就是尾声了，两人的态度都表达得淋漓尽致。

短暂的心理调整后，叶一超摇了摇头："不用。"

李知行审视地看他一眼，点头不语，目送他起身，走进车内，宝马的发动机轰鸣，雪白的车身流畅地掉了个头，在带起的风声中甩下车背上碎玉般的残雪。

车身消失在道路尽头，李知行深呼吸一口气，转身回家。

李泽文还没起床，昨晚他回家较晚，大概也很疲惫了。

唐宓正在厨房做早餐，一盘子色香味俱全的金黄色鸡蛋饼已经放在餐桌上，看上去让人胃口大开。

李知行把大衣扔在沙发上，挽起袖子，系了围裙就要过去帮忙做早饭。

唐宓侧头，思维像是停滞了一秒钟后轻声道："我来弄就可以了。"

"两个人做早饭会快一些。"

留学生没有不会做饭的，李知行自然不例外。只要时间充裕，他喜欢把早餐做得丰盛一点，毕竟一天之计在于晨，早餐吃得好一点，幸福感会大大增加。

"叶一超呢？"

"他已经走了，不让我送。"李知行从容回答，"放心，他离开的时候已经很冷静了。"

"那就好。"

唐宓轻轻松了口气，眼角眉梢的紧绷情绪明显柔和了几分。

研究了她这么多年，李知行对她的心态揣摩无比到位，自然注意到了这一细节。

"你真是挺担心他。"李知行煮好了小米粥，侧目看着身边的人。

虽然李知行语气刻意平淡，唐宓却听得出他的言外之意，她轻声道："毕竟认识了这么久。"

李知行笑着说起别的事儿："说起来，你早上出去和叶一超都聊了什么？"

唐宓拿着平底锅的手猛然一顿，一句反问下意识从嘴里蹦出："你难道不知道？"

"你没告诉我我怎么知道？"

他明明背对着窗，眼神却黑得发亮，显得真诚而又无辜，唐宓被他的眼神看得心口发堵——她可不信李知行猜不到自己和叶一超到底说了什么，就凭着刚刚的那个拥抱，李知行什么心情她也不是不能感受到。

看着唐宓惊讶的模样，李知行前倾身体看着她，柔声说："不过你虽然没说，但我还是可以猜到……磨磨蹭蹭这么多年，他终于跟你表白了，是吗？"

"你既然都知道，没必要问我。"唐宓苦笑。

"不过我觉得，不能怪他。"

"……"

没想到李知行为叶一超说话，唐宓有点疑惑。

李知行靠在流理台上，略略降低了海拔："我确认自己喜欢你，也是高二那年在美国当交换生的时候。"

"……"

唐宓真真切切大吃一惊。

李知行感慨着："高一的时候和你矛盾那么大，基本已经撕破脸，我知道你对我挺特殊的，但我可不想承认自己喜欢你。再说了，我条件那么好，一直以来都是女生追我，要我倒追你，我可不干。"

唐宓吐槽他："你很自信啊。"

"我只是说出了事实。"

看着瞪着自己的唐宓，李知行一伸手，没费什么力气就把她拉进自己怀里。

唐宓的腰很细，李知行几乎一只手臂就可以环住，他满意地发现，这是一个很适合谈事儿的姿势。

"我刚刚来美国的时候，在学校里有阵子过得其实很不愉快。美国的种族歧视其实是存在的，隐形的政治问题无可避免。"李知行说，"因为一些见解上的不同，有一段时间我在学校里陷入了孤立的状况。"

这都是唐宓前所未知的。李知行绝对不是那种对他人敞开心扉剖析心理的人，大抵是早熟的缘故，他从来都把想法埋在心里，比如他要退学创业，在事情有眉目前，他完全没对她吐露半个字；比如数年前他表白被拒后，以闪电般的速度退回到朋友的位置，一丁点负面情绪都没露出来。唐宓能通过他的行动感受到他的真诚，但也觉得完全无法看透他。然而现在，李知行正在对她吐露心声？

"然后呢？"唐宓轻声问。

"然后我想起了你……"李知行的表情无比柔软，说，"我才明白你的勇敢。"

他没再说下去，伸手轻轻捧上她的脸颊。

唐宓不是一个合群的人，为人冰冷孤傲，在学校里始终独自一人行动，有段时间就连上体育课都找不到人配合她打球，只能一个人绕着操场跑圈。在美国陷入孤立的那阵子，李知行想起了她孤零零的单薄背影。看起来孤单得让人可怜，但一旦叫住她，你只会看到她眼神中的平静和坚韧。

他知道，人类的基因决定了每个人都有着群居本能，无论承认与否，不合群的人就是会承担极大的心理压力。她的压力那么大，却能保持心态上的平衡，这足以说明她的精神强韧。

对待这样的唐宓，安静的等待和无声的理解都不是最好的方式。李知行深知，她是个不会做梦的人，如果自己没有主动接近她，她是绝对不会对自己产生任何想法的。能得寸进尺的时候，他绝不含糊。

他问："唐宓，我爱你。跟我在一起，好不好？"

唐宓想，这简直就是数年前情况的再演——在四年之后，整个人都在人家怀里，现在这种情况又如何拒绝？何况，她也实在不想拒绝他第二次。

李知行的手指摩挲着她白皙晶莹的脸颊，在她额头上落下一吻："我知道你在顾虑什么。是不是我家里人？我不能否认我的家人可能会从中作梗，但你是跟我在一起，不是和我爸妈。我会处理这件事，不会让你感觉到他们的压力。”

对这个问题，唐宓的回答是伸出双臂，轻轻揽住了他的腰，把脸埋在他的颈侧，脸颊触碰到他温热的肌肤。

这是她能想到的，对李知行这么长时间等待的最好回答。

客厅的一角，不知何时打开了一条门缝，随后又被很轻地合上。

李泽文没有偷窥八卦的欲望，也没破坏人家好事的恶癖，发现外面的情况不对，在自家也退避三舍。

他的眼光绝非普通人可比，对细节的观察，对人心的揣摩不说出神入化却也差不了太多。这次李知行和唐宓来波士顿，他一眼就看出这两人的关系比之前密切了不少，就差捅破一层窗户纸了。

看着客厅里的一幕，李泽文的心情亦十分复杂，他坐回自己惯常的座位上，素来淡定的脸上也露出了一丝怅然。

从李知行喜欢唐宓开始，时间过去了多少年？

长久而忠诚的等待是一件多么不可思议的事情啊。人生那么短暂，世界上有那么多诱惑，那么多漂亮聪明的年轻男女，只要心防一松，过往的坚持就会变成回忆。这么多年，心心念念只喜欢一个人，只等待一个人，这是多么困难的事情。

李泽文想，自己大约是做不到的。他是一个极端理性的人，他的举动基本基于事实遵从逻辑，他比其他人更理解这份坚守的困难。正因为理解，他尊重堂弟的选择并为他提供他需要的一切支持。

半小时后李泽文走到客厅，客厅已经不复刚刚的涟漪，李知行和唐宓两人镇定如常，正在把香喷喷的粥和饼还有各种小菜摆上桌子。

李泽文挺感慨地看着一桌正宗的中式早餐，露出笑容：“很丰盛，你和唐宓一起做的？”

“是的，不过唐宓做得比较多。”

“做早饭并不费事。”唐宓不居功。

李泽文慢吞吞吃早饭，还不忘感慨：“你们明天就回旧金山了，我大概很长时间吃不到这么丰盛的早餐了。”

“是的，毕竟假期结束了。”李知行深有感触，“接下来就没有这么轻松的日子了。”

李泽文微微笑着，看了看小口喝粥的唐宓，又看了看自家堂弟，明知故问道：“这趟来波士顿，收获如何？”

李知行笑得很满足：“这是我有史以来最成功最明智的一趟旅行。”

“那就好。”

兄弟二人对视一眼，自小一起长大的默契总是很有用的，两人不约而同在对方眼里看出了心领神会——李知行知道兄长看得出自己和唐宓的进展，李泽文也知道李知行对此事心知肚明。

还需要画蛇添足地多说明吗?

不需要了。李知行神采飞扬的脸是他现在心情的最好脚注。

第二天一早，李知行和唐宓起程离开了波士顿，返回旧金山。

近五个小时的飞行，两人再一次横跨北美大陆。唐宓坐在窗边，翻开电脑看论文，时不时侧目看一看窗外风光。飞行时间正是白天，俯瞰下去，可以得到视觉上的最大享受——莽原雪山湖泊幽谷交错映入眼帘，云朵犹如河水徜徉在北美大陆的万米高空上。那是和国内并不相同的风光。

其实就算是一样的风光，身边的人不同，看到的景色也截然不同。

飞机所到之处，李知行都为她解说当地风情，唐宓听得很认真。

李知行一直握着她的手："交换生只有四个月，确实有些匆忙。美国很多地方的景色都很棒，以后我带你再来美国玩。"

唐宓垂眸一笑："好的。"

李知行发觉她嘴唇有点干，于是端起自己的水杯送到她唇边——唐宓双手停在键盘上，侧目看了看一旁殷勤的男生后，很轻地嘟了嘟嘴，总归还是低头就着他的手乖乖喝水。

就算是情商素来不高的唐宓也觉得这举动太过于肉麻，于是她顶着有点发红的耳郭，忍不住道："我说……"

李知行把杯子放回台子上，温柔地笑看着她，静待下文。

"你把我……"唐宓卡了一卡，作为当事人，她发现这个话题实在不好开口，"当成什么?"

是的，自从两人的关系进了一步之后，李知行对她的态度有了微妙的改变。虽说一直以来李知行都在各方面很照顾她，但程度上还是有微妙的区别。李知行现在可谓关注她生活的每一个细节，唐宓一点都不怀疑，如果自己说"不想吃饭"，他会端着饭碗一口口地喂自己吃，就像照顾小孩子那样——非要准确形容这种变化的话，大概之前是"体贴"，而现在，唯有"宠爱"两字可以形容。

"我把你当什么啊……"李知行脸上笑意加深，握住她的手放到唇边轻轻一触，"当然是当宝贝了。"

唐宓彻底败了。刚刚只是耳郭微红，现在整张脸都染上了薄薄一层血色。

"这日子还怎么过……"她小声嘟囔了一句。

"会好起来的。"李知行垂眸微笑，"你会习惯的。"

李知行自然明白唐宓的纠结，但是奈何他就是那种给点阳光就灿烂的人，这么多年以来，都是他一点点试探唐宓的底线，过程卓有成效，结果让人欣喜。而今，唐宓既然给了他机会，他绝不会放任机会偷偷溜走。

"……"

好吧，大概是会习惯的——唐宓想起了温水煮青蛙的寓言，而今，她就变成了那只锅里的青蛙，逃不掉，而且也不想逃了。

这一切正如普希金的诗里说的，爱情来临，理智又当如何?理智已经无话可说。

回到旧金山的当天晚上，这群留学生的生活再次从度假模式进入了忙碌节奏。

唐宓迎来了紧张的期末考试，李知行、孙轩、何树森三人天天往硅谷跑，大约试图在回国前抓紧时间进一步从硅谷吸取点先进经验。

对于两人关系的进展，孙轩和何树森一点意外都没有，两人纷纷表示恭喜，末了说：“万里长征总算结束，李知行终于可以安心创业了。”

这事儿对唐宓来说闻所未闻：“怎么回事？”

孙轩说：“我是觉得，他的节奏太紧张，精神绷得太紧，这一年多来没有任何放松，稍微松弛一点会更好。”

何树森则一脸深沉：“因为之前牵挂你，李知行想早点回国，学习得太过于努力，我们看不下去而已。”

李知行冷静地看着自己的合伙人，犀利指出：“应该抓紧每一秒钟，时不我待。不趁着现在发展，以后的机会越来越少。”

孙轩和何树森心有戚戚地表示同意。

确实如此，这毕竟是一个属于年轻人的时代。如今的互联网跟古代的战国时代没有什么区别，豪强并起，必须冲上战场搏杀才能搏出一片天地。

期末考试结束后，一行人辞别了在美国的同学好友，打包收拾行李准备回国。

最后离开美国之前，唐宓和李知行又抽了两天时间去洛杉矶看了看唐明朗——巧的是，看起来唐明朗和贺优的感情似乎出了问题，因为前来接机的只有他一人，对此唐明朗解释说“贺优有些忙”。

说服力并不强，因为唐明朗也结束了期末考试，理论上圣诞节前的寒假应该是留学生们最轻松的时候，而且唐明朗的态度看起来颇为心虚。

回城的路上，李知行直接问：“你们没问题？”

“呵呵……”唐明朗说。

李知行瞧他一眼：“分手了？”

“没有……”唐明朗的声音低了好几分，“吵架了。”

“怎么回事？”

唐明朗吭哧吭哧了好半天，才述说了原因。

简言之，两人在蜜月期过后，磨合的时候因为各种鸡毛蒜皮的事情产生了分歧——譬如说，两个人对出去玩的态度不一样。贺优喜欢玩，学习压力也比唐明朗小，喜欢参加各种各样的“party”，把社交当成生活。洛杉矶最不缺各种活动，可以一年热闹到头，照说唐明朗本身也不排斥这种吃吃喝喝玩玩乐乐的“party”，奈何课程吃紧，而且这学期接受唐宓的高压指导，陪贺优的时间少了许多。不过，这个因素并不是最重要的。最重要的是，两个人的消费水平差异产生了矛盾。实事求是地说，唐明朗的生活费已经很多，是留学生中的高级阶段，但是和贺优不能比，因此不得不用女朋友的钱，唐明朗觉得丢了面子。

“真的？”李知行从来都是很有辩证和怀疑精神的人，“我们见过贺优，她可不像是你说的那种不体贴的女孩子。”

看到兄长审视的眼神，唐明朗有点尴尬，挠挠头：“其实，也还有点别的事情……”

"什么事？"

他又吭哧吭哧地说了故事的后半截——最近，他和班上一个女生关系不错，贺优吃醋，引发了两人的争吵，现在，贺优正赌气呢，已经好几天不理他了。

唐宓坐在后排看着唐明朗的侧脸，一个恍惚，却看成了唐卫东。父子俩外表相似，性格也有八分相似。

李知行单刀直入："你打算分手吗？"

"我没这个打算，贺优很好的。"

李知行一眼扫向他："那给她打电话，说我和你表姐来了，请她吃饭，问她来不来。"

"哎，这倒是个好主意。"

这一席话说完，车也到了洛杉矶分校的周边，唐明朗的住处附近。

唐明朗在路边停好了他的道奇，就开始给贺优发短信——为什么不打电话呢？据他说贺优不接他的电话。

事实证明，贺优也不想跟唐明朗分手或者撕破脸，很快就答应过来。李知行三人在这家日本餐厅里坐下后不到半个小时，贺优就拎着包到了，从时间上计算，她应该是收到短信后就出了门，看起来是相当给表哥表姐面子。

洛杉矶的气候很暖和，三人坐在餐厅的靠窗边，就看着贺优踩着高跟鞋从她那辆奔驰上走下来，进了餐厅，目光扫到他们这一桌时，立刻扬起了笑容。和李知行、唐宓两人打了招呼后，她挺自然地在唐明朗身边落座。

唐明朗狗腿地把菜单给她："请点单吧，我们都已经点过了。"

贺优瞧了唐明朗一眼，不得不说，唐明朗扮可怜的样子确实让她怨气无影无踪，她问："怎么来这家餐厅？味道不算太好。"

"随便找了一家……好停车。"

贺优说："你应该早点跟我商量。"

"你不接我的电话啊。"

贺优不吭声了，开始点单。

寒暄之后，服务员端着寿司和生鱼片上桌，几个年轻人也胃口大开，满足地吃着丰盛的午餐，聊聊天，说说学习生活，气氛很棒。

得知两人明天就要离开洛杉矶，贺优吃惊："这么短的时间？洛杉矶好玩的地方很多呢。表哥表姐，你们改签机票，多玩几天吧。"

"多谢你。"李知行说，"不过确实来不及了。"

李知行的确有带着唐宓逛逛洛杉矶的想法，迪士尼、好莱坞、环球影城等都是很棒的游玩休闲地，加上今年洛杉矶的气候不错，特别适合游玩。但唐宓不太同意，她的物质欲望非常稀薄，这些人们耳熟能详的加州胜地远不如她现在正在写作的论文，在她看来，来美国的求学任务已经结束，只想马上飞回去。

李知行自然不会强迫她做不愿意的事情——何况他在国内也有千头万绪，现在能节约一天时间，日后说不定可以省出一周时间。

看出李知行和唐宓都是态度坚决的人，贺优没再劝，兴致勃勃地提议：“表姐，我们去逛‘club’怎么样？”

“‘club’？”

“是的，一个音乐‘club’。来洛杉矶不去酒吧和俱乐部就太可惜了，一点这座城市的精髓都感受不到。”

说这话的时候贺优微妙地看了自己男朋友一眼。

李知行没有先表态，微笑着看唐宓：“想去吗？”

“呃……”

李知行完全知道唐宓的社交生活有多么狭窄。酒吧这等地方，对她来说，完全是平行世界才有的事物。当然，这样真的很好。就唐宓这种可以拿脸当信用卡刷的女生，进入鱼龙混杂的酒吧，简直就是明珠暗投羊入虎口，若是只有唐宓一个人，他绝对不会这么和蔼地征求她的意见，直接就把贺优的意见无视掉。

贺优看出唐宓的迟疑，于是使出了撒手锏：“表姐，就算是为了看明朗乐队的表演也应该去啊。”

“明朗的表演？”

唐宓实在很难把乐队和唐明朗这两个名词结合起来，她的表情也完全说明了这点。

李知行也问：“怎么回事？”

“也不是，就是参加几场演出。”被女友小小出卖，唐明朗郁闷地左顾右盼，奈何自家表哥表姐的目光跟探照灯一样照着他，他老老实实交代了原委。

原来唐明朗在大学里不仅仅读书，三个月前跟几个朋友组了一支名叫“winter”的乐队，他在这支名不见经传的小乐队里担任键盘手，今天晚上，“winter”乐队将在一个有些名气的“club”里演出。这对这支新的刚刚长芽的乐队来说，可是一件大事。南加州是娱乐圣地，城市里充满了有梦想的年轻人，这座城市里的乐队没有一万支大概也有五千，今天他们能在这家音乐“club”里演出，已经是很了不起的事。

“有爱好也好。”李知行的想法一向比较现实，他知道唐明朗的学习不乐观，“但是你的学习能兼顾吗？”

“还可以吧，我们就是玩玩。”

“难怪有时候给你补课你都心不在焉的。”唐宓也想明白了。

“呵呵，主要是……”唐明朗眼神飘忽，“就算是玩玩的乐队，排练和练习也少不了。”

贺优嘟嘟嘴：“表姐，这学期如果不是你指导明朗写‘paper’，他绝对会挂科。”

“那下学期怎么办？我和你表姐明天就回国了，未必有时间再指导你了。”

“我会努力读书，绝不会毕不了业的！”唐明朗信誓旦旦地保证，一脸期盼地看着李知行，“表哥，你可不要把这事儿告诉我妈啊！”

李知行不置可否，只道：“等我看完你的演出再说。”

仅仅凭着语言是无法获得表哥的保证，唐明朗希望李知行看到自己的决心，认真地点了点头。

“好。”

| 第二十章 |
等你很多年

一顿饭吃完，唐明朗先行撤退——他说要回去抓紧时间和乐队再排练一下。

于是，在贺优的带领下，三个年轻人驱车朝着星光大道和比弗利山庄行去。这些地方始终是洛杉矶最富代表性的名胜，不去看看实在说不过去。

贺优很会玩，对好莱坞的了解相当详尽，在她的带领下，一下午的时间很快过去。

夕阳西下时，一行人来到了唐明朗今晚的表演场所，日落大道上一间看着颇上档次的酒吧。酒吧很大，风格复古，坐落在日落大道的核心地段，在音乐圈也有相当的知名度，贺优说，常常可以看到不少明星和经纪人也在此进进出出。作为一个有品位有格调的音乐俱乐部，酒吧会定期邀请乐队前来演出，而今天恰逢周末，前来表演的乐队比起平日会多一点。

三人到时酒吧已有不少客人，贺优挑了个挨着墙角却侧对舞台的小圆桌落座，又熟门熟路地给两人推荐店里的酒品。

所谓入乡随俗，唐宓在李知行的建议下，也破天荒地选了一款度数很低甜度很高的果酒。

美国的酒吧通常还提供餐点，喝了点酒，吃了填肚子的晚餐后，有乐队走上舞台，酒吧的喧哗声陡然大起来。

舞台面积不小，比酒吧的地面高了近二十公分，现在已经摆上了乐器。唐宓现在才发现贺优选择座位的优越之处，虽然座位并没有正对舞台，但和乐队的距离很近，足以看清后排的乐队成员的表演。

第一支上场的是支爵士乐队，乐曲很棒，为今天的表演打下了非常棒的基础；第二支则是乡村乐队，节奏明快，曲调悠扬，倒是很符合轻松的氛围。

第三支乐队就是唐明郎等人的“winter”，这是一支定位模糊但偏向轻摇滚的乐队，他们一上场就用节奏感极强的歌曲引爆全场。

“很有表现力。”李知行笑语。

“这首曲子可是他们原创的呢。”

李知行点头："那真不简单。"

贺优眉飞色舞地跟李知行解释乐队的组成原因，又一一介绍了乐队的成员。

"winter"乐队组合是四个人，除了歌手外，还有一个键盘手、一个吉他手、一个鼓手。除了唐明朗外，吉他手看起来也是华裔，至于其他两人，则明显是非我族类的长相。

贺优的说法证实了李知行的猜测："吉他手是个 ABC，鼓手是意大利人，歌手是土生土长的老美。"

这些乐队来自五大洲四大洋，融合了各个国家的音乐特点，向心力出乎意料地强。

每支乐队演奏五首曲子，曲目奏罢，整个"club"掌声雷鸣。

至于贺优，完全忘记了周遭的一切，她脸颊通红地直接冲向了舞台，看样子是准备给明朗一个拥抱。

贺优火急火燎的样子让李知行莞尔，但不觉得意外。能让贺优这等优质条件的女生死心塌地喜欢的男生，绝不可能只有一张脸好看。

李知行鼓完掌，侧头看到唐宓依然盯着舞台上唐明朗的方向，一副灵魂都被洗礼的模样，那样子仿佛一个无神论者忽然看到上帝展现了神迹。

"怎么吃惊成这样？"李知行伸手在她面前挥了挥。

唐宓这才回神，抿了抿嘴："我没想到，明朗还有这种才能。"

"你真应该对你表弟更有信心一点，明朗在音乐上确实很有天赋。我之前跟你说过，小时候我弹一首曲子需要三天，明朗只要一天。"

李知行确实说过这番话，唐宓很受教地点了点头："其实我应该知道的，明朗应该有艺术细胞……我看过他跳街舞。"

这事对李知行来说真是新闻："你还见过他跳街舞？"

唐宓一五一十地交代了自己高三时那次刷新三观的奇遇。

李知行听后乐不可支，端起酒杯喝了口威士忌，笑晕："跳街舞，组乐队……搞艺术果然是勾引女生的利器啊。"

刚刚让人感动的表演让唐宓天外飞仙地对自己表弟产生了莫名的信任感，唐宓不同意李知行的观点："明朗应该不是要勾引女生才折腾这些吧……"

李知行笑道："至少有一半原因是。"

"没有吧……"她的坚持产生了一点动摇。

"哦，不信我是吧。你待会儿可以自己问他，"李知行微笑着，目光投向唐宓身后，"这不，来了。"

顺着李知行的目光，唐宓转过身去，的确看到了"winter"乐队的四人在贺优的带领下朝着他们这桌走来。

不得不说，这四位年轻男生确实长得不错，此刻穿行在"club"的人群中呼声不断，女生们各种示好，四个人似乎很享受女生的欢呼，尤其是那个金发歌手，这短短的一路走得格外招蜂引蝶。

经过似乎足足一刻钟的时间，四人才来到这一桌，唐明朗兴奋劲还没过呢，热切地充当了介绍人，把表哥表姐介绍给乐队的小伙伴们。

岂料意外陡然发生。

唐明朗的“This is my cousin（这是我表姐）”的介绍都还没结束，那个金发碧眼叫艾文的歌手直接在贺优留下的空位上坐下。手脚相当敏捷，他以迅雷不及掩耳之势抓起了唐宓放在桌上的手，陶醉地盯着唐宓的脸连眼都不眨——下一瞬大堆赞美词犹如山洪决堤那样，从他的薄唇里喷薄而出。总之听他的意思，仿佛下一秒，唐宓就能羽化登仙成为他命中注定的天使一样。

“啊？”

这一下子别说是没见过什么世面的唐宓，其他人都吃惊了。

应该说，这一圈人里，反应最快的是唐明朗。他今天心情很不错，和女友和好，哥哥姐姐也来看他，表演各种成功——唐明朗可不蠢，他很清楚李知行和唐宓这趟来洛杉矶就是为了考察他的生活状态，他决定把自己最好的一面展示出来，让表哥表姐见见自己乐队的其他成员，充分展示下热爱音乐的年轻人的真正风貌，不至于产生什么偏见和错觉，最好的结果是回国后在他妈妈面前美言几句。

乐队里这几个人什么性格他很了解的，艾文是那种很典型的花花公子，对美女的抵抗力为零，看到美女后要么搭讪要么调情，仗着他那张脸，成功率还挺高。过高的成功率提升了他的自信，以至于今天对着唐宓居然也发作了。

可惜这次他一定会踢到铁板。

唐明朗本来准备等着看自家表姐冷脸把艾文踢飞，没想到率先变脸的是表哥。

李知行的脸色犹如台风来临那样阴沉下去，他一把拍掉了艾文抓着唐宓的手，把她的手握在自己手中，盯着艾文道：“She is my girl。”

对待各种奇怪的表白，唐宓不能说毫无见识，她都是见识过跟踪狂的人了——艾文激烈的情绪固然让她震惊，但也不至于像以前那样彻底翻脸。

在李知行一掌拍掉艾文的手之后，她回了神，感激地看向李知行，再次唬了一跳。

李知行面色阴沉，眉心紧蹙，盯着艾文的目光隐晦不明——自己的女友被不知道哪里冒出来的人觊觎，这个金发的傻 × 甚至直接上升到肢体动作，他挺想揍人。

唐宓反手握住李知行的手，眉梢嘴角微微一弯，对他露出笑容。

她其实笑得不多，就算是对着他也不太有笑容，李知行心里一动，前倾身体，手臂撑在她的身侧，吻上了她的脸颊。

其实是一个很轻的吻，一触即分，表达的含义却明白无误。

始作俑者艾文目瞪口呆，很艰难地回过头去，试图询问自己的键盘手这是怎么回事，不是说这两人是他的哥哥姐姐?

然而键盘手根本没什么心情理他，他正用迷茫的眼神看着面前的兄长和姐姐，思考着是自己花了眼，还是世界忽然天旋地转了。

所见的这一幕让唐明朗的灵魂都在震撼——以至于，根本无法直视自己的表哥表姐。

是的，他是自己表哥表姐感情的坚定支持者，尽管他的支持没啥作用。他觉得表哥表姐很般配，很希望看到他们在一起，然而真正看到了李知行亲吻唐宓的那一瞬间，他还是觉得自己的脑子跟烟花一样炸开了。

他处于一种玄妙的状态，有一种奇怪的、被扔下的感觉。

他觉得自己穿越了时光，回到了小时候——他小时候，每到寒暑假，父母总把他送到燕京的外公外婆家，附近的院子里不少同龄的小朋友，他们玩得挺好，但是他最渴望得到两位表哥的关注。他很崇拜两位表哥，他们玩的东西、看的书、交的朋友在幼小的唐明朗看来很高端，悲惨的是，李泽文和李知行却不怎么理睬他，这两位哥哥总是偷偷摸摸自己出去玩，把他一个人扔在屋子里。为此外公外婆还批评过两位表哥，说他们不带弟弟玩，得到的却是李知行一句漫不经心的回答：他这么一个小屁孩儿，带着他完全是拖累啊，有什么好玩的？

唐明朗至今都记得，自己一个人寂寞地趴在窗户旁，看着两位年长的表兄带着一群小伙伴扬长而去的背影。

那种过往的记忆和现在的场景重叠了，表哥表姐在一起，那还有自己存在的必要吗？

唐明朗一个人神游天外地反思自己，贺优理智尚存，及时扯了扯唐明朗的衣袖让他回神。

“你表哥表姐在一起不是挺好的吗？”她在唐明朗耳边轻声说。

唐明朗缓慢地点了点头，准备发表点意见时，却看到李知行拉着唐宓的手站起来，并且朝着自己示意：“走吧。”

唐明朗这下是彻底清醒了：“走了？”

“过九点了，表演也看过了，应该回去了。”

“哦……”在唐明朗看来，时间还挺早，他连忙说，“还没结账呢……”

“我已经结过了。”

刚刚贺优离座的时候，李知行已经结了账。发生了刚刚艾文那热情表白的一幕，无论是他还是唐宓都觉得，这地方实在没法待下去了，离开也好。

唐明朗自知今天的这次见面有点糟，瞪了一眼还有点困惑的艾文之后，和乐队的其他两人做了个手势示意他们收好乐器，拉上贺优跟在李知行身后离开——乐队其他两名成员拍拍艾文的肩，尴尬好笑兼而有之，好友泡妹子泡到人家的女友，对方没翻脸实在是涵养好，对于唐明朗此刻的离开，队友心领神会表示支持。

十二月的晚上，即便是洛杉矶也很寒冷，带着水汽的凉风拂过，酒吧的喧闹一下去了大半。

唐明朗深呼吸一口气，抓紧时间第一个发言：“艾文平时就那样，表姐、表哥，你们别跟他一般见识。”

“他总有一天会挨揍的。”李知行说。

“我们也是这么说的，你知道的，意大利裔嘛……”唐明朗敏锐地用民族性覆盖了刚刚的话题，“话说回来，他平时还是比较注意的，今天抽风比较厉害。”

在唐明朗内心深处，其实觉得艾文有那么一点冤枉，人家根本没想到“哥哥姐姐”是一对，难免犯了错误。

“没什么的。”唐宓也没把这意外事件放在心上，情绪很淡定地跟唐明朗说，“刚刚忘记说，演出不错。”

“那就好，”唐明朗期盼地看向李知行，“表哥，你觉得呢？”

“很有感染力，原创能力也不错。”李知行点评道。

“所以，表哥，你会支持我吧？”唐明朗眼巴巴地问。

李知行定睛看了看他，微微笑了：“只要你不挂科的话。”

“不会挂科的！”

唐明朗立刻保证，英俊的脸在路灯下十分严肃，看起来比以往任何时候都更有决心。

唐宓和李知行对视莞尔。一个人有了热爱的事情后，会迸发出难以想象的力量。

四个年轻人聊着天朝着停车场走去，眼看着唐明朗的道奇就在前方，贺优忽然开口：“表哥表姐，你们今天去哪里住？”

唐明朗马上说：“去我的公寓。”

来洛杉矶之前李知行当然已经考虑过晚上的住宿问题，住旅馆是中规中矩的选择，只不过刚刚确定关系的情侣住一间还是两间似乎都是个问题——唐明朗给了他建议，恰好他的室友考完后就会去夏威夷过圣诞，到时房间将空下来，于是顺理成章地约定两人到了洛杉矶之后，就在他的公寓凑合一晚。

因为之前和唐明朗之间的冷战，贺优并不太清楚李知行的安排，此刻得到答案后，眼珠子一转，抱住走在她身边的唐宓的胳膊，对两名男生说：“我看这样吧，表姐去我那里住吧？”

“嗯？”唐宓侧过头。

“明朗，你的公寓也不大，你和表哥两人住比较合适。”贺优兴致勃勃地建议，“表姐，今晚跟我一起度过一个‘girl's night’，怎么样？”

贺优的脸庞隐约发光，透露出一种年轻女生特有的兴致勃勃，李知行瞥一眼就猜到她大概是要跟唐宓进行一场“girl's talk”——他无意反对，只觉得无论贺优打算同唐宓谈些什么，结果多半不会让她如意。

唐宓和李知行对视一眼，领悟到了李知行眼神中的“你决定”的意思，她对贺优点了点头：“只要不给你添麻烦的话。”

“当然不会了！这边走这边走，坐我的车吧！”

当事人已经有了主意，唐明朗不会表达反对。

说真的，别看他刚刚好像很沉稳很淡定的样子，但对表哥如何追到表姐这事儿，他的好奇心快爆炸了，唐宓在贺优的公寓住，方便了他今晚和李知行的秉烛夜谈。

贺优的住处在大学旁的一个高档公寓楼，大厅明亮、保安认真、停车位充足，唐宓当交换生也近半年时间，在偶一为之的留学生聚会中，时不时地也听到有人谈起在美国的国内富二代们的奢侈生活——是的，看到贺优的房间的一瞬间，她顿时明白了“奢侈”的意义。

她独自一个人住在一个看起来挺不小的单身公寓里，公寓现代风格浓郁，每一件家具都簇新铿亮，看一眼就知道很贵。虽然只有一间卧室，但衣帽间的规模相当惊人，仅仅鞋子就放了整整一面墙，衣服什么的就更不消说，估计贴墙的两面衣柜都装满了她的衣服。

至于卧室，更让她惊讶了一番。卧室挺大，浅蓝色的大床宽度起码两米以上，房间的靠窗处是一张连体书桌，书桌上堆满了书和笔，还有好几个相框；书桌旁则是一张化妆台，各种化妆品堆满了半个桌面；卧室外，则是一个面积只比卧室略小的宽广阳台，两张躺椅摆在阳台上，窗外浓密的树荫盖住了半个阳台。

唐宓没什么八卦探索的欲望，礼貌地环顾四周后就收回了目光，没进一步研究这间奢侈的套房。

贺优是很称职的主人，招待唐宓喝饮料，还让她先用自己那间颇大的浴室。

贺优的卧室既然只有一张床，很显然，今晚唐宓必须跟贺优同睡一张床——好在床足够大也足够舒服，睡两个人绰绰有余。

贺优的床非常软，枕头和被子不知道是什么材质做的，但松软程度真是恰到好处，唐宓躺上去之后只觉得自己陷入了云层里，浑身的每一个细胞都舒缓开来。她完全不想知道这张床的价格，她能从床的舒适程度判断出床的价格——那瞬间她脑子里闪过了无数经济学专著里关于金钱的描述。

对金钱的追求是经济进步的动力。大多数人追求金钱，只是为了应付日常开销；而有些人追求金钱是为了享受生活，他们看重的是金钱带来的舒适，他们追求金钱是为了品尝最美味的佳肴、住最舒适的房子、睡最舒适的床。

贺优大概就是后者吧。既然有条件为什么不享受呢?

唐宓住校多年，当然明白，当两个相同性别的人同睡在一张床上的时候，多半也是交流心声的开始。这就是床铺的作用，它能让人觉得安心和受到保护，但同时也卸下人的心防，然后进行一些深入的涉及灵魂深处的探讨。

果然，贺优洗完澡就跳上床，直接切入核心问题。

“刚才在酒吧里，我真是很吃惊呢。”贺优闪着眼睛，充分表达了自己的好奇心，“表姐，上一次我们在旧金山见面的时候，你和表哥还没在一起。”

唐宓放下阅读的论文和手里的笔，设身处地地想了一下，觉得这确实是一个能引发人类好奇的问题。

“当时，我们确实没在一起。”

“那进展还挺快……好像不对，表哥应该喜欢你很多年了吧？”

唐宓抿了抿嘴，觉得自己无论怎么回答似乎都有炫耀的嫌疑，只能含混地回答这个问题。

“也算不上吧……”

“真好啊！”贺优把头埋在松软的枕头里，瓮声瓮气地说，“唉，我也想要有人追啊！”

唐宓忍不住莞尔，伸手抚了抚她的头发，轻声说：“你的话，应该有很多人追啊。”

“唉，哪有那么容易的事情。”贺优身体一歪，右侧脸颊陷入枕中，“表姐，你知道，有优秀的男人一心一意地喜欢你等你很多年，是非常偶然的事件。”

唐宓听出她话中的恻然，一愣，低下头瞧着贺优。

不带偏见地说，贺优卸妆之后，明艳程度的确下降了几层，但还是很清秀的，颇有邻家少女的感觉。在毫无粉黛的情况下，她脸上的表情，每一丝唐宓都可以看得很真切。

“我上学的时候很喜欢一个男生，他比我大两岁，是我们学校隔壁体校的运动员，他打羽毛球的，很高很帅，身材也特别特别好，现在是国家级运动员，参加过不少国际大赛。”贺优回忆道，“我和他谈了两个月的恋爱，然后分手了。”

唐宓从善如流地问：“怎么分手的？”

“我那时候……年龄比较小……”贺优瞧着忽然有些心虚起来，“挺娇气也挺小心眼的……他是专业运动员，在球队竞争压力很大，平时时间也不多，他说希望女朋友可以照顾他的生活，至少不拖他的后腿……”

贺优说得含混，想来也不是很愉快的经历，但唐宓也能马上看出两人的矛盾根源。

“后来呢？”

“上高中的时候，我又喜欢另外一个男生……”贺优说，“他是我们学校的男神，学习棒运动强家庭也好，怎么看都很完美，嗯，大概和知行表哥一样吧。”

唐宓点了点头。果然，每个中学都会有自己的校园男神。

“我们关系挺不错，他常常来我们班的教室找我，跟我一起参加学校的活动之类的。经过第一个男友的事情，我的脾气改了不少，也谨慎了一些，因为挺享受这种暧昧的气氛，我就没直接跟他说‘我们开始愉快地交往啊’，就这么暧昧地相处着。”贺优说着说着，表情忽然复杂起来，“直到有一天，我忽然听到他跟我同桌表白！我这才知道，他跟我玩暧昧是为了我同桌啊！”

唐宓稳住心神，缓缓问：“同桌？”

“是的！全世界那么多漂亮女生，可男神就是不喜欢啊！”

“这种事情……其实也没办法吧……”

唐宓真心觉得，贺优的人生真是丰富多彩。

贺优一脸无奈：“是啊，没办法。从那时候起，我算明白了，找个心心相印的男友，就是这么不容易。”

唐宓努力安慰她：“你和明朗就很合适啊。”

“大概也就现在吧，以后什么情况难说得很……”贺优把头砸进枕头里。

“怎么会呢？”

“问题很大呢。现在我们还是学生，过一两年后谁说得准呢？”贺优皱起了眉头，“更何况，还有家庭那边的问题……表姐，前阵子，我听到明朗和他妈妈打电话，他说他还没有女朋友。我和明朗冷战，也是因为这件事。”

听上去和唐明朗说的原因不太一样，但唐宓没法此时此刻追究细节。

“我能感觉，明朗很怕他妈妈……”贺优郁悒地说，“明朗也跟我说过，他妈妈可能不是太好相处。”

唐宓悚然一惊，一种诡异的预感席卷而至。

是的，她震惊于自己的迟钝，居然到了此时才想到这个严肃的问题。

站在她的角度，她的确不会害怕这位前舅妈，但就算是她也承认，李如沁的的确确是那种会给旁人带来压力感的人。即使用最公平公正的态度来评价她，也知道李如沁是个极为挑剔、极为自负、控制欲极强的人，她趾高气扬，颐指气使，看不起几乎所有人——在她看不起的人群里，肯定包括自己，是否包括贺优，真的不好说。

贺优说这话感慨和牢骚兼而有之，未必一定要唐宓附和，此刻唐宓那复杂难言的表情，让贺优心里也是凉飕飕的。

沉默了半晌后贺优又开口："明朗家其他人呢？他爸爸会不会不喜欢我？"

"我舅舅不是那种挑剔的人，他对你很满意。"唐宓连忙说，"我和他说起过你。"

贺优高兴了一下，只不过马上又郁闷起来："不过，明朗的事情，他爸爸说了不算吧。"

看得出来，明朗对她说过自家的事情，否则贺优也不会如此精准地判断情况。唐卫东和李如沁离婚之前对家里的事情说了都不算，何况是现在呢？

唐宓叹了口气，点头。

"那真是挺糟糕。"贺优挺烦心地顿了顿，又问，"表姐，明朗妈妈这边的家族，是不是挺有地位的？"

这问题其实很难回答，唐宓反问："明朗没有说过吗？"

"没有。明朗其实跟我说得最多的是他爸爸的事情，他不怎么喜欢谈他妈妈，这方面说得挺少。上次跟我聊起来还是我们去旧金山，跟我介绍你和知行表哥的关系才提了一下。"贺优说。

唐宓叹了口气，给了肯定的答复。

贺优抿抿嘴，表情看上去却没特别意外："嗯，果然呢。"

这事儿其实也不难猜，朝夕相处的恋人，就算不故意提起家庭，但总会有一些蛛丝马迹。

"明朗妈妈家族这边都有谁？"

"我知道的也不多。"唐宓道，"就我所知，明朗的妈妈，有至少两个哥哥，一个是李知行的爸爸，还有一个更年长的哥哥……"

她想起感恩节的时候在波士顿偶遇的李正尧，这位大伯虽然看着挺平易近人的，但时不时会流露出凛然气度，让人愿意跟他谈话，却又半点不敢放肆。唐宓一点都不怀疑，他就是年长版的李泽文。

至于李知行的父亲……唐宓的手轻轻地抖了抖，算了，这个问题还是不想比较好。

"还有，明朗的外公外婆也在，八十岁左右。明朗的妈妈应该会听兄长和父母的意见。"

实际上，每一个家庭也就是一个小社会，由强势的一方来主导管理家庭。唐明朗的三口之家，李如沁比唐卫东强势，所以她来主导自己的小家庭；但是在整个李家的大环境中，李如沁绝不是最厉害的，唐宓相信，如果没有兄长和父母的撑腰，李如沁绝不会这么横行无忌。

贺优表情沉重地点了点头。她出身富豪之家，自然比唐宓更明白这个道理。

唐宓也算明白了，贺优今天主动要求跟她同眠，就是想知道唐明朗不愿说的这些事情。

唐宓轻轻拍了拍她的肩头："贺优，你不用想太多。明朗的妈妈绝不是不能沟通的人，李家也完全不需要担心，看李知行就知道了，他们都是很明理的人。关键在你和明朗身上，只要你们能坚持，不会有任何阻力。”

贺优果然稍微开心了一点，侧过脸对着唐宓露出了今晚第一个真心的笑容。

唐宓虽然安慰了贺优，心情却远不如她面上那般平静。

卧室的灯已经关掉，身边的贺优也睡着了，唐宓在黑夜中睁着眼睛，看着空白的天花板——她毫不怀疑李家人会喜欢贺优，但是对自己绝不会有好脸色。

李知行虽然承诺不会让家里人干涉，但仔细想一想就知道，怎么可能?

她想起了十几年前的那个下雨天，她扶着外婆从积水中站起来，李知行的母亲对自己投来的鄙夷神色。那么多年来，舅舅在李家也没得到好脸色，何况自己?

承诺和李知行在一起，她并不后悔。

只是人生第一次感觉到，原来这就是恋爱的滋味，幸福和不安总是交织而生。

| 第二十一章 |
一起过除夕

十二月中旬，唐宓和李知行回到国内。

两人都身负一堆事务，回国后的第二天，时差还没倒就开始了马不停蹄的生活。

回京那天恰好是国内的周末，她回了一趟宁海探望外婆和舅舅，带去自己在美国买的礼物——她社交能力不高，丝毫没有买礼物的概念，还是临走的时候李知行提醒她才想起来的。礼物是李知行敲定的，价格也不贵，给外婆的是一个肩膀按摩器；给舅舅的是一套著名科幻小说的英文原著。唐卫东和她一样，因为童年成长经历限制，爱好不多，唯一喜欢的就是读书，还是科幻小说。

其实她总共才离家四个多月的时间，只有一年的三分之一，在美国的时候，唐宓每周都通过视频和舅舅、外婆进行聊天沟通，这趟远门之后回到家，并不觉得分开太长。她在宁海待了一天，周一就匆匆赶回了学校。

国内的高校还没放假，同学们在紧张地准备期末考试——鉴于她在美国的学分足够，这次的期末考试没有她的事儿。她和院办的老师交接了一下后，开始整理这段时间在美国留学所得。在美国的几个月，她在经济学上有了一些自己的思考，随后用数学语言进行了分析和整理，写出了一篇论文，她把论文交给章斌，章斌大加赞赏后写了推荐语投给了一家著名的经济学期刊。

师生两人就她的未来进行了讨论，得知她不打算继续深造的时候，学院有名的男神老师叹了口气。

章斌一直认为，唐宓是这么多年来他见过的最适合做研究的学生，但是奈何她有别的想法，当老师的也无法强迫，只不过默默惋惜了许多天，寄希望于她挣够了钱后可以回归研究——这种可能性还是不小的，许多著名经济学家金融专家都进得讲堂，出得市场。

决定了未来的道路，唐宓又要准备简历了。金融学的硕士只有两年，金融硕士的第二年下学期和曾经的大四一样，实习将会占据比较重要的地位。

在这个无比现实的社会，对于真正有才的人找工作从来都不是问题。她的简历还没有发出，已经收到了邀请。元旦后的第一周，她在国投的老上司廖晖给她发了一封邮件，说她已经面临毕业，问她是否还有深造的打算，如果准备工作的话，请她回国投工作。

从实习期结束后开始，廖晖和她的联系其实一直没真正断过，他比较关注她的学业，通常每过几个月就会来信问问近况，知道她去了美国当交换生，估计着她差不多回国了，就来了邮件。

唐宓只思考了十分钟就给出了答案。

在国投实习的两个月她学习到了非常多的知识，她在国投完成了很多"第一次"，对这个公司也不是没有感情，更何况她熟悉了国投的运作方式，知道自己能做什么不能做什么，也知道自己的极限在哪里。目前来看，做量化投资分析对她来说不是很难，三年前觉得困难的工作，现在已经不能称之为困难。而且国投是国家层面的公司，地位超然，收入也足够高，确实是上上之选。

廖晖回复说：年后就过来，实习期三个月，毕业的时候就可以转正了。

唐宓回信对他表示感谢。廖晖的回复也很简单："不用谢我，你有足够的才华值得欣赏。我不想把你送到华尔街的投行当竞争对手。"

她挂上电话，觉得心口暖暖的。每一次感受到社会和来自他人的善意，她都会觉得，虽然命运对她是如此不友好，但能活在当下，感受着每时每刻，真是太好了。

她这边诸事繁多，李知行那边一样，他全身心投入到新公司的筹备中，每天都在奔波，还出差几次考察机房所在地，饶是他有背景有能力也是忙得早出晚归——创业阶段筚路蓝缕，真是一点没错。

付出总有回报，李知行那边的进度可以用一日千里来形容。

在两名得力干将孙轩和何树森的支持下，公司前期投入已经到位，办公室场地也已经选好，在城市东北角IT产业园的一栋高档写字楼里，占地上千平方米，可以容纳百余人工作，办公器材正陆续到位。

李知行大学时积累的丰富人脉这时发挥了作用，得知他自行创业后，不少曾经的同学都前来投奔。虽然李知行办的是个新公司，待遇比起现有的大公司还差了一点，但众人看重的不仅仅是待遇问题——比起在已经成熟的IT大公司里锦上添花，还不如去一个绝对很有前途的新公司开创，实现梦想和人生价值。据说还有股份可以拿。

唐宓也总算知道创业初期的人忙成什么样子，三个合伙人不可能浪费每一分钟，直接在公司旁边的公寓里租了套房子——毕竟京城如此之大交通不易，路上花的时间越少越好。

因为两人都忙，回国之后直到新年前夕，唐宓和李知行在一起的时间少了很多，每周只能见两三次，远不如在美国朝夕相对。

春节回家之前，唐宓按照李知行给的地址，去了知科公司。

这栋坐落在IT产业园的写字楼有26层，李知行的知科公司占据了23到26层，办公器材各种设备已经到位，唐宓到的时候，年轻的小保安正尽职尽责地守在前台，拦住了她。

“请问你找谁？”

“我找李知行。”

唐宓一边回答一边打量四周，这里是公司的前台也是接待大厅，大厅留有挑空，相当宽敞，目光正对的主墙面上，公司的大型“logo”迎面而立，中英文齐全，大气醒目。

“李总？”小保安看着唐宓。

唐宓的外形和气质在这种初见的时刻总是加分的，保安不觉得她是个骗子或者心有不轨，想了想，指着桌子道：“你先拿身份证登记，再给李总打个电话。”

虽然觉得“李总”这个称呼有那么一点好笑，唐宓还是很认真地遵守规定，她准备拿起桌上的电话的时候，一道女声从她身后传来。

“小周，我来登记就可以了。

声音挺熟，唐宓一回头，人也很熟，正是自己的高中校友兼大学校友郭嘉颖同学。

郭嘉颖拿着一沓文件，正从她身后的电梯走出。

小保安看来和她认识并且关系还不错，连忙叫了声：“郭经理。”

郭嘉颖跟小保安点了点头，在访客名单上写了信息，看向唐宓：“走吧。”

有了郭嘉颖带路，剩下的就相对容易了，郭嘉颖带着她走过大厅，来到一扇厚厚的玻璃门前，郭嘉颖拿出门卡一刷，带着唐宓进了办公区。

“你知道公司的性质，保安需要比较严格。”

唐宓点头：“是的，应该这样。”

技术领先的公司，保密和安全工作都是重中之重。

因为即将过年，办公室里再无旁人，空空荡荡，足以使唐宓将办公环境看得更清晰一些。办公区色彩明亮，每个工位都不小，座椅宽大，配备了两台以上的最新型号的电脑。

看着郭嘉颖干练的身姿，唐宓有点感慨：“我不知道你也来了李知行的公司。”

“人人都喜欢待在互联网这类有未来的公司。”郭嘉颖说，“李知行还在美国的时候就跟我联系过了，我完全相信他的能力，愿意跟他创业，他回国了我就跟过来了，我和宋峻现在是孙轩的副手。”

郭嘉颖的手指抚过办公位的扶手，指尖一点灰尘都没有。唐宓觉得她不仅仅是“跟过来”这么简单，还在高中时，郭嘉颖就可以把学校的大型晚会组织得漂漂亮亮。知科的筹建，上上下下也少不了她的汗水。至于宋峻，唐宓记得他是李知行的大学同学。李知行这次创业，拉过来的，都是自己人。

她问郭嘉颖：“你什么时候回家？”

“今晚的飞机，你呢？”

“明早的高铁。”

“很好。”

两人走到办公区的角落上楼，郭嘉颖指了指旁边的电梯：“李知行的办公室在楼上。我们这几层楼有一台电梯，假期公司没人就关掉了，我们走楼梯上去。”

“好的。”

这栋写字楼占地位置挺棒，视野十分开阔，公交车站和地铁站都在步行五分钟的距离内，行走在楼梯间里，从结实的玻璃外墙俯瞰，长街上车马如龙，远处高楼鳞次栉比。

“看上去还不错？”郭嘉颖问她，语气里隐隐透露着一丝骄傲。

“确实是很好的办公场所。”唐宓完全同意。作为初次创业的年轻人，这种级别的办公环境已经算得上顶级配置，公司打造的办公环境融入了硅谷先进IT公司的理念，又和本土文化结合起来，每个地方都能给人舒适的感受。李知行为此应当付出了很多心血和金钱。

唐宓内心默默估算了租金和办公成本的投入——幸亏李知行资金充裕，否则真是负担不起这个新公司。

“投入的成本其实没那么高，因为办公楼的租金很低。”郭嘉颖报出一个数字，价格比唐宓预期的低了一大半。

“怎么这么低？”

“这些问题，李知行没有告诉过你吗？”郭嘉颖饶有兴趣地看着她。

“没有。”唐宓摇摇头。她和李知行见面机会不多，偶尔碰面都是说说近况和身边的变化，出去看看电影时间就过去了，就算有关公司的讨论，讨论的问题主要集中在技术手段上，对于更烦琐的细节问题，两人反而谈论得比较少。

“这栋写字楼应该是李知行伯父公司下的产业。”郭嘉颖说着忽然一笑，“所以这也是我愿意过来的很重要的原因。跟着有能力有背景的老板做事，总不会吃亏的。”

唐宓轻微地牵了牵嘴角，露出了一点笑意。

两人边走边谈，上到了二十六楼，这一层有宽阔的开放式空间作为员工的休息区，旁边就是最大的会议室和几个合伙人的办公室。合伙人独享一间办公室不仅仅是为了显示地位，也为了保密起见，整个公司最重要的文件此刻都在几个合伙人的办公室内。

一家新公司总有许多可介绍的地方，郭嘉颖详细讲解，忽然一间办公室的门被打开，孙轩挠着头走出来，瞧见刚刚到达二十六层的唐宓，他眼前一亮开始招呼：“哦哦，老板娘来了啊！”

“……”

这句话实在太出人意料，就算以唐宓的智商也是愣神两秒钟后才反应过来，只觉得耳根发热，尴尬得想躲起来。

孙轩这话说得如此之溜，是因为平时他和何树森、郭嘉颖聊天，从来都是用“老板娘”代替唐宓——李知行对此没什么太大意见，于是形成了惯例，此刻看到本人就那么自然叫出来了。看到唐宓尴尬得目光闪躲眉心紧蹙的样子，孙轩也知道自己说错话，讪讪一笑，做一点没用的补救：“哎哎，唐宓，我开玩笑的。”

郭嘉颖觉得自己还是有必要拯救下直接领导，她淡定地指了指一扇半虚掩着的门：“唐宓，这里就是李知行的办公室了。”

唐宓微微点了点头，跟郭嘉颖道了谢，看也不看孙轩，推门进去。

李知行的办公室并不算大，约莫三十平方米，房间设计干净利落，没有任何拖泥带水的冗杂感，书架占了整面墙，黑色书桌上文件约莫有半尺高，角落里放着一台跑步机，百叶窗合了一半，挡住了大半阳光。

李知行没坐在转椅上等她，而是躺在床边的真皮沙发上，身上搭着一条薄毯，看上去似乎睡着了。

他身上的薄毯快滑到了手肘下，唐宓放下肩上的书包，轻轻走到沙发旁，弯下腰，试图将毯子拉上来——现在是冬天，虽然办公室有暖气，但温度也不是特别高。唐宓好几天没看到他，此时只觉得他眼窝稍稍陷下去了一些，浑身都是疲惫。

她正要拉开毯子，手腕却被扣住了，突如其来的力道让唐宓重心不稳，膝盖前倾，上身正好跌进他怀里。

唐宓诧异地抬起头，只看到李知行微弯的眉眼，溢着笑意的脸庞。

“怎么提前来了？”李知行在她耳边轻声询问。

她到达的时间确实比两人预定的时间提前了大半个小时，唐宓说：“交通比较好。”

“为什么不给我打电话？”

“遇到了郭嘉颖，她带我进来的。”

唐宓要撑着身体坐起来，但李知行并不愿意，结实的手臂力度加大，紧紧搂着唐宓的腰不让她动弹。

“别动，让我抱一会儿。”李知行亲了亲她的额头，有点委屈地说，“我想你了。”

距离上一次见面确实是几天前了，唐宓身体一松，也不再挣扎，任凭李知行抱着她，时不时轻吻她的额头。

“我上来的时候看了看你的公司。”

“觉得怎么样？”

“很棒。”唐宓轻声说，“你可以为此骄傲。”

“万里长征只迈出了一步。”

“千里之行始于足下，有个好开头会事半功倍的。”

李知行说：“所以，请你陪着我走完这万里路吧。”

“会的。”

这张真皮沙发其实很窄，睡李知行一个大男人虽然足够，但是两个人就很勉强，李知行抱着她微微侧了侧身，让她躺在沙发里侧，把她彻底禁锢在自己怀里。

“陪我睡一会儿。”

他几乎是以撒娇的语气说出这话，再加上疲倦显而易见，唐宓觉得拒绝这样的李知行实在太难。

“好。”

两人的距离实在太近，唐宓几乎可以听到他强而有力的心跳，一下下敲击着耳膜。

说不清什么时候，她也蜷缩在李知行的怀里睡着了。

虚掩的门缝外，孙轩和郭嘉颖把视线挪走后抬起，听得办公室里低沉而隐约的呼吸声，无奈地对视一眼，一前一后默默地走到了休息区的沙发上对坐下来，郭嘉颖给两人倒了杯咖啡。

孙轩把手里的平板电脑拍在桌子上，一脸无奈："看吧，汇报工作都做不成了。"

郭嘉颖淡定地吐槽："汇报也要看时机的。"

"唉，是啊。"孙轩一脸沉痛，"还是亏得李知行没叫唐宓来公司，否则我们天天看他们秀恩爱，对单身狗的心脏不好。"

郭嘉颖沉吟片刻："说起来，我一直不太理解，李知行为什么不叫唐宓加入公司？"

孙轩对此倒是挺有发言权："我和李知行讨论过这个问题，他说没有特别适合她的岗位，难道要她过来当会计财务吗？"

"怎么可能没有职位？唐宓是那种做什么都很出色的人。"郭嘉颖顿了顿，然后说，"我敢打赌，就算让她过来做程序员，一两个月之后，她都能够达到普通程序员的水准。"

孙轩笑道："我知道唐宓很聪明，但有这么厉害吗？"

"我没有半点夸张。唐宓这个人虽然不爱说话，不显山露水，但是说真的，她的脑袋太好用了。"

孙轩和郭嘉颖共事已经有一个多月时间，知道她是很骄傲也有资本骄傲的女生，而一个很骄傲的人如此高水平地评价同性和同龄人，那说的，必然是真实的。

孙轩说："你和她也是多年的同学，应该是比我更了解她一些。"

"我也谈不上了解她……我们高中三年，交谈次数应该一只手就数得出来，大学四年也好不到哪里去。"郭嘉颖垂下眼，盯着白瓷杯里的咖啡，"我之所以这么评价，是因为叶一超跟我说过一番话。"

"叶一超？大名鼎鼎啊……"孙轩彻底来了兴趣，"李知行说过，他有最顶尖的数学头脑，罗志维形容得更夸张，说叶一超大概是几十年才能出一个的那种数学家，是让同辈人无可奈何的存在。"

郭嘉颖淡淡点头："你要知道，就这样的叶一超，对唐宓推崇备至。"

孙轩满脸振作，精神抖擞地听八卦。

"我和叶一超从小学开始就同校，初中开始后就一直同班，认识近二十年了。可以说，从我读书开始，几乎都是在叶一超的阴影下度过的。叶一超是少年神童，灵气横溢，绘画、音乐样样行，学校内外街坊邻里都知道有个叶小神童。我以前也自负聪明，试图和他一争高下，我们常常一起参加同样的比赛，我都铆足了劲要赢他，只要赢了他就会很高兴。

"十一二岁后他忽然变得低调起来，老老实实上课下课，任何出风头的活动都不再参加，有人说他'小时了了，大未必佳'，我也沾沾自喜觉得是这样，不再跟他比较。上中学后有一次，我们又同时参加一个地区的数学竞赛，我那次比叶一超的名次高，我们当时同班，还是前后桌，我高兴地跟他炫耀。他当时一边看书一边做笔记，跟我说'祝贺你'。"

孙轩的脸扭曲了一下："完全没把你当对手啊……这种人最可怕了好吗。"

"我挺郁闷的，生气地问他那本书好看吗？他说这是一本很棒的书，就是后面的章节看得十分勉强，然后就没理我了。”郭嘉颖自顾自地说下去，“后来我跟他借来那本书翻了翻，我几乎都看不懂！他却在书的角落写满了密密麻麻的笔记！你知道他当时在看什么书吗？高斯的《算术探索》！”

“……”孙轩只想无语问苍天。

他当然知道大数学家高斯，也知道他的《算术探索》是一本跨时代的巨著，然而他真的想不到，有人居然在初中时代就可以读懂这本书了。

“我很怄气，也买了本《算术探索》试着阅读，我痛苦地看了很久，当然完全没明白。”郭嘉颖摊了摊手，“直到有一天叶一超忽然跟我说，‘你没必要读，你的优势不在这里’。”

“那之后我才算有点明白叶一超。他一直知道我的态度，知道我把他当假想敌，只一笑而过，根本不在意我；那些大人说他‘小时了了’也纯粹是臆测，其实根本就不懂叶一超。他有着超常的智力却从不滥用，他甚至都不跳级，他珍惜自己的智商，不肯浪费时间和精力在其他地方，他发现了自己真正的乐趣所在，剩余时间都用来思考数学。很多人说叶一超没什么情商，其实不是这样，叶一超对普通人只是懒得用情商而已。”郭嘉颖叹息了一口气，“我有时候觉得，叶一超看我们这些普通人，大概就跟我们普通人看智障一样吧。”

孙轩摸了摸下巴：“叶一超还是个妙人啊……他是怎么评价唐宓来着？”

郭嘉颖说：“高中时代的唐宓真的是很难接近，这么说吧，高中三年，我没看到她笑过。对女生还好点，男生里只有叶一超和她关系不错。我问过叶一超，唐宓这么难打交道，你到底是怎么跟她处好关系的？叶一超说，找到共同话题就不难了。

“我说你们有共同话题吗？叶一超高兴地说，谈数学就好了。

“我说你没有夸张吗？她居然可以和你谈数学？叶一超很高兴地说，你见过一个月就可以学完高中三年数学教材的人吗？你见过自己初中就可以总结级数规律的人吗？你见过自己发明了三角函数的人吗？每次和她讨论数学，他都觉得很受启发。”

孙轩满脸震撼。

郭嘉颖深呼吸一口气：“唐宓的成绩一直很好，我以为她和我差不多，靠着不错的智商、优良的学习方法和头悬梁锥刺股的刻苦努力拿到好成绩的，算是比一般人聪明但和天才还算有差距的那种人。但我错了，她大大超过了我的想象。我当时已经知道，叶一超完全不是那种每个中学都会有的‘数学天才’的水平，但唐宓就是可以跟上他的想法。”

孙轩拍桌：“厉害！你们一所中学，出了一个叶一超居然还可以出一个唐宓。”

郭嘉颖盯着孙轩，露出一个含义深远的微笑。

“笑什么？”

“叶一超也说过类似的话。他有一次心情很好，跟我说，以为不会再有和他一类的人，没想到还真有，而且就在同一所学校里！”郭嘉颖悠然开口，“能得到叶一超这样的评价，你想象一下，唐宓的脑袋到底是有多好用。”

作为世界顶尖名校的优秀毕业生，孙轩在普通人看来，完全是处在正态分布曲线末端的天才一名，因为身处最高端的环境，他在大学里见过很多同样极具天赋非常优秀的年轻人。有些人比他长得帅，有些人比他聪明，有些人比他更勤奋，三者兼具的变态当然也是存在的，而唐宓之于其他女生，大概也是这种类型的存在，让人嫉妒都没了力气。

孙轩又看了看隔着会议室玻璃门的那扇虚掩的门：“忽然觉得，李知行能追到她，也是很不容易的事情了。”

郭嘉颖干脆点头：“是的。”

她拎起平板电脑站起来，预示着这番闲谈告一段落。

“我要回家收拾行李了。”

孙轩恍然大悟地看了看表：“是哦，你晚上的飞机。待会儿我开车送你去机场？”

郭嘉颖摇头：“没必要，我自己去就行。”

孙轩没勉强，冲她一乐：“新年快乐。”

郭嘉颖挥手下楼。

孙轩伸了伸懒腰，瞄了眼李知行的办公室后，慢悠悠走回自己的办公室找了沙发舒舒服服躺下——新年就要到了，不太重要的事情年后再谈好了。

在除夕的前一天，唐宓也和这两年的新年一样，返回了外婆所在的宁海。

让唐宓惊讶的是，今年的新年，不再只有祖孙三代人，还多了一个名叫蒋云的女人。

唐宓绝对不会认为，唐卫东这辈子就应该“一朝被蛇咬十年怕草绳”然后独身下去。唐卫东总归是个男人，相貌英俊，气质儒雅，事业有成，找个再婚对象再容易不过。从离婚的那一年开始，到现在也已经过去了足足五年，无论是谁，都应该往前看——因为生活必将继续。

唐宓觉得安慰的是，和李如沁不同，外婆还挺喜欢这个蒋云。

外婆通常不会表露自己的感情，但是对蒋云赞许有加：“她很能干的。”

“她有这么好？”

外婆点头，花白的头发也跟着一晃一晃：“有她照顾你舅舅我就放心了。”

蒋云是除夕那天来的唐家，她抱着一束百合登门，笑得温婉大方，看起来相当端庄，就像她怀里的花儿一样。蒋云年纪不算太小，经营一家花卉公司，前些年忙着事业没有结婚——这个男权社会对女性尤其是事业成功的女性满怀恶意，觉得年过三十的女性不结婚就大幅度贬值，恶意的词汇都汹涌而来。蒋云有自己的坚持，找不到合适的男人宁可不结婚，独身多年后认识了唐卫东，人生中终于有了结婚的想法。

唐卫东笑着把她介绍给唐宓，现在的唐宓也能看出舅舅对她的重视，认真打招呼：“蒋阿姨。”

蒋云转手微笑着把花交给唐卫东，示意他把花放到花瓶里去。

“今天终于见到小唐了，我听你舅舅和外婆说过好多次了。”蒋云握住她的手仔仔细细打量她，且笑且叹，“卫东，你们唐家的基因真是好，小唐真的比我想象的还漂亮。”

唐卫东则说：“我这个外甥女的头脑比相貌更出色。”

蒋云点头：“当然了，要青出于蓝而胜于蓝嘛。”

这一唱一和的，听得唐宓挺无奈，连谦虚都没机会了——她也为此感觉到，蒋云确实很会说话，连外婆都对她赞许有加。

寒暄之后，蒋云挽起袖子，去厨房帮着做菜。实际上她做菜的水平很一般，切菜的模样看上去还没有唐宓娴熟，煲汤的技术却蛮到位，拿手菜是排骨炖莲藕，炖得汤浓肉酥，莲藕松软入口即化，很对唐卫东的胃口。

一家四口在厨房忙碌了一个下午，准备好了丰盛的晚餐，度过了愉快的除夕。

电视里的春节晚会热闹播放，蒋云则仔仔细细泡了茶，热水斟入杯中，茶叶香气充盈于室，客厅里的四人无不心情愉悦。

蒋云很会说话，对唐家祖孙三代面面俱到，外婆脸上一直面带微笑，唐宓虽然觉得她对自己的吹捧和赞美过了头，但是只要外婆高兴，她也会很高兴。

为了活跃气氛，唐宓也努力找话题谈论，述说着这半年在美国的学业，当然，关于唐明朗的事情是重中之重。她知道唐卫东和外婆最想知道的就是唐明朗的近况，好在唐明朗同学状况挺多，不缺素材。

她说起唐明朗组了个乐队，唐卫东失笑："乐队？还挺有想法的。"

"我看了表演，很不错。"

奈何她的说服力不够强，如果能给舅舅和外婆看一下当时的视频就好了——这个念头闪过，唐宓猛然想起贺优总是拿着手机拍拍拍发社交网站，而她无意中瞥到过她的用户名。她拿出手机，联上了网设了代理服务器找到网站搜了搜，再把手机递给外婆和舅舅："这是明朗的女朋友贺优的微博，这是她拍的表演的片段。"

唐卫东欣然拿过手机，又把屏幕移到外婆面前，点击播放。

贺优拍的视频，画面的焦点自然是自家男朋友，热情的酒吧里，唐明朗活力四射地弹着琴，满脸陶醉。

蒋云自然知道结婚对象有个上大学的儿子，也见过唐明朗的照片，但是照片总归是平面的，怎么比得了视频里的动态人物，她面带微笑地看了三遍之后，轻声笑道："卫东，你儿子的女朋友的确挺有眼光。"

唐卫东问她："你是在变相夸自己吗？"

"当然。"蒋云掩口而笑，问唐宓，"这个女孩子的微博上还有其他视频和照片吗？"

"有的，你们翻翻看就知道。"

除了视频外，贺优和每一个年轻时髦的女孩子一样，自我显摆的意识非常强，无论干点什么都喜欢拍个照，她的微博里三分之一都是照片，这三分之一的照片里，还有三分之一是和明朗的合影。

唐卫东上次看到唐明朗还是两三年前的事情，此刻发现新大陆一样看着那些数量很多的美食展览等生活气息很浓的照片，忍不住摇头笑道："两个十指不沾阳春水的孩子。"

唐宓认为，舅舅的这个评价还挺精准的。

外婆看了几张贺优炫耀新做的美甲的照片后，说了句："有点妖里妖气的。"

唐卫东比外婆开通得多，笑了笑道："妈，现在年轻小女生都这样的。"

唐宓连忙说："外婆，她不像外表这样，为人很好也挺可爱，很大方很有趣，我还去她的公寓住了一晚上。"

外婆"哦"了一声，她相信外孙女的判断——虽然还是不太赞许，但总归没再说"妖里妖气"了。

唐卫东浏览完照片后问："她家绝不是普通的家庭，是做什么的？"

"李知行说，她应该是宁海的东阳建工的贺家的人。"

她原本并不清楚也无意探寻贺优的背景，不过在回国的飞机上，两人聊天时李知行跟她提过一句，她自然也就记住了。

唐卫东当然清楚东阳建工是家什么公司，当即挑了挑眉，把手机还给了唐宓。

"李知行见过贺优，他怎么评价？"

"他说贺优虽然有一点骄奢之气，但不藏不掖，率真坦诚，跟明朗在一起很好。"

李知行当时还说，对贺优这样生活在社会顶层的人来说，她的行为其实也谈不上"骄奢"，她所使用的那些在别人看来是"奢侈品"，但对她来说，只是普通消费而已。对贺优而言，只要三观端正，不沾恶习不主动作死，家里的钱怎么都是花不完的，一生都可以富裕安康。基本上，唐宓觉得这个理论还算正确，她随后反问李知行，你的吃穿用度很平常啊。李知行的回答很有趣，他说因为追求不一样，外物对他来说没用。

"确实是。"唐卫东微微点了点头，看来对这个判断很认可。

蒋云在一旁挺好奇地问："李知行是谁？"

"我前妻哥哥的儿子，和唐宓是同学。"唐卫东跟女友谈起过自己前妻，只不过涉及前妻家族这些细节也不太谈起，此刻才是首次提到，"也在美国。"

蒋云递给他一杯茶，随口道："那还挺有缘分的。"

缘分这等抽象的话题实在不好随便接口，唐宓只能装没听到。

唐卫东瞧一眼不作声的唐宓，问她："说起来，李知行也回国了？我听说他回国创业了？"

"是的，他在筹备一家 IT 公司，做数据库服务。"

"现在市场应该饱和了吧？"

唐宓顿了顿："他提出了一种新算法，可操作性很强，能打破目前的市场。"

唐卫东做了这么多年工程师和管理者，明白唐宓简略的评价的信息量。新技术开发难度确实太大，不过一旦有了结果，就会带来变革。在 IT 行业，新技术的开发关键在于人脑子里的点子，综合而言，成本比起传统工业低了很多。世界上有少数杰出的年轻人，就是比普通人更有创意，也更有行动力，李知行无疑属于此类。

唐卫东感慨："明朗真是要学一下李家的两位表哥才行。"

唐宓正打算发表一点建议时，搁在茶几上的手机响了，来电人赫然就是话题的中心人物李知行。

她抿了抿嘴，拿起手机，跟在座的长辈们略略颔首，去了阳台。

阳台玻璃的隔音效果棒极了，完全隔绝了室内室外的声音。

李知行清爽地出现在视频那头，看上去是在院子里，笑吟吟地问："吃过晚饭了吗？"

大部分人的脸出现在视频里都会有不同程度的扭曲，大大降低颜值，李知行却是例外中的例外。他穿着件简单随意的套头衫，背景是看上去很漂亮的花园，他坐在花园中的木椅上，一手撑着下颌，冲着视频这头的唐宓温柔一笑，让唐宓的心跳快了好几拍。

"吃过了。"唐宓回答，感受着冰凉的夜风拂过面颊。

"吃了什么？"

唐宓听话地一一汇报，自然也提到了蒋云女士的存在，因为她煲汤的技术确实太好，吃过后实在难忘。

李知行听完失笑："你舅舅打算再婚，我姑姑也打算再婚了，今晚把男方都带来了。"

这事儿确实奇妙，应该说这对怨偶心有灵犀吗?

长辈的事提过就算，李知行自然能看出她的位置："你在阳台，冷不冷？"

"不冷，今年冬天很暖和。"唐宓问他，"你不也在花园里？北方比宁海更冷。"

李知行一脸无奈："我正在当监工，盯着一群小孩放烟花。"

唐宓莞尔："在你爷爷奶奶家吗？"

除夕的晚上总归是要和家人一起过的，李知行绝不会例外。

"是的，今年来了不少亲戚。"

李知行把视频转了方向，对准院子里的一群孩子，三个半大小孩正在花园的空地处兴致勃勃地放烟花。唐宓看过去，顿时明白了监工的妙处，花园虽然大，花木也多，但不算特别合适的场所。忽然一个旋转烟花在视频里炸开，周围被彩光映得乍红乍绿，纷繁一片。

"真的很好看，像花儿绽放。"唐宓由衷地感慨。

"好看的烟花太多了，明年我买一车回来给你放。"李知行一脸的酷拽。

"我很感谢你的好意，但是你有钱吗？"唐宓很镇定地问。

说真的，唐宓并不爱戳别人的伤心事，但是李知行的靶子实在树得太漂亮，不吐槽两句都不好意思。李知行现在哪有什么钱？前期投资的绝大部分钱都是他借来的，拨款还没有拿到，接下来还将投入大笔资金——在唐宓和何树森做的盈利分析里，知科公司大约要到第四个年头才可以达到盈亏平衡。

"我就那么不让你信任吗？"李知行愤愤不平地抱怨，脸上的笑容却加深了好几分，"你要相信，一自行车烟花我总归是买得起的。"

唐宓莞尔："是的，我信了。"

"我现在虽然穷，但我给你准备了红包。"李知行对她眨眨眼，真从怀里掏出个红包，在镜头前一晃，"年后等你回学校了给你。"

唐宓匪夷所思，觉得李知行搞错了辈分。

"红包难道不是长辈给小辈的吗？"

"我才不管什么长辈小辈，你是我的宝贝，红包当然是我来给。"

"……"

饶是唐宓素来能控制好脸上的表情，这一瞬间也觉得脸红心跳，彻底败给李知行的甜言蜜语。她曾经好几次试图禁止李知行叫自己宝贝，但从现在的结果看，这个努力实在是太失败了。

“知行哥哥，你要给谁红包？给我吗？”一个十来岁的小女孩忽然出现在视频的角落，手里拿着烟花试图走过来看手机屏幕。

李知行回头，眼风扫向小姑娘：“如果你现在回屋里去，还有可能得到我的红包。”

小姑娘嘟着嘴，在“红包”和“回屋”两件事中挣扎了一会儿，有点委屈又有点雀跃地走开了。

唐宓赞道：“呀，好威风啊。”

“在你面前就不威风了。”李知行一本正经道。

唐宓啼笑皆非：“你进屋去吧，我也要进屋去了。”

李知行道：“帮我问你舅舅和外婆好。明年我跟你一起过除夕。”

唐宓露出笑容，挂了电话。

虽然当事人并没有察觉，两人聊天的时间其实很长，回到客厅时，外婆已经去睡了，蒋云也颇有困意，整个人蜷在沙发上，恬静地靠在唐卫东的肩膀上，一副“我马上就要睡着”的模样。

唐卫东问：“是李知行？”

她的手机之前因为展示明朗的照片被唐卫东顺手搁在茶几上，唐卫东自然看清了来电人的名字，此时明知故问，是为了给接下来的一番交谈话题开个头。

“舅舅，他叫我代他向你问好。”

唐宓虽然有点不好意思，但她从来不是扭扭捏捏的人，想通后也不打算隐瞒。

唐卫东轻声问：“你和李知行，是在美国的时候？”

但凡有一定阅历的人八卦起来往往比精密仪器还准，唐卫东也是过来人，怎么可能看不出来。

“是的……”

“我之前跟你说过，只要你喜欢李知行，和他在一起没什么问题，李知行从各方面来说都很优秀。”唐明朗沉思一会儿，手指敲了敲膝盖，“只有一点你要清楚，我和明朗妈妈的事情你也看在眼底，不要走我们的老路。”

唐宓回答：“舅舅，我会为自己的选择负责。”

唐卫东骤然一怔，半晌后失笑，看着唐宓的目光充满赞赏。这个外甥女，做事总会超出自己的想象。人家说穷人的孩子早当家这话真的没错——生存环境不佳，因此不得不比别人更努力地奋斗，使得唐宓在对人生的思考这一方面，有着比常人更为深切的感受。

“你明白就好。我啊，年过三十才明白这句话的意义……但是你已经比我更早懂得了选择和取舍。为自己的选择负责，平时多想想这句话，做什么事情都不会太错。”

唐宓抿嘴一笑：“舅舅，我记住了。”

唐卫东绝不是多愁善感的人，平素很少回顾自己曾经做过的事，但在看到唐宓的笑容的那瞬间，他依然想起了很多年前的事——二十多年前，他问姐姐，你喜欢江师兄吗？唐雪不太好意思，只能噘起嘴开心地一笑，美得惊人，美得纯粹，不用再回答什么，一个笑容就已经足够了。

唐家没有守岁的习惯，和唐宓谈过之后，唐卫东和蒋云进了卧室。

唐宓也回了屋，她现在的房间是唐卫东的书房，用电脑敲着论文直到零点。

这是一年的最后一天，这是普天同庆，阖家团圆的日子。天空飞舞着漫天烟花，地上点燃万家灯火。

在这样的欢欣与温情里，很多人悄悄地长大了一岁，很多人记住或忘记了更多的人和事，很多人与很多人又相守一年，很多人和很多人又准备开始相守……世间百态，人生百味，就这样浓缩在了这样一个晚上。

| 第二十二章 |
我养你好了

和每年的新年一样，这个新年总是有许多事情要做。

初二的时候，她和江家上下去墓园祭扫了父亲，和去年一样，在江家吃了一顿饭——看上去，这事儿似乎快成她的固定活动了。

饭桌上傅女士问她毕业后的安排，唐宓说已经找到工作了。他们都是很有见识的人，也没法对这份工作道出半个“不好”来。起初傅女士还有给她找份好工作的想法，此时更是真真切切认识到，她压根不需要别人的帮忙也可以过得很好。

初三的时候，一家人回了一趟唐家村。唐卫东和蒋云祭扫之后很快就走，唐宓和外婆则留下来再住两天，老房子两三年无人居住，推门而入，呈现一种衰败的气息，尤其是楼上居然还漏水了。和其他家盖的新房比较，更是显得有些格格不入。

好在房子虽然破旧，打扫之后勉强还可以居住，存粮则是一点都没有了——往年外婆在家的时候，屋子里总是有上百斤米、面，还有好几罐做好的腌菜、熏鱼和腊肉。没了食物，只好去别人家吃饭。正月里唐家村很热闹，很多在外工作的人陆陆续续回家探亲，村里人的主要活动也就只剩下“吃”和走亲戚两件事，到哪家都可以凑合一顿。

祖孙两人回来后，又是一番礼尚往来。不得不说，祖孙两人还是很有存在感的——倘若唐家村这地方真有“灵气”这种东西，光是唐卫东和唐宓甥舅二人，基本就占了唐家村灵气的十之八九。唐宓也第一次感觉到了出社会的沉重，她学校好、名气大，村里有两三个和她同龄同辈的年轻人都过来问她“能不能帮忙找份工作”，唐宓只得无奈摇头。

她彻底明白了唐卫东为何每次回村后都是马上就走。

对比那些找工作还要靠关系的人，唐小刚就显得卓然不群。唐小刚同学由淳朴的乡村小男孩彻底成熟起来了。唐宓上上下下瞧着这个跟着自己一起长大的弟弟，深觉大学是个塑造人的地方。他即将大学毕业，因为就读的专业是电气工程，找工作不成问题。

在唐家村待了三天，临走之前，祖孙两人在隔壁的二婶家吃饭。

饭桌上二婶谈起祖孙两人苦尽甘来，这次离开唐家村，又得过很久才回来了，外婆摇了摇头：“谁说的？我年后要搬回来的。”

一桌人吃了一惊，只有唐宓不觉得太意外。这几年来，外婆时不时地表露出“不想在宁海待”的想法，只是碍于唐卫东才留了下来。现在，她回了唐家村，脸上的笑容都多了起来。

“可是家里什么都没有呢。”一旁的二婶连忙说。

外婆不以为然：“我还有一双手，有手，那就什么都有了。”

二婶顿了顿，表情忽然犹豫尴尬起来，神神秘秘地问：“是不是……卫东怎么了？”

外婆摇了摇头：“不是。我还是不习惯大城市。”

“外婆，你不习惯宁海也没什么。”唐宓敏锐地马上接话，“外婆，你跟我去燕京吧，我年后就要开始工作了。”

外婆有点吃惊地看她：“我去那么远干什么？人生地不熟的。”

“陪我啊。”唐宓拉着外婆的手摇了摇。

外婆不以为然：“你都这么大了还要人陪？外婆不会陪你一辈子的。”

这是一句非常真实的话，没有谁会陪着谁一辈子，越是亲人越是如此。

唐宓心中一酸，脸上却露出大大的笑容：“外婆，总之，对我也不能厚此薄彼呀，燕京还是很好玩的，至少跟我一起住一年半载啊。”

外婆满是皱纹的脸上也看不出太大的情绪，她只是拍了拍唐宓的手，没再说什么。

唐宓知道，这就是外婆的默认了。

从唐家村回来后的当晚，唐卫东把唐宓叫到卧室。

两人在沙发上坐下，唐卫东推了推早早放在茶几上的文件夹，点头示意：“你看看。”

唐宓接过文件夹，岂料在看到标题的时候脸色就微微变了变，这是一份遗嘱。

唐宓深呼吸一口气，问：“舅舅，这是什么？”

唐卫东抬了抬手，示意唐宓冷静下来，然后道：“几年前的我也觉得，写遗嘱还早了些，我生病之后就明白了，人有旦夕祸福，短短的一生中什么都有可能发生，很多事情还是先做好打算更好。”

唐宓抿了抿嘴，轻声道：“舅舅，这个道理我也不是不明白，但是……”

她其实也知道，写遗嘱，并不是年老体弱、疾病缠身的人才需要做的事。每个人的一生中可能都需要提前安排好后事，对有财产的人尤其如此，但她还是感觉轻微的不适，因为二十岁的年轻人是想不到写遗嘱的，只有感受过死亡的人才会有如此举动。

“我年后就会和蒋云登记结婚，如果不事先做好财产规划和分配的话，如果我有了什么万一的话，第一继承权是她，你外婆和明朗得到的会太少，所以我不能不提早安排。正常情况下，这份遗嘱可能几十年都不会用到。你看一下，在证明人处签个字。”

“好的。”

遗嘱写得很简短内容也很简单，和任何遗嘱一样，都是对财产的分配。唐卫东现有的资产不算很多，主要包括现在住的这套房子和其他资产，比如存款投资股票，总计大约八十万。在这份遗嘱中，他将房产留给了唐明朗，将其他资产的三分之二留给了外婆，剩下的三分之一留给蒋云。

总的来说，这是一份相当合理的遗嘱。

唐卫东看着唐宓："唐宓，至于你，我就没有留给你什么了。"

"舅舅，我去美国留学的钱都是你给的。"

唐卫东不以为意："那不算什么。我没留钱给你是因为你非常优秀，有足够的能力让自己在未来的生活变得更好，因此就不再需要我的画蛇添足了。"

唐宓迟疑片刻后问："舅舅，如果你和蒋阿姨再婚后有孩子，怎么办？"

"到时候再修改，不过也许未必。"唐卫东失笑，"你蒋阿姨的财产比我多得多。"

唐宓露出一点笑意。

唐卫东说的是实情，他现在的收入比在国企时低得多，完全没办法跟蒋云这种生意人比。

遗嘱的事情已经解决，唐宓想趁机跟他聊一聊别的事情。

"舅舅，外婆说要回唐家村。"

唐卫东点了点头，老人的这点心思，他是看得出来的。

"但我认为，外婆是绝对不能回村里去的。她年纪也大了，都快七十岁了，虽然看着身体还好，但是已经不能负担那么沉重的农活。"唐宓认真道，"舅舅，我马上就可以工作了，最多三个月后，我就会接外婆去燕京，跟我一起住。"

"唐家村确实不能再回去，但是跟你去燕京？在宁海这两三年，你外婆都不习惯，去北方不是更不习惯？"

唐宓已经深思熟虑过这个问题，回答起来没有半点含糊："舅舅，不试一试谁也不知道结果，事在人为，至少外婆已经答应跟我去燕京待一段时间。"

唐卫东看着她："你是担心我做得不够？结婚后对外婆不好？这一点不用担心，我和蒋云谈过这个问题，她支持我的任何决定。何况房子也够大，并不会出现住在一个屋檐下的矛盾。"

这个想法唐宓还真没有，从唐卫东这几年的表现看，不是那种会抛下母亲的人，蒋云看上去也很善良温和。但是夫妻都不太喜欢和老人住在一起，唐宓相信唐卫东和蒋云不是例外。

唐宓垂眸想了片刻，然后抬起头，清凌凌的目光和唐卫东直视："舅舅，我没有不相信你，我只是希望我可以照顾外婆，就像外婆小时候照顾我一样。舅舅，从小到大，我努力的最大动力也只是为了实现这个目标。"

"……"

唐卫东无言以对。出身同样的家庭，对那份清贫苦寒他了解得太深刻，母亲终日操劳早出晚归忙着田里忙着养牲口，虽不至于食不果腹，可生活质量就算在农村也是最低程度。他和唐雪两人在昏暗的油灯下写作业算题，连睡觉都在背单词。那时候的他，唯一的梦想就是跳出"农门"，希望全家人有一个更安稳更富足的生活，不用为金钱发愁。

后来，他的确跳出了那个贫寒的家庭，在很长一段时间内，他过得如此富足，自欺欺人地忘记了还在农村的母亲和外甥女。

他看着唐宓，苦笑了一声："虽然我也没有立场指责或者教训你，但是有一点你要知道，外婆抚养你长大，不是为了让你报答她，她也从不追求更安逸的生活。你要外婆和你一起去大城市过更好的生活，想法本质上没错，但是你要明白，这是你的自我满足还是她真正想要的？”

宛如当头棒喝，唐宓只觉得一股冷汗从后颈滑到了脊背。外婆的根在唐家村，她却不可能再回到村里。是啊，强行带着外婆离乡背井去大城市，是她的自我满足还是外婆想要的？

她面孔一阵红一阵白，沉思了好一会儿才回答。

“让我想一想，舅舅。”

唐卫东轻轻拍了拍她的肩膀，把遗嘱放回了抽屉。

新学期开学之后，唐宓的生活也进入了新阶段。

三月的时候，她那篇金融模型的论文得到发表，学院里的其他同学感想各异，羡慕嫉妒恨的比比皆是，但吃惊的一个都没有。她的数学功底和基础远超同级生，这点早已经得到了所有人的认可。

新学期开学后，她准时去了国投的投资政策部报到。

三年过去，投资政策部的人员变动倒是不算太大，当年自己的老上司焦敏调职去了其他岗位，算是升了一级。

看到唐宓回来，廖晖在办公室跟她握手，说了句：“欢迎回来。”

唐宓很认真地说：“总监，我会努力。”

廖晖从桌子上拿起一本期刊，眼中一派激赏：“我刚刚看到你的论文，非常棒。”

那是影响因子不错的英文 SSCI 期刊，能在上面发表文章，的确当得起这份赞扬。

唐宓现在也知道面对赞美不应该仅说“我还做得不够”之类的话，她顿了顿说：“但也只是纸上谈兵，我经验不足。”

“工作一段时间就有经验了。”廖晖失笑，指了指沙发，“坐下说。”

上级欣赏，新人听话，两人用了很简短的时间敲定了岗位问题和待遇问题，预签了合同，直接约定下周一就开始工作。

当晚，她和李知行难得一起吃饭的时候，表示自己请客。

李知行道：“你马上将成为有收入的人群，而我还负债累累，你请客确实是应有之义。”

这话槽点太多，唐宓瞪他一眼：“这怎么能比？你是给自己挣钱而我是给公司挣钱。”

“既然你这么说，那还是我请你？”

“我请啦！”

得知了她的年薪后，李知行一脸感慨：“事实证明，统计数据总是正确的，金融从业人员的平均收入确实最高，你的收入比我手下最棒的程序员还高一点。”

在目前的社会里，现状的确如此。即便金融行业创造的价值值得商榷，无法和实体经济相提并论。

唐宓有点明白地看着他：“所以，你不希望我去你那里工作？”

“第一份工作是职业生涯的‘起点’，非常重要。我确实不希望你现在来知科工作，”

李知行道，“你现在需要一份稳定的高薪工作，因为我的创业也有可能失败的。”

唐宓有点诧异地看着李知行。李知行一直给人的感觉都是自信满满，他的能力和背景都足够深厚，她还是第一次从他那里听到这样负面的说法。

“公司方面遇到了麻烦吗？”

李知行看着她，眸子闪闪发亮。他觉得挺奇妙的，自从和唐宓交往后，她总是能从只言片语中了解到他的想法和情绪，并且八九不离十。唐宓给大部分人的印象，是没什么情绪的人，她对别人的情绪统统反应迟钝，别人的喜爱、讨厌、嫉妒、羡慕、同情……对她都不会造成什么影响。

李知行和她接触久了后，也明白，她不是没有情绪，只是“不想”产生情绪。然而，就算是他明白唐宓的内心其实很柔软，也不曾想到有一天，唐宓能和自己达到心有灵犀的程度。只要两人在一起，他甚至不用开口，唐宓就知道他的情绪如何，哪怕他刻意隐藏，她也能发现。

他的公司确实遇到了一些问题，他们几个负责人太年轻，经验不足。原以为做好了万全的策略，但人员管理、队伍磨合上，却还是有问题，更困扰的是探路市场遇到阻力，犯了很多错。

在唐宓看来，李知行就像高天上翱翔的鹰，比她飞得高看得远，他遇到的困难她也束手无策，没办法提出很好的建议，最后她只能用言语安慰：“不要怕，我相信你能解决的，办法总比问题多。”

“这么信任我？”

“是的，我相信。”唐宓说，“万一真的有问题，我养你好了。”

宛如天外飞仙的一击，李知行真是想不到一向刻板的她会说出这句话，他凝视她：“你知道你在说什么吗？”

“嗯，应该是知道的。”唐宓想了想，很有把握地说，“就是养小白脸吧？”

李知行头一次发现当小白脸还是挺幸福的事情，他心中因为近期工作不顺带来的些微阴影一扫而空，他开怀大笑道：“是的，是这样。我真是求之不得。”

唐宓的岗位是量化投资策略分析，是一个十分能发挥她优势的岗位，实习期每周一和周四来上班。她毕竟还没毕业，每周总要保证一定的时间在学校。

总的来说，投资政策部的同事个个资历雄厚历史辉煌，头衔金光闪闪。唐宓的学历在这样一群人中并不显眼，她和读书时一样，安静做事，认真谨慎，勤奋学习，报告漂亮得几乎连个错别字都没有。现在的唐宓和大三的暑假实习期比起来完全不可同日而语，她的金融知识丰富，英文十分流利，编程水平相当不错，处理工作如鱼得水。她这样勤奋做事低调做人的新职员，就算对职场规则和潜规则这一类东西并不太了解，在部门里待得也算融洽。

当然这也不是说没有麻烦，在国投工作后的几天时间内，连续来了好几拨人问她目前是否单身，她重复回答两周“我有男朋友”之后，终于消停了。

确定了工作后，唐宓像每一个大学毕业之后留京工作的人一样，开始找房子。公司可以提供两人间的宿舍，唐宓拒绝了，她选择拿住房补贴出去租房。

事实证明，租房从来都是经济问题，只要不怕花钱，总可以找到百分百符合心意的房子。

她最后选定的房子是赵幸丹介绍的，就在金融中心附近，和上班的地方仅一公里出头，走路十五分钟，是个精致装修采光很棒的套间，一室一厅一厨一卫，很适合高收入的单身人士。

在如此寸土寸金的地方，房子的租金当然不低，五十平方米的屋子每月租金就五千以上——这绝对是个让普通工薪阶层咂舌的价格，还好她的收入足以应付，以早工作两年的赵幸丹同志的话说就是“如果这种房子都住不起这大学简直白读了”。

在租房子这事上，李知行第一时间就提出了建议，那就是唐宓可以去住李泽文那套金融中心附近距离国投不到三公里的大公寓。反正李泽文一两年时间内不会回国，房子空闲，还不如发挥点剩余价值呢，李知行连钥匙都准备好了。

唐宓当即拒绝这个提议。她不是矫情，如果李泽文的房子更小一点，她也不介意付租金——可李泽文的那套房子太大，超出了她的需求。

李知行说：“我哥也不差这么点钱，租金给不给都无所谓的。”

唐宓只说了一句话就彻底打消了李知行的念头。

“不给钱的话，你用你哥的房子来金屋藏娇？”

“……”

李知行忍俊不禁，就差拍桌大笑了。交往时间越长，他越发现唐宓吐槽技能点大概已经点满了——虽然这个技能隐藏得很深，轻易不会施展。只有特别亲近的人，才有机会得到她的吐槽。

当然，李知行绝不是要唐宓一定按照自己的意愿行事，他只是希望她的生活质量更棒一点才如此建议。唐宓一旦决定了想法后，他也不再劝说。

除了李知行，傅笙女士也给她打了个电话，说江家在京也有几处房产，唐宓需要的话，随时可以去住。唐宓连李知行的提议都拒绝了，自然更不会理会她的建议了。她说自己已经找到房子了，就让傅女士再也无法相劝。

租好了房子的第二天，她回了一趟宁海，参加唐卫东和蒋云的婚礼。两人三月的时候扯证，又筹备了两三个月，在六月初的时候办了婚礼。

李知行百忙之中也挤出时间跟她一起去宁海——他时间紧张，只能吃一顿午饭后就马上去机场。

婚礼在一家著名的五星级酒店举办，规模不大十分简单，一共也只有十几桌人，到场大部分是女方的亲戚和朋友，男方这边，唐家人丁稀少，客人主要就是唐卫东的一些同事和下属。唐卫东和蒋云都不是二十出头的年轻人，对待事物有自己的想法，深知生活是自己过出来的，一场盛大的婚礼除了让自己劳累外没有任何收获。

当然，再怎么简约的婚礼，作为当事人的唐卫东和蒋云都会很忙，客人和来宾虽然不多，但大浪淘沙，凡是受到邀请的，都是和夫妇两人关系相当亲近的人，少不得都要一个个招呼。

看到李知行，唐卫东瞬间闪过一丝惊讶，但他旋即释然，轻轻拍了拍他的手臂。

“你能来我很高兴。”他说。

“唐叔叔，应该的。”李知行礼貌颔首，随手拿出红包放到前台。

蒋云打量面前第一次见面的年轻人，笑着表示感谢。

现场确实不适合聊天，唐卫东视线转向唐宓，指了指大厅：“外婆在主桌，给你和知行也留了位置。你们先过去。”

大厅里来客暂且还不算多，外婆和蒋云的父母兄姐坐在主桌闲聊。蒋云的父母是宁海人，外婆现在也可以听懂一些宁海话，可以简单聊上几句，但正如她这些年在宁海所遭遇到的尴尬一样，语言习惯生活环境受教育的程度，都决定了他们很难真正聊起来。唐宓和李知行到的时候，基本上是蒋母说，外婆只能勉强听听再点头的程度。

李知行和唐宓无论是外表还是气质都是万里挑一的水准，在人群中熠熠生辉。两人在外婆身边一落座，就引来了附近的所有目光。两人简单介绍了几句，至于李知行则用了一句“我是唐叔叔的侄子”来模糊概括，反正婚宴上的亲戚关系非常复杂，不会有人来追根问底。

两个人的出现，极大地改变了这一桌的气氛和重心，唐宓还没来得及跟外婆说自己工作上的进展，就遭到了蒋家人调查户口一样的询问。

蒋家人对这桩婚事的心情有些复杂，支持固然是支持的，但也不会完全没疙瘩。唐卫东虽然各方面条件不错，但到底是二婚且比蒋云大了十岁，要让蒋家人发自内心赞同这桩婚事总归有点儿勉强，看待唐家的时候也难免带上偏见。但是此刻，蒋家人也只能服气——唐宓华丽的履历让蒋家挑不出任何毛病。

一个家庭出一个唐卫东还可以算巧合，但再出一个唐宓，就绝不是普通的巧合。

蒋母感慨地跟外婆说：“您还真是会教育孩子，一个个都这么优秀。”

外婆摇了摇头，她自己不认字，从来不觉得自己在教育的问题上有什么功劳。

她说：“我没有管过他们的。”

蒋母当过几十年老师，在教育上有一定的发言权：“怎么会不管呢？言传身教才是最好的教育。”

李知行接过话题：“外婆，我听唐宓说过，您从来不让她干活，只让她一心一意读书，还告诉她尊重知识，爱惜书本，这已经是最好的家庭教育。”

外婆温和地看着李知行，没再说什么。

“是这个道理呢，张大姐。”蒋母也说。

家庭教育这事儿，是因家庭而异的。通常来说，不同的阶层对孩子教育的关切程度有所不同。社会的上层阶级，对孩子的教育投入极大，李知行还没进入小学就有了单独的外教；社会的中层，则会注重孩子的学业，请不起单独的家庭教师但是各种培训班总要上的；在社会的下层，因为贫穷常常导致自顾不暇，无法顾及孩子的教育不说有时候还会牺牲掉孩子求学的机会。

但外婆考虑到了教育问题。她知道自己没有能力，也知道孩子只有读书才有出路，因此她任劳任怨，从不抱怨，耗尽了自己的每一分能量送孩子去读书，坚决不让孩子负担家务劳动，这是她唯一能做的事。

随着预定时间的到来，大厅里的客人也基本齐了，十几桌客人陆续全都坐满，正如世界上大多数婚宴一样，客人基本不认识。唐宓原以为她不会在大厅内遇到什么认识的人，却看到了江源生夫妇。

他们的座位就在邻桌，两人对视一眼后，江源生过来和祖孙俩打招呼。

外婆没见过江源生，但也客气地对她表示了一下感谢，毕竟人家是来参加婚礼的客人。

李知行和她聊了几句，叫她“江阿姨”。

江源生有点吃惊，态度亲热地说：“知行，没想到在这里看到你。”

李知行笑着说：“唐叔叔再婚，我应该来的。”

两人说话间，全场灯光暗了下来，江源生回到座位，婚礼开始了。

这场婚礼总的来说很简单素雅，司仪也很有水准，台词写得很棒，主要回顾了一下夫妇两人从认识到结婚的过程，随后夫妻上台跟全场客人道谢，简单的一段演讲后，客人开吃。

李知行要奔赴下一个出差地点，在这顿婚宴上随便吃了点东西就起身离开，出租车已经在大厅外等候，唐宓送他走到宾馆大门外，李知行叮嘱她要好好吃饭，又俯身吻了吻她，上车走人。

婚宴还没结束，唐宓目送出租车离开后，准备回到宾馆三楼的餐厅，岂料刚刚转身就看到江源生对她颔首微笑。

江源生笑着指了指一楼的咖啡厅：“去坐一坐？”

唐宓脚步不停：“我要上楼。”

江源生再一次叫住她：“阿宓，是这样，我想跟你谈一件事。”

唐宓充其量只是放慢了脚步，侧头看了看江源生那张看起来有点严肃的脸：“那现在就谈吧。”

江源生深谙商场社交之道，知道环境对于商务洽谈的重要性，一个好的谈判环境往往会带来更多的方便和益处，所以她选择了环境一流的咖啡厅，但唐宓的态度表露无遗，她压根不想和她多接触，所以选择边走边谈。

江源生道：“我听说，李知行成立了一家 IT 公司？”

“是的。”

“他们公司的主营业务是什么？”

唐宓没什么兴趣地回答：“我想你应该看过资料。”

“确实看过，根据我看过的分析资料称，知科可能会掀起互联网的变革。但我也很想听听你的意见。”

“我的意见？”

江源生笑笑：“我没记错的话，你在国投的岗位是量化分析？”

她维持着不依不饶的作风，似乎非要问出唐宓的态度不可。

唐宓道：“如果你非要问我，我想你的分析师的判断没有错。”

“看来确实是这样，难怪我知道的几家投资公司对知科都很有兴趣，排队等着投资呢。”

两人顺着大厅光滑可鉴的楼梯上楼，唐宓随意“嗯”了一声，没接话。她已经大致明白江源生的来意了。

江源生也明白唐宓不想多谈，但她还是自顾自地说下去："当然，我们公司也是其中之一。目前我们接到的反馈是，知科那边拒绝了。"

"那这就是他们的态度。"唐宓道。

"这点我明白。但我希望从你这里进一步了解李知行的具体想法而不是没有任何商谈余地地拒绝。毕竟完全拒绝投资者的行为并不可取，知科架构大，投入高，一旦有什么万一，创始人的投入会打水漂，有风投的话可以减少风险。"

唐宓还真没想到，有人打李知行的主意居然迂回到自己头上。若是问话人不是江源生，她肯定毫不犹豫一句"我不知道"打发回去。

"在商言商，如果你真的有意向，可以找机会和李知行当面谈。"唐宓道。

"刚刚是有这个打算。"江源生摊手一笑，"但在我想谈之前，他就已经离开了。"

这话忽悠小朋友都显得弱智，商场上生意往来，联络信息都是公开的，还怕找不到当事人？

唐宓只说："你可以得到他的联系方式。"

江源生若有所思地看着她："之前联系过一次，我们见到了知科的CFO⑯，没有见到李知行本人。我想，可能通过你的渠道和他谈，见面的速度会更快一些。"

她说的应该是实话。某种程度上说，李知行在知科公司的管理上，像独裁者或者偏执狂。他不希望公司有自己控制不住的资产，对投资者的热情有限，造成了投资者有钱都送不出去的尴尬局面。但是江家和李家关系非同一般，江源生真是一定要见李知行的话，并不难。

唐宓沉默了短短一刻，抬头看向江源生。

"你是在试探什么吗？有事请直接说。"

江源生一愣，然后笑了："那么明显？"

唐宓用一脸"有事你快说"的表情看着她。

江源生摇了摇头，也决定不再迂回说话："我确实想知道，你和李知行现在的关系。"

唐宓道："就是你想的那样。"

她是那种一旦下了决心就不会后悔的人，和李知行的关系她也不觉得有什么非要隐瞒的，直截了当地承认。

江源生问："那他家里人知道了吗？"

唐宓回答："我不确定。"

江源生沉默了一下："我是想说，倘若你遇到什么困难，可以找我们。"

唐宓忽然笑了笑。她觉得真是挺神奇的，凡是知道她和李知行恋爱的人一个个都化身恋爱专家，拼了命要给她意见，仿佛不这样不足以体现自己的权威和专业一般。

她道了句"我知道了"，然后走进了餐厅。席上众人尚未散去，大都围在主桌旁，气氛热烈得简直要开了锅。她顺着众人的目光看去，只看到唐明朗笑容满满的俊脸出现在电脑屏幕里。

"爸爸，新婚快乐！"他拿着镜头比了个庆贺的姿势，然后又看向蒋云，"蒋阿姨，我爸就辛苦你了！"

---

⑯首席财务官

蒋云喝了酒，脸颊发红地对他点头：“放心吧，明朗。”

“那就好啦！”唐明朗问，“奶奶，您身体还好吗？”

外婆笑得眼角的皱纹加深：“很好呢。小朗，你还没睡觉吗？”

经过唐宓交换生的培训，外婆现在对中美时差十二个小时的概念把握得非常清晰。

“没问题！为了庆祝爸爸再婚，我可以晚一点睡的。”

唐卫东隔着屏幕将蒋家人都介绍给他。唐明朗嘴甜，对着这些今天才隔着屏幕第一次认识的亲戚一个个“叔叔”“阿姨”叫过去，哄得蒋家人眉开眼笑，也让蒋家人心头些微的阴霾散去了不少。

这通电话耗时半小时，结束的时候客人大致已散了，只剩下最亲的自家人。

服务员们收拾着餐桌，唐卫东侧头微笑着看了看唐宓：“是你告诉明朗的？”

“也不算……主要是李知行决定的。”

唐卫东感喟地笑了：“谢谢你们。”

唐卫东没有将自己办婚礼的具体日期告诉自己儿子——因为没能给唐明朗一个正常完美的家庭环境，唐卫东对他一直心怀愧疚，他认为，让儿子来见证自己二婚总是不太妥当。李知行不这么想，他觉得来自亲人的祝福非常重要，唐宓也认为，唐明朗不是那种小家子气的男生，他一定会支持父母的再婚。

两人告诉了唐明朗，叫他今天中午打电话过来，送给父亲最真诚的支持。

参加完唐卫东婚礼的第二天，唐宓带着外婆从宁海回到燕京。

外婆本来是觉得没必要去什么燕京，不过架不住唐宓的“参加我的毕业典礼吧，别人的父母都会参加”的恳求，还是点头了。

前几天她从房东那里拿过了钥匙，花了一天的时间打扫和收拾，此刻房子十分干净，所有需要的家具用品也已经全部安排妥当，房子的采光很好，她让外婆住卧室，自己睡客厅的沙发床。

“外婆，房子怎么样？”

虽然外婆觉得这装修漂亮的房子远不如自家老房子，但她也不愿意打击唐宓的积极性，点了点头。

外婆对房子满意唐宓也心情愉快，接下来的两天，她带外婆熟悉附近的环境，譬如附近的公交站地铁站、公园、超市、商场。外婆之前因为照顾唐卫东，也在宁海待了几年，繁华都市的特征都有所掌握，熟悉环境并不难。

第一个周末的时候，她带外婆去商场买了几套新衣服。

她坚持要买衣服，外婆也真是无奈得很：“你花这个钱干吗？”

她露出大大的笑容：“我现在有钱，就应该消费，促进市场发展，何况这些衣服并不贵。”

外婆摇摇头：“不要有一点钱就乱花，你要给自己多存点钱，有时要将无时想啊。”

经历过贫穷的人才会有这样踏踏实实的想法，唐宓微笑着搂紧了外婆的胳膊。

“外婆，我会认真攒钱的，但是衣服也是要买的，很快就是毕业典礼了，外婆你要去参加我的毕业典礼，穿得好点才不会输给其他同学的家长啊。”

这理由简直无懈可击，外婆瞬间被说服，果然不再争论。

研究生阶段时间短暂，唐宓和大部分同学价值观不合，没有那种关系很好的朋友，更没太多离愁别绪——然而她还是觉得不习惯。高中毕业和本科毕业时，同学们身上都还有属于学生的青春，金融硕士们毕业更加世俗和势利一些，所谓的毕业聚餐更是让唐宓很不习惯，同学们勾肩搭背地交流，谈话的核心总归就是一个字，钱。谁谁的“offer”如何，谁谁收入如何，以后要互相帮助……好像一辈子没见过钱一样。唐宓都觉得诧异，就连她这种从小贫穷的人都对钱没有那么在意，这些同学怎么能一门心思钻钱眼里去呢?

尽管如此，她还是参加了几次不得不去的聚会，剩下的全以“很忙”推掉了。

读了这么多年书，毕业对唐宓来说完全不陌生。她原以为可以轻轻松松地毕业，没想到，这次毕业她居然多了一个任务，担任本学院的毕业生代表，在毕业典礼上代表硕士研究生发言。

她不喜欢出风头，对这类活动都是直接拒绝，但这一次她找不到拒绝的理由，点头应允。

京大经管学院的毕业典礼是全学院所有人一起举办，从本科生到博士都在其中，学生们可以携带一两名亲友，因此可以容纳两三千人的会场满满当当。

本科毕业时她已经参加过一次毕业典礼，流程已经很熟悉，在金色红色为主的大厅内，领导校友讲话发言后，轮到了唐宓。她深呼吸一口气，略一整理厚重的学位服，径直走上前台，站在了话筒前。

站在讲台前才知道，光线那么充足，讲堂里的几千人一览无遗，连角落里同学们的面孔都清晰可见。相机的闪光灯在大礼堂的每个角落闪起来，在那么多璀璨的灯光中，她准确地看到了外婆。外婆坐在第三排，这是学院领导特地给她安排的座位——外婆面带微笑地看着她，花白头发在人群中格外显眼。

发言稿是她自己写的，早就背得滚瓜烂熟，此刻她却觉得自己这篇发言稿根本不足以概括内心万一的情绪。她抛开了已经背熟的稿子，另起篇章。

“站到这个讲台上的时候，我才明白，诺贝尔获奖者奥斯卡获奖演员为什么一上台就开始感谢，因为他们的内心真的充满了感激，就像现在的我……”

她发自肺腑述说着这几年来学院的帮助和支持，在全学院那么多人里，真的很难找到像她一样感激母校的人。学校的教育让她的精神变得丰富，让她的生活变得精彩，大学彻底改变了她的人生。

她平生第一次在众人面前述说了自己的家庭，说自己和外婆相依为命，说自己为了改变人生所付出的努力。

“外婆跟我说，不要诉苦，不要抱怨，不要往左右看，我们只需要看着前方就好了。我这样做了，我看着前方奔跑，尽自己的一切努力。然后，我走到了今天，和你们站在了一起。谢谢，谢谢你们，一路和我同行。”

她深深弯腰，致谢所有人，给老师，给同学，给外婆，给所有帮助过她的人。

雷鸣般的掌声后知后觉地响起来，几乎要将礼堂的房顶掀翻。

唐宓在掌声中直起身，宣泄了这么多年积累的情感后，她只觉得热泪盈眶。

然后，她看到有人抱着一大束玫瑰上了台，大跨步朝她走来。在毕业典礼上给校友送鲜花本来不足为怪，但送给学生尚属首次，之前的本科学生代表讲完话都没有这一环节——但是，算了，为什么这个时候要计较这等细节呢？

李知行微笑着把一大束鲜花放到她的怀里："恭喜毕业。"

她看着面前的李知行，又抱着鲜花，看着济济满堂的师生和家长，眼泪忍不住落到鲜花上——她即将收拾行李离开学校，京大的一切对她来说从此刻成了历史。

而她发现，还没有离开，自己就已经开始怀念母校。

| 第二十三章 |
我们在恋爱

七月之后，唐宓也在多年的读书生涯后，终于离开了学校，正式成了社会人士。

她在投行的职位转正，生活重心完全转移到了工作和关心外婆两件事上。她的住处距离单位很近，因此只要有可能，她都回家吃饭——外婆通常会做好饭等她回来。

她知道外婆独自一人在家很寂寞。外婆是一位没什么文化的老人，小区附近都是行色匆匆的社会人士，聊天的对象几乎没有，比在宁海的时候大概还要寂寞。

她准备给外婆培养一点爱好，增加一点活动，但外婆都拒绝了。她工作很努力，尽一切努力避免加班，从而可以在周末时带着外婆去附近玩。首都很大，各种各样的景点也很多，她带着外婆一个个景点看过去，每个周末的行程都安排得非常充实——这也是她能力范围内唯一能做到的。

七月底的时候，她在公司里遇到了李知行的堂姐李君子。

那时候她正送文件去其他办公室，行色匆匆地穿行在走廊里，结果一个拐弯，就看到了李君子抱着个笔记本出现在走廊的另一头，两人目光对上，一起笑了。

唐宓来公司报到后想过是否要跟李君子打个招呼，念头一转还是作罢，两个人在公司的阶层和交友圈不一样，贸然和对方联系，大约有攀权附贵的嫌疑，何况反正早晚也会遇到的，只是时间久一点。国投员工上千，办公室更是相差十几层，在不刻意制造交集的情况下，三四个月碰面一次很符合平均概率。

李君子跟三年前相比基本没变，外表十足的专业干练，停下了步伐笑着跟她打招呼："啊呀，小唐。"

对她当年的帮助唐宓深表感激，脸上浮起笑容，认认真真地回答："李君子姐姐，你好。"

李君子打量面前的唐宓一番，长款白衬衣和七分裤，脚上是平跟小皮鞋。长得好的人就是有优势，如此中规中矩的职场打扮也能让人眼前一亮。

她笑道："说起来，你也研究生毕业了啊。"

"是的。"

“你现在是哪个部门？什么时候过来的？”

唐宓一一作答。

李君子连声抱怨：“都好几个月了啊！真是的，知行也不早点告诉我。”

唐宓抿嘴一笑。

李知行忙碌得简直恨不得把一分钟掰成两分钟来用，上周才出差去了南方景州市一家大网站洽谈业务，自然也不会有闲心告知堂姐这事儿。更何况，现在的唐宓已经不是当时那种连面试都需要别人指导的情况。

李君子拍一拍她的肩膀，用了一点不轻不重的力气：“好容易遇见你，中午跟我一起吃个饭吧。”

唐宓还没来得及想一想要不要接下这个邀请，就见李君子挥了挥手，进了电梯。

国投地处金融中心，附近的餐厅要多少有多少，档次还不低，唐宓都很不熟——除了公款吃喝的一两次，唐宓从来都是一个回家吃饭的人。

李君子选定的餐厅是一家看上去就很有档次的粤菜馆，水晶吊灯折射出五色光芒，实木地板擦得光可鉴人，各种家具古色古香，连木制墙面都镂空着花儿。中午时分，餐厅已经聚集了不少人，大半个餐厅都已经坐满，李君子已经订好了座位，位置很棒。

因为李君子事先已经知会过，两人刚坐下不久，一道一道的小吃就端了上来。

李君子很热忱地跟她介绍：“这家餐厅最出名的是各种各样的点心，桂花绿豆糕、南瓜饼、蟹黄包、菠萝饼这些都很不错的。”

南瓜饼外酥里嫩香脆可口，绿豆糕软绵柔滑入口即化，唐宓确实觉得，李君子选择食物的审美比她弟弟强一点。

“能吃到好东西真是人生中最棒的事情。”李君子兴趣盎然地说，“金融中心这附近好吃的有特色的餐厅很多，以后我向你一一推荐。”

“啊？”

听她的意思，似乎是准备常常带她出来吃饭？然而唐宓还没来得及发表意见，李君子已经重启了另外的话题：“加上实习期，你在国投工作也有几个月了，还习惯吗？”

“很习惯的。”唐宓的表情十分确定。

“我记得，你本科生的时候可没这么轻松。看来这几年你进步不小。”

“是的，三年时间足以学到很多了。”

李君子挺高兴的：“听知行说，你去年去了美国当交换生？”

“是的。”

“美国挺大的，好玩的地方也多，你和知行有没有去什么地方逛一逛？”

“时间很紧张，没去太多的地方，只去了一趟波士顿和洛杉矶。”

李君子失笑：“波士顿和洛杉矶？你这是走亲戚去了吗？”

唐宓想了想，觉得这位姐姐的形容妙极了，不觉莞尔：“嗯……还真是的。”

李君子是个眼神充满活力、脸上总带着笑意的人，很容易让人亲近。更何况两人共同点多，同一家公司工作，亲近的人都互相认识，聊起天来有一种互相都明白的畅快感，餐桌上气氛极佳。

两人一边聊天一边吃饭，气氛异常和谐，忽然一道声音在两人耳边响起。

“君子，你怎么在这里？”

这家餐厅楼上还有一层，两人的座位是上楼时的必经之处，李君子抬头一看，虽然有点意外，但脸上立刻带了无可挑剔的笑容，她马上站起来寒暄：“婶婶，好巧，你们也来吃饭？”

张静瑜笑着点了点头。她并不是独自一人前来吃饭的，他们这一行还有五人，三男两女，个个衣着正式，看起来是准备一边吃饭一边谈事。大家都是职场人士，起初不识，介绍之后就互相认识了。

一番礼貌周到的寒暄之后，张静瑜的视线落在唐宓身上，微笑着问李君子：“这是？”

李君子瞧一眼唐宓，随口道：“我同事。”

唐宓在听到“婶婶”两个字的时候已经明白了面前这位和李知行有着五分相似的女人是谁。和当年相比，她着实老了一些，依然称得上端庄。唐宓深呼吸一口气，扶桌站起来，向张静瑜微微欠了欠身。

“同事？”张静瑜尾音上扬，目光依然停留在唐宓身上，以一种熟稔亲昵的语气道，“叫什么名字？”

李君子一愣：“婶婶？”

“随便问问。怎么，不方便说吗？”

在李君子开口之前，唐宓已经回答了：“我叫唐宓。”

“不错的名字，很衬你。”张静瑜的笑容分毫未变，她甚至伸手拍了拍唐宓的肩膀，“你们慢慢吃，我们上楼去了。”

她跟身边的人点头示意，在服务员的带领下一行人随后上了楼。

瞧见他们消失在走廊拐角处，李君子回头打量着对面的唐宓，她微微垂下目光，抿着嘴角，显然心情不如刚刚愉快。李君子的心情也谈不上多畅快，她没想到带唐宓来吃个饭居然会跟婶婶来了个狭路相逢。从她刚刚的举动判断，张静瑜肯定知道唐宓的存在并且知之甚深，之前她一直保持着不接触的冷静状态，但今后大概就很难说了。

她给对面的唐宓夹了块点心，道：“是的，我只有一个婶婶。她就是我叔叔的老婆，李知行的妈妈。”

唐宓想，世界上的事都是具有两面性的。她可以因为若干年前那次不愉快的交集记住张静瑜的脸，张静瑜也可以从别的渠道了解到她的信息。

唐宓点头道：“她和李知行确实有点像。”

“这就错了，那是因为你没有见到我叔叔。李知行更像我叔叔一些。”

唐宓扬了扬嘴角，笑意很浅。

看出她有点心神不属，李君子心里也是一叹。两人已经吃得七分饱，李君子端起茶杯抿了一口。

“知行跟我说过，你和他已经正式交往，这一关总是要过去的。我想你应该已经想过这个问题了吧？”

真是一个一针见血的好问题，唐宓在最近一年多也想过许多次。

她干脆地点头：“是的。”

“李家的情况……”李君子无奈道，“这么说好像也不对，应该是我们家的情况有点复杂，是否谈恋爱或者和谁谈恋爱，全家都要来提意见。我这个其实没太大关系的孙女就挺难过了，对孙子的女友一定会更挑剔。当然，我并不是说家里人一定会跳出来跟小说里的恶霸一样拆散你和知行，但你们总不会太轻松。”

有一点李君子可以肯定，撇开她那不完整的家庭不谈，只因她是唐卫东的外甥女这一件事，在李家估计就不会得到什么好脸色。

如果说唐宓这时还察觉不到李君子这顿饭的用意那就是太矫情了——如果不是因为关心李知行，李君子这等领导心腹公司高层何苦要来请她这个基层小虾米吃饭?

唐宓说：“我知道自己应该站的位置。只要李知行不放弃，我会坚持。”

“世界上很多事不会简单地用放弃和坚持来区别。比如知行因为家里的压力对和你在一起产生了犹豫呢？虽然这种可能性很小。”李君子马上听出她话里留出的余地，“你要知道，我婶婶这个人还蛮难缠的，手段也厉害。”

确实厉害，能够一眼认出自己然后装得若无其事。但唐宓不觉得这事儿让她意外，“李知行的父母知道自己的存在”这种可能性早在她的预料之中，她已经彻头彻尾思考过——想得多了，回答时也可以不假思索。

“我让李知行决定。”

李君子转了转手中的杯子，她想说的话太多以至于无法出口，最后只能长出一口气。

她明白唐宓这话的由来，坎坷的成长经历，弱势的家庭环境让她在李家面前没什么硬气的余地，只能站在一个相对保守的位置。但是李知行总归是她弟弟，她欣赏唐宓，但也忍不住偏心堂弟。她觉得，真正的爱情应该有一种飞蛾扑火的勇气，冲动凌驾于理智之上，但唐宓于感情一事上，冷静得让人心悸。

所以说，到底是性格决定命运还是命运决定了性格?

李君子最后说：“这件事，你最好告诉李知行一声。”

唐宓回答：“我会的，君子姐姐，请放心吧。”

李君子觉得，唐宓此时和张静瑜对上实在不是一件好事。她曾经和李知行谈过“丑媳妇也要见公婆”的问题，李知行从不介意把女友带到家人面前，但他认为也不用操之过急，选择不同的时间节点来做效果完全不一样，带着喜欢的女孩子去见父母也是同样的道理。李知行希望等知科做出一定成绩再带她回家见父母。毕竟，他现在双翼还未长成，家庭牵制不少。

当天，李知行结束了整整一周的出差回京，带着好几盒伴手礼送到了唐宓的公寓，他在唐家吃了顿晚饭，对外婆的手艺赞不绝口。李知行赞美的表情看上去异常真诚，就连唐宓对他了解得那么深都看不出他是真的觉得外婆厨艺不错还是纯粹给面子的行为。

好话人人爱听，外婆也不例外，脸上一直带着笑意。

李知行这次外出是带着技术团队跟一家大型网站签订了协议，为对方搭建数据库，目前进展不错。这是知科公司第一个开展的大项目，能签下来说明这大半年来的努力终于开始见成效，李知行心情很好，在饭桌上跟唐宓讨论着他此行的收获。

唐宓也没跟他提起今天自己和他母亲巧遇一事，李知行的心情难得这么好，实在没必要现在破坏。

外婆听着两个年轻人的谈话，虽然搞不懂 IT 界的专业名词，但大致内容还是明白的。

她感慨："你这么年轻就开公司了啊……"

"其实我也不算年轻了，搞IT这一行的，创业都比较早。"李知行解释，"我认识不少人，还在读大学时就开了公司，我已经算很拖后腿了。"

唐宓也附和："外婆，我跟你说过一个叫黄明明的学妹吧？她开发的手机软件，一年赚了一百万。"

这天文数字一样的钱就连外婆都有点震惊了："好像收入比你高啊。"

"外婆，世界上厉害的人很多呢。"

李知行给自己夹了块排骨，慢条斯理地说："说起黄明明……她前几天给我发了信息，说愿意来知科工作。"

"咦？"唐宓差点被水哽住喉咙，"她不是还在读博吗？"

"她说可以兼职。"

"那你怎么考虑的？"

李知行揉了揉额头："我得想想。她如果真心实意过来工作，我非常欢迎。但是……"

他的话没说完，但唐宓已经完全明白了李知行的意思，如果黄明明动机不纯却将她招了进来，那就是引狼入室。李知行对黄明明的人品始终存有疑虑。

"我觉得现在的她和之前确实不一样，应该是值得相信的。"

"希望如此吧。"

吃过晚饭后，李知行如往日一样回了自己的住处。他们二人有着各自的特殊情况，就算外婆还在宁海，两个人暂时也不会选择同居。

送李知行离开后唐宓重新上了楼，外婆坐在客厅看电视，空调鼓足劲吹拂，客厅凉爽舒适，看上去和之前的一个月一模一样。

唐宓去厨房切了很大一盘水果端到茶几上，都是李知行刚刚送来的，不快点吃可能会坏掉。

外婆看着切得很漂亮的杧果，问："李知行已经走了？"

"是的。"

"他是在哪里住？"

"他处在公司创业阶段，事情很多，他和几个合伙人住在公司旁边，距离咱们这里十几公里。"她还调出电子地图，给外婆看知科的位置，"咱们在这里，他们的公司在北面。"

外婆点了点头，表示明白了，然后她忽然话锋一转："阿宓，你和李知行是什么关系？"

简直猝不及防。外婆端坐在沙发上，认真地盯着她，目光湛然。她虽然佝偻了，但是总是尽可能地挺直腰板。普通人很难想象，一个农村老太太怎么此刻这么有威严。唐宓对很多人坦承过自己和李知行的关系，但唯独从来没有亲口告诉自己最亲近的外婆，虽然她也没有试图隐瞒。

唐宓深呼吸一口气："外婆，我们……是在恋爱。"

外婆慢慢道："你把电视的声音关掉。"

"好。"

屋子里一旦没了声音，就陷入了一种诡异的气氛里，电视屏幕无声地闪动着，所有人演哑剧一样动来动去，唐宓知道，外婆这是要跟她谈事了。

"我原以为，你喜欢的是那个叫叶一超的孩子。"外婆说得很慢，似乎也是在一边想一边说，"他是不是出国了？"

唐宓轻声回答："是的。"

就连她都不知道，自己是回答的哪个问题。

"叶一超是个好孩子，你应该和他在一起的。"

唐宓默默无言，下意识绞紧了手指。不知道为什么，那瞬间她想到了叶一超的妈妈，知子莫若母，这句话真是太对了。

外婆花白的头发在灯光下有些炫目，眼神里是一种深沉的忧郁："唉，是这个家拖累你了，否则你也一样跟他出国了吧。从小到大，那么多老师都说你聪明啊。"

唐宓握住外婆老树皮一样的手，肯定地回答："没有，外婆，没有拖累我。能当你的外孙女，我觉得很幸福。"

外婆拍了拍她的手。

"我看得出来，李知行也是个好孩子。"外婆轻轻叹了口气，"但是，我不赞成你跟李知行恋爱。"

唐宓默默地听着外婆的话，脸上没什么血色。外婆说出这句话宛如一把大石斧劈到她的头上，震撼很大，但吃惊……没有多少。她几乎可以猜到外婆的反应，所以才一直避而不谈。外婆虽然连字都不认识，但老人的阅历始终在，她年轻时就死了丈夫，独自抚养两个孩子，看遍世情，并且最重要的是，她了解自己的外孙女。

唐宓从很小开始，就是一个全村赞扬的懂事孩子，懂事到外婆也从来没有对她说过一句重话，而唐宓也几乎没有违逆过外婆的意愿。但是此时此刻，她想反驳。

"外婆，我知道你的顾虑，我也是考虑了很多才跟李知行在一起的。我妈妈还有舅舅不一样，李知行也不会像他姑姑那样。时代已经变了，我和李知行绝不会走他们的老路。"

外婆看遍世情的眸子里露出无可奈何的神色，她说："只要结婚还是两个家庭的事，有些事情，就永远不会变。"

外婆忽然说："你知不知道，你爸爸到底怎么死的？"

唐宓心脏一抖："难道不是车祸？"

"是车祸……但发生车祸的原因没那么简单。"

唐宓的心情沉入谷底。

江凌柏和唐雪从同居开始，随之而来的生活琐事非常消磨人。

两人同居的时候，日子始终过得比较拮据。因为家庭债务加上还有个读大学的弟弟，唐雪攒了好几年才终于有了微薄的积蓄，她用这点积蓄去夜校读书，准备自考的同时努力学英语，想要当翻译。至于江凌柏，从小到大的生活习惯决定了他的花钱方式往往大手大脚，他那点工资来得慢去得快，也就只能应付租房吃饭。

仿佛从那时候开始，全世界都开始跟这对年轻人作对。

两人居住环境不佳，当时整体社会又人心浮动，夜路走多了总会遇到鬼。有一天晚上唐雪下了夜校回来路遇歹徒，恰好江凌柏前来接女友，和歹徒搏斗起来，歹徒有刀，一番搏斗后江凌柏中了两刀。

伤势不算太严重但治伤要有花销，唐雪没有什么钱，只能恳求到江家父母那里。

江家这边又是心痛又是生气，对唐雪很有意见，但理智尚存，傅笙带唐雪去了他们家，将儿子的成长过程、生活环境、曾经的梦想一五一十地告诉了她，甚至还翻开了他的日记本给唐雪看——这都是唐雪之前从不知道也不了解的江凌柏。

唐雪恨自己无能为力，只能看着男友受伤痛苦，又觉得是自己给他带来了麻烦，她想起江凌柏还有大好的未来，却因为自己而耽误，第一次动了分手的念头。

江家父母这时候给两人提出一个建议，说可以给两人三年的时间，这三年内江凌柏出国留学，江家也可以给唐雪一笔费用让她读书。如果三年时间过去两人在一起的决心还是没有改变，那绝对不会再阻拦。

唐雪觉得这个主意还可以，点头同意。

但江凌柏坚决不答应，他觉得莫名其妙地分开几年毫无道理，他不能接受。

撇开江家父母的无奈不谈，一对年轻情侣的矛盾就此开始。任何爱情在开始时都是甜的，但随后都被艰难的日子消磨得没了力气。

唐雪觉得心酸，她可以承受压力但是不希望江凌柏也一样，她不希望和男友父母闹得太僵；江凌柏却觉得两个人在一起就好，为什么唐雪不能理解?

江凌柏的工作单位很远，在城郊，有宿舍他不住，每天奔波，晚上给唐雪补课。出了意外之后，江凌柏每天都会接唐雪下夜校，他还跟朋友买了辆二手摩托接人。

两名年轻人疲惫不堪的生活中，一件意料之外的事情又发生了——唐雪忽然怀孕了。

要知道，她和江凌柏一直到最后都没有结婚。唐雪是那种循规蹈矩的人，和男友同居已经有点超出底线，未婚怀孕对她来说宛如晴天霹雳。她未婚怀孕，酒店的工作得丢，同时正在准备的接下来的自考也得完蛋。唐雪有梦想，希望通过努力获得认可——以她的容貌和酒店前台的工作性质，几年来表示愿意娶她的有钱男人至少有一打，然而无一例外，她都拒绝了。

现在，她的人生，她的一切都处在崩溃的边缘，肚子里的孩子让她无所适从，十分惶恐。

江凌柏非常难过，希望她能把孩子生下来，但他也尊重唐雪的意见，两个人商量后决定流产。

就在两个人做出决定的第二天，江凌柏出了车祸。

往事说完，唐宓脸上再无一丝血色。房东喜欢亮堂堂的，屋子里的灯瓦数非常高，过于耀眼的灯光照在她的皮肤上，几乎可以看到白皙皮肤下的青色血管。

“这些事都是你妈妈跪在我面前哭着跟我说的，她说后悔没听我的话，说不应该跟你爸爸在一起，说应该早点和他断绝关系。”外婆眼神里浮起浓郁的悲哀，“她说，宁可这辈子不认识你爸爸。”

唐宓失了力气，单膝触地，几乎半跪在外婆面前。她终于明白，为什么自己小时候，妈妈看着自己的目光总是充满了无奈和悲哀。

跨越二十多年的时间，设身处地想一下，她终于明白，何为肝肠寸断。

“你妈妈当年跟我说，不让她跟江陵柏在一起，她就要寻死觅活。事实是，两人真的在一起后她才寻死觅活啊。”

“外婆，请相信我们，我和李知行不会的……我们更理智，也都有钱。”

外婆伸手轻轻摸了摸她的头发。

“贫贱夫妻百事哀，但有钱就一定能解决问题吗？不会的。”

“外婆，人生是自己的，或许我和李知行最后也会出现问题。”唐宓救命稻草一样抓住她的手，“但是，我不会因为可能出现的问题就放弃和他在一起。外婆，请你相信我，我们会努力的。”

世界上没有什么比改变一个人的想法更难。何况是自己养大的孩子，唐宓的毅力和决心，外婆比任何人都清楚。她做到了无数条件比她好十倍百倍的孩子都没能做到的事情，也许……是真的有信心。

外婆审视地看了她一会儿，最后居然露出一丝笑容：“你长这么大，从来没让我操半点心。既然你这么说，那以后就好好地跟李知行在一起。”

外婆的松口固然让唐宓觉得安慰，但同样也有些吃惊——她没想到外婆这么容易就松口。她以为自己还要费更多口舌才能说服外婆。

唐宓刚刚松了一口气，就被外婆的下一句话惊呆了。

“我过几天就要回去了。”

“回哪里去？”唐宓还没反应过来。

“回家里去。”外婆很平静地说。

地球那么大，外婆只可能把一个地方称为“家”，那就是唐家村。

“可是你才过来没多久啊。”今天的打击真是一波连着一波，唐宓坐在地板上，眼眶就这样慢慢发红，“外婆，你要走，是因为我和李知行的事情吗？”

“不是，我本来也要回去。”外婆环顾着这套房子，点了点头，“这次跟你过来，我只是想看看你生活得好不好。现在我看到了，也放心了。”

“可是村子里的条件太差了啊！”唐宓说，“在大城市里难道不好吗？”

“没什么条件差不差的啊。”外婆平稳而温和地开口，“我在村里过了一辈子，难道还不习惯？当年都过来了，现在条件好多啦。”

“……”

“那你怎么走？”她准备耍赖，如果她不买机票和车票，外婆想走也走不了。

“你舅舅过两天要来开会，我跟他一起回去。”

唐宓彻底愣住。

外婆抬起眼，看着窗外灯火通明的城市，缓缓道：“城市里不是我待的地方，我一辈子都不会习惯，所以我要回去。”

一席话说完，外婆自觉该跟外孙女交代的也都妥当了，再没什么可说的，她知道外孙女需要一个人想一想，自己回了卧室。

唐宓定了定神，给唐卫东打了个电话。唐卫东解释了整件事——外婆确实没想着在燕京久待，她也不愿意待在宁海，早早就做好了回家的准备，而唐卫东早在去年就跟外婆沟通过这件事，明白她的想法，无奈地点头同意了固执的母亲。别无他法，在这半年内，他唯一能做的事情，就是彻底翻修了家里那快要垮掉的老房子。

原来在她不知道的时间里，外婆和舅舅已经商量好了。难怪，难怪外婆那么好说话地跟她来了燕京。

唐宓一个人木然地坐在客厅里，都不知道和唐卫东的电话什么时候中断的，直到手机再一次响了起来。

她看着屏幕上闪烁的“李知行”三个字，等手机响到第五声的时候，她揉了揉脸，接听了电话。

她问：“已经到家了？”

“是的，刚到。”李知行说。

唐宓注意到客厅空荡荡的，随口问：“孙轩和何树森没在？”

“孙轩在公司，何树森出差了。”

“辛苦了。”唐宓道。

为了更容易交流和更方便地管理公司，他现在还是跟孙轩和何树森三人同住，虽然三人也时不时自我调侃“三个大男人同居算什么”，但三个人都很具有牺牲小我成全大我的意识，有这样的合伙人，公司发展不起来才奇怪。

“我刚刚回来的路上才想起来，这个周末我们带外婆去长城怎么样？你们俩都没去过吧？”

李知行和她每天就算不能见面，也是要打几通电话联系的，知道她周末主要还是带外婆在城内逛，还没去很远的景点。

唐宓声音一哽：“确实没去过……但是这周就算了。”

“怎么？”

唐宓努力让声音轻快一点：“我周末可能要加班，我舅舅也会来燕京开会。”

李知行对唐宓的回答很遗憾。这半年来他没过一个完整的周末，一切都要亲力亲为。现在公司业务有了进展才挤出一个周末的时间，却遇到唐宓没空。

“过几周再去，好吗？”唐宓安慰他。

“也行，暂时这样了。”

闲聊几句后，两人挂了电话。看着屏幕上通话中断的标志，唐宓脸上的笑容再一次消失殆尽。

她心情确实糟糕透顶，但她无论如何不希望把自己的负面情绪传给李知行。她自己做出决定和李知行在一起，不是任何人强迫的，也和李知行没有半点责任，外婆给她的压力她要自己化解，绝不能转嫁给李知行。正如李知行从来也没有把他家庭的阴影带到两人的关系中，她也要尽可能做到这一点。

正如外婆所言，唐卫东第二天的确到了燕京开会，和他同行的还有宁海资管会的几个同事，一行人下榻的酒店距离金融中心不远，舅甥两人在他下榻的酒店对坐无言。

唐卫东宽慰她："外婆那边，我会照看着，你不用担心。"

唐宓垂着头，都不愿意抬起来。

"我之前就说过，你要外婆跟你待在燕京，这到底是你的自我满足还是她真正想要的，到现在你还没想明白吗？"

"我明白，但是……"

知易行难，道理明白，可是想到头发花白的外婆独自一人在老家，看不到她，心中的难受总是无法想象的。

唐宓说："我也要一起回去。"

唐卫东叹了口气："也好。"

会议持续了两天，在周五晚上结束，唐宓请了一天假，和唐卫东一起送外婆回到了唐家村。

房子翻修了之后，已经赶得上唐家村新房子的平均水准，房子透光很好，各种电器、家具一应俱全。

外婆此前并不知道儿子已经翻修了房子，吃惊地连连摇头："其实没必要修的。"

"外婆，你住得好一点，我和舅舅才能放心。"唐宓说。

外婆只叹了口气。

第二天外婆一大早就去查看自己的田地，她离开这几年，大部分承包田都退了，只剩下一两亩水田和自家屋后的一小块菜地。她有条不紊地划分着田地，想着这里种点水稻，那里种白菜萝卜。

村子里正是农忙季节，村民们佝偻着腰在农田里忙活，大滴大滴的汗水从他们的额头上流下来，再滚落到田里。她曾经对这一幕很熟悉，但现在已经陌生了。人人都向往更舒适更安逸的生活，村里的村民们，没有哪一个不希望离开这贫瘠的山村，到大城市生活，只是碍于种种因素的限制而无法离开。毕竟，城市和农村的收入相差巨大，生活也完全是两个天地。只有外婆，对这块土地的眷恋之深，其他人难以想象。

有些老人希望和儿女生活在一起，而外婆，只想回到真正属于自己的地方——尽管她膝下有条件很好的儿子和外孙女，但她认为，儿子和外孙女的地方都不属于自己，世界上只有这个偏僻的小山村才是自己的家——就是这么倔强而又独立的小老太太。外婆觉得自己人生的使命已经全部完成，骨子里只剩下强烈的乡愁。

离开之前，唐宓拿出五万块现金，放到外婆枕头下的布袋子里。外婆不太会使用银行卡，村子里也没有使用银行卡的条件，最好用的莫过于现金。

她很清楚没有大事的话，外婆恐怕不会跟她和唐卫东求助，所以宁可多留一点现金。

“十 · 一假期的时候我会回来看你。”

外婆摇头：“工作忙的话就不要回来了。”

唐宓坚持道：“我会回来的。”

安排好了一切，唐宓再一次离开唐家村。就像读书时的每一年离开一样，回城的大巴车上，她捂着脸，眼泪夺眶而出，就像一个被遗弃的孩子。

外婆不要她了，从小到大，她第一次深切地认识到这一点。

| 第二十四章 |
浮生半日闲

从唐家村回京的时候，已经是下午了，唐宓整整一天没吃饭，也完全没有吃饭的心情，回了家后直接倒在沙发床上抱头大睡，睡得天昏地暗，直到敲门声响起。

她揉了揉眼睛，疲倦地爬起来开门。

李知行拎着盒子站在门口。

她顿时清醒了一点："你怎么来了？"

"电话打不通，发信息不回复，所以过来看看你。"李知行进屋放下外卖，看着她一脸困倦明显异于平常，不由得心里一紧，"怎么了？病了吗？"

他伸手去探她的额头，并没有感受到发烧的迹象。

唐宓木愣愣地坐在沙发上，揉了揉自己的眼睛，解释说："手机没电了。"

李知行脑子一转也知道她为什么提不起精神，柔声问："外婆安顿好了吗？"

"嗯……"她嗓子还有点哑，"我去洗漱一下。"

她还是一副没睡醒的样子，宽松的睡衣整个挂在身上，看起来又消瘦了几分。

唐宓送外婆回家这事儿自然没瞒着李知行，虽然唐宓上了高铁后通知他她暂时回老家了——当时唐宓谈兴不高，李知行也感觉出她情绪低落，没仔细询问。

李知行环顾了这套一室一厅的房子一圈，这是他第一次没在这套房子里看到那位头发花白的老人。

他长长出了一口气，说不清是什么心情。

站在他的角度，他曾经的确构思过外婆不在京的情况。这样他和唐宓的相处机会会多太多，起码唐宓不会一下班就匆匆忙忙往家赶，周末也会陪着他而不是外婆。但到了此刻……他只觉得无奈。他一直认为，唐宓的外婆值得后辈的最大敬意。他有爷爷奶奶和外公外婆，深切地明白老吾老以及人之老的道理，想到这么一位让人尊敬的老人独自一人生活，再看看唐宓失魂落魄的样子，也只剩下心酸。

他无声地长长叹了口气，走到沙发床边，将唐宓掀到一旁的空调被叠好，又把沙发床折叠起来。

唐宓去浴室简单洗漱了一下，出来的时候李知行已经把外卖盒子摆得整整齐齐，看分量绝对是两个人的。盒子上印着餐厅的“logo”，就是小区附近一家档次颇高的会所，唐宓从来不知道他们还有外卖。

“我也没吃晚饭，一起吃吧。”

“谢谢……”唐宓轻声道。

她鬓角的头发有点乱，李知行顺手理了理她的头发，笑着拿筷子给她：“我们之间还用客气？”

唐宓目光扫到一旁叠得整整齐齐的被子上，回了他一个还算灿烂的笑容。

菜色很丰富，排骨烧得很对味，松茸也很鲜美，很对得起其昂贵的价格。两人慢慢吃着饭，李知行问起她这趟回唐家村的细节，唐宓一五一十地说了。

李知行问她：“你外婆回了唐家村，村子里有人可以照看一下吗？”

“村子里还有一些亲戚，隔壁家的二婶可以帮忙照看一下。”唐宓回答得有点没精打采。二婶就算可以常常照看外婆，但是到底不是自己亲妈，加上她家里也有一大堆农活要干，能看顾多少唐宓也有些担心。

李知行略一沉吟道：“我记得你家隔壁有个叫唐小刚的弟弟，和明朗差不多大的，应该也要毕业了吧？”

“是的，他和明朗一级，九月份进入大四，明年毕业。”

“学的什么专业？”

“电气工程。”

“你问问他找工作的情况。不介意的话，我可以让人给他找一份好工作。”

唐宓一顿：“可以吗？会不会很麻烦？”

“一句话而已，不麻烦。何况他有学历，缺乏的只是更好的起点而已。”

唐宓是严于律己宽以待人的人，她自己不屑走关系，每一步都走得踏实无比——同时她现在也明白，像她这么会读书的人世界上真是没几个，不能用自己的标准要求别人。如果李知行能帮唐小刚走一走捷径，找一份更好的工作，她也不会不赞成。

显然，填饱肚子能驱散郁闷带来幸福感，一顿饭吃到最后，唐宓的脸色慢慢轻松下来，眉眼间的忧郁散了不少。

李知行只觉得时机成熟，笑着问她：“说起来，你的生日快到了？”

“啊，是的，你怎么知道？”唐宓诧异了三秒钟才如梦初醒。

“大学的时候知道的，无意中看到了你的身份证，一直没机会跟你一起过生日。”李知行给她盛了汤，兴致颇高，整张脸都在发光，“你今年的生日恰好是个周六，我们一起出去庆祝一下？”

“没关系，我过不过生日都无所谓的。”

她的生日在八月初，恰好是暑假阶段，几乎每个生日都在家里——因为家里实在条件有限，外婆也是很朴素的人，在她生日的时候也就是多做一道菜，她才明白自己又大了一岁。

“我有所谓，这是我们第一次庆祝你的生日。”李知行强调。

"……"唐宓无奈地看着李知行，在他期盼的目光下松了口，"好吧，那麻烦你了。"

"怎么会麻烦？"李知行笑，"求之不得好吗。"

唐宓不理他，又问："那个……你的生日是什么时候？"

她对自己的生日都如此不在意，对别人的自然更不会去记。

"恰好比你大了六个月。"

就算唐宓心情不佳，这一听之下，脸上难免带上一点笑容，她总算知道为什么自己没有李知行过生日的印象了，原来两人的生日一个在寒假一个在暑假。

"难怪我不记得你有庆祝生日的时候。"

"没办法。"李知行摊了摊手，"因为每年生日都在新年前后，人人都忙着过新年，哪还记得我的生日呀。"

"不可能不记得的。"唐宓指出。

"真的，我都收不到什么生日礼物。"

唐宓有点惊讶："真的没有什么礼物？"

"生日礼物通常和新年礼物合并了。"李知行道。

唐宓本来想说"那其实还是有礼物的"，话到嘴边语气一转："那你今年年初生日，怎么不告诉我呢？"

"你要回家的。"

"至少我可以祝你生日快乐吧，还有给你准备礼物。"

"今年年初的时候，你应该没钱了。"

李知行一本正经的耿直说法让唐宓一口水都要喷出来："你以为我要给你买多贵的东西吗？不要想太多了！"

"那好吧，我现在已经告诉你了，你准备补上什么礼物？"李知行微笑道。

唐宓淡定地离座起身，折回卧室，片刻后转回，递过来一个发光的银色项圈，其上挂着一只银光闪闪的钥匙。

"礼物。"她平静地宣布。

说真的，即便她所拥有的本来就不多，但是这不等于她没有想过回礼。

李知行素来镇定，此刻也吃了一惊，他本来是开玩笑的，没想到唐宓居然有如此行动力——不对，她一直以来都是很有行动力的——李知行看看钥匙又盯着唐宓的眼睛："这是？"

"我房子的钥匙。"唐宓说，"前几天配好的，本来应该早点拿给你的。这份礼物，满意吗？"

李知行的回答是一个漫长得让人几乎要窒息的吻。

唇舌交缠间，唐宓郁闷地想，怎么和李知行在一起的时候，都是自己吃亏呢？不过，算了，只要他喜欢就好。

在国投的工作其实谈不上轻松，加班多，工作量大，之前外婆还在京的时候，因为有动力，唐宓上班效率高得惊人，就算有没做完的工作，她也选择带回家；现在家里没有人做饭等她回去，她在单位的加班时间自然多起来——工作无论如何都是干不完的，再说有加班费拿，何乐而不为。

周五那天唐宓加班到晚上九点，李知行一个电话打过来，她关了电脑，和还在折腾数据的两名同事道别，在公司门口上了车。

李知行开的车是一辆半旧不新的沃尔沃，是李知行大伯公司淘汰下来的，保养得还不错，目前车子挂在公司名下，理论上谁都可以用，但显然不会有人跟他抢着用车。对一个公司而言，有几辆好车还是很重要的。看车识人虽然很势利，但基本上还是靠谱的。

"我们到底去哪里？"唐宓一边系安全带一边问，"还要开多久的车？"

"不堵车的话一个小时出头。"李知行俯身吻了吻她，直起身踩了一脚油门，"很快就到了。加班太累，你可以先睡一下。"

唐宓道："我再累也不会比你更累，你还要开车的。"

为了空出这个周末，李知行也忙了好几天，半小时前刚刚离开办公室，又驱车半小时到市中心来接她。

李知行的预测很精准，车子很快出了城，上了高速，半小时后，隐约的群山在夜色中影影绰绰地出现，一个小时后，车子在一家温泉度假酒店前停了下来。

下车的时候唐宓注意到这家温泉酒店规模很大，璀璨的灯光中，几栋精美的略带古意的建筑连绵成一片。

"我们来泡温泉？"唐宓难以置信地瞪着李知行。

"工作太累，调节一下也不错的。"

服务员开了车门，李知行拿钥匙给他去泊车，自己牵着唐宓的手，提着两人的行李下了车。

李知行早就订好了房间，两人在服务员的带领下离开恢宏的大厅，穿过了一个中式回廊，到达了一个名叫"云帆楼"的小楼前，走到走廊的最后一间，服务员放下行李打开冷气后退了出去。

李知行订的房间是一间面积不小的套房，客厅很大，卧房也不小，被十余扇山水屏风隔开，现代风格和传统的中式风格融合得恰到好处，木料运用多但颜色轻盈，现代化气息也很浓厚，意蕴深远。

"房间怎么样？"李知行问她。

就算昧着良心也没办法说这房间不好。唯一的问题是，卧室里只有一张两米宽的大床。

李知行打开旅行包，拿出她的睡衣给她。

"时间不早了，你去洗澡后就睡吧。"

"好的，我先去。"

时间已经到了十点半，平时的这个时间唐宓也打算睡觉了，她的作息一直保持得很好。

客厅里，李知行坐在沙发上，对着翻开的笔记本查收邮件，他确实也不想显得如此工作狂，但他没有让工作过夜的想法，能抓紧一点时间都是好的。邮件里是HR发来的关于新招聘人员的简历，要请他过目，最后筛选。

他翻了十余份简历，写了个总意见发回后，唐宓也恰好从磨砂玻璃门隔开的浴室里出来了。

李知行和她点头招呼，合上笔记本，进了浴室。

和大部分男人一样，李知行洗澡很快，很快冲洗干净，换上睡衣，走出这间足有二十平方米的豪华浴室。

唐宓已经不在客厅里，李知行绕过屏风，却只见到大床左侧有一个隆起的身影，长长的黑发散在枕头上。

李知行确实没想到她居然给自己留了半边床，那瞬间他的心跳过了一百八，几乎快要跳出来。他小心翼翼地走到床边，在她身边的床沿坐下，慢慢拉开了被子。

“不要蒙着头睡觉。”

唐宓脸色微红呼吸不畅地瞪着坐在床沿微笑看着她的李知行。这么大一间套房只有一张床，这真是不科学，她做了多少思想斗争后才睡到床上去。

不得不说，男女在脸皮的厚度上天生就有差距。

她眼睛和猫眼石一样漂亮，双唇微红，和花瓣一样，李知行俯身看着她，手心贴上了她尚且湿润的发鬓。他得承认，唐宓最初给他留下的深刻印象确实很大程度上是因为那张极其符合自己审美倾向的脸，这张脸也看了近十年，却怎么都没有看腻，那份迷恋不但没有减少的趋势，反而日益增加。

他手指描摹过她的脸，柔声道：“这么自觉？还给我留了半边床。”

唐宓深呼吸一口气，努力使自己更有气势一点：“因为你只订了一张床。”

应该说只要她板起脸确实有一点拒人千里之外的气势，但这实在不包括在床上缩成一团睡觉的时候。

李知行微笑道：“我可以睡沙发的。”

唐宓抿了抿嘴，又说：“毕竟是你出的钱。”

“你过生日，你说了算。”李知行满足地笑着捏了捏她的鼻尖。

唐宓发现自己总是会在李知行面前败下阵来，这次也不例外，她挫败地叹了口气：“你就在另一边睡吧。这张床可以睡两个人。”

李知行从善如流，用遥控关了所有的灯，翻身上床。松软被子下，两人的身体挨得很近。

黑漆漆的夜里，安静的房内只有空调微微吐息。

唐宓想，相处这么久，这还真是两个人头一次睡到一张床上，并且距离近到很应该发生点什么事。她感觉到李知行在被子下握住了她的手，唐宓身体没来由地一颤。然而事实证明，心里建设做得再好，真正遇到那一关的时候也还是有个坎。

正如世界上大多数情侣一样，女性在男女关系中通常偏弱势。他们两人也不例外，无论是在经济地位，还是家庭环境上，唐宓都处在绝对弱势地位，至于身体上更是偏弱，倘若李知行要对她做点什么，她根本没有反抗的余地。而唐宓因为自己的出身，绝对是最保守的那类人。

李知行察觉到她肌肤下的颤抖，知道她其实并没有准备好。

李知行紧了紧她的手，侧过脸看着她："别紧张，我只想牵着你的手。"

夜色下他的眼睛闪闪发亮，那是唐宓很熟悉的光芒。那瞬间她完全相信了他的话，身体陡然一松。

唐宓深吸一口气，觉得自己有必要解释一下："李知行，我是想起我妈妈……"

"你妈妈怎么了？"李知行猜到了她要说什么，用鼓励的语气让她说下去。

"我是非婚生子，有一段时间……没有户口，差点连学校都进不去。"

这件事对李知行来说也是新闻，他从小到大，从来都是想在哪里读书就去哪里，根本没想过什么乱七八糟的户口问题。

"是吗？"他挺诧异的，"不过，你比我还小半岁，你读书的年龄并不大。"

"我跳过级的。"

李知行道："果然从小就是天才少女。"

唐宓没理他，只说："小学的知识都比较简单。你要跳级也是可以的。"

"我想都没想过要跳级。再说，和同龄人在一个班更有意思，而且跳级意味着以后要少读一年书，学生时代本来就短暂，每一天都很宝贵，怎么可以少一年呢！"

唐宓也被他的振振有词说得轻笑了起来，之前的紧张不翼而飞。

李知行满意地发现她心情变好了，轻声道："睡吧，晚安。"

第一次醒来的时候，屋子里光芒暗淡，李知行在一旁沉睡，睡得很安静很香，被子下两人的手依然相握，还是昨晚入睡的模样。迷迷糊糊中唐宓暗自感慨了一下住校生活对一个人睡觉习惯的改变之大，然后她把眼一闭，又睡了。

再次醒过来的时候，李知行已经醒了，他开着壁灯，穿着睡衣靠在床头看着一本英文书。屋内静谧，模糊的视线中，他的侧脸轮廓分明。

她迷迷糊糊地揉揉眼："几点了？"

李知行放下书，脸颊靠过来吻了下她的额头："九点半了。"

唐宓真的太吃惊了。她从来没有这么晚才起床，她是一个极端自律的人，无论是周末还是假期都保持着准确的作息规律。

"啊！你怎么不早点叫我。"

"难得你比我起得晚，我准备当一辈子笑料的，怎么会舍得叫你。"

这话气得唐宓想咬他一口，但总算彻底清醒了。

"既然你醒了，那我拉窗帘了？"

"好。"唐宓下床找拖鞋，准备去浴室洗漱。

李知行拿过遥控器一按，厚厚的窗帘自动展开。

雪亮的光芒投入室内，刚刚穿好拖鞋的唐宓转过脸，视线投向屋外，顿时瞪圆了眼睛。

她这才发现，原来这间卧室她以为是外墙的地方，居然是两扇落地窗，而落地窗外，是个围墙围住的异常漂亮的小花园，草木辉映中，有一处古色古香的木亭，亭下则是一个卵石垒成的椭圆形池子，池底卵石五颜六色，池子上方的小石凼里流出潺潺细流。太阳直晒着花园，整个池子泛着粼粼金光。

李知行笑着推开一扇落地窗，牵着她的手走到花园里："昨天没告诉你我为什么要订这间房子。因为这家度假酒店只有几间带独立温泉，并且都是大床房。"

"不见得一定要带独立温泉的房间啊。"唐宓说，"应该有更大一点的公共温泉？"

"当然有，但人比较多。"

唐宓本想吐槽说"你还真是少爷脾气，连泡温泉都不愿意和别人在一起"，但旋即想起今天是自己生日——李知行也是为了自己才如此安排，于是立刻闭了嘴。

"水温还不错。"李知行弯腰伸手探了探水温，又指了指爬到了半山高的太阳，"不过时间其实不太对，夏天泡露天温泉，大约只有晚上比较合适。"

"足够了，我们也不可能整天泡在水里。"

"好，我们去吃饭吧。"

既然是偷得浮生半日闲的度假，这一天就要很轻松愉快地度过。度假酒店除了温泉外，其他室内娱乐设施也很棒，台球室、棋牌室、桌上游戏等活动一应俱全，足以让人消磨一整天。

唐宓对这些娱乐基本上一窍不通，但是不妨碍她良好的学习能力。在李知行的带领下，她几乎把度假村里所有的娱乐设施玩了个遍。她仅仅用了二十分钟就掌握了桌球技巧，成绩相当不错，甚至邻桌的人都凑过来看热闹；掌握保龄球的速度慢一点，但也超过了大部分人；至于各种棋类，她上手很快，掌握诀窍的速度让李知行这个老师成就感十足，深感精神愉悦。

李知行想，可见真正聪明的人就算玩游戏也比别人玩得好，普通人真是嫉妒不来。

下午的时候，两人则去了度假村的水上娱乐中心。唐宓对精彩纷呈的水上娱乐兴趣不大，转而选择了进入室内泳池游泳。

读大学之前，唐宓完全不会游泳，不过京大游泳是必修课，在课程的压力下，唐宓迅速由一名旱鸭子变成了游泳好手。

这家温泉会所的水上娱乐项目非常有名，人群主要集中在这里，因此游泳池的人也不多，两人游得十分惬意。

李知行知道唐宓在运动上有些天赋，但也头一次发现唐宓游泳水平好像挺高，问她："我们要不要比赛？"

唐宓莞尔："没问题。"

"我都没说比什么，你就答应？"

"重在参与，不是吗？"

"你自由泳，我蝶泳，如何？"

唐宓当然点头说好。

四百米之后，两人气喘吁吁地在泳池的一侧碰头。事实证明女人在游泳的速度上确实很难和男人比，唐宓几乎累得快要虚脱，李知行到底体力比她强多了，唐宓惜败了几个身位。

李知行摘下泳镜，看着面前重重喘息的唐宓，微笑道："这么拼，你还真是不肯认输。"

"不，不是……"唐宓几乎脱力，断断续续地说，"我只想尽力做到最好。"

一下午的锻炼量已经足够，李知行撑着泳池边，翻身上了岸，然后弯腰伸出手，握住唐宓的手腕拉她上岸，帮她取下泳镜和泳帽，泳帽并非万能，她的头发不可避免地打湿了一些，湿嗒嗒地粘在额头上。

李知行伸手绕到她的后颈，帮她把头发理顺，又从躺椅上拿起毛巾仔细帮她擦头发。

"知行？"

一道熟悉的声音从唐宓身后传来，李知行把视线从唐宓脸上抬起来，就看到了一脸愕然的俞希白。

俞希白同样身着泳衣，一看就知是刚刚到。李知行笑着跟她打了个招呼，心中忍不住感慨了一下此刻这微妙的小概率事件。他也有近两年的时间没看到俞希白了，本科毕业后她也去了美国留学，去年的圣诞节期间，他去了一趟纽约，和她见了一次，那之后基本上没了联系。当然，之所以说"基本"，是因为他确实知道俞希白的近况——俞希白今年暑假从哥大毕业，回国后进入了张静瑜任会长的慈善基金会工作。

在听到李知行的招呼后，唐宓挺自然地回头一看，露出了一个笑容算是招呼。她和俞希白的关系很微妙，尤其是考虑到她和李知行现在这个几近拥抱的姿势——算了，她觉得自己还是不作声让李知行去交涉更好。

俞希白涵养很好，固然有点吃惊李知行和唐宓在一起，下一秒还是端正了神色，回了两人一个亲切的笑容。

"好巧，我都没想到在这里看到你们俩。"

李知行微笑："彼此彼此。"

"你们是来度假的吗？"

"是的。难得有一个不那么忙碌的周末，我们就一起过来了。你们俩呢？"

李知行的"你们俩"指的是俞希白和她的同伴，俞希白自从看到李知行后就陷入短暂的失忆中，经此提醒，才想起自己身边还有个人，连忙介绍："这是我表姐祁园。"

"你好。"

祁园和俞希白有三分像，她的眼神微妙地在李知行和唐宓身上溜达了好几圈后，笑着和两人打招呼："你也好。"

俞希白默默看着两人亲昵而自然的动作，心情复杂得难以言喻。李知行浑身上下只有一条泳裤，身材一览无遗，宽肩窄腰，肌理分明，真是很难找到缺点的身材。一旁的唐宓穿着件普通的蓝色泳衣，四肢修长，肌肤白得耀眼，两人站在一起真是要多般配有多般配。

"我们先走了，你们随意。"

李知行从躺椅上拿起浴衣帮唐宓披上，自己也顺手拿起浴衣套上。

"好……"

瞧着两人离开的背影，祁园轻轻推了推还在凝望两人背影的表妹，轻声问：“小白，这就是你一直很喜欢的那个李知行吗？”

俞希白慢慢点头，她现在一点游泳的兴致都没有了。长久求而不得的单相思让她对李知行确实有些灰心，但此时真正看到他身边多了其他女人，心情依然变得很糟糕。

“有眼光，他确实挺棒的，不管是脸还是身材。”祁园感慨了一句，“那个女生是他的女朋友吗？”

“是的，应该是。”俞希白表情抑郁，慢慢回答，“就算不是也差不了多少了。”

俞希白对唐宓也有一定程度的了解，知道她性格有些孤傲，和旁人总是保持着一定的距离。如果不是和李知行关系密切到了一定程度，唐宓绝对不可能跟着他一起来游泳，完全放任对方无微不至地照顾她。

这对表姐妹关系一直很亲密，事无巨细都会聊一聊，祁园对俞希白的感情经历了如指掌。她沉吟道：“我想，她就是你说的那个……李知行喜欢很多年的女生？

“是啊。”

“你不是说他家里人不同意他俩在一起？”

“此一时彼一时吧。”

祁园轻轻“噢”了一声，满脸的若有所思。

事实证明，既然在一家酒店遇到了，显然碰见第二次的概率也不小。

晚餐的时候，四个人再次在餐厅碰了面，李知行没有和俞希白姐妹俩多聊的打算，四人在餐厅门口点头示意后李知行就带唐宓走到了预订的位置落座。

餐厅规模不小，风格偏中式，桌椅精美。李知行提前订过菜单，唐宓没有提出意见，她已经习惯了生活细节上由李知行做主。

服务员流水一样端上菜，唐宓看着面前密密麻麻摆着的五个精美的雕花餐盘，深深感慨：“我一直很奇怪，为什么这么少的菜要用如此大的盘子呢。”

李知行说：“这就叫打肿脸充胖子，看上去显得有档次。”

两人下午游了几个小时，消耗体力太大，加上餐盘里的分量的确不怎么多，吃到最后不过八分饱，李知行说：“我们再留一点胃吃别的。”

“什么？”

她饱含疑虑的问话刚落，眼前的视野忽然一暗，还没等她提出怀疑，服务员推着小车出现，餐车上放着一个异常精美的蛋糕。

唐宓震惊地看了看蛋糕，又抬头看李知行。李知行冲着服务员点了点头，服务员会意，撤了餐盘，把蛋糕放在饭桌上，又熟练而专业地插上数字蜡烛，点燃。

两人头顶的吊灯被关掉，时间过了晚上八点，室外早就彻底黑了下来，两人座位靠窗，旁边还有装饰略略挡住大厅的灯光，在昏暗的光芒中，面前的蜡烛轻盈地跳动着。

生日蛋糕的确是老套而传统的庆生方式，但是一个习惯和风俗能保存这么久，自然有其独特的魅力。至少此时此刻，蜡烛跳动的火花映在她的眼眸中，她只觉得那小小的一团火焰让她浑身都洋溢着暖意。

李知行微笑着，温柔道：“唐宓，生日快乐。”

“谢谢你……”

“不用谢。”李知行的口气完全就是理所当然，“今天生日的小公主，吹蜡烛吧。”

唐宓微微前倾身体，低头吹灭了蜡烛。她知道李知行对自己很用心，也认认真真尊重了他的这份情意。

熄灭的顶灯重新亮起，唐宓拿起服务员递过来的餐刀仔细地把蓝莓蛋糕切开，给自己和李知行都分了块蛋糕放在盘子里，递给李知行。

她认真地品尝了一下蛋糕，然后抬起眼，对李知行不太好意思地一笑：“嗯，很好吃。”

松软的口感和适当的酸甜配合得恰到好处，确实是她这辈子吃过的最棒的蛋糕了。

所谓的爱情，就是把对方的喜乐置于自己的喜乐之上。唐宓的神情非常满足，李知行心情愉快，微笑着把一个小巧精美木盒推到唐宓面前。

“生日礼物。”李知行柔声说。

饶是唐宓心理素质极好，此刻也彻底吃了一惊，说心跳如擂鼓都不是假话。小小的木盒子异常精美，盒子的漆面有着藤蔓的纹路，写着唐宓没见过的英文单词——她对时尚产品完全没了解，也不太清楚盒子里是什么，但雪白精美的盒子和旁边的蛋糕交相辉映，仿佛一个忽然降临的预兆。

“打开看看。”

“……”

唐宓没动静。她大脑里正在做激烈的思想斗争，接受还是拒绝？

“不敢打开看？”李知行本来就故意把气氛搞得如此缠绵让她误会，此刻看着她纠结的样子内心的恶趣味得到了十二分的满足，他忍不住大笑，“你以为里面是戒指，我在跟你求婚吗？”

唐宓回神，无辜地眨了眨一双猫眼石般的眼睛。是的，被他猜中了，她确实是这么想的。

“亲爱的，你想多了。”李知行一本正经道，“我可没有打算现在跟你求婚呢。”

那瞬间唐宓很想吐槽他说，逗她玩很有趣吗？随后她瞧见李知行脸上促狭的表情，顿时明白了答案，是的，他大概是真觉得很有趣。

她定了定神，手指轻轻搭到盒子的搭扣处翻开盒盖。里面是一只小巧的女士手表，水晶表盘的切割工艺一流，配深色表带，纤细的指针正“嘀嗒嘀嗒”地从容走动着，如此精美的手表，怎么想都不会便宜。

“让你破费了。”

“不，这表不算贵，大概是你两个月的收入。”李知行在用钱上从来不瞒着她，“把手给我。”

和许多昂贵的名表比起来，确实不算贵——当然，她自己肯定不会用两个月的收入来买一只腕表。所谓拿人手短大概就是这样了，唐宓无奈地伸出了左手。和大部分有了手机就不戴手表的年轻人不一样，她是一个时间观念极强的人，一直保持着戴表的习惯，手腕上空空的都不舒服。

李知行握住她的手，帮她把手腕上那只没有牌子、谁也不知道生产厂家的几十块钱的电子表取下来，把自己精心选的礼物戴到她白皙纤细的手腕上。

“看起来还可以。”李知行满意地打量着自己的礼物，露出了满意的笑容，“以后给你换更好的表。”

唐宓轻声道谢：“谢谢。”

她把那只旧表放回精美的表盒里收好。这只旧表是当年的初中老师送给她的，伴随着她走过了整整十年时间，陪着她经过了人生中的每一场考试，即便不再使用也舍不得丢下。

她不想去计算为了给她庆祝生日李知行的花销，对李知行而言，为她花钱多少其实不是特别重要，更重要的是花了多少时间和心血。

她明白，对他来说，自己最好的感谢就是满怀感激地接受。

两人慢慢吃完了这块小小的蛋糕，就回到房间泡温泉。

照说情侣两人泡温泉，尤其是这种隔绝周遭环境的温泉里，似乎应该发生点什么事情——但他们两人显然不属此类，他们是真真正正感受着温泉的热度。雾气蒸腾，唐宓趴在温泉里，下颌枕在胳膊上，只觉得浑身每一个毛孔都被泡开，浑身的懒细胞都要发作了。

对面的李知行舒舒服服地泡在温泉里，非常惬意，他头发湿透，额前的头发被完全理顺，露出了绝对会被人形容为“天庭饱满”的额头。旁边的木质矮几上放着两杯色泽鲜艳的红酒，他端起酒杯慢慢喝了一口。

明月高悬夜空，夜风拂过院中的小竹林，引起沙沙的声音。

唐家村也有大片竹林，唐宓小时候总是枕着月光听着竹林声响入睡，然而除了竹林外，现在的环境和唐家村再无半点相似，差距之大简直无法想象。

那一瞬间，唐宓忽然明白，何为人生代代无穷已，江月年年只相似。

“有钱真的是一件好事啊。”唐宓轻声感慨，“由俭入奢易，由奢入俭难，我现在才算有点明白了。”

“这算什么奢？最多就是偷得浮生半日闲的程度。”

李知行说着，端过另外一杯红酒送到她的嘴旁。

唐宓就着他的手喝了一口，轻轻皱了皱眉：“好奇怪的味道，不太好喝。”

李知行笑着把红酒放下：“说真的，这种红酒都喝不习惯，所以你完全不用担心‘由奢入俭难’的问题。”

“……”唐宓深觉膝盖中了一箭，抿了抿嘴瞧李知行，“你一定要跟我比见识？”

“我可不敢，你可是国投的分析员，会有大把机会让你见识的。”李知行笑着问，“你既然这么感慨，那是觉得这里的环境还不错？”

“是的。”唐宓环顾四周的花园，由衷地点头。

“那以后我们的房子也装成这种风格，怎么样？”

“……”唐宓实事求是地说，“我觉得短时间内是不太可能。”

“有梦想总是好的。”李知行微笑，“更重要的是，这不是什么遥不可及的梦想。”

“嗯……”

两人愉快地聊着天，电脑旁的手机响了起来。

“谁这个时候给我打电话？”李知行非常不满这个不合时宜的电话，为了过一个完整无人打扰的周末，他早就交代好了一切，往常总是在响的手机安静了整整一天。

“应该是有要紧事。”唐宓的位置距离手机更近一点，她探身拿过手机递给李知行，自然也瞄到了屏幕上的名字。

李知行抓过手机，简单地聊了几句后挂上电话，老老实实交代情况：“是俞希白，说有点事要跟我谈一谈。”

唐宓泡在温泉里，一只手臂正拖过笔记本电脑翻开，头都没抬起来：“去吧。”

她的浑不在意反倒让李知行无奈了：“我之前就发现了，你面对俞希白的时候，一点醋意都没有，白天也是，一句话都没多问。”

唐宓抬起头来，反问：“你会做让我吃醋的事情吗？”

真是被反问得哑口无言，李知行笑着吻她：“不会，当然不会。”

“这就行了。”唐宓挥挥手赶人。

李知行笑着踏出温泉，搭着块浴巾回了卧室，翻出件 T 恤和短裤套上，出门而去。

唐宓打开电脑上的论文，看完没多久，门铃就响了。

唐宓心说李知行回来得还挺快，大概是真怕自己吃醋因此采取了避嫌的手段，她从温泉里起身，顺便套上了浴袍就去开门。

“你怎么没带门卡……”她的话说到一半就彻底卡壳。

让人意外的访客——门外这位雍容端庄的女性不是别人，正是李知行的母亲。

张静瑜微笑了一下：“我可以进来吗？”

“当然。”

不速之客不请自来，对唐宓的应变能力完全是个考验。

唐宓一愣之后马上平复心中的惊讶，规规矩矩地请她落座。她不想在这种场合和李知行的母亲碰面，她现在的形象无论如何都谈不上好——头发乱糟糟地贴在额头上，浴衣虽然谈不上暴露，但怎么看都不算适合待客。

她竭力让自己镇定下来：“阿姨，请您等一下，我换一身衣服。”

张静瑜自然不无应允：“好的。”

唐宓在浴室里只用了两分钟就换好了衣服重新梳了头发，才出来跟张静瑜见面。

这间套房够大，张静瑜自然地靠着客厅的沙发，用一种很散漫的目光打量她一眼。和上次在金融中心的偶遇一样，唐宓基本没什么变化，她的穿衣风格总是简单为主，浑身上下一点浓烈的颜色都没有。至于那张脸，大概是刚刚泡过温泉的缘故，脸颊隐约发红，大有不施粉黛而颜色如朝霞之感。就算挑剔如她也不得不承认，儿子的这个所谓女友确实长得好。

“坐吧。”张静瑜说。

“嗯。”

唐宓在她身侧的沙发上规规矩矩坐下，觉得自己回到了学生时代。

张静瑜道：“上次碰面，我没有来得及自我介绍，我是李知行的母亲，姓张。”

尽管内心很想说这种明知故问的自我介绍就不必了，但这点基本的礼节她是有的。

“张阿姨。”唐宓道，“您是来找李知行的吗？他刚刚出去了，应该很快就回来。”

“不，我是来找你的。”

唐宓想，李知行被俞希白叫走应该也是早有预谋的事情——要知道她和李知行这一天除了上厕所的时间从早到晚都黏在一起，也只有此刻离开她身边。

“我想你应该明白我的来意吧？”

唐宓平静地回答：“不，我不知道，张阿姨，您有什么事情找我？”

回答得还算漂亮。许多年前张静瑜就知道了唐宓的存在，加上还有唐卫东的那一层关系，对她的了解也是很深了。她履历上的一切都一清二楚，能够把书读得这么好的人，无论如何都不会是个笨蛋。

“今天是你的生日？”

“是的。”

“果然年轻人有想法，他都从来没有帮我和他爸爸这么认真地庆祝过生日呢。”

这句话就算不是指桑骂槐但抱怨的意思也很明显，唐宓顿了顿，轻声道：“大概是因为孩子和父母之间的感情从来都是不对等的。”

张静瑜有点小意外地看她一眼：“看来你也很清楚。”

“我没有拥有父母的运气，但不等于我感受不到父母对孩子的感情。”

“是的，父母对孩子总是付出一切，知行是我唯一的孩子，我只希望他过得好。”张静瑜直视她的眼睛，直截了当道，“我认为你和知行并不合适。这些年来，我帮助过很多和你一样的贫困学生，我见过不少和你一样非常优秀的年轻人，他们通过努力获得了成功，出人头地的也不少。但是，早年的贫穷和家庭残缺留下的阴影，绝对不会从你们心中散去，就好像一种潜伏的疾病，早晚会发作。”

唐宓没作声，她知道张静瑜说得对，因此甚至连太多反感的情绪都没有。她知道自己的性格和三观其实很有问题的，虽然这些年改善了不少，但根源始终在那里。就算现在，她和李知行出来度假，努力展示好心情的那一面，但她知道其实自己并不是真正开心着。她微笑着接受李知行的礼物，下一瞬却会想起外婆过得好不好，会想自己过得这么奢侈外婆却还在老家生活——她想了很多乱七八糟的东西，在这个酒店住两个晚上，大概就是外婆大半年的辛苦收入。

张静瑜最后加重语气：“我了解我儿子，他需要一个不会给他带来任何负担的家庭……而你，做不到。你身上的负担太沉重，会拖累他。”

公允地说，唐宓绝对算不上什么“拖累”，她已经彻底独立，工作的起点非常高。但是，这事儿要从什么角度来看，站在李知行的角度，他可以找到比唐宓更好的对象，比如俞希白，漂亮聪明一分不缺，性格又很开朗，绝对能给人带来正能量，家庭背景更是没得说，可以给李知行提供不小的帮助。

“所以，您跟我谈这番话，是希望我和李知行分手吗？”

“你能明白我的意思最好不过。”

“阿姨，为什么不让我们试试？”唐宓语速很慢，像是在给对方思考的时间，“是的，我们的未来可能会问题重重，但是现代社会即便结婚了也是可以离婚的，我可以签下婚前协议或者一切可以取信于你们的东西，向你们保证，假如我和李知行分开，我不会带走你们李家的任何东西。”

“……”

张静瑜没想到她会说出这番话，当下也有些动容。她抬起手臂，揉了揉额头。

| 第二十五章 |
那么你爱他

李知行来到度假村的咖啡厅，在角落的卡座上找到了俞希白。她看起来精心打扮过，妆容精致，长发盘起来，白色的连衣裙闪闪发光。李知行觉得心情复杂，不是每个女人在晚上九点钟来见朋友都会精心打扮的。

“好久不见了。”俞希白笑着招呼，“要不要喝点什么？这里的咖啡不错的。”

时间还早，咖啡厅现在还在营业，三三两两的客人坐在店内，聊天叙话，就像他们两人一样。

“不喝了，今晚不需要熬夜。”李知行落座。

他刚刚泡了温泉，头发还湿漉漉的，身上水汽未消。

俞希白听到“熬夜”两个字心有所悟，问他：“我听你妈妈说，你开了一家 IT 公司？发展得怎么样？”

“才在起步阶段，还谈不上什么发展。”

“创业阶段很累的。”俞希白眼波流转，笑着问，“那你们公司还缺人吗？”

“人才总是缺的。”最近这段时间，太多的亲戚朋友都问过他公司的发展情况，显得很关注一副很想知道内情的模样，李知行对他们的这份热情也是无奈居多。

“我在想，我去你们公司工作，你觉得怎么样？”

李知行还真没想到她会提出这种要求，有点诧异地看着她，挑了挑眉梢：“你的专业不合适吧？”

“我可以做行政工作呀。”

李知行若有所思地盯着她两秒钟，摇了摇头，“不，你不合适。我觉得最适合你的岗位还是慈善基金会的工作。我妈对你评价很高。”

他说得完全不夸张。俞希白的专业是社会学，从大学开始，就在张静瑜主管的慈善基金会里兼职，张静瑜很欣赏她，还对李知行表达过把慈善基金会的下一任会长交给她的意思。当然，李知行对母亲的暗示从来都是冷处理。

俞希白看着他，忽然笑了：“我是逗你的，我很喜欢在慈善基金会的工作。可以经我的手帮助更多人，我觉得非常有意义。”

李知行问她：“怎么？你找我出来就是要跟我谈公司的事情？”

“其实不是。”俞希白转了转杯子，深吸一口气，“我是想问，你和唐宓在一起了吗？”

这事儿完全没什么可否认的，李知行点头。无论是几年前还是现在，他对俞希白的态度一直选择最直接的方式，俞希白对他历来也很干脆爽直，只是李知行不太确定，她这份爽朗里到底有多少无奈的成分。

俞希白咬了咬唇，又问：“你们在一起很久了吗？”

李知行也没瞒着她：“有一段时间吧。”

“看来我一点机会都没有了。”俞希白声音很低。她本是非常大方的女孩子，但是谈及自己受挫的感情，照样黯然神伤。她知道李知行喜欢唐宓，他也从来没有隐瞒过，但是之前两人并没有在一起，俞希白并未完全绝望，总觉得自己还有机会，此刻听到肯定的答案，长久积累的酸楚压抑在鼻尖，几乎要流下泪来。

“你们要结婚了吧？”俞希白问。

李知行有轻微的吃惊，他不确定俞希白是怎么得出这个结论的：“谁告诉你的？”

“晚上，餐厅里，我无意中看到你给唐宓送了戒指。”俞希白声音小了几分。

李知行想，自己的恶趣味效果还挺明显。看来不光是唐宓误会了，连餐厅另一头的俞希白也以为他送了求婚戒指。他没想过很快结婚，他和唐宓还很年轻，两人的事业才起步，而他更是忙得跟陀螺一样，就连今天这一天时间都是挤出来的。他打算等公司运营进入正轨后再谈婚论嫁，那应当是一年后的事情了。

当然，他不会费心跟俞希白澄清自己的计划，他自觉话说得差不多了，看了看时间：“不早了，那我回去……”

“不不，李知行……还有一件事。”

“什么？”

“是这样……你妈妈可能知道你和唐宓的事了……”

李知行眉心紧了紧。

俞希白有点手足无措：“那个……是我表姐说的。很抱歉，对不起……”

在俞希白尴尬的叙述中，李知行弄明白了事情经过。她的表姐祁园是个超八卦的大嘴巴，把今天在酒店碰到李知行的事情，包括今晚在餐厅所见一五一十地通报给了俞希白的母亲，俞希白的母亲则不知道哪里不对劲，一个电话就打到了张静瑜的手机上，把她表姐那夸张的言语转述了一次。

李知行连皱眉都没时间，当即对俞希白扔下句“我知道了”后就大步离开咖啡厅。

他倒不是责怪俞希白，他和唐宓的举动并无不可对人言之处——但是，对他母亲而言，毕竟有一条底线在那里，那就是结婚。张静瑜如果听说自己和唐宓“准备结婚”，恐怕不会善罢甘休的。

果不其然，他拉开房门，就看到自家母亲大人端坐在沙发上，以一副审判的样子盯着唐宓。

“妈，你来了？怎么不先给我打个电话？”

进屋后李知行先跟张静瑜打招呼，随即很自然地在唐宓身旁落座，该表达的态度一览无遗。

他和唐宓对视一眼。两个人何等聪明，看到对方脸上都没有惊讶之色，顿时明白了对方也知道“为什么李知行的母亲大人会在此时驾临此地”。

“妈，你要跟唐宓谈什么，就趁着我在，一起说了吧。”李知行冷静地说。

张静瑜知道和儿子的这一场摊牌避不过，她今天前来，也本着摊牌的目的。她很早就看清楚了自己儿子的感情，不过，她此前没有太在意，毕竟李知行还在学校，校园恋爱故事能够完美收场的概率太小，何必为了一件不太可能发生的事情和儿子闹得不愉快？重点是，李知行一直否认自己有女朋友。

去年年底他从美国回国，这大半年来一直因为创业而奔波，母子俩很长一段时间没有好好谈过。偶尔有那么一两次提及感情的事，李知行都是采取模糊和拖延的语气含混过去，张静瑜看着他实在太辛苦，也没追问。

直到今天，俞希白母亲的电话才让她意识到，李知行对这个唐宓上心到了什么程度，居然送戒指准备结婚了？事到临头，她觉得自己不能不出面了。

“现在你们已经进入社会，有了自己的事业，想要干涉你们的事情已经不那么简单，倘若你们执意要在一起，一时半会儿我还真是拿你们没办法。”张静瑜轻轻叹了口气，“知行，恋爱和婚姻是两码事。我明确地告诉你，我无法认同你们在一起，未来很长一段时间内，唐宓都不可能得到我们的好脸色，我们也不会欢迎她进家门，这样的话你们还要坚持？”

唐宓沉默不言。如果说她没有想到这一点，那也真是太天真了。见微知著，张静瑜是个什么人，很多年前，唐宓在雨水中已真真切切地感觉到了她的鄙夷，现在不过是又感觉到了一点。她不由得想，这样一个满怀偏见的人，到底是怎么教出李知行这样的儿子的呢？

李知行握住唐宓的手，看着自己的母亲，直视她的眼睛，视线十分冷静，又犀利得让人无法闪躲。

“妈，我问你几个问题。”

“你说。”张静瑜脸上带着自信的笑容。

“你觉得我有没有自己选择女朋友的权利？”

张静瑜冷静道：“当然是有的，但是我们走过的路比你走过的桥还多，父母的意见你要听。”

“那我应该听多少？三分、五分，还是七分？”

“不能这么简单地量化。”

“简单地说，你能保证你的建议完全比我的选择正确吗？”

“至少在你选择女朋友的问题上，我希望你听我们的话。”

“那也就是说，我的能力、我的决断、我的阅历，不足以让你相信我的选择？”

张静瑜哑然。李知行是个让人骄傲的孩子，她甚至认为，自己的儿子绝对是她知道的所有同龄人中最出色的一个。

她竭力让自己的声音平和："并非不信。但爱情会冲昏一个人的头脑，再理智的人都有可能犯错，你也不例外。"

宛如打棒球一样，李知行毫不退缩地击飞了母亲的问题。

"那你刚刚的'有自己选择女朋友的权利'完全就是一句屁话了。妈，你知道你的逻辑真是像足了美国人？我们观点有分歧，没关系，你听我的就好。你不肯听，那对不起，我只好把航母开到你家门口了，所以你还是要听我的。"

这话说得其实非常重了，张静瑜脸上那自信的浅笑不翼而飞，皱起眉头。

"你就这么跟我说话？"她厉声道。

"谈判不奏效，你现在开始拿'母亲的权威'压人了吗？我之前一直避而不谈女朋友的话题，是希望随着时间过去，你能看到我的坚持，等我们结婚后不为难唐宓。但是你单独来找唐宓，把话说得如此难听。"李知行沉声道，"是的，就算家长有权对孩子的选择提出意见，但也要基于事实。唐宓是人品有问题又或者智商有问题？她这么认真努力的人，没有任何人有资格看不起她。"

张静瑜的表情一下子垮了下来，声音高了八度："你到底明不明白，你们两人差距太大并不适合。"

"我觉得真正的差距，是把没有感情的两人撮合在一起。"

"我是为了你好！你为什么就不肯听？"

李知行顿了顿，他已经没多少怒气了，只剩下深深的无奈："妈，你口口声声说为了我好，但你知道这不是真相。你很清楚，你不过就是个控制狂而已。"

张静瑜是真的被李知行的话气到了，她胸口起伏，怒气层层累积，扬手就甩了儿子一耳光。

"啪"一声，真是用足了力气，李知行的面上迅速泛起红痕。

然后，在两名年轻人震惊的目光下，张静瑜大跨步走出了房间，泄愤一样重重摔上了门。

唐宓呆呆地看着李知行面上的红痕，她真的太吃惊了。她完全没有想过，李知行这样一个成年人，居然会在自己生日这一天，被妈妈甩了一耳光。刚刚李知行和张静瑜的那番话根本没有她插嘴的份儿，她也不想多嘴，现在她知道，自己犯了错。

李知行握住她的手，一脸自责："对不起，是我的错。"

他跟唐宓承诺过不把家庭的纷争带到她这里，然而还是失信了。

"不，不是……"想不到李知行居然还对她道歉，唐宓觉得脑子乱糟糟的，词不达意地说，"你疼不疼？"

"还好了，我妈力气不大的，我觉得她的手应该比我的脸疼。"李知行看起来还挺淡定。

唐宓的心理承受能力比大部分人想象的好太多，张静瑜的说法对她造成的影响不大，真正让她吃惊的，是李知行挨的这一耳光。从小到大，唐宓没有挨过任何打，外婆对她一句重话都没有，就算回唐家村之前跟她谈起她和李知行的事情，也是好声好气的。

她当然也知道，父母打孩子是很常见的事情。她的高中同学关薇就屡屡被父母家暴，身上常常带着伤痕。让她印象深刻的一件事，是隔壁班的一个女生，她因为早恋被请家长，她那个五大三粗的父亲来到学校后直接把女儿从教室里拉出去，猛然一脚踹向女儿的胸口，那是个很纤细的女生，被她爸这么用力一踹，就被踹飞了好几米。

当时不少师生都看到了这一幕。可想而知，青春期的女生本来就敏感，被人看到这一幕，那个女生觉得非常丢脸，从此变得很自闭。

唐宓当时就在想，这是亲女儿啊，她爸爸怎么下手那么狠呢，为什么看自己的女儿像仇人一样?

她现在明白了，有太多的父母就是舍得这么对待孩子。对他们来说，对孩子的控制欲和爱早就混在一起，无法区分。但是外婆不是，外婆爱她，却从不试图控制她。她用朴素的道理告诉她应该做什么，不应该做什么，却从来不要求她一定要做什么，一定不要做什么。

唐宓心绪复杂难平，好半天才说："你没有必要和你妈对峙……"

"没什么的。"李知行对自己挨了一耳光的事不在意，他在意的只是唐宓在场，"我妈这个人，还是很能干的，加上平时都是被人捧着，看上去特别有涵养。不过一旦被戳到痛处，就是刚刚你看到的那样。"

唐宓微微一愣，看着他："你难道是故意的？"

确实是故意的。不得不说，李知行发自肺腑地佩服她的这份敏锐，谁说她情商不高来着?

"有些事情她总要知道，免得真把自己当女王了。"李知行握着她的手，"她现在虽然生气，但很快就会因为打我而内疚，短时间内不会再对我们的事情指手画脚了。"

唐宓轻轻抚上他的脸颊，她想，父母的控制欲是一把双刃剑，让孩子伤害父母的成本也变低了。

这趟本来还算完美的度假之旅到底因为张静瑜的那个耳光蒙上了一层阴影，即便两个年轻人心理承受能力颇佳，也觉得一张属于现实生活的网铺天盖地地罩了下来。

周日中午，两人在温泉酒店吃了午饭后退房回了市区。

李知行把唐宓送回了她的小区楼下，随后开车回了公司。公司里，孙轩带领的核心小团队还在会议室加班，他们正在对核心算法进行优化，成效卓然。李知行本质上不太赞成员工加班，觉得生活和工作要有张有弛，但众人主动加班的话，他也会开出两倍的加班费。

李知行给附近一家口碑颇好的私房菜馆打了个电话后，拎着自己的笔记本走进了会议室，坐在后排听着程序员们的讨论，时不时也参与几句。他不是那种脱离实际的领导者，无论多忙，在技术领域一直保持着旺盛的学习力。

两个小时后，时间已经到了傍晚，经过整个下午的思维碰撞，程序员们也都很累了。

李知行站起来，笑语："晚上我请大家吃饭，可以带家属。"

程序员们听到前一句精神抖擞，后一句却让他们一个个面容愁苦起来。

"我们哪有家属？"

“老板真是戳我的伤心处……”

作为一个新成立正在冉冉上升的公司，知科的内部气氛很开放，大家年龄相仿，也没什么上下尊卑之分，吐槽一下老板是很正常的事情。

孙轩跟着一脸不忿：“你这两天倒是开心了，和老板娘在一起玩得不错吧？然后回来气我们？”

李知行才不接他的话茬，只说：“在隔壁的湘宴，我订了两桌。我就不一起去了，你带大家一起去吃。”

“你为什么不去？”

“我爸来了，我要回家一趟。”

“哦，应该的，你也很长时间没回去了。”

是的，李知行确实有一阵子没回家——不但没回家，爷爷奶奶家也去得不多。公司太忙，出差也多，上半年时间，他平均每天只睡六个钟头，每天倒床就睡。现在，也到了不得不回去的时候。

李知行乘电梯到车库，驾车离开公司。

城内的道路四通八达，路上车辆如流水般来来往往。李知行拐过十余个红绿灯，最后熟练地打了个方向盘，在一处高大围墙的小区大门前停了下来。

他向门卫出示了通行证后，拐进小区。与其说这是小区，不如说更像森林公园，树木参天，种植的年岁至少也在三十年以上，让整个小区温度比室外似乎低了5℃以上，一栋栋不高的小楼掩映在高大树木之中，时隐时现。他沿着林荫道开了几分钟后，一踩刹车，在一栋小楼前面的空车位处停下来。他从小到大在爷爷奶奶家待的时间更多，但理论上说，这里才是李知行的家。

他下了车，准备上楼，却看到李正远穿着一身运动服从小楼里走出来。李正远是个很喜欢运动锻炼的人，又对时下流行的现代化健身机械没有兴趣，平时的运动方式是每天长跑五公里，风雨无阻。

不需要任何语言，李知行马上跟上去，不紧不慢地陪着老爹慢跑。

李正远常年在外地工作，今天下午才回京，李知行边跑边说：“爸，几个月不见，我发现你又年轻了一点。”

这个马屁的质量着实不高，充分说明了李知行在吹捧的技能上还差了点。李正远瞧一眼儿子，不予置评。

老爹不搭腔，李知行只好继续说下去：“爸爸，我昨天见到我妈妈，发现她更漂亮了一些。”

他本来也没想着能瞒过谁，此时故意提起这个话题，为今天他和李正远的谈话起了个头。

这话效果卓然，李正远终于开了口：“哦，你昨天不是去陪女朋友庆祝生日了吗？”

一家人没有隔夜的秘密，张静瑜昨天晚上将儿子的情况一五一十地汇报给了丈夫。

“是的。”李知行不否认，“一个人的生日一年只有一次，我希望在这一天里我能跟她在一起。”

“结果把你妈妈气得头昏脑涨。”

李知行苦笑一声：“是我挨了一巴掌啊。”

李正远瞧了瞧儿子的脸，被扇过耳光的脸已经看不出痕迹了。他不是那种会打儿子的父亲，他的教育方式一直是道理先行，用孩子能接受的态度和方式平等对话。

“都是大人了还挨打，真是越活越回去了。”

对于老爹不客气的点评李知行无可奈何，他不是来告状的，深吸一口气，然后道：“爸，我想跟你谈一谈唐宓的事情。”

父子两人小跑的节奏慢下来，沿着树林里漫步。

李正远温和道：“那就谈吧。”

无论工作有多繁忙，他永远不会拒绝跟儿子交流。

“我知道我妈为什么不喜欢她。她身世复杂尴尬，又是唐叔叔的外甥女，性格……说实话，她的性格也不是那种长辈会喜欢的类型，人际交往能力大概只有俞希白的零头，不擅长跟人打交道不会说话不会装可爱，不会像其他女人一样围着我转，反而要我围着她团团转。”

虽然有人说爱情可能蒙蔽一个人的双眼，但那是建立在短暂的接触上。认识这么多年，怎么可能不清楚唐宓性格上的问题?

正因为了解，反而认识到这种性格的可贵。

“爸，这些问题，我都很清楚。但是我真的……很爱她。”李知行呼出一口气，“爸，你知道我为什么这么努力？当然，我希望不依靠家族有自己的事业是主要原因，但假如仅仅是这样，我不会这么拼。人都是好逸恶劳的，我其实也不例外，随时都要奋力前行真的是一件很累的事情，但我不这么努力的话，我觉得自己配不上她。

“我从小到大见过很多很出色很努力的人，但是只有唐宓，是我认识的所有人里，最努力的那一个，没有之一。每次看到她，我都觉得很有压力，是想要变得越来越好的压力。如果没有她，我不会有今天的成就——倘若我现在所做的一切算成就的话。”

一席话说完，父子俩都安静下来。

风吹过树叶，沙沙作响。

简直就是剖心之语，李正远一时间没有表态，转而问：“你和唐宓在一起多久了？”

“从美国回来开始，大半年了。”

“之前不告诉我，现在才来找我说情，你不觉得有点晚了？”

从本质上说，李知行是一个喜欢提前做好预案的人，这次事情发展得太快，难免有些手忙脚乱。

李知行苦笑：“爸，说实话，我希望让自己更有分量一些后再来跟你们谈……现在，时间有点提前了。”

“所以公司的事，你一直以来不肯找家里人帮忙？”

父子俩漫步在林荫道上，两侧高树的枝干遮挡住夏日的余热。

李知行说：“我怕被拿到短处。如果你和我妈利用公司的事情来要挟我和唐宓分手，我就束手无策了。”

李知行深知自己老爹是什么人，别指望隐瞒他任何事，说实话才是唯一的出路。

李正远意味不明地“啧”了一声：“你倒是想得周到。”

“人无远虑必有近忧。现在我有整整一个团队需要负责，难免要考虑得多一点。”

李正远不予置评，转而问：“知科发展得怎么样？”

“我们研发部门非常给力，系统逐渐成型，今年年底我们的软件可以正式推向市场了。最大的问题也不过就是资金有些紧张。”

这是所有互联网创业公司都会遇到的必然难题。想要以最快的速度构建一个可行的产品来保持技术上的领先优势，需要大量的人手和设备，并且要为此不断地筹措资金。虽然李知行的创业基金已经相当可观，但花钱速度太快，而且目前为止没有任何收益。

“资金还缺多少？”

“这其实也不是什么大问题，”李知行道，“我现在面对的问题是，到底接受哪家的注资。拿别人的钱还希望对方闭嘴，总是有些麻烦。”

“你是怎么考虑的？”

“总之会在规则内解决的，我手下有很能干的一批人。”李知行说，“爸，不用担心，知科跟我儿子一样，我会好好打理的。”

“所以你现在有半个儿子了，应该也可以明白家长的心情了。”李正远道，“你希望公司的每个方向都走在正确的轨道上，家长对孩子也怀抱着这样的期望，希望孩子不要走错任何一条路。”

李知行的心脏好像被狠狠捶击一下，他几乎已经听出了父亲的潜台词。

果然，接下来李正远道：“你和唐宓的事情，坦白说，我不看好。”

只一句话就让李知行脸色发青，李正远瞧了瞧儿子，道：“虽然我不看好。但是，我和你妈的意见不一样，我也不反对。”

简直就是绝地大反击，好比足球赛场上落后的球队最后一秒进了球从而扭转败局一样。一瞬间李知行几乎热泪盈眶，竟然好半晌说不出话来。自家人知道自家事，李知行很清楚一件事——只要他爸答应，李家其他人的看法就不那么重要了。能得到父亲的认可，是对李知行最好的勉励。

李正远见状也为之动容。因为家庭教育的关系，儿子跟一般的男孩比起来，确实更成熟更独立，性格也沉稳，十岁后就很少跟父母撒娇，此刻他的反应确实让当爹的始料未及，他的一个肯定居然会让儿子感动至此。可想而知，儿子和唐宓的感情，这些年来到底给他带来了多少无形的压力。

李正远道：“我支持你，是因为你已经足够成熟，能够清醒地做出选择，而且已经做好了承担后果的准备。”

“爸爸，谢谢你的支持。”李知行深呼吸一口气，“谢谢你。”

得到儿子的道谢并不能让做父亲的心情愉快多少，李正远瞧着他，又问："你的心意我明白了，但是唐宓怎么想的，你清楚吗？"

李知行说："她愿意跟我在一起。"

李正远摇头："仅仅是这样？在我看来，你们的感情并不对等。"

人生在世，没有绝对公平，人和人的感情，从来也不可能"对等"，但是当父母的不会这么想。这是看问题的角度问题。李知行长这么大，恐怕没在其他人那里受过半点委屈，却因为这桩感情承受了不少不能言说的无奈心酸，当父母的自然会心疼儿子。

从父亲的复杂眼神中，李知行读懂了对方的想法，他说："爸，对一个人好不等于委屈自己。如果觉得委屈，那一定不是真正的喜欢。为唐宓做任何事情，我都觉得甘之如饴。"

李正远一直注视着儿子的每一个表情，他谈及唐宓时，表情坦荡而温柔。

"既然你这么决定了。"李正远最后道，"安排个时间，我要见见她。"

"好，当然。"

生日那天的意外事故完全不在唐宓的预料中，不过生活还将继续，她有一大堆永远做不完的评估报告，还有房租要交——如此现实的生活摆在面前，想矫情都没余地，何况她也从来不是一个矫情的人。

睡了一觉之后，她振作精神，开始下周的工作。

然而意外总是在你没想到的时候发生。周一中午的时候，她正在办公室忙着处理数据，忽然桌上的座机响了。通常来说，单位内部的通信采用座机，她原以为是哪个同事，随手抓起座机说了句"你好"。

电话那头是个中年男性的声音，有些低沉："请问，是唐宓小姐？"

"是我，您哪位？"

"我是李知行的父亲。"

那瞬间她差点让听筒掉在地上。

"啊……"高速运转的大脑下一秒已经找到了合适的称呼，虽然声音还是有点紧促，"李叔叔，您好。"

"我想你应该有点意外。"对方的语速丝毫未变，"是这样，我想跟你谈一谈。"

"嗯，好的……好的。"

"今天下班后可以吗？"

"可以的，没问题。"

唐宓一瞬间就把原定的加班计划取消，跟对方确认了一下见面方式和见面地点。理论上她的工作时间是五点半，这段时间她都习惯性在下班后加班，但是准时走也没什么大碍——毕竟没做完的分析在家里做也是可以的。

事情发展到了这个程度，也应该见见李知行的父亲了。真正让她意外的是，李知行的父亲居然亲自打电话给她而不是让秘书代劳。

约定的地方就在金融中心旁边不远的一家会所，走路只需要一刻钟。唐宓有点感慨于李知行父亲的细致——地方的选定明显考虑到她的需求。

会所看上去非常有档次，饶是唐宓天天活动在这附近，也还真是看不出这怎么看都是古建筑的院落居然是家会所。服务员也异常周到，她只报了个名字，服务员就将她带入了一间半开放的包间，环境清幽，竹影婆娑，旁边的木柜子里各色茶具齐全。

她刚坐下不久，身上的暑气尚未全消，门帘被人掀开，一个和李知行有着五分相似，西装革履的中年男人走了进来。

“李叔叔。”唐宓站起来，略略欠身，“您好。”

这是她第一次如此近距离看到李知行的父亲，根据资料，他今年五十有二，而他本人看上去大约比实际年龄年轻了近十岁，鬓角连根白发都没有，不过眼角的细纹和犀利的目光充分说明了他是一个日理万机的人。

和李君子说的一样，李知行确实像父亲，那种行如风站如松的气质也格外相似，毕竟一个人的成长无法摆脱家庭，尤其是至亲的影响，她甚至从面前的人身上看出李知行以后的模样。

“请坐。”李正远在她对面落座。

这个下午唐宓一直在做心理建设，但真的面对李知行的父亲，她依然感受到了难以言说的压力。长期位居人上，自然而然就有一股威严。

服务员端着一套沏好的茶走进来，为两人斟茶。整套茶具不知是什么材质，釉面柔和，瓷质透光。

唐宓手指轻轻触碰茶杯，随后把目光从茶杯上抬起来，然后轻声询问：“李叔叔，您要跟我谈什么事情？”

若是以往，她也未必会主动询问，工作了这么几个月后，她已经大致明白，但凡领导，都喜欢更主动一点的员工，何况对方时间宝贵，何必用废话浪费彼此的时间？

李正远没打算卖关子，他凝视着面前的女孩子三秒钟，微微颔首：“我今天见你，是想听你亲口说说，你对和知行的关系是怎么考虑的。”

从这句话就可以判断出李家的父母两人行事风格确实差异挺大，张静瑜从头到尾都没有给她任何自我表白的机会，但是李正远把这个机会给了她，并且表示，愿意倾听她的话。

“李叔叔，我喜欢李知行。”唐宓微微欠了欠身，轻声说，“如果可能，我希望能和他在一起，住在一个屋檐下，听他说话的声音，看着他的笑脸，想什么时候跟他抱怨撒娇都可以。”

“如果可能？”李正远反问。

唐宓静了一会儿，才又开了口：“从小到大，我知道生活不是童话故事，不是我想要什么就能得到什么……对我来说，做出选择不是一件很容易的事，尤其是对象是李知行的时候……但我想，不是每段没人祝福的爱情都没有好结果，我愿意和李知行一起，尝试一下这种可能。”

李正远能感受到，这番话发自内心，因此弥足珍贵。

李正远问她："如果我和李知行的妈妈反对你们在一起，你准备怎么办？"

温度适宜的室内，唐宓觉得后背"唰"地出了一层冷汗。

唐宓抿了抿嘴，晶莹剔透的眸子里闪过一丝藏得很深的无奈："我想，应该有一个度的问题。我有一定的抗压能力，也有不能接受的底线。李叔叔，我需要知道你们准备采用的策略才能回答这个问题。"

果然聪明，面前的女孩子确实有一颗玲珑心。

"我明白你的态度。"李正远颔首，"你的这番表态足够说服我。"

唐宓轻轻"啊"了一声，放在膝盖上的手紧了又松，然后再次抓紧。她应该很吃惊，然而又没有那么吃惊。她不认为自己的说服能力如此强，以她的水平，想要三言两语说服李正远无异于痴人说梦，李正远能这么快对她表示肯定，只可能是李知行的劝说。

"谢谢您。"唐宓微微躬身。

李正远离坐，居高临下地看着她："你今晚有没有别的安排？"

唐宓一愣，还是乖乖回答："没有……"

"那一起吃个饭。"

"啊，好的。"

唐宓匆忙站起来，抓起挎包的时候想到"为什么不就在这间会所吃饭"，但显然此时不适合提出疑问，她乖乖跟了上去。

如果说，和李知行的父亲进行一场普通的谈话还是可以想象，但和李知行的父亲坐在一辆车内甚至一起吃饭，这事绝对不在唐宓的构想之中——商务车内的空间十分有限，司机和秘书坐在前排，她和李正远坐在后排。

李正远上车后就戴上了眼镜看秘书递来的报告，唐宓坐在一旁，心情变得平稳一点。虽然来京数年，她的活动范围始终非常狭小，此时看着车窗外的景色变换，依稀觉得车子是往市中心方向开。

片刻后李正远放下报告，注意到她的紧张，问她："你不问去哪里吃饭？"

唐宓本来就没有完全靠上后背，采取的是一种正襟危坐的姿势，此刻她微微侧身，回答他的疑问："李叔叔，我不是一个好奇心很强的人，而且……"

"而且什么？"李正远询问。

唐宓道："而且，我也有些习惯了。李知行也常常让我觉得意外。"

饶是素来严肃的李正远也被这个有趣的说法打动，露出一点轻松的笑意。

他饶有兴趣地问："有哪些意外？"

唐宓不确定对方是不是真的很想知道，但是能有一点话题聊总好过没话说。

"很多的。"唐宓说着，"高中的时候，有一次校园艺术周，学校开展了很多活动，但我们班展区的画被毁坏了不少，没有人知道是谁做的，李知行当时是班长，他只用了半天时间就找到了破坏画展的人；还有一次，一位国外的专家来开讲座，讲座内容有一定的问题，李知行在现场就把对方辩得无言以对……"

李正远听得津津有味，还时不时地询问许多细节，他对儿子的关注从来不少，但也不清楚李知行的每件事。

在徐徐讲述的往事中，车内的气氛融洽了起来。

“你知道的还真不少。”李正远笑言，“听你这么如数家珍的样子，还以为你们高中就开始恋爱了。”

唐宓吃了一惊，连忙道：“李叔叔，没有这回事的。其实高中的时候我们的关系……谈不上很好。”

“那知行还是辛苦了。”李正远若有所思，“我想，知行高中的时候就挺喜欢你了。”

唐宓抿了抿嘴，看了看前面的司机和秘书。她觉得有外人在场的时候，跟男友的父亲讨论这个话题有点尴尬。

李正远道：“几年前，你外婆是不是生病过？”

“是有这回事，那是高三毕业后，我外婆出了一点意外。”唐宓瞪大眼睛，“您怎么知道的？”

“知行请求我，让我帮你和你外婆。后来还因为你的事情，和他姑姑翻脸，连爷爷奶奶都放在一边，来医院陪你。”李正远颇有深意地看了唐宓一眼，“从那时候起，我就知道他喜欢你了。一直以来，我没有干涉他，我不确定，他的这份感情能保持多久。现在我知道答案了，经过这么多年，你们能走到一起，实在难得。”

唐宓彻底愣住。

她完全没想到，那么早之前，李知行就在背后为她默默付出。

她从震撼中抬起头，原来不知何时，车子已经在一处陌生而安静的院落门前停了下来，院落的墙壁上爬满了绿藤，司机拉开车门，请李正远下了车。

唐宓怀着对陌生地方的诧异，紧随其后下了车。

此时，天边夕阳余晖即将散尽，道旁的路灯一盏盏亮起，浓郁的暮色一丝丝地从地面升起。

安静的林荫道路旁，唐宓一眼看到了站在院门口的李知行。

李知行对她一笑，随后看向自己的父亲：“爸，你们到了。”

李正远瞧了两名年轻人一眼，打开院门径直走了进去。

“怎么回事？这是哪里？”唐宓瞪着眼问李知行。

“我爷爷奶奶家。”

饶是唐宓一时半会儿也没想透这个逻辑，傻乎乎地问：“我怎么来了这里？”

“你不是答应了我爸晚上一起吃饭吗？所以就过来了。”

“等等，等等。”唐宓深呼吸一口气，觉得自己需要想一想，“你怎么不事先告诉我？”

李知行拉住她的手：“你不也没告诉我今天见我爸了？”

唐宓无奈道：“你爸爸约我见面，我想我可以应付，所以没告诉你。”

“所以说，我爸你都可以面对，我爷爷奶奶的话，就更不用担心了。”李知行说。